小說歷史⑩③

宮本武藏——劍與禪 ㈣風之卷　（全七冊）

作　　者／吉川英治
譯　　者／劉　敏
主　　編／楊豫馨
特約編輯／孫智齡

發 行 人／王榮文
出版・發行／遠流出版事業股份有限公司
臺北市汀州路三段 184 號七樓之 5
郵撥／0189456-1　電話／2365-1212
傳眞／2365-7979・2365-8989
著作權顧問／蕭雄淋律師
法律顧問／王秀哲律師　董安丹律師

排　　版／正豐電腦排版有限公司
1998 年 3 月 1 日　初版一刷
1998 年 5 月 30 日　初版三刷

行政院新聞局局版臺業字第 1295 號
售價：新台幣 420 元(若有缺頁或破損，請寄回更換)

ISBN　957-32-3437-8（一套・平裝）
ISBN　957-32-3441-6（第四卷・平裝）

YLib遠流博識網
http://www.ylib.com.tw　E-mail:ylib@yuanliou.ylib.com.tw

出版緣起

歷史小說是以歷史事件和人物爲素材，尋求它的史實，捕足它的空隙，編織而成的小說。透過具有歷史識見和文學技巧的歷史小說家，枯燥的史料被描摹成了動人的筆墨。我們看到人物在歷史的舞臺上鮮活過來，栩栩如生，我們也看到事件在歷史的銀幕上鉅細靡遺，歷歷如繪。讀者所期盼的歷史知識和小說趣味都因此而達成了。

歷史小說的寫法彈性甚大。從服膺歷史的眞實、反對杜撰、史料的選擇和運用一再審愼考慮而趨近史家考證的一派，到僅僅披上歷史的外衣，而以主題濃厚、節奏明快見長的這一派，歷史小說的範圍可以說十分遼闊。但大體上，它包含了歷史的眞實和文學的眞實，而以小說的形式呈獻在讀者的面前，構成既在歷史之中，又在歷史之外的微妙境界。

王榮文

我國的歷史小說，是有長遠傳統的，《三國演義》就是其中最著名的一個例子，胡適認爲它是一部絕好的通俗歷史，在幾千年的通俗教育史上，沒有一部書比得上它的魔力。

在近代日本，從盡其可能達到歷史境界的明治時代文豪森鷗外，到近年來大眾文學傾向濃厚的司馬遼太郎、井上靖、黑岩重吾等，眞可說是名家輩出，這其中還包括了菊池寬、芥川龍之介、吉川英治、山岡莊八、新田次郎……等大家。而歷史小說的興盛至於蔚爲風氣也給讀者大眾帶來了深遠的影響。

由於歷史小說的深遠影響，它的出版便成了極具意義之事。數年前，我們曾經出版了一套包含《三國演義》在內的「中國歷史演義全集」，受到廣大讀者的歡迎。如今，我們在出版歷史讀物（柏楊版資治通鑑）和小說讀物（小說館）的同時，再接再厲，策畫出版一系列的「小說歷史」，這一次，我們企圖以日本的歷史小說爲主，更廣泛地爲讀者蒐羅精采動人的歷史小說。

我們期望採取一個寬廣的態度，與讀者一起從小說出發，追尋它與歷史結合的趣味。

目錄

(四)風之卷

出版緣起

宮本武藏

㈣

風之卷

風之卷

吉野太夫毫不吝惜地將琵琶縱劈兩半。她告訴武藏：

「琵琶是空心的。可是那千變萬化的聲音是從哪裏發出來的呢？就是架在琵琶裏面的那一根橫木。它既是支撐琴身的骨幹，同時也是心臟……關鍵就在於如何控制橫木兩端的力道——適度的鬆弛和緊繃。人生亦如琵琶……」

荒野之約

1

從丹波街道的長坂口，可以清楚地望見對面的山景。透過街道樹，可以看到山上的殘雪燦爛耀眼。羣山位於丹波的邊境，像百褶裙般地圍繞著京都西北的郊外。

有人說道：

「點火！」

雖然已是初春，也只是正月初九而已，從衣笠吹來的寒風，對小鳥來說還是挺冷的。原野裏傳來牠們吱吱的叫聲，更增添了一股寒意。這天氣就像是武士腰間的佩刀一樣，充滿了冷冽之氣。

「燒得眞旺啊！」

「火會蔓延，一不注意就會燎原。」

「沒辦法考慮這麼多了，而且，再怎麼燒也不會燒到京都的。」

在荒野的一端，響起了嗶嗶剝剝的燃燒聲，四十多人的臉被燻得黑黑的。熊熊的火燄在晨曦中張植田良平被燻得難受，向正在添加乾草的人叱喝道。

「可以住手了！」

有人嘟嚷著。

「好熱！好熱呀！」

牙舞爪，直竄天際。

這樣，過了半刻鐘。

「大概已過卯時了吧？」

有人開口說道。

「是嗎？」

大家不約而同抬頭看著太陽。

「已過卯時下刻了吧？應該是這個時辰了。」

「小師父怎麼了？」

「快到了吧？」

「是該到了。」

每個人神情緊張，沈默不語。而且大家雙眼眺望對街，抿著口水，等得有些不耐煩。

「到底是怎麼了？」

這裏原本是皇室的牧場，也叫做「乳牛院遺跡」。偶爾還可以看到放養的牛羣。在豔陽高照的天氣裏，還夾雜著枯草和牛糞的味道。
「武藏該不會爽約了吧？」
「說不定已經來了呢！」
「誰去看一下。蓮台寺野離這裏不是只有五百多公尺嗎？」
「去察看武藏的動靜嗎？」
「沒錯！」
「……」
沒有人站出來說要去。每個人都被煙燻得難受得沈默不語。
「但是，小師父說好去蓮台寺野之前要在這裏做準備的啊！再等一會兒看看吧！」
「該不會是弄錯地方吧？」
「小師父昨晚確實交代植田先生了。應該不會弄錯地方才對。」
植田良平仗著門人這句話，補充說道：
「沒錯——也許武藏已先一步到達約定地點。說不定小師父是想讓對手武藏焦慮不安，才故意遲到。如果門徒不明就裏隨意行動，別人會笑我們派打手幫忙，吉岡一門將會名聲掃地。至少我們知道浪人武藏是單槍匹馬，因此，大家應該以靜制動，直到小師父出現爲止。我們要像風火山林，不動如山，冷靜觀察。」

2

當天早上。

雖然不是什麼特別的集會，但是乳牛院草原還是聚集了許多人。當然，從人數來看，吉岡門下只來了一些人。除了植田良平也在場之外，自稱京流十劍高弟幫的人則來了半數人馬。可見四條武館全都派出中堅分子在此枕戈待旦，準備出擊。

清十郎昨晚特別交代每個人：

「絕對不准拔刀相助！」

而且，手下所有的人也都認爲今天小師父的對手武藏多少有兩把刷子。不敢掉以輕心。即使如此，他們還是認爲小師父清十郎不會敗給武藏。不可能輸的。

再加上五條大橋高掛告示牌，將今天的比賽公諸於世。這樣一來，不但可以顯赫吉岡一門的威容，清十郎的名氣也會隨之宣揚開來。身爲門徒當然義不容辭，所以才會聚集離比賽地點蓮台寺野不遠的草原上。此刻，由於久候不到吉岡清十郎，大家也心急如焚了起來。

然而——

清十郎到底怎麼了？一直沒看到他的人影。

已經過了卯時，太陽就要出來了。

「眞奇怪啊？」

三十幾人開始嘟囔起來，植田良平本來下過命令要冷靜觀察，現在已經開始鬆懈了。有些人看到乳牛院草原聚集這麼多人，誤以爲這裏是比賽場，在一旁問道：

「到底比賽怎麼樣了？」

「吉岡清十郎在哪裏？」

「還沒到呢！」

「武藏呢？」

「好像也還沒來。」

「那些武士是幹什麼的？」

「大概是哪一方的打手吧？」

「這算什麼！只有打手來，主角武藏跟清十郎竟然還不露臉。」

人越聚越多。

看熱鬧的人，絡繹不絕地圍攏過來。接著大家七嘴八舌問道：

「還沒來嗎？」

「還沒來嗎？」

「哪一個是武藏？」

「哪一個是淸十郎啊？」

當然，誰也不敢靠近吉岡一門聚集的地方，但是除了乳牛院草原之外，連茅草叢、樹枝上都可以看到無數竄動的人頭。

城太郎突然從人羣中走了出來。

他腰間佩了特大號的木劍，穿著超大的草鞋，走在乾泥地上，啪噠啪噠揚起塵土，口中說道：

「沒看到人吶！沒看到人吶！」

他目光炯炯，望著每張臉，繞著這個大草原四處尋找。

「到底怎麼了？阿通姊明明知道今天的事，怎麼沒看到人。而且從那天之後，她也沒再到烏丸大人的官邸了。」

原來，城太郎要尋找的是那一直掛念武藏勝敗且今天一定會出現的阿通。

3

平時，若傷了一根小指頭，都會讓女人臉色蒼白。有趣的是，越是殘忍流血的事，反而越能引發她們與男人不同的興趣。

總之，今天的比賽確實吸引了京都人的注意。蜂擁來看比賽的人羣當中，也有許多女性，甚至連袂而來。

但是，這些女人當中，唯獨不見阿通的影子。

城太郎在原野四周已走得疲累不堪。

說不定元旦那天，在五條大橋分別後，阿通生了一場病吧？他邊猜想邊走。

「眞奇怪啊！」

又想：

說不定阿杉婆花言巧語把阿通給騙了……

他一想到這裏，便開始忐忑不安。

他擔心此事，遠超過今天的比賽結果。城太郎對今天的勝負，一點也不擔心。

數千人圍繞在原野四周，等待觀看比賽。他們一致認定吉岡淸十郎可以贏得這場比賽，只有城太郎堅信：

「師父會贏的！」

此刻，他腦海裏浮現在大和般若原野時，武藏以寡敵衆，神勇抵擋持長槍的寶藏院衆人時的英姿。

「師父不會輸的！即使衆人圍攻，也不會輸……」

就算將駐紮在乳牛院草原的吉岡門人全算進去，他還是堅信武藏的本事。

所以，這方面他倒不擔心。阿通沒來，雖然不致令他太過失望，卻擔心阿通是不是出了什麼事。

她在五條大橋跟著阿杉老太婆離去時曾說：

「一有空，我會到烏丸大人官邸去。城太！你拜託官邸那邊的人，先讓你在那裏住下來。」

她的確說過這話。

但是——至今已過九天了——這期間，連正月初三、正月初七，也不見阿通來訪。

城太郎兩、三天前就開始感到不安，至少今早來此之前他仍抱著一絲希望。

「到底是怎麼了？」

「……」

然而，現在城太郎只能孤零零地眺望草原的正中央。吉岡門人圍著火堆，成爲幾千名觀賽者注目的焦點。雖然氣氛森嚴，但是因爲淸十郎還未出現，個個看起來無精打采的。

「眞奇怪啊！告示牌上明明寫著比武地點是蓮台寺野，是這裏沒錯吧？」

這點誰都不曾懷疑，只有城太郎覺得奇怪。接著，在他身邊的人羣當中，突然有人從旁叫他：

「小毛頭！喂！喂！小毛頭！」

仔細一看，城太郎記得他。他就是九天前的正月初一早上在五條大橋邊，看到武藏與朱實竊竊私語，故意目中無人，仰天大笑幾聲之後離去的佐佐木小次郎。

4

雖然只見過一面，城太郎非常上道，立刻回答：

「什麼事？大叔！」

小次郎走到他身邊。這年輕人有個怪癖，要跟人打交道之前，喜歡先把對方從頭到腳狠狠打量一番。

「我們好像什麼時候，在五條大橋見過面吧！」

「大叔！您記得啊！」

「我記得當時你跟一個女人在一起。」

「啊！您是說阿通姊嗎？」

「那女的叫阿通啊？她和武藏是什麼關係呢？」

「啊？」

「表兄妹嗎？」

「不是。」

「是親妹妹嗎？」

「不是。」

「倒底什麼關係？」

「是喜歡的人。」

「喜歡？」

「阿通姊喜歡我師父。」

「他們是情人嗎？」

「大概是吧！」

「這麼說來，武藏是你師父嘍！」

城太郎驕傲地點頭回答道：

「是的。」

「哈！所以你今天才到這裏。但是，淸十郎和武藏都還沒出現，看熱鬧的人急得發慌呢！你應該知道武藏是不是已經出發了。」

「不知道，我也正在找他呢！」

後面傳來二、三人跑過來的腳步聲，小次郎老鷹般的眼睛，立刻朝向他們。

「咦？這位不是佐佐木閣下嗎？」

「啊！植田良平。」

「您怎麼了？」

良平來到他身邊，緊抓著小次郎的手道：

「打從去年年底，您就沒回過武館來，小師父還常在念您，您到底怎麼了？」

「雖然之前沒回去，今天來不也一樣！」

「不管如何，先到那邊再說吧！」

良平和其他手下，恭敬地陪著他到草原中央自家的營地去了。

遠處的羣衆，一看到背著大刀、打扮入時的小次郎，馬上叫喊著：

「武藏！武藏！」

「武藏來了！」

「啊！是那個人嗎？」

「錯不了——那是宮本武藏。」

「嘿……打扮得可眞入時啊！看起來好像實力不弱的樣子。」

留在原地的城太郎，看到四周的人都以爲那人是武藏，趕緊說：

「不是！不是！武藏師父會是這副德性嗎？他哪會像歌舞伎的小生呢？」

他拚命想更正大家的誤會。

有些人雖然沒聽到他的話，看著看著，也開始覺得不對勁。

「有點奇怪喔！」

有人開始懷疑。

小次郎走到草原中央後站住，以他慣有的傲慢態度，好像在對吉岡四十名手下訓話。

「……」

植田良平以下的御池十郎左衛門、太田黑兵助、南保余一兵衛、小橋藏人等幾位號稱十劍客的人，似乎不吃他那一套，個個默不作聲，只用可怕的眼神直瞪著小次郎不斷牽動的嘴角。

5

佐佐木小次郎對植田良平等人口若懸河地說道：

「到現在武藏跟清十郎都還沒來，這是上蒼保佑吉岡家。請各位趁清十郎沒到之前，趕緊分頭回武館去吧！」

單單這一席話已足夠激怒吉岡門徒了，但是他又繼續說道：

「我這一番話對清十郎而言，可是最有利不過了！有誰比我更能幫助你們呢？對吉岡家來說，我可是上天派來的預言家呀！乾脆我就直說了吧……要是比武的話，清十郎一定會輸得很慘，說不定會成爲武藏的刀下鬼呢！」

吉岡門徒聽了沒有一個好臉色。就拿植田良平來說吧！他的臉已變得鐵青，兩眼直瞪著小次郎。十劍客當中的御池十郎左衛門，已經快聽不下去了。看到小次郎說個沒完，於是向前一步，靠近他身邊問道：

「閣下，你還要說什麼嗎？」

他邊說這話，邊抬起右手肘，一副攻擊的架勢，故意顯露他擁有一身好功夫。

小次郎只是面帶微笑，露出深深的酒窩回看他。因爲小次郎高頭大馬，即使是笑臉，也會讓人誤以爲傲慢、瞧不起人。

「我的話刺耳嗎？」

「當然。」

「那麼，實在很抱歉。」

小次郎輕輕閃開——

「這麼辦吧！我就不拔刀相助、任其自然發展了。」

「像你這種角色，誰會找你拔刀相助啊！」

「不見得吧！你們和清十郎不是從毛馬堤把我迎接到四條武館嗎？當時，你們不是一直拍我的馬屁嗎？」

「那是待客之道，以禮相待而已，你可別沾沾自喜，自以爲是。」

「哈哈哈！如此說來，那豈不是要在此地先與你們大打一場了。我的預言不會錯的——依我看，這場比武百分之九十九清十郎是註定要失敗的。正月初一早上，我在五條橋畔看到武藏時，就覺得武藏眞是要得……而當我看到你們在橋邊高掛比賽告示牌時，覺得那簡直就像寫著吉岡家道衰亡的訃文……這也難怪，一般人通常無法看到自己的弱點。」

「住、住口！你今天是專程觸吉岡家霉頭的嗎？」

「忠言逆耳，不相信的話，到頭來倒楣的是你們。反正比武是今天的事。再過不久，你們就會清醒了。」

吉岡門徒臉色大變，朝小次郎猛吐口水、叫囂：

察覺。

「你說夠了沒？」

四十幾名吉岡門徒殺氣騰騰，一步一步向小次郎逼近。黑暗的原野卻吞沒了這股殺氣，令人不易察覺。

但是，小次郎早已胸有成竹，飛快地跳開。他按捺不住愛管閒事、好打抱不平的個性。他心想：我的好意，他們不但不感謝，還責怪我胡言亂語。他又想到：這一開打，說不定來看熱鬧的羣衆，會把注意力轉移到自己身上。想到這裏，小次郎流露出挑釁的眼神。

6

遠處的人羣看到這邊的情形，果然一陣騷動。

一隻小猴子穿過人羣，像球般朝著原野跳了過去。

小猴子前面有一位年輕女子，身影飛快奔向原野。

原來是朱實。

此時，吉岡門徒與小次郎之間氣氛緊張，隨時都可能點燃戰火。但隨著朱實的喊叫聲，緊張的氣氛頓時消失得無影無蹤。

朱實叫著：

「小次郎！小次郎……武藏哥在哪裏……武藏哥沒來嗎？」

小次郎轉身驚叫：
「啊？」
吉岡門的植田良平和其他人也異口同聲：
「喔！是朱實啊！」
一時間，衆人帶著詫異的眼光看著她和小猴子。
小次郎帶著責備口吻說道：
「朱實，妳怎麼來這裏？不是跟妳說過不可以來嗎？」
「那是我的自由，你管不著。我不能來嗎？」
「當然不行。」
朱實聳聳肩沒答腔。
「回去！」
她聽小次郎這麼一說，深吸一口氣，猛然搖頭表示拒絕：
「才不要呢！雖然承蒙您的照顧，但是我並不是你的老婆，不是嗎？所以恕難從命。」
朱實突然不說話，聲音哽塞，嗚嗚咽咽抽噎起來。傷心的哭聲，幾乎要把男人狂暴的感情給融化了。但是朱實接下來說話的語氣，比任何男人更爲堅定。
「你什麼意思嘛！把我捆綁在佛具店二樓——就因爲我擔心武藏，你便憎恨我、故意欺負我，不是嗎？何況……何況……今天的比武是要殺武藏。你自認爲對吉岡清十郎有一分道義，打算當清十郎招架不住時，你便義不容辭拔刀相助，好砍殺武藏。所以你才將我捆綁在佛具店二樓，一大早就出門到這兒，是不是？」

「朱實，妳瘋了嗎？在衆人面前，光天化日之下，妳瞎說什麼？」

「我要說，就當我瘋了吧！武藏是我的心上人……他來送死，我無法坐視不管。我在佛具店二樓大聲呼救，附近居民才幫我解開繩索，我才能趕到這兒。我非見武藏不可……武藏哥！請你出來，你在哪裏啊？」

「……」

小次郎咋咋舌，站在情緒失控的朱實面前竟然無言以對。

雖然朱實瘋言瘋語，但是她說的句句實話。如果朱實說假話，小次郎一定會嘲笑、諷刺並反駁她，而且他將樂此不疲，把它當作一件樂事呢！

在衆人面前——而且是這種場面——她竟毫無忌憚地全盤托出。小次郎既難堪又生氣，斜睨著她。

就在此時。

一直隨侍在淸十郎身邊的年輕家僕民八，從街樹那頭直奔而來。他舉著手大聲叫喊：

「不、不得了了！大家趕、趕快來啊！小師父被武藏砍、砍傷了！」

7

民八的喊叫聲，讓大家臉上的殺氣頓失。衆人驚愕之餘，腳下彷彿地陷一般頓失依恃，大夥兒不由異口同聲問道：

「什、什麼？」

「小師父被武藏——」

「在、在哪裏？」

「才一瞬間。」

「眞的嗎？民八！」

大夥兒語無倫次地你一言我一語不斷詢問著。本來，淸十郎說好要先來此準備一番，但還沒來就聽到民八通報淸十郎與武藏已經分出勝負的消息，任誰也不敢相信這是事實。

家僕民八含糊不淸地說著：

「趕快！趕快！」

民八上氣不接下氣，連滾帶爬地邊說又邊循著原路直奔而去。

雖然半信半疑，但也無法斷定眞假。於是，植田良平、御池十郎左衛門等四十多名弟子，有如野獸跳越火堆般，「唰」一聲緊緊跟在民八後面，往街樹的方向直衝過去，頓時塵土飛揚。

通過丹波街道，向北走了五百多公尺之後，右側仍然是綿延不斷的街樹。廣闊的荒野，靜謐地徜徉在春天的陽光裏。

原本悠閒啼叫著的鶇鳥和伯勞鳥，被人羣驚嚇得振翅飛起。民八發狂般地跑進草叢中，直跑到一處圓形古墳旁才停下腳步。他跪倒在地，像在擁抱大地般，聲嘶力竭地呼喊：

「小師父！小師父！」

「啊？」

「唉呀！」

「是小師父！」

隨後趕到的人，不由釘住了腳步。只見草叢中，一位身穿藍花手染衣的武士，外罩一件皮背心，額頭上繫了一條吸汗的白布條，正躺在地上。

「小師父！」

「清十郎師父！」

「振作一點！」

「是我們吶！」

「是您的弟子啊！」

清十郎的頸骨好像斷了，被抱起來之後，頭沈甸甸地垂了下去。吸汗的白布條上，一滴血也沒有。無論是衣襟或衣服，甚至四周的草叢，絲毫沒有沾染任何血跡。

但是由清十郎的眉尖和眼神中，都可以感受到他痛苦萬分，且他的嘴唇已經發紫了。

「還、還有呼吸嗎？」

「相當微弱。」

「喂！來人呀！趕緊把小師父抬回去。」

「要抬回去嗎？」

「沒錯！」

其中一人轉過身，將清十郎的右手放到自己肩上，正要站起來，清十郎痛苦喊道：

「好痛啊……」

「門板！門板！」

清十郎這麼一說，三、四人馬上飛奔去找門板。好不容易從附近民家抬來了一片門板。門徒讓清十郎仰躺在門板上。每當他呼吸就痛苦不堪，甚至大吼大叫，狂亂不已。門徒無可奈何，只好解下腰帶，把清十郎捆綁在木板上，由四人各抬一角。衆人像在舉行喪禮般，默默地抬著門板向前走去。

清十郎兩腳在木板上叭噠叭噠踢個不停，幾乎要把木板踢破了。

「武藏……武藏走掉了嗎……哎唷！好痛啊！整隻手都痛死了！骨頭好像斷了……呼！呼！呼！受不了啦！弟子們！把我的右手腕砍了吧——快砍！誰快砍斷我的手腕吧！」

清十郎凝視著天空，痛苦地哀號、叫囂著。

8

受傷的人實在太痛苦，抬門板的人，尤其是淸十郎的徒弟們都不忍正視，不約而同移開視線。

「御池先生！植田先生！」

衆人站在那裏，呆若木雞，抬門板的人回過頭，向前輩們討教計策：

「小師父看起來非常痛苦，才會叫我們砍斷他的手腕。我想，是不是砍掉手腕可以減輕他的痛苦呢？」

良平和十郎左衛們大聲叱喝道：

「你瞎扯什麼！」

「再怎麼痛也只是痛，並沒有生命危險。如果砍斷手腕，說不定會因失血過多而危及性命。總之，趕緊將淸十郎大人抬至武館，再好好看一下他右肩骨頭的狀況，查看到底被武藏的木劍傷了多深。即使打算砍掉手腕，也得有萬全的止血準備才行。否則，絕不能砍——對了！誰先趕到武館去請醫生。」

兩、三名弟子爲了盡早將醫生請來，個個飛奔而去。

從乳牛院草原聚集過來的仰慕羣衆，像蛾蛹般並排在街道旁的松樹下，眺望著這邊。

這事令人頭痛，植田良平臉色黯淡，向走在門板擔架後面沈默不語的人說道：

「你們先去把人羣支開！怎可讓這些人看到小師父的狼狽相！」

「知道了！」

好幾個弟子板著忿怒的臉孔跑向草原。敏感的人羣像蝗蟲般逃之夭夭，揚起漫天塵土。

家僕民八跟隨在門板旁，邊哭邊走。良平抓住民八的肩膀，一臉的忿怒，用責備的語氣說道：

「民八！過來一下。」

民八看到植田良平眼光恐怖，嚇得合不攏嘴，聲音顫抖地回答：

「什、什麼事？」

「你從四條武館就一直陪著小師父嗎？」

「是、是的！」

「小師父是在哪裏做準備的呢？」

「到了蓮台寺野之後才準備的。」

「小師父不可能不知道我們會在乳牛院草原等候，他怎麼會直接前往呢？」

「事先，我一點也不知道。」

「武藏比小師父早到還是晚到？」

「武藏先到，站在那座墳墓前。」

「只有一人？」

「沒錯！只有一人。」

「如何比武的？你看到了嗎？」

「小師父跟我說：萬一我輸給武藏，請把我的屍骨撿回去吧。弟子們天亮後會聚集到乳牛院草原。在我和武藏尚未分出勝負之前，不准去通報他們。勝敗乃兵家常事，我不想當一個卑鄙的勝利者——絕對不能以多欺少。小師父說了這番話之後，便朝武藏走去。」

「嗯……然後呢？」

「我從小師父的肩膀望過去，看到武藏微笑的臉孔。一切靜悄悄的，招呼都來不及打，就聽到一聲響徹雲霄的慘叫。我定眼一看，小師父的木劍已飛向天空，只剩下纏著橘紅色頭巾、鬢髮散亂的武藏佇立在那兒……」

9

如颱風過境，街上已看不到任何看熱鬧的人影。

清十郎躺在門板上呻吟，抬著門板的那羣人垂頭喪氣有如馱著敗旗回歸鄉里的兵馬。他們小心翼翼地走著，唯恐增加傷者的痛苦。

「咦？」

突然，衆人停住腳步。抬著門板走在前面的人嚇了一跳，手撫胸口，後面的人則抬頭探看。

枯萎的松葉，嘩啦嘩啦地掉落到門板上。原來樹梢上有一隻小猴子，眼睛咕嚕嚕地向下望，還故作調皮狀。

「啊！好痛！」

有人被飛過來的松果打到臉，痛得大叫。

「畜牲！」

那人向猴子丟射一把小刀。小刀穿過樹葉，被陽光反射得閃閃發亮。

遠處傳來了口哨聲。

小猴子立刻跳到站在樹下的佐佐木小次郎的肩上。

「啊！」

抬著門板的吉岡門徒現在才看清楚，除了小次郎之外，還有朱實站在那裏。

「……」

小次郎直盯著橫躺在擔架上受傷的清十郎，毫無半點嘲笑的表情。反倒是聽到他痛苦的呻吟聲，對戰敗者顯露出憐憫之意。但是吉岡門徒立刻想到小次郎剛才的話，一致認爲：他是來嘲笑我們的。

不知是植田良平還是其他人，催促抬門板的人說道：

「是猴子啦，不是人，不需要和牠計較，快走吧！」

正要趕路，小次郎突然向躺在門板上的清十郎說道：

「好久不見了。」

「清十郎閣下，怎麼了？吃了武藏那小子的虧了？比武的地點在哪裏？什麼？右肩不舒服……啊！這可不行！說不定骨頭已經碎得像袋中的細沙了。如果躺這樣頭晃來晃去，體內的血液也許會逆流到臟腑。」

他面對衆人時，一如往常，態度仍然傲慢不羈：

「快把門板放下來，還猶豫什麼。快放下來！」

接下來，他對垂死邊緣的清十郎說道：

「清十郎閣下！起得來嗎？您也有起不來的時候啊！您的傷很輕，頂多傷一隻右手而已。搖擺著左手，還是能走路的。拳法大師之子清十郎被門人用門板抬著走在京都大馬路上，如果這件事傳開來，恐怕已故的大師就要名聲掃地嘍！有比這更不孝的事嗎？」

突然，清十郎站了起來，右手好像比左手長了一尺，好像是別人的手垂掛在他肩膀一樣。

「御池、御池！」

「屬下在。」

「砍！」

「砍、砍什麼？」

「笨蛋！剛才不是說過了嗎？當然是砍我的右手。」

「但是？」

「唉！眞沒出息——植田，你來砍，快點動手。」

「啊……是！」

此刻，小次郎說道：

「我來幫你砍。」

「好！拜託你！」

小次郎走到他身邊，抓起清十郎將斷未斷的右手，同時拔出身前的小刀。接着，大家身邊響起一個奇怪的聲音，就像瓶塞拔出時「砰」的一聲，一道血柱泉湧而出，清十郎的手腕應聲落地。

10

清十郎失去重心，踉蹌了幾步。弟子們趕緊上前扶住他的傷口。

清十郎臉色慘白，狂囂道：

「走！我要走回去！」

弟子們圍繞著他，走了十幾步。沿路滴下來的血被地面的沙土吸乾。

「師父！」

「小師父！」

弟子們停住腳步，圍繞著清十郎。有人小心翼翼說道：

「您躺在門板上比較舒服吧？別再聽小次郎那傢伙饒舌胡說八道了。」

衆人在言詞間對小次郎充滿了憤怒。

「我說用走的！」

清十郎一口氣又走了二十來步。這不像是腳在走路，倒是毅力使他向前邁進。

但是，毅力無法持久。才走了五十公尺，「啪」一聲，清十郎便倒在門徒手裏。

「快叫醫生！」

這羣人狼狽不堪，像抬屍體一般，倉皇地將毫無支撐力的清十郎抬著跑。

目送清十郎等人離去，小次郎回頭向樹下的朱實說道：

「朱實！妳看到了吧？覺得過癮嗎？」

朱實臉色發青，瞪著小次郎邪惡的笑臉。

小次郎又繼續說道：

「妳啊！日日夜夜不忘詛咒清十郎，罵他好像已經成爲妳的口頭禪了！此刻，想必妳是大快人心了吧……奪走妳貞操的人，落得如此下場，不是罪有應得嗎？」

「……」

朱實覺得此時的小次郎比清十郎更應該被詛咒，而且也更令人可怕、厭惡。

清十郎雖然玷污自己，但清十郎不是壞人，不是罪不可赦的人。

跟清十郎比起來，小次郎才是壞人。雖然不是世上所謂的壞人，但卻是一個變態人。他不會因爲別人得到幸福而高興；反而袖手旁觀他人的災禍與痛苦，當做自己快樂的泉源。這種人比盜賊、惡霸更壞，不能不提防。

小次郎讓小猴子騎在肩上：

「回去吧！」

朱實很想逃離這個男人。但是，她覺得她無法巧妙逃開，況且也沒那個勇氣。

小次郎自言自語道：

「聽說妳找過武藏，結果徒勞無功吧？他不會一直待在這兒的。」

他邊說邊向前走去。

「為什麼無法從這惡魔身旁離開？為什麼不趁隙逃走呢？」

朱實雖然氣憤自己的愚昧，最後還是不情願地跟在小次郎身後離去。

騎在小次郎肩上的小猴子，轉過頭來吱吱叫著，露出滿口白牙，對著朱實堆滿笑容。

「……」

朱實覺得自己和這隻猴子同是天涯淪落人。

她心裏覺得清十郎頗為可憐。暫且撇開武藏不談，她對清十郎也好，小次郎也罷，各抱著不同的愛與恨。此時此刻，她才開始認眞、深入地思考男人。

11

勝利了！

武藏內心為自己奏著凱歌。

「我戰勝吉岡清十郎了！我打敗了室町以來京流的宗家名門之子。」

但他的內心卻毫無喜悅之情，只低著頭走在原野上。

咻——地低空飛過的小鳥，像魚兒翻挺肚子一般。他雙腳踩著柔軟的落葉和枯草，一步步沈重地走著。

勝利後的落寞感，這原是賢人才有的世俗感傷。對一個習武的人來說，不該有這種感覺。但是武藏卻壓抑不住這分落寞感，獨自一人在原野上踱步。

他突然回首一望。

他清楚見到與清十郎會面的蓮台寺野的山丘聳立著細長的松樹。

「我沒砍第二刀，應該不會致命吧？」

他惦記起手下敗將的傷勢，重新檢視自己手上的木劍，上面一點血跡也沒有。

早上帶木劍到此地赴約之前，他心想敵人必定帶了許多隨從，也可能施展卑鄙的手段。所以當時他已抱著必死無疑的覺悟，而爲了不讓自己的死相太難看，他特地用鹽巴將牙齒刷得雪白，連頭髮也洗過才出門。

見到清十郎之後，發現他和自己想像中的完全不同。他不禁懷疑，這就是赫赫有名的拳法之子嗎？

武藏眼中的清十郎，怎麼看都不像是京流第一的武術家，倒像是大都市裏小家子氣的公子哥兒。

他僅帶一名貼身隨從，其他的隨從、打手都沒來。兩人互報姓名，正要開打之際，武藏立刻心生後悔：這是不值一比的。

武藏希望挑戰強過自己的人。今日，才看一眼就知道對方根本不是自己的對手。

另外，淸十郎的眼神顯得毫無信心。以往的對手，即使功夫再差，只要是比武，便個個充滿鬥志。然而淸十郎不但眼中透露出缺乏信心，全身更是毫無朝氣。

「今早我究竟爲何而來？看他毫無自信，我寧可取消比武。」

武藏這麼一想，開始可憐起淸十郎。淸十郎是名門之子，繼承父業，受一千多人尊奉爲老師。但那是前代的遺產，並非他的實力。

武藏心想，不如找個藉口，取消比武。卻沒有機會。

「眞令人遺憾！」

武藏再次望向四周聳立著細長松樹的墳墓，心裏祈禱著淸十郎的傷能盡快痊癒。

12

無論如何，今日的比武是結束了。姑且不論勝敗，武藏最後一直耿耿於懷的是自己根本不像個兵法家，這使他遺憾萬分。

武藏察覺到自己的問題，正想快步走開。

枯野中，有一老嫗跪在草叢裏，用手撥開泥土，好像在找尋什麼。她聽到武藏的腳步聲，立刻抬起頭來，訝異的眼光盯著武藏：

「哎呀……」

那老嫗穿著和枯草同色的素和服，只有外褂的繫帶是紫色的。她身穿尋常衣服，以頭巾包著光頭，年紀約莫七十上下，看起來是位瘦小而氣質脫俗的尼姑。

「……」

武藏也嚇了一大跳，他沒想到竟然會有人在這雜草叢中，更何況老尼的衣服和原野同色，如果不注意，也許就會踩到她呢！

武藏渴望與人接近，他親切地問道：

「老婆婆！您在採什麼啊？」

老尼全身顫抖地蹲在原地看著武藏。從袖口隱約可瞧見她手上戴著彷佛是南天果實串起來的珊瑚念珠。手上拿著小竹簍，裏面裝著扒開草根尋得的野菊、款冬藤等各種菜根。

老尼的手指和紅色念珠，一直顫動著。武藏想不通她到底在害怕什麼？老尼該不會是誤以爲他是攔路搶劫的山賊吧！他刻意露出親切的表情，走到老尼身旁，看一看竹簍中的青菜，然後說道：

「老婆婆！這種青菜已經長出來了啊？對了！春天到了啊！您採了芹菜，也採了蔓菁和子母草。啊！原來您在摘野菜呀！」

突然，老尼嚇得丟下竹簍，邊跑邊喊道：

「光悅呀！」

「……」

武藏呆若木雞地站在原地，看著老尼瘦小的身影逐漸遠去。

放眼望去，原野一片遼闊平坦。但若仔細瞧，平坦中仍可見起伏，老尼的身影便消失在低窪的一端。

武藏心想，剛才那老尼喊著人名，應該另有同伴。此刻，隱約中看到遠處升起裊裊炊煙。

「那老尼辛辛苦苦所摘的野菜，卻……」

武藏撿起掉在地上的菜葉，放回小竹簍中。他決定無論如何也要表明自己的善意，於是趕緊抓起竹簍，跟在老尼身後追了過去。

很快又看到老尼的身影，她並非獨自一人。另外，還有兩人在那兒。

這三個人看起來像是一家人。他們爲了躲避北風，選了一處微微傾斜的山坡地，在陽光下鋪著毛毯，上面擺著茶具、水壺、鍋子等器具。像這樣以藍天、大地爲茶室，將自然視爲自家庭院的生活，倒也悠閒風雅。

生活高手

1

三人中，一人是男僕，還有一人像是老尼的兒子。

雖說是兒子，也已是四十七、八歲的人了。此人的長相像極了京都出土的燒瓷人偶，膚色雪白，肌肉豐盈亮麗，臉上、內心洋溢著舒暢和愉快。

剛才，這位老母叫著：

「光悅呀——」

想必這人的名字就叫做光悅吧！

當今，在京都本阿彌路，也住著一位名聞天下的光悅。

傳言加賀大納言利家每月給他兩百石的資助金，不知羨煞多少人。他住在商店街，靠兩百石的資助金過著豪奢的生活。而且，又受德川家康特別的賞識，准予自由進出朝廷。因此，天下諸侯行經這一家門前時，都小心翼翼地低著頭。

因他住在京都本阿彌路，所以被稱爲本阿彌光悅。他的本名叫做次郎三郎，職業是刀劍的鑑定、研磨和修理。就因爲這三種技能，所以從足利時代到室町時代，家世一直興盛不衰。而且，在今川家、織田家、豐臣家時代，世世代代都受到寵信及優渥待遇，一直延續至今日，堪稱擁有崇高聲譽、顯赫家世的家族。

除此之外，光悅既能畫，又會捏陶，還會泥金畫。而他自己對書法最具信心。如果說當今的名書法家以住在男山幡的松花堂昭乘、烏丸光廣卿和近衛信尹公（聞名於世的三藐院風的創始者）最有名的話，那麼，和這三人並駕其驅的就是光悅。

但是，他自己卻不滿意世人如此的評價。

街頭巷尾甚至流傳著——

有一次光悅拜訪素日往來密切的近衛三藐院。信尹公是氏長者前關白名門貴公子，現爲左大臣，是位嚴肅的達官顯要。個性不像一般的世俗之人，但畢竟是經歷過朝鮮之役的人，所以他經常說：

「征韓不能說是秀吉一人的事，它關係著日本國的興亡，所以，爲了日本，我不能坐視不管。」

因此，他上表天皇，自願參加征韓之役。

秀吉聽了他的奏表之後，大聲駁喝：

「天下最無用的人莫過於他了！」

秀吉如此嗤笑他，最後世人卻也批評秀吉的征韓政策是天下最無益的事，這實在可笑。此事暫且不提。話說光悅拜訪近衛三藐院時，書法是經常的話題。

有一次，三藐院問光悅道：

「光悅！如果讓你選出天下三大名書法家，你會選哪三位？」

光悅胸有成竹，即刻回答：

「首先是您，其次是八幡瀧本坊——就是那位昭乘吧！」

三藐院顯出不解的神情，再次問道：

「你說首先、其次……到底書法第一是誰呢？」

此刻，光悅臉上毫無笑容，瞧一眼對方之後說道：

「那就是我。」

這就是本阿彌光悅。但是，現在出現在武藏面前，僅攜帶一名男僕的母子，會是那位本阿彌光悅嗎？如果是，怎麼會只帶一名家僕，而且穿著簡樸，使用如此平凡的茶具呢？

2

光悅手持畫筆，膝上了放一張紙。紙上畫著他精心描繪的原野景色，而四周則散了一地的廢紙，上面盡是畫著流水線條，大概是用來練習的吧。

突然，他回過頭。

「怎麼了？」

光悅以詢問的眼光，看著站在家僕身後全身顫抖的母親，又看了站在一旁的武藏。

武藏與他沈穩的眼光接觸時，也感到心平氣和。說他的眼神讓人感到親切還不夠。在自己周遭很少碰到這樣的人，他的眼神令人倍覺懷念。就像他滿腹經綸、眼眸深處閃爍智慧的光芒。對武藏來說，他那一瞬的眼神，就像睽違已久的老友笑容。

「閣下……家母是否冒犯您了？我是她兒子，但也已四十八歲，所以請您體諒家母已經是上了年紀的人了。乍看她的身體還挺硬朗，只是有點眼花，常看不清楚。在此，我為家母的疏忽致上十二萬分的歉意，還請多包涵。」

他將膝上的紙和手上的筆放在毛毯上，跪在地上，正準備恭敬地行禮賠罪。武藏聽了光悅的話之後，手足無措，更覺得有必要向他說明自己並非有意驚嚇他的母親。

「唉呀……」

武藏慌慌張張，也趕緊跪到地上，阻攔光悅的行禮。

「您是老婆婆的兒子嗎？」

「是的。」

「該賠罪的是我，我絲毫不知道令堂為何如此驚嚇？令堂一看到我，就丟下竹簍逃跑……令堂年紀老邁，辛苦採摘的各種野菜掉了一地。我想，在這荒野摘這些野菜，需花費不少心力，所以將野菜撿起，送到此地，就是這樣，還請您多包涵。」

「啊！原來是這麼一回事呀！」

光悅聽到這裏，已大致瞭解，邊微笑邊向母親說道：

「母親！您聽到了吧？是您誤會人家了。」

他的母親這才放下心，從家僕身後稍稍探出頭來說道：

「光悅呀！這麼說來，這位先生是不會加害我們嘍，是嗎？」

「他不但不會加害我們，而且他看到您把青菜丟在地上，感念您在荒野採摘青菜的辛苦，特地將竹簍送到這裏。他是一位心地善良的年輕武士啦！」

老母感到過意不去，走到武藏面前，深深地行禮賠不是，臉頰幾乎要碰到手腕上的念珠了。

「非常抱歉！」

解開心中的疑惑之後，老母臉上堆滿笑容，向光悅說道：

「回想剛才的事，實在非常抱歉。但是，老實說我一看到這位武士的時候，總覺得他充滿了血腥味，令人毛骨悚然。現在仔細一看，他並非這種人啊！」

聽了這位老母親的一席無心之言，武藏內心受到一陣衝擊。他這才回過意識，覺得似乎被人看穿了。

3

——一個充滿血腥味的人。

光悅的母親毫不掩飾地直言。

沒有人知道自己的味道。但武藏被這麼一說，好像也聞到自己身上那股妖氣和血腥味。那老母的感覺如此準確，使得武藏感到未曾有過的羞恥。

「這位俠士！」

光悅把這一切看在眼裏。他看到武藏這個年輕人有一雙炯炯有神、閃亮無比的眼睛，他的頭髮不抹油卻殺氣四溢——全身就像火藥，一觸即發。對這位年輕人，光悅感到一分莫名的喜愛。

「如果您不急著走，請休息一會兒吧！這裏非常寂靜，即使不和人交談，也會覺得神清氣爽，一顆心就像要被藍天融化一般。」

老母親也說道：

「待我再摘點野菜來煮鹹粥，就可招待您了。如果不嫌棄，請喝杯茶吧！」

武藏和這對母子交談時，植在體內的殺氣荆棘，已被連根拔起，整個人變得心平氣和，重新感受到家人的溫暖。於是他脫下草鞋，坐到毛毯上。

雙方越談越投機，他對這母子漸漸有所瞭解。老母親叫做妙秀，在京城是一位不可多得的賢妻良母，而兒子光悅，是在本阿彌街的藝林中，名聞遐邇的大師。此刻，終可確定他就是傳說中的本阿彌光悅。

一提到刀，大家就會聯想到家喻戶曉的本阿彌家。雖然這麼說，但是武藏仍然無法將眼前的光悅和妙秀這對母子，與自己印象中赫赫有名的本阿彌家做聯想。即使這對母子具有顯赫家世，但也許是因爲在荒野中邂逅，所以讓人覺得他們和普通人毫無兩樣。況且，他們和藹可親的態度，令人一時無法忘懷。

妙秀邊等著水沸騰，邊問兒子：

「這孩子幾歲？」

光悅瞧一眼武藏之後，回答道：

「大概二十五、六歲吧！」

武藏搖搖頭說道：

「不是！是二十二歲。」

妙秀露出訝異的眼光說道：

「還這麼年輕啊！正好二十二歲，那可以當我的孫子嘍！」

接著，妙秀又問家鄉在哪裏、雙親是否健在、和誰習劍等，問個不停。

武藏被老母親當成孫子，喚起了童心。言語間不自覺流露出孩童的天眞氣息。

武藏直至今日一直走在嚴格的鍛鍊之路，欲將自己鍛鍊成銅牆鐵壁，而不曾讓生命好好地喘息。此刻，和妙秀交談之時，他那久經風吹日曬。痲木不仁的肉體，突然渴望開懷暢談、躺在地上撒嬌的心情。

然而武藏卻無法做到。

妙秀、光悅以及這塊毛毯上所有的東西，甚至一只茶杯，均和藍天協調，與大自然合而爲一，猶如原野中的小鳥，閑靜、愉悅地享受著大自然。只有武藏自己始終感到與這一切格格不入。

4

只有在交談的時候，武藏才感到與毛毯上的人水乳交融，這事令他感到安慰不已。

但是，不久，妙秀開始望著茶壺沈默不語，而光悅也拿起畫筆，背對著他畫畫。這一來，武藏無法和他們交談，也不知道該如何自處。他只感到無聊、孤獨和寂寞。

武藏心想：

這有什麼樂趣？這對母子在初春之際，來到這荒野，不覺得冷嗎？

武藏覺得這對母子的生活，眞是不可思議。

如果單純爲了採野葉，應該等天氣較暖和、來往行人較多的時候才對。那時，草也長出來、花也開了；如果是爲了喫茶享樂，根本沒必要千里迢迢將爐子、茶壺等器具帶到此地，用起來也不方便。更何況本阿彌家是望族，住處必定有好茶室。

是爲了畫畫嗎？

武藏又這麼猜想著，眼睛望著光悅寬廣的背。

稍微側身，看到光悅在紙上畫著和先前一樣的圖，而且只畫流水。

抬頭一望，不遠處的枯草地，有一道彎彎曲曲的小河，光悅專心一意畫著這流水的線條。他想藉用水墨將它呈現在紙上，就是一直無法捕捉到它的神韻，所以光悅不厭其煩地畫了幾十遍同樣的線條。

啊！原來繪畫也不是件容易的事。

武藏忘了無聊，不覺看得出神。

當敵人站在劍的一端，自己達到忘我之時，內心的感覺猶如與天地合而為一。噢！不！連感覺都消失的時候，劍才能砍中敵人。光悅大人大概還將水看成對手，所以才畫不好。要是他能將自己視為水就好了！

無論觀看什麼，武藏都會三句不離本行，馬上想到劍。

由劍觀畫，他可以有某些程度的理解。但是，無法理解的是，妙秀和光悅為何如此快樂？雖然母子兩人靜靜地背對著背，卻可以看出他們正在享受今日美好的時光，真是令人不可思議。

大概是因為他們無所事事吧！

他單純地下了結論——

在這危險重重的時勢下，也有人鎮日裏只是畫畫圖、沏沏茶吧……我就沒有這種緣分。他們大概就是那種擁有祖先龐大財產，卻不管時勢，而與世無爭、遊山玩水的閒人雅士吧？

過不了多久，他又開始覺得意興闌珊。對武藏來說，懶惰是要不得的，所以一興起這種感覺，他便無法再待下去了。

武藏準備穿上草鞋，表情看來好像即將從無聊中解脫一般。

「打擾您們了！」

妙秀頗感意外地說道：
「啊！你要走了嗎？」
光悅也靜靜地回過頭來說道：
「雖然不成敬意，但家母誠心想請您喝杯茶，所以剛才全神貫注燒開水。不能再多留一會兒嗎？剛剛您不是跟家母說過，您今早在蓮台寺野和吉岡家的長子比武嗎？比武之後，沒有比喝杯茶再好的事了——這是加賀大納言大人和家康公經常說的話。沒有比茶更能養心的東西了。我認爲動由靜生……來，我來陪您聊一聊吧！」

5

這兒離蓮台寺野有一段距離，難道光悅已經知道今早自己和吉岡清十郎比武的事了？
盡管他已知道，卻把這件事當做與他毫無相干的另一個世界的騷動般，這才能如此寧靜嗎？
武藏再次看了光悅母子一眼之後，坐直身子：
「既然如此，那我就喝杯茶再走吧！」
光悅非常高興：
「我並非要強迫挽留您。」
他說完將硯台蓋好，並將盒子壓在紙上，以免畫紙亂飛。

光悅置物的箱子，外面鑲著沈甸甸的黃金、白金、螺鈿，光輝燦爛有如吉丁蟲，閃閃發光，相當刺眼。武藏不自覺地伸伸懶腰，看了一眼描金鑲鈿的置物箱。

箱子最下面一層放硯台，這一層的泥金畫，一點都不燦爛刺眼。但是，卻將桃山城美麗景象，縮小匯集在這一處，盡入眼底。而且，泥金畫上頭似乎燻了千年的高漆，芳香無比。

「……」

武藏百看不厭，眼睛直盯著箱子。

比起十方蒼穹，比起四方的自然荒野，武藏認爲這個小小的手藝品是世界上最美的。光看著它，就覺得心滿意足了。

此時，光悅說道：

「那是我閒暇時的作品，您好像蠻中意的！」

武藏回答：

「哦？您也畫泥金畫嗎？」

光悅笑而不答。他看到武藏好像對這藝品比對天然之美更存敬意，因此，在心裏笑道：

這個年輕人眞是個鄉巴佬。

武藏渾然不知面前這人，以居高臨下的態度看扁他，仍然盯著箱子讚美道：

「眞是巧奪天工呀！」

光悅補充：

「雖然我說那是我消遣之作，但是配合構圖的和歌，都是出自近衛三藐院大人之作，而且也是他的親筆字。因此，這件作品也可說是兩人合作而成的。」

「是關白家那位近衛三藐院嗎？」

「沒錯！就是童山公之子信尹公。」

「我的姨丈長年在近衛家工作。」

「請問令姨丈叫什麼名字？」

「他叫松尾要人。」

「啊！是要人先生啊！我跟他很熟。每次到近衛家都承蒙他的關照，而且要人先生也經常到寒舍來。」

「眞的嗎？」

「母親！」

光悅將此事告訴母親妙秀之後，接著說道：

「也許我們眞是有緣呢！」

妙秀也答道：

「原來如此。這麼說來，這孩子是要人先生的外甥嘍！」

妙秀邊說邊離開風爐，來到武藏和兒子身邊，姿態優雅地按茶道禮儀泡起茶來。

雖然她已年近七十，但泡茶技巧卻相當純熟，自然熟練的舉止，甚至手指移動的細微動作，充滿了女姓優雅柔美的神韻。

粗魯的武藏，學著光悅正襟危坐，雙腳難過極了。他的膝前擺了一個木製點心盤，雖然放著不值錢的小饅頭，但卻用在這荒野中採摘不到的綠葉鋪著呢！

6

就像劍有劍法，茶亦有茶道。

現在武藏直盯著妙秀泡茶的舉止，心裏由衷讚嘆：眞是好本領！簡直無懈可擊！

他仍舊以劍道來解釋。

一位武林高手，手持刀劍凜然而立，其態度之莊嚴，令人覺得他不是這個世界上的人。現在武藏從這泡茶的七十歲老母親身上也看到了如此莊嚴的姿態。

他看得出神，並在心裏想著：

道，是技藝的神髓，無論任何事，只要精通了，道理都是相同的。

但是——

武藏望著擺在膝前小綢巾上的茶碗，他不知道該如何端茶？如何喝茶？因爲他從未正式喝過茶。

那茶碗好像是小孩揑的樸拙之作。然而碗內深綠色的泡沫，卻比天空的顏色更深沈、更寧靜。

「……」

光悅已吃過甜點。接著，就像寒夜中，握著溫暖的物品一般，光悅兩手端起茶碗，二、三口就喝光了。

「光悅閣下！」

武藏終於開口說道：

「我是學武的人，對茶道一無所知，完全不懂喝茶的規矩。」

此時，妙秀像是在責備孫子般，溫柔的眼光瞪了武藏一眼：

「你這說什麼話……」

「對茶道無論知道也好，不知道也罷，喝茶並不需要高智慧、高知識。你是武士，就以武士的方式喝吧！」

「這樣子啊！」

「茶道並非就是禮儀，禮儀是要聚精會神。你所熟知的劍道，不也是如此嗎？」

「正是如此。」

「聚精會神時，如果肩膀僵硬，會損壞煞費苦心所泡的茶味。而劍道也是一樣，如果身體僵硬，會令心與劍無法合而為一，你說對不對？」

「沒錯！」

「哈！哈！我對劍法完全不懂呢！」

武藏原想傾聽妙秀接下來要說什麼，豈料妙秀接下來只是哈哈幾聲就將話題結束，武藏不自覺低下頭來。

武藏膝蓋坐麻了，便改變跪姿，換成盤腿而坐。接著端起茶碗，也不管它燙不燙，就像喝湯般一口氣喝完。嚥下之後，他心裏喊著：

「好苦啊！」

只有這件事，他無法佯裝說很好喝。

「再來一杯吧？」

「不！已經夠了。」

究竟有什麼好喝的嘛！爲何人們如此看重，而且還定出一套泡茶規矩呢？

武藏無法理解。這個問題和先前對這對母子所持的疑問，是不容忽視的。如果茶道只是自己粗淺地感受到的東西，那它就不會歷經東山時代長遠的文化而如此發揚光大。而且也不會如此受到秀吉和家康等大人物全力的支持而歷久彌新。

柳生石舟齋也在晚年隱遁於此道。印象裏澤庵和尚也經常提起茶道。

武藏再次望著小綢巾上的茶碗。

7

武藏想著石舟齋，再看看眼前的茶碗，突然想起石舟齋送他一枝芍藥的事情。

不是想起那枝芍藥花，而是想到那花枝的切口，以及手拿芍藥枝時強烈的顫慄。

「啊呀！」

武藏幾乎要叫了出來，一只茶碗，卻令他內心受到如此強烈的震撼。

他將茶碗放在膝上，仔細端詳著。

武藏與剛才判若兩人，他的眼神充滿熱情，仔細地端詳茶碗上的刻紋。

「石舟齋切芍藥枝的切口，與這茶碗陶器上的刻紋，兩者的鋒利度是一樣的……嗯！兩者的手藝都技術非凡。」

武藏肋骨膨脹，感覺呼吸困難——他無法說明原因。只能說茶碗上潛藏著名師的力量。這種無法言喻的感覺，直沁心頭。而武藏比別人更有這種感受力。他心裏暗暗問道：

到底是誰做的呢？

他拿著茶碗，愛不釋手。

武藏禁不住問道：

「光悅閣下！就如剛剛我說過的，我對陶器一竅不通。只想請教您，這只茶碗是出自哪位名師之手呢？」

「為什麼問這個呢？」

光悅說話的語氣，如同他的臉一般，非常柔和。雖然他的嘴唇渾厚，但說出來的話卻帶著女性特有的嬌柔。下垂的眼角像魚一樣細長，看起來頗具威嚴。偶爾，帶點嘲笑人的皺紋。

「您問我爲什麼問，實在令我無法作答，我只是隨口問問而已。」

光悅不懷好意又問道：

「是哪個地方，或是什麼東西，引發您想到這個問題。」

武藏想了一會兒後，回答道：

「我無法說得很清楚，不過，我試著說說看吧！這個用小竹片切割的陶土刻紋——。」

「嗯！」

光悅是個有藝術天賦的人，況且他認定武藏沒有藝術理念，因而不把他放在眼裏。但意外地，武藏竟然說出不能等閒視之的話，因此，光悅那猶如女人般溫柔豐厚的嘴唇突然緊緊閉住。

「武藏閣下，您認爲小竹片的刻紋怎樣？」

「非常鋒利！」

「只有這樣嗎？」

「不！不只這樣，相當複雜，這個人一定很有器量。」

「還有呢？」

「他的刀就像相州產的，非常鋒利，而且還漆上芳香漆。再看茶碗，整體來說，雖然樸實，卻有著優越感，有一股王侯將相驕傲自大的味道，也有一股睥睨衆生的感覺。」

「嗯！嗯……原來如此。」

「因此，我認爲作者是個深不可測的人，一定是位名師……恕我冒昧，到底是哪位陶藝家燒了這只茶碗呢？」

此刻，光悅厚厚的嘴唇這才綻開來，他噙著口水：

「是我呀……哈！哈！是我閒暇時燒的碗吶！」

8

光悅眞是有失厚道。

讓武藏盡情批評之後，才說出茶碗的作者是自己。這種故意嘲弄對方，令武藏感到不舒服，應該罪加一等。何況光悅已四十八歲，而武藏才二十二歲，單就年紀的差異，就是不爭的事實。武藏卻一點也不動怒，反而非常佩服光悅，心想：

「這個人竟然連陶器都會燒……更想不到這只茶碗的作者就是他。」

對於光悅的多才多藝，不！與其說是才能，倒不如說他像那只樸實的茶碗隱含著人類的深度。武藏自覺相形見穢。

武藏原本要拿引以自傲的劍術來衡量這號人物，但卻派不上用場，便對他倍加尊敬了。

武藏有了這種想法之後，無形中便顯得渺小了。他具有臣服於這一類人的天性，從這裏也可以看到自己的不夠成熟。在成人面前他只不過是一位渺小且害羞的小伙子罷了。

光悅說道：

「您好像很喜歡陶器，所以才能慧眼識英雄。」

「我是門外漢，我只是猜想而已。冒犯之處，還請見諒。」

「事實就是如此，想燒一只好茶碗，得花上一輩子的時間。您有藝術的感受性，且相當敏銳——不愧是用劍的人，才能自然地培養好眼力。」

光悅心裏已默認武藏的能力，但是，成人就是這麼好面子，即使心裏頗受感動，嘴上也絕不誇你半句。

武藏忘了時間這回事。他們交談的時候，家僕已摘回一些野菜。妙秀煮好粥，蒸好菜根，並盛在光悅親手做的小盤子上，配上芳香四溢的醬菜，開始享受一頓簡單的野宴。

武藏覺得這些菜太淡了不好吃。他想吃味道濃厚較有油脂的食物。

雖然如此，他還是打算好好品嚐野菜、野蘿蔔淡淡的滋味。因爲他知道從光悅和妙秀身上，一定可以學到一些道理。

但是，說不定吉岡門徒爲了替師父報仇，會追到這裏來。因此，武藏一直無法靜下心來，他不時眺望遠處的荒野。

「感謝您熱情款待！雖然沒什麼急事，但是深怕對手的門人追趕過來，連累您們。如果有緣，我們後會有期。」

妙秀站起身來送客：

「若到本阿彌來，請到寒舍一坐。」

光悅也說道：

「武藏閣下，改天請到寒舍一敍——屆時再慢慢聊。」

「我一定去拜訪。」

武藏一直擔心吉岡家的人會追來，但是寬廣的原野上，未見吉岡門徒的影子。武藏再次回頭眺望那片光悅母子享樂的毛毯世界。

他心裏想著：自己所走的路，只是一條又小又危險的路。光悅所悠游的天地既明亮又寬廣，兩者眞是天壤之別。我望塵莫及呀！

「……」

武藏靜靜地朝著荒野的另一端走去。跟先前一樣，他仍是低頭默默前行。

夜路

1

「吉岡第二代丟盡臉了！眞令人痛快！喝酒！喝酒！乾杯！」

郊區養牛街有家酒館，泥地間內瀰漫著柴火的煙霧，空氣中飄來食物的香味，屋內已逐漸暗了下來，但是屋外，晚霞卻將街道照得通紅，彷彿火燒一般。每次掀起門簾，便可從屋內望見遠處東寺塔猶如一團黑炭的烏鴉。

「喝吧！」

圍著板凳坐著三、四位商人，也有獨自一人靜靜吃飯的六部（編註：走訪日本六十六國社寺，抄寫法華經的行腳僧）。還有一羣工人擲銅板、划拳喝酒，這些人把狹窄的泥地間擠得水洩不通。

有人說道：

「好暗吶！老闆，我們會把酒灌到鼻子裏啊！」

「知道了，我馬上燒柴火。」

酒店老闆在房子一角的火爐內添加柴火燒旺，屋外越是昏暗，屋內便越顯得通紅。

「我一想起來就氣，前年開始，吉岡就一直積欠木炭錢和魚錢，其實這些金額對武館來說，根本微不足道。除夕那天，我們到武館收帳，竟然被他們攆出來！」

「別生氣！蓮台寺野事件，就是因果報應，不是替我們洩憤、報了仇嗎？」

「所以我現在不但不生氣，反而非常高興。」

「吉岡淸十郎也太不中用了，才會輸得那麼慘！」

「不是淸十郎不中用，是武藏太強了。」

「對方才一出手，淸十郎就斷了一隻手，也不知道是右手還是左手。而且還是被木劍砍的，你看，武藏夠厲害吧！」

「你親眼看到了嗎？」

「我雖然沒親眼目睹，但看到的人都這麼說。淸十郎是被人用門板抬回來的，雖然暫時保住性命，卻一輩子殘廢嘍！」

「然後呢？」

「吉岡的弟子揚言非殺武藏不可，否則無法在江湖上扳回吉岡流的聲譽。但是，連淸十郎都不是武藏的對手，還有誰能敵得過武藏呢？吉岡門中能與武藏一較高低、決勝負的，大概只有其弟傳七郎而已。聽說現在他們正到處尋找傳七郎呢！」

「傳七郎是淸十郎的弟弟嗎？」

「這傢伙比他哥哥更有本事，但卻是個難以管教的二少爺。只要身邊有錢，絕不回武館。他還經常利用父親拳法的關係和名聲，到處招搖撞騙。看來，他是個無賴，到處吃喝玩樂，難以應付。」

「還眞是難兄難弟。那麼偉大的拳法大師，竟然會生出這種兒子。」

「所以我說不一定是龍生龍、鳳生鳳啊！」

爐火又暗了下來。火爐旁，有個男人從剛才就一直靠著牆壁打瞌睡。那人大概喝了不少酒，睡得正酣。雖然酒店老闆輕輕地添加柴火，但是薪木投入爐內時，火星爆裂，飛向那男人的頭髮和膝蓋。

「這位客官，火會燒到您的衣服下襬，請您往後退一些。」

男人遲鈍地睜開他那因酒和火而充滿血絲的眼睛，含糊說道：

「嗯！嗯！知道了。加柴火的動作輕一點。」

但是那人仍雙手抱在胸前，腰也不挪一下。他已經爛醉如泥，表情卻抑鬱寡歡。

從其酒品及臉上浮現的青筋，此人正是本位田又八。

2

蓮台寺野那天所發生的事，除了這裏之外，也謠傳到各處。

武藏越出名，本位田又八就越感悽慘。他出人頭地之前，不想再聽到有關武藏的事。但是，只要有人聚集的地方，即使摀住耳朵，還是聽到類似的話題。因此，連酒都無法爲他解憂消愁。

「老闆，再給我斟一杯。什麼？冷酒也行，用那個大酒杯。」

「客官，您不要緊吧？您的臉色都發白了。」

「胡說什麼！我臉色發白是天生的。」

不知又喝了幾大杯，連老闆都記不清楚了，只見他一杯杯地猛灌。

灌完酒，他又將雙手交叉在胸前，沈默地靠著牆。雖然喝了那麼多酒，腳邊的爐火又燒得那麼旺，但是他臉上卻毫無血色。他心想：

「什麼嘛！我做給你看！人要成功，並非得靠劍術才行。不管是有錢人、有地位的人或是流氓，無論走哪一條路，只要能成爲一國或一城之主就行了！我和武藏兩人才二十二歲，俗語說少年得志大不幸，因爲這些人自認是天才、驕傲自大，到了三十歲左右，聲名便已搖搖欲墜，只得淪落爲小鬼頭之類的稱呼，這就是他們這種人的下場。」

他耳中聽著武藏的神勇事蹟，心裏充滿了反感。他在大坂郊區一聽到這傳聞，便立刻趕來京都。也沒有什麼特別的目的，只不過因爲太在意武藏，所以來看看事後的情形，他心想：

「現在，正是武藏那傢伙自得意滿之時，總會有人修理他吧！吉岡是何等人物，還有十劍士，還有他弟弟傳七郎呢……」

他心中一直在等待武藏一敗塗地的一天，再看看自己是否能僥倖出人頭地。

「啊！口好渴！」

突然，他站了起來，其他的客人都回頭看他。又八走到角落的大水缸前，低下頭來，用水杓舀水喝。然後丟下杓子，掀起門簾，搖搖晃晃地走了出去。

酒館老闆對又八這一舉動相當吃驚，他看到又八的身影還在門後，趕緊追出去：

「喂！客官！」

「您還未結帳呢！」

其他的客人，也都把頭伸出門簾看個究竟。又八搖晃的身子勉強站住了腳。

「什麼事？」

「客官！您忘了嗎？」

「我忘了東西嗎？」

「酒的……嘿！嘿……您還沒付酒錢呢！」

「啊！結帳啊！」

「沒錯！」

「錢嘛！」

「嗯！」

「錢的事，實在傷腦筋啊！前幾天都花光了。」

「這麼說來，你一開始就明知身無分文，卻存心想喝霸王酒嘍？」

「閉、閉嘴！」

又八伸手在懷中來回摸了摸，最後找到一個印盒，將它朝酒館老闆的臉丟去：

「我也是個堂堂正正的武士，才不會墮落到白喝酒呢！——這東西付帳嫌多了，你就拿去吧！多的就不必找了！」

3

酒館老闆還沒看清楚丟過來的東西就被它打中臉頰，痛得兩手摀臉。在門簾後偷看的客人，對又八的行爲非常生氣，一起衝到外面，怒罵道：

「好大的膽子！」

「竟然敢喝霸王酒！」

「敢做敢當啊！」

這些人一身酒味，黃湯下肚之後，對不道德或違規的人特別憤怒。衆人將又八圍住：

「眞是壞毛病！臭小子，付了錢再走。」

「像你這樣的傢伙，一年到頭不知要喝倒幾家酒店。如果沒錢，就讓我們每人打一次頭。」

又八看到衆人如此憤慨，且揚言要毆打他，所以一直握著刀柄，以防萬一：

「什麼？想打我？有意思，打打看吶！你們當我是誰啊？」

「把你當成比乞丐還沒志氣、比盜賊還無恥的垃圾浪人啊！怎麼樣？」

「有種！敢這麼說。」

又八臉色發白，蹙著眉，怒視四周叫囂道：

「聽了我的名字，可別嚇著了。」

「誰會嚇到？」

「我就是佐佐木小次郎。伊藤一刀齋的師弟，也是鐘卷流的能手，你們沒聽過我小次郎嗎？」

羣衆中有人伸出手來怒責道：

「眞可笑，自命不凡的傢伙！不管你是誰，拿出酒錢來。」

又八聽了之後說道：

「如果印盒不夠，這個再拿去抵。」

冷不防地，又八拔出刀，砍斷了那男子的手腕。那人哇地慘叫一聲，由於叫聲太過誇張，一時人人都誤以爲自己受傷流血，張皇失措間，擠成一團，驚慌地叫道：

「他拔刀了！」

衆人爭先恐後地逃開。

又八高舉着白刃，眼光冷冷地瞪著衆人。

「剛才你們說什麼？我要讓你們這些螻蟻之輩瞧瞧佐佐木小次郎的厲害。站住！把頭留下來再走。」

暮色中，又八獨自一人揮舞著白刃，口中不停地說：「我是佐佐木小次郎。」但是，身旁的人已經跑光了。夜逐漸籠罩了下來，四周一片靜寂地，連烏鴉的啼聲也沒有。

「……」

又八仰著臉，好像被人搔癢般露齒狂笑。但是，臉上卻是欲哭無淚的寂寞表情。他顫抖著收刀入鞘，跌跌撞撞……蹣跚地走著。

打中酒館老闆臉頰的小印盒，因爲老闆慌張逃走，所以掉在路旁，映著星光閃閃發亮。

印盒是用黑檀木做的，上面鑲嵌著藍貝殼。雖然看不出是什麼昂貴的盒子，但是丟在夜晚的路旁，盒子上藍貝殼閃閃發光。遠遠望去，彷彿是一羣螢火蟲停在那兒一般，很是閃爍耀眼。

「咦？」

隨後，從酒館出來的六部撿起這個小印盒。剛才，六部好像有急事在身，匆忙上路。但是，當他撿起印盒之後，卻又折回酒店屋簷下，藉著門縫透出的亮光，仔細觀看盒子上的圖樣與標記。

「啊！這是主人的小印盒呀！是他到伏見城去時，帶在身邊的東西啊……這盒底刻著小小的『天鬼』二字，沒錯，就是這圖樣。」

絕不能放走那個人，六部急忙去追趕又八。

4

「佐佐木先生！佐佐木先生！」

雖然聽到有人在背後呼叫，但是因爲那不是自己的名字，所以爛醉如泥的又八，簡直充耳不聞。

又八從九條往堀川的方向走去。

六部加快腳步追趕過來，一把抓住又八背後的刀鞘說道：

「小次郎先生！請留步。」

又八像打嗝一般「哦」了一聲，回過頭來問道：

「叫我嗎？」

六部露出冷冷的眼光。

「您不是佐佐木小次郎先生嗎？」

又八彷彿酒醒了：

「我是小次郎嗎……如果我是小次郎，你要做什麼？」

「我想請教您。」

「什……什麼事？」

「這小印盒，您是從哪兒得到的？」

「哦？小印盒？」

他的醉意逐漸消失。那人在伏見城工地被折磨至死的武士，又浮現在他眼前。

六部又追問：

「我想問您是從哪兒得到此物？小次郎先生，這個小印盒爲什麼會落在您手上呢？」

這男子大約二十六、七歲。

又八板起面孔，試探似地詢問對方：

「你到底是誰？」

「不管我是誰，請告訴我小印盒的來處。」

「我一直帶在身邊，根本談不上出處。」

「不要胡說！」

突然，六部改變語氣叫道：

「請說出實情！要不然，有時會有意想不到的天大誤會。」

「這就是實情。」

「這麼說來，你是不肯說實話嘍？」

又八故意虛張聲勢問道：

「我不知你在說什麼？」

「你這假小次郎！」

話聲甫落，六部手中四尺二、三的椽木杖，像疾風般咻的一聲已來到又八面前。雖然又八還有幾分醉意，但是本能的反應，使他後退了好幾步。

又八踉踉蹌蹌後退了二、三步，跌坐在地，但又一骨碌地站了起來，趕緊逃走。他速度之快令六部也措手不及。

這就是小看酩酊大醉的人動作不可能敏捷的後果。六部慌張叫道：

「你這傢伙！」

他追趕著，並藉著風勢，再次將木杖丟向又八。

又八縮了縮脖子，木杖帶著呼嘯聲從身邊飛了過去。又八幾乎無法招架，於是縱身一跳，逃之夭夭。

六部拾起沒打中又八的木杖，飛也似地追趕過去。然後，算準時間，再一次將木杖投向黑暗中。

又八好不容易在千鈞一髮之際，逃過木杖的兩次攻擊。全身的酒氣頓時從毛細孔消失得無影無蹤。

5

又八的喉嚨像是燒焦了一般，口渴難耐。

無論逃到哪裏，總覺得身後一直傳來六部追趕的腳步聲。這裏已經接近六條街或是五條街，應該安全了吧！又八覺得已經脫離險境，才放下心來撫著胸脯：

「噢！眞慘……應該不會再追來了吧！」

接下來，他四處張望街道的小胡同。他並非在考慮逃跑的路線，而是在找尋水井。

他好像發現水井了，逕自往小胡同後面走去。這條貧民街，有一口公用井。

又八用吊桶打出井水，往口中猛灌。最後，他終於放下吊桶，嘩啦嘩啦地洗去臉上的汗水。

「那六部是何方人物？」

剛才的情形，令他心有餘悸。

裝金錢的皮革腰包、中條流目錄以及剛才的小印盒，這三樣東西，是去年夏天在伏見城工地，一個沒有下巴的武士被衆人打死之後，又八從他身上取下來的。這段期間，又八已將錢用盡，剩下的就只有中條流的秘傳目錄和那個小印盒了。

六部那傢伙說過：印盒是我主人的物品。所以那傢伙一定是死去武士的隨從。

世界眞小，竟然會碰到六部。又八始終覺得有人在追殺他，這讓他感到很不光彩、很慚愧。即使走到陰暗的地方，也總覺得鬼影幢幢，到處都有人在追趕他似的。

「他那打人的東西，也不曉得是木杖還是木棒，隨時都有可能像一陣風呼嘯過來，要是被它打中準沒命。我可不能掉以輕心！」

用盡死人的錢，一直令又八良心不安，他覺得自己做了壞事。那個炎炎的夏日，武士被屠殺慘死的情景，經常浮現在他眼前。

待我努力工作，存了錢，一定先把這筆錢還淸。等我出人頭地，一定要立石碑供奉他。又八在心裏，不斷向死者道歉。

他伸手到懷裏，摸摸那本中條流的秘傳目錄思考一番：

「對了，這東西一直放在身上，一定會被懷疑是凶手，倒不如把它丟了。」

懷中卷軸的邊緣一直刺得身體很不舒服，帶著這東西行走各地也挺麻煩的。

但是，又八馬上又想到丟掉實在很可惜，自己終究身無分文，這卷軸也等於是自己的財產一樣。

無論如何，以此物爲敲門磚，即使不能通往出人頭地之門，總可以找到買主吧！就因爲他抱著如此僥倖的心裏，所以即使受過赤壁八十馬的欺騙，還是沒有覺悟。

冒用寫在秘傳上的佐佐木小次郎之名，非常吃得開。對無名的小武館或是喜歡劍術的路人，報出小次郎的名號之後，不但能獲得對方極大的尊敬，而且不用說什麼，一宿一飯之事，對方也會優先處理。

新年以來這半個月，他差不多都是靠這部卷軸吃飯過活的。

「還是別丟掉。我好像志氣越來越小了，這說不定會妨礙我出人頭地。我應該學武藏的寬宏氣度，要向取得天下的傢伙看齊才是。」

內心雖然做了決定，但今晚下榻之處還沒有著落。貧民窟的房屋，雖然是用泥土和茅草築成，且已傾斜，搖搖欲墜。但是，只要有屋簷、有門的地方，就會令又八羨慕不已。

小次郎鬧雙胞

1

又八貪婪的眼神窺伺著貧民窟。這裏的每一戶人家，看起來都很窮。有夫婦兩人對坐鍋邊；也有兄妹圍著老母，正在趕夜工。不過，物質生活雖然相當匱乏，卻有著秀吉或家康家所缺少的相互扶持的東西，那就是貧窮家庭中濃厚的骨肉親情。因爲家人彼此互相安慰、互相體諒，所以這貧民窟才沒變成餓鬼居住的地方。

「我也是有母親的人——母親大人！您還好吧？」

又八突然想念起母親。

去年底，和母親相處七天後，因覺得母子倆的日子實在無聊，所以半途棄母而去。

「我眞是不應該！可憐的母親……不管我怎麼追求喜歡的女人，也無法找到像母親般由衷疼愛我的女人。」

距離目的地所剩的里程不多，又八想到清水觀音堂去看看。那裏的屋簷下，總有安身之處吧！何況，因緣際會，說不定還可以遇見母親。

老母阿杉是位虔誠的信徒，無論是神是佛，她都堅信祂們具有非凡的神力。啊！不只是相信而已，甚至依賴祂們。阿杉在大坂和又八一起生活的七天裏，母子所以不和，是因爲阿杉整日盡往神社佛寺跑。這種情形，令又八覺得無聊，覺得無法長期和母親一起生活。

當時，又八好幾次聽阿杉說道：

「神明要顯靈了，世間沒有像淸水寺觀世音菩薩這麼靈驗的。我到那裏虔誠祈禱了三至七天，就讓我碰到武藏那傢伙，而且，還是在殿前遇到的呢！因此，只有淸水寺觀世音菩薩才是眞正靈驗的神明，虔誠的相信祂吧！」

到了春天，我會順道來此參拜，祈求神明保護本位田家。又八聽母親這麼說了好幾遍。因此，說不定母親已經在那裏參拜了。又八這麼想著。他的想法，未必沒有根據。

由六條坊門街道往五條走去，雖是大街道，但是這裏的夜色暗得讓人覺得隨時會被野狗絆倒，因爲野狗實在太多了。

從剛才他就一直被野狗的叫聲所包圍，這些狗並不是你丟顆石頭就可以讓牠們安靜的。但是，又八對狗羣的吠叫，早已司空見慣，所以即使狗羣兇惡的尾隨在後，他也不在乎。最後連狗都叫得不起勁了。

但是，靠近五條的松樹林時，狗羣突然朝另一個方向吠叫，原本跟在又八前後的狗羣也都胡亂地跳竄，並和另外一羣狗混在一起，圍著一棵松樹，仰頭不停地向空中咆哮。

在黑暗中搖晃蠢動的狗影有如狼羣一般，數也數不盡。其中有幾隻狗張牙舞爪往松樹上跳了五、六尺高。

「咦？」

又八瞪大了眼睛仰頭往上看。樹梢上好像有個人影。透過微亮的星光，他看到一個穿著美麗衣服的女人，白淨的臉龐在纖細的松葉間發抖。

2

那女人究竟是被狗追趕才爬到樹上？還是原本就躲在樹上，卻被野狗發現才受包圍的呢？此點無法得知，但不管實際如何，在樹梢上顫抖的身影，很明顯地是一位年輕女孩。

又八向狗羣揮拳、叫囂道：

「滾開！滾開！」

「畜牲！」

他向狗羣丟了二、三顆石頭。

以前聽人說過，只要學狗四腳著地吼叫就可嚇走其他的狗。因此，又八便學野獸的模樣，四腳著地，口中吼著：

「汪！汪！」

然而這個動作對這羣狗卻絲毫不起作用。

狗不只三、四隻，無數的影子有如深淵中的魚紋一般，搖擺著尾巴，張牙舞爪，兇猛地朝著樹上顫抖的女子猛吠，幾乎要把樹皮剝下來了，根本不把學狗樣的又八看在眼裏。

又八忿然叫罵：

「這羣臭傢伙！」

他突然想到，如果讓樹上的女子看到一個帶著兩把刀的青年四肢著地學畜牲的樣子，豈不是奇恥大辱？

突然，有一隻狗慘叫一聲，其他的狗看到又八手上的大刀以及被砍死在地的狗屍時，立刻聚集在一起拱起骨瘦如柴的背脊戒備著。

「不相信你們不怕這個。」

又八揮舞著大刀，朝狗羣追趕過去。狗羣這才四處逃竄，揚起了塵土，有些砂子還濺到又八臉上。

「喂，姑娘！可以下來了，下來吧！」

他向樹上呼叫著，樹上傳來金屬優美的叮噹聲。

「啊！這不是朱實嗎？」

朱實衣袖上的鈴鐺聲，又八記得很清楚。雖然將鈴鐺掛在腰帶或衣袖的女子，不只朱實一人。但是黑暗中的女子臉龐，看來很像朱實。

她非常驚慌地問道：

「誰……是誰？」
果然是朱實的聲音。又八回答道：
「我是又八，妳認不出來了嗎？」
「啊？是又八哥哥啊！」
「妳在這裏做啥？妳不是向來不怕狗。」
「我並不是怕狗才躲到樹上的。」
「總之，先下來再說吧！」
「但是……」
朱實在樹上仔細掃視了一下安靜的四周。
「又八哥！請你也躲一下，因爲那個人一定會找到這兒來的。」
「那個人？是誰呀？」
「一時無法說清楚，總之，他是個非常可怕的人。去年底我還一直認爲他是個親切的男人，後來逐漸對我做出殘忍粗暴的舉動……因此今晚我趁機從六條的佛具店二樓逃了出來。他好像已經發現，追過來了。」
「是阿甲嗎？」
「才不是母親呢！」
「是祇園藤次嗎？」

「如果是他，就沒什麼好怕了。啊！好像來了。又八哥哥，你站在那裏，我會被發現的，而且你也會慘遭不幸，快躲起來吧！」

「什麼！那傢伙來了？」

又八心生徬徨，一時拿不定主意。

3

女人的眼睛會指使男人。男人如果意識到女人的眼色，要不是使出沒人品的金錢攻勢，就是使出英雄氣概。剛才又八以為四下無人，四肢著地學畜牲的羞恥，填滿了又八的心胸。

因此，全不理會朱實在樹上跟他說了多少次的「你會慘遭不幸」、「趕快躲起來吧」。越是聽朱實這麼說，越讓他覺得自己要像個男子漢。要是他大叫一聲：

「遭了！」

並驚惶失措地躲到暗處露出屁股。盡管朱實不是自己的愛人，又八也絕不能讓她看到自己這種醜態。

正在思考之際，一陣急促的腳步聲來到眼前，與受到驚嚇而後退的又八異口同聲說道：

「啊？誰？」

朱實擔心的可怕男人終於來了。他看到又八手上還滴著狗血的刀，不禁睜大了眼，心裏認為又八一定不是泛泛之輩，於是問道：

「你是誰？」

並將又八從頭到腳打量一番。

「……」

朱實過於害怕，使得又八也忐忑不安。他仔細端詳對方，那是個高大的男人，年齡和自己差不多，梳著瀏海，年輕的窄袖服非常華麗。又八心想：

原來是個乳臭未乾的小毛頭！

乍看之下，他的裝扮顯得有些柔弱。

於是，又八哼了幾聲，放下心來。像這樣的對手，再來幾個都沒問題。今日傍晚碰上的六部，是令人畏懼的角色。但是，又八絕不可能輸給眼前這個明明已過二十，卻還留著瀏海、穿窄袖裝的柔弱之人！

就是這個狂妄的臭小子虐待朱實的嗎？雖然尚未問明原因，我猜他一定死纏著朱實，讓她吃了不少苦頭！好！我要好好教訓他。

就在又八靜靜地想著時，留著瀏海的年輕武士第三次問道：

「你是什麼東西？」

威猛的聲音，與相貌不太相稱。第三次的吆喝，就像要趕走四周的黑暗一般充滿豪邁氣概。但是，又八以貌取人，完全不把對方當一回事，他半帶揶揄說道：

「我嗎？我是人！」

這時，明明沒必要發笑，又八卻故意齜牙咧嘴，戲弄對方。

瀏海果然被激得面紅耳赤說道：

「你連個名字都沒有嗎？難不成你膽小得不敢報上名來？」

又八對這種諷刺激怒的話語毫不在乎。

「我倒是沒有讓你這種無名小卒問的名字。」

他從容不迫地回答。

「住口！」

年輕人斜背著一把三尺長的大刀。

他將身體微微前傾，以展示高出肩頭的刀柄。

「你和我的爭執，待會兒再說。先讓我把樹上的女子放下來，帶到前面的佛具店之後，再來和你一決勝負。」

「你胡說什麼！我不會讓你這麼做。」

「你說什麼？」

「這女孩是我前妻的女兒，雖然我們之間緣分已盡，但我也不能見死不救。你敢動她一根汗毛，我就砍斷你的手！」

4

雖然面對的不是剛才那羣狗，但是又八心想只要嚇嚇對方，他就會夾著尾巴逃走。

「有意思！」

不料，瀏海男子卻是一副好戰姿態：

「看你這副模樣只不過能沾上武士的邊罷了。我已經很久沒有碰到像你這麼有骨氣的人了，我背後的竹竿正夜夜鬧閒呢！這把傳家寶刀到我手上之後，還沒喝夠血，已經有點生銹了，正好用你的骨頭來磨一磨——但是，你可別臨陣脫逃喔！」

對方處心機慮地想先聲奪人，讓又八騎虎難下。但是，又八完全沒警覺到會上別人的當，還很樂觀地說道：

「少說大話，如果你想逃，還來得及。趁天色未暗，趕快從我眼前消失，還能保住性命。」

「我也把這句話送還給你吧！閣下從剛才就一副神氣十足的架勢，卻不肯報姓名。但是，是否可再請教您尊姓大名，這是決鬥之禮呀！」

「噢！說給你聽也沒關係，可別嚇到啊！」

「我會把膽子安置好，不讓自己嚇到。首先，想請教您劍法的流派是……」

交手前會如此嚕嗦的，往往武功都不怎麼樣。又八越來越看輕對方，他得意洋洋說道：

「是富田入道勢派的旁支，我有中條流的秘傳可爲證。」

「咦？中條流？」

小次郎多少有些驚愕。

話既出口，若不能壓倒性地懾服對方，只怕會被懷疑。接下來，又八只好硬著頭皮模仿對方說過的話：

「現在該你說出你的流派了吧！這可是決鬥之禮呀！」

小次郎回答道：

「我的流派和姓名，待會兒再奉告。你說的中條流，到底是拜誰爲師呢？」

又八馬上回答：

「鐘卷自齋先生。」

「哦……」

小次郎更吃驚：

「那麼，你認識伊藤一刀齋嘍？」

「當然認識。」

又八覺得越來越有趣，心想也許如往常一樣，不須動槍動刀就能讓眼前這位瀏海妥協。

因此，他得寸進尺說道：

「提到伊藤彌五郎一刀齊，沒什麼好隱瞞的，他是我師兄。換句話說，我們同門師事自齋大師，你為什麼要問這個？」

「那麼，我再問一次，你尊姓大名？」

「佐佐木小次郎。」

「哦？」

「我叫做佐佐木小次郎。」

又八又報了一次自己的姓名。

至此，小次郎不單是驚訝而已，還默不作聲。

5

「哼！」

小次郎終於露出笑容。

又八看對方毫不迴避，目不轉睛地盯著自己，也以怒目相視並說道：

「怎麼了？我的臉好笑嗎？敢情是聽了我的名字心生惶恐了吧？」

「的確令人惶恐！」

又八用下巴指使對方，並亮出刀柄：

「回去！」

「哈哈哈！」

小次郎捧腹大笑個不停。

「我闖蕩江湖這麼久，看過千百種人，但是，還不曾碰過這麼令人惶恐的事。佐佐木小次郎閣下，我想問你，如果你是佐佐木小次郎，那我是誰？」

「什麼？」

「我想問你，我到底是誰？」

「我怎麼知道？」

「不，不，你一定知道。也許太煩人了，但是，爲了更確定，我想再次請教您尊姓大名？」

「你沒聽清楚嗎？我叫做佐佐木小次郎。」

「那麼，我呢？」

「你是人啊！」

「這話沒錯，但是，我的名字呢？」

「你這傢伙是在戲弄我嗎？」

「不！我是很認眞，從來沒這麼認眞過。小次郎大師，我是誰啊？」

「囉嗦！問你自己吧！」

「我就來問自己，雖然可笑，我也報出名號吧！」

「哦！說吧！」

「但是，你不要嚇到了！」

「笨蛋！」

「我正是岸柳佐佐木小次郎。」

「啊?!」

「祖籍岩國，姓佐佐木，父親給我取名叫做小次郎，劍名叫岸柳，這就是我。但是，從什麼時候起竟然有兩個佐佐木小次郎了呢？」

「啊……」

「闖蕩江湖以來，確實邂逅過各式各樣的人物，但是，遇到佐佐木小次郎，對我這個佐佐木小次郎來說倒是頭一遭。」

「……」

「這眞是奇妙的緣分，我們是初次見面，請問閣下您是佐佐木小次郎嗎？」

「……」

「怎麼了？你好像突然發起抖來了？」

「……」

「交個朋友吧！」

小次郎走過來，拍拍因驚嚇而臉色發青的又八肩膀。又八馬上打起哆嗦，大聲叫道：

「啊！」

小次郎底下的話，猶如口中吐出長槍射向他的影子。

「如果逃跑，我就殺了你！」

這一跳，就跳了約二十公尺遠。從小次郎肩膀閃出的曬衣竿般的長刀，像一條劃破黑暗的銀蛇，「咻」一聲掃向又八逃走的身影。再來，小次郎已不再補第二刀了。

彷彿被風吹落的樹蟲一般，又八連滾了三圈之後，直直地躺在地上。

6

小次郎將三尺長刀收入背後的刀鞘，入鞘的當兒，長刀護手發出鏗鏘一聲巨響。小次郎對奄奄一息的又八，看也不看一眼。

「朱實！」

回到樹下，仰頭朝樹梢喊著：

「朱實，下來……我不會再那樣對妳了，快下來……我已將妳養母的丈夫殺死了。妳下來，我會好好照顧妳的。」

但樹上卻一點聲音也沒有。茂密的松葉，樹上一片漆黑，以致於無法看清楚。最後，小次郎只好親自爬到樹上查看。

「……」

朱實不在樹上。不知何時，她已逃跑了。

小次郎索性坐在樹上凝視著前方。置身於松濤中，猜測逃跑的小鳥的去向。

「……」

「為什麼這個女孩那麼怕我？」

小次郎無法瞭解這點。因為他把所有的愛都傾注在她身上了。雖然他承認自己示愛的方式過於激烈。但卻沒察覺到自己愛人的方式跟別人有多大的不同。

對女性來說，如果想知道小次郎的愛法和一般人的愛法有何不同，從他的刀劍便可以看出這方面的性格來，換句話說，注意觀察他使刀的方法，就可窺見一、二。

話說小次郎是在鐘卷自齋身邊長大的，學習劍法之時，被稱為鬼才或麒麟兒。當時，大家已看出他的武藝異於常人。

一言以蔽之，小次郎的「韌性」很強。其刀法的「韌性」是天賦的。敵人越是強勁，他的「韌性」也就越強。

當然，時下的劍法、武術並不在意使用的手段，所以即使再怎麼卑鄙，也不會有人認為這種手段不夠光明正大。

「如果被這傢伙纏上就慘了！」

盡管有人如此地畏懼，但是卻沒有人說小次郎的刀法卑鄙。

譬如，他年少時，有一次被平日與他不和的同門師兄用木劍打得臥倒在地奄奄一息。而那位師兄見此光景，後悔出手過重，便餵他喝水。甦醒過來的小次郎，猛然站起身，用師兄的木劍將師兄打死。

只要打輸了，他就絕對忘不了那個敵人。不管是在黑暗的晚上，或是對方如廁、睡覺的時候，他都會伺機加害敵手。那時的武術尚未有所規定（要光明正大地比賽），所以同門的人很少談及他這種異常的「韌性」。

他經常自稱：

「我是天才！」

這並非他夜郎自大的想法，連他的師父自齋及師兄一刀齋都這麼認爲：

「他是天才！」

回到岩國故鄉，每天到錦帶橋旁，鍛鍊砍燕子的自創獨門功夫。所以更有人稱他爲「岩國的麒麟兒」他也以此自負。

但是，這種劍法的韌性，在情場方面，應該如何呈現才適當，誰也無法知道。而且，小次郎自認爲這是兩回事，因此，朱實因爲討厭他而逃走，他認爲眞是不可思議。

7

小次郎突然發現樹下有人影晃動。

那人好像沒察覺到小次郎在樹上。

「啊！有人倒在地上。」

那人走到又八身旁，彎下腰來看看又八的臉，最後說道：

「啊！是這傢伙！」

那人非常驚訝，說話的聲音大得連樹上都聽得到。原來是手持白木杖的六部。他彷彿想起什麼事，急忙卸下背後的方箱，喃喃自語道：

「眞奇怪啊！既沒有被砍殺的痕跡，身體也還溫熱，爲什麼這小子會昏倒呢？」

他自言自語，並撫著又八的身體。最後，解下自己腰間的細繩將又八雙手反綁。

又八已奄奄一息，完全沒有抵抗。六部將又八捆綁好之後，膝蓋抵住又八背部，在又八的心窩處運氣。

又八終於發出了「唉！唉」的呻吟聲。六部立刻像提整袋地瓜般將又八提到樹下，並用腳踢他。

「起來啊！給我起來！」

又八到鬼門關走了一回，尚未完全恢復意識，猶如在夢中，他跳了起來。

「對了，這就對了。」

六部看了相當滿意，接著又將他的身體和雙腳綁在松樹上。

「啊！」

又八這才發出驚叫，因爲他看到的不是小次郎，而是六部，讓他相當意外。

六部說道：

「你這假小次郎可眞會逃。你以前到處招搖撞騙了不少人……但是，現在已經不行了。」

六部開始慢慢拷問又八。

他先打了又八幾巴掌，又用力壓住又八的額頭，使又八的後腦勺咚的一聲撞在樹幹上。

「那個小印盒，你是從哪來的？快說！喂！還不說嗎？」

「……」

「不講嗎？」

六部又用力捏又八的鼻子。

他捏住又八的鼻子，猛烈地左右搖晃他的臉，使得又八痛苦地哀號道：

「哎唷！哎唷！」

他示意要說，於是，六部放開捏著鼻子的手：

「要說了嗎？」

又八一邊落淚，一邊淸淸楚楚回答道：

「我說！我說！」

即使沒遭到這樣的拷問，又八也沒有勇氣再隱瞞那件事了，他說道：

「實際上，那是去年夏天的事。」

他詳細地供出了伏見城工地「無下巴武士」的死亡事件。

「當時，我一時起了歹念，從死者身上拿了錢，還有中條流秘傳及剛才的小印盒。錢已經用盡，秘傳還在我懷中。如果您肯放我一馬，我絕不再做這種事了。而且，錢日後必定歸還……我可以立下字據。」

又八毫不保留地說出眞相之後，像是袪除了去年以來的心膿一般，頓時心情輕鬆愉快，甚至一點都不覺得恐怖了。

8

聽完又八的述說之後，六部說道：

「你沒胡說吧？」

又八稍微低著頭，老老實實地說道：

「沒有。」

兩人沈默片刻，六部突然拔起腰間的短刀，直逼到又八的臉頰。又八嚇了一跳，斜過臉問道：

「你、你要殺我嗎？」

「正是！你給我納命來！」

「我已一五一十的告訴你了。小印盒也還了，秘傳也可以還給你。至於金錢，現在還不了，日後必定奉還，這樣可以不殺我吧？」

「我知道你很坦誠。我也可以告訴你我是上州下仁田人，也就是伏見城工地被衆人謀殺的武士草葎天鬼的侍從一之宮源八。」

又八正面臨生死關頭，並未將這席話聽進去。他只一味地思考該如何掙脫捆綁。

「非常抱歉，是我不對。但是，我並非一開始就起貪婪之心盜取死者身上的財物。受死者臨終之託……最初，我也想按死者的遺言，將遺物送到死者的親屬手上。但是，我正好手頭緊，就先動用這筆錢了。實在非常抱歉，請原諒我，你要我怎麼賠都可以。」

「不可以，即使你想賠罪，我也愛莫能助。」

六部壓抑自己的激動，搖頭說道：

「當時的詳細情形，我已到伏見城查過。也看得出你是個正直的人，但是，我總得帶些東西回去安慰天鬼鄉里的遺族，這其間有很多理由。主要是我查不出誰下的毒手，令我覺得很遺憾。」

「不是我……不是我殺的……喂！喂！你可別弄錯呀！」

「我知道！我知道！這點我非常清楚。但是，遠在上州的草葎家遺族並不知道天鬼在伏見城工地慘遭工人毒殺。何況這是醜聞，我也難以啓齒對親屬宣布這消息。盡管我對你心存憐憫，但是，迫於情勢所逼，只好將你權充殺死天鬼大人的兇手，被我源八所擒、爲主人復仇。你聽清楚了沒有？」

又八聽了六部的話，更加著急。

「你胡、胡說什麼……不要，不要，我還不想死。」

「你雖然這麼想，但是，剛才在九條酒館連酒錢都付不出來，留著這活軀殼不是多餘嗎？與其經挨餓受辱，活得那麼辛苦，倒不如看破一切，覺悟吧！至於錢的事，我會拿出身上一部分的錢，當作你的奠儀。如果你惦記雙親，我會把這筆錢寄給他們，如果你要我捐給宗祠，我也一定會送達。」

「豈有此理……我只要命！不要錢！請不要殺我！拜託放了我吧！」

「就如我剛剛所說的，無論如何我還是要將你當成主子的仇人。只有取了你的頭顱，我回上州家鄉才能面對天鬼的遺族及其他人。又八閣下，這是你前世註定的命運，你就認命吧！」

源八再次拿起刀來。

9

就在此時，有人叫道：

「源八！刀下留情！」

如果這句話是出自又八之口，那麼即使六部罔顧自己的無賴作風，他可能仍是帶著少囉嗦！的表情，然而——

「啊？」

源八抬頭望向漆黑的天空，注意樹梢間的風聲，似乎懷疑自己的耳朵。

接著，樹上又傳來第二次的聲音。

「源八！不要濫殺無辜。」

「啊？是誰？」

「我是小次郎。」

「什麼？」

又是一位自稱小次郎的傢伙憑空竄出。這絕不可能是一隻天狗（譯註：日本傳說中住在天上或深山的妖怪。）

因爲這個聲音聽起來太熟悉了。到底有幾個人冒充小次郎呢？

源八心想：

「這次我不再上當了！」

他跳離樹下，刀尖指向樹上的人說道：

「你光說小次郎是無法證明的，你是哪裏人？什麼姓氏？」

「岸柳——佐佐木小次郎。」

「一派胡言！」

他仰天大笑，並說道：

「冒充小次郎已經不流行了！眼前就有一位小次郎正嘗到苦頭，你沒看到嗎？哈哈哈！想必你和又八是同類的吧？」

「我是眞的小次郎。源八！我這就下去，你是不是打算趁我跳下去時將我砍成兩段？」

「嗯！再來幾個小次郎妖怪都沒問題。來一決勝負吧！」

「會被你砍到的，就是冒牌貨！眞正的小次郎才不會被你砍到呢！源八，我要下來了！」

「……」

「準備好了嗎？我要跳到你頭上嘍！盡管砍過來吧！但只要是你想殺我，我背後的『曬衣竿』可會像剖竹般把你切成兩半喔！」

「啊！且慢！小次郎先生，請等一下……我記起這聲音了，而且帶著如曬衣竿般的長刀，一定就是眞正的佐佐木小次郎了！」

「你相信了？」

「但是——爲什麼您會在樹上呢？」

「待會兒再說吧！」

話聲甫落，只見源八趕緊縮著脖子。原來小次郎已越過源八頭頂，褲角掃起一陣風，伴著散落的松葉，一起落到源八背後。

面對眼前千眞萬確的佐佐木小次郎，源八反倒覺得疑團重重。此人和主子是同門關係，所以當小次郎還在上州鐘卷自齋的時候，自己見過他好幾次。

但是那時的小次郎，並非眉清目秀的年輕人。小次郎從小五官就充滿執拗之氣，且威風凜凜。但自齋師父厭惡華麗，所以當時負責挑水的小次郎，只不過是一位打扮樸實、皮膚黝黑的鄉下少年。

簡直判若兩人！

源八不由看得入神。

小次郎坐在樹幹上，說道：

「坐下來吧！」

於是，兩人之間所談的不外是師父的外甥，亦即同門的草薙天鬼的話題。草薙天鬼帶著中條流秘傳要轉交給小次郎。途中在伏見城工地，被誤以為是大間細而慘遭殺害。

這個引起佐佐木小次郎鬧雙胞的事件，現在已眞相大白，眞正的小次郎擊掌稱快。

10

小次郎告訴源八，殺死冒名撞騙且謀生能力薄弱的人，毫無意義。

如果想懲罰他，還有別的方法。如果擔心無法向草薙的家族和雙親交代，自己到上州後可向他們解釋清楚，保證為死者超渡、供養，保住死者的面子。這事就交給自己負責。

說完，小次郎問道：

「源八！你以為如何？」

「既然您這麼說，我也沒什麼異議。」

「那麼，我就此告別，你回故鄉去吧！」

「是！我知道了！」

「我要去找朱實了，我正急著找她呢！」

「啊！請稍等！你忘了一件重要的東西了。」

「什麼東西？」

「是先師鐘卷自齋大人託外甥天鬼轉交給您的中條流秘傳卷軸。」

「唷！是那東西啊！」

「是這個叫又八的冒牌小次郎從過世的天鬼大人身上拿到的，他說還留在身邊。那卷軸是自齋師父留給您的——也許是自齋師父或天鬼大人在天之靈，冥冥中引導我們見面的吧！無論如何，請您接受吧！」

源八說著伸手到又八懷中。

又八覺得自己還有一線生機，所以懷中的卷軸被拿走，一點也不覺得可惜，反而輕鬆了許多。

「就是這個。」

源八代替亡者將秘傳卷軸交給小次郎。想必小次郎一定會深受感動，喜極而泣。沒想到——

「我不要。」

小次郎連伸手按都沒有。

源八感到很意外，問道：

「咦？……爲什麼？」

「我不要！」

「爲什麼？」

「不爲什麼，我只是不想要。」

「您失言了。自齋師父生前已暗許在衆多弟子中，將中條流秘傳傳給您，或是傳給伊藤一刀齋。

臨終前，託外甥天鬼大人將這卷軸轉交給您。主要是考慮當時伊藤一刀齋已經自立一刀流派，而您雖然是他的二弟子，但還是將秘傳目錄傳給了您……難道您不瞭解這分師恩嗎？」

「師恩歸師恩，我卻有我的抱負。」

「您說什麼？」

「源八，你不要誤會。」

「說得重些，您這是對師父失敬啊！」

「絕無此事！實際上，我認爲我比自齋師父更加天賦異稟，所以應該要比師父更偉大、更有成就才是。我不願安於一名劍客的身分，就這麼住在鄉下，度過晚年。」

「這是您的本性！」

「當然！」

小次郎談到自己的抱負，絲毫無顧忌之色。

「雖然師父特意要將印可傳給我，可是，我自信現在小次郎的功夫已遠超過師父了。況且中條流這個派名充滿了鄉下味兒，將來恐怕會阻礙年輕人的發展。同門師兄彌五郎，已經建立了一刀流派，我也想自立自己的流派，我要將它稱爲巖流派……源八，這就是我的抱負，所以我已經不需要這東西了。把它帶回故鄉，並替我在寺廟中了結一切的舊帳吧！」

11

小次郎言詞不遜，簡直是個高傲自大的男子啊！

源八以憎惡的眼光，凝視著小次郎薄薄的嘴唇。

「源八，請代我向草薙家遺族們問候一聲。改天到了東國，我會去拜訪他們的。」

自己說得這麼有禮，小次郎不自覺地微微一笑。

再也沒有比這種高傲自大卻又故作有禮的言詞更令人反感了。源八義憤塡膺，本想責備他對先師的不敬。但隨即又想：

這樣做眞是無聊透頂！

源八如此自我解嘲後，立刻走到簍子旁收好秘傳卷軸。

「後會有期了。」

源八丟下這句話，馬上離開小次郎走了。

小次郎目送源八離開。

「哈哈哈！氣沖沖地走了！眞是鄉巴佬！」

之後，向被綁在樹幹上的又八說道：

「冒牌貨！」

「……」

「你這冒牌貨，不回答嗎？」

「……」

「你叫什麼名字？」

「本位田又八。」

「是浪人嗎？」

「是的……」

「沒志氣的傢伙！該學學我歸還師父的秘傳。若沒有這種氣概，就無法成爲流派的先祖。像你，盜用他人的名字，又盜取他人的秘傳闖蕩江湖，簡直是卑鄙無恥。狐假虎威最後只會落得如此悲慘的下場，這下可忘不了吧？」

「以後我一定會小心！」

「今天就放你一馬。但是，爲了懲罰你，就讓你自己解開繩索吧！」

小次郎邊說邊用小刀刮著樹皮。刮下來的松樹皮，掉在又八頭上也掉到衣襟裏。

「啊！沒帶筆墨盒。」

小次郎喃喃自語。

又八眼尖，馬上意會：

「如果需要筆墨，我身上有。」

「既然你有，那就先借用一下吧！」

小次郎寫好之後，放下筆，重新讀了一遍。

巖流，這是我剛才突然想到的，本來因爲我在岸柳以及岩國錦帶橋鍛鍊斬燕功，所以用它當劍號，現在拿來當流派名，巖流是再適合不過了。

「就這麼決定，此後就以巖流作爲流派的名稱，這比一刀齋的一刀流好聽多了！」

此刻已是深夜時分。

小次郎將樹皮刮出了一張紙大小的白色方塊，在上面寫道：

此人冒用我名諱、劍流，到處招搖撞騙。今繩之示衆。吾人姓名、流派，天下獨一無二。

巖流佐佐木小次郎

「這樣可以了。」

松風有如潮水般呼嘯穿過林間。小次郎極爲敏銳，立刻察覺有異。原本燃起的抱負，已隨黑夜的松風而去。他閃著銳利的眼光，搜尋黑暗的松樹林。

「咦？」

莫非看到朱實的身影？小次郎突然朝那個方向追趕過去。

二　少爺

1

自古以來轎子就是有身分地位的人慣常使用的交通工具。直到最近才漸漸普及於一般的庶民百姓，市井街道因而隨處可見轎夫穿梭其間。

乘轎的人坐在由四支竹棒支撐的竹簍上，前後的轎夫邊走邊喊：

「喲呵！」

「嘿咻！」

就像扛著物品行走一般。

竹簍很淺，只要轎夫腳程加快，乘轎者很容易便會掉下來，所以雙手得緊緊抓住竹棒。

「嘿咻！嘿咻！」

乘轎者不但得配合轎夫的腳程呼吸，而且要隨著他們的速度，讓身體跟著上下起伏，才不會掉出轎子。

此刻，松樹林的街道上，七、八人提著三、四盞燈籠，簇擁著一頂轎子，由東寺方向像旋風般地飛奔而來。

由於通往京都、大坂的交通要道淀川無法通行，如果有緊急要事，只好由陸路連夜趕路。因此，這條道路，一過了午夜，經常會有轎子或馬匹呼嘯而過。

「嘿咻！」

「嘿咻！」

「喲呵……」

「就快到了。」

「快到六條了。」

這羣人，不像是從三、四里外趕路來的。轎夫以及跟隨在轎旁的人都疲備不堪，個個手腳無力、喘吁吁的，連心臟都快吐出來似的。

「這裏是六條嗎？」

「是六條的松樹林。」

「再加點油就到了！」

手上的提燈，有著大坂傾城街常見的太夫花紋。但坐在轎內幾乎要掉出來的卻是一位大漢，而跟在轎旁精疲力竭的也都是年輕力壯的人。

有人向轎內的人報告道：

「二少爺！就快到四條了。」

轎內的巨漢，有如皮影老虎，搖搖晃晃地點著頭。原來，他正舒舒服服地打著瞌睡。

正在此時，有人喊道：

「啊！快掉下來了！」

隨從立即扶住，轎內的人這才睜大惺忪的睡眼說道：

「啊！口好渴！把竹筒的酒給我！」

衆人正想休息，一聽到轎內人說：

「休息一下！」

立刻放下轎子，幾乎將轎子拋了出去。無論是轎夫還是年輕的隨從，衆人動作一致地抓起毛巾擦拭汗水淋漓的胸和臉。

轎內人一拿到竹筒酒，一口氣就喝乾了。一位隨從勸道：

「傳七郎大人，您已經喝得夠多了。」

被稱爲傳七郎的男人，終於完全清醒過來，大聲嘟囔：

「啊！好冰啊！酒滲入牙齒了！」

他猛然將頭伸出轎外，仰望天上的星星說道：

「天還沒亮啊……我們速度眞快！」

「令兄一定眼巴巴地盼望您快點回去，大概連一刻鐘也不能等了。」

「如果哥哥能夠支撐到我回去的話……」

「醫生說可以保住性命，但是他情緒過於激動，有時候傷口還會出血，這實在不太好。」

「喔！他大概很懊惱吧！」

他張開嘴，想將竹筒內的酒倒入嘴內，卻已滴酒不剩了。

「武藏那臭小子！」

吉岡傳七郎使勁地將竹筒摔在地上，大聲叫囂道：

「快點趕路。」

2

他酒量雖好，但脾氣也大。更強的是這男子的腕力，大家都知道吉岡的二少爺在世上通行無阻。他和哥哥是兩種極端的個性，父親拳法還在世時，傳七郎的力氣就已遠超過父親了。這件事是千眞萬確的，門徒們也都這麼認爲。

「哥哥眞沒用！如果他不繼承父業，只要安分守己坐享現成福祿就好了。」

即使兄弟兩人面對面，傳七郎也會說出這番話。因此，兩人感情一向不好，父親在世時，兩人還會互相切磋拳法刀藝。可是父親過世之後，傳七郎幾乎不曾帶刀到哥哥的武館去。去年，他和兩、三位好友到伊勢出遊，回程時順道拜訪大和柳生石舟齋。從那時起，他就一直未回京都，也毫無音訊。

雖然一年未歸，但絕對沒有人認爲這位次子會餓死。他每天好逸惡勞，只會大放厥詞，大口喝酒，說哥哥的壞話，看扁天下。有時，只要抬出父親的名字，就不致挨餓，且到處通行無阻。因爲，耿直人眼中不可思議的二少爺——傳七郎——確實有他的生存之道。有傳言，說他最近寄宿在兵庫御影一帶。沒想到會發生清十郎和武藏比武的蓮台寺野事件。

垂死的清十郎：

「想見弟弟一面。」

門下弟子也曾說過相同的話：

「洗雪門恥，非二少爺不可。」

計畫對策的時候，大家都想起了傳七郎。

門人只知道他在御影附近，其他一概不知。當日五、六名門人立刻出發到兵庫，找到傳七郎，讓他即刻坐上轎子趕路。

平日裏，兄弟倆雖不和，但是傳七郎聽到門人描述打著吉岡名號的比武，哥哥重傷敗北的結果，還有垂死的哥哥想見弟弟等事情之後，他二話不說，立即答應。

「好，我去見他。」

他鑽入轎中，立即大聲叫嚷：

「快點！快點！」

由於傳七郎不斷催促趕路，轎夫抬得肩膀痠痛，因此從出發到此地，已換過三、四家的轎子商了。

如此急著趕路，傳七郎卻在每個驛站買酒塡滿他的竹筒子。也許酒可以緩和他目前高亢的情緒，但平時他就喜歡豪飲。再加上經過寒風吹襲的淀川沿岸，還有田園吹來的冷風，所以喝得再多似乎也不會醉。

很不巧現在竹筒內的酒喝完了，傳七郎顯得焦慮不安。他突然大聲叫嚷「上路」！並丟掉竹筒。然而轎夫及門人，似乎感到黑暗的松林裏有異狀。

「那是什麼？」

「聽起來不像平常的狗叫聲。」

於是衆人聚精會神聽著狗吠，雖然傳七郎急著趕路，但是衆人並未立刻聚集到轎旁來。

傳七郎非常生氣，再次大聲叫囂催促起轎，衆人不禁嚇了一跳。門人向毫不在乎的傳七郎詢問：

「二少爺，請等一下。不知那邊出了什麼事？」

3

這種事不須花太多的腦筋。雖然無法得知狗的數量，卻可判斷那是狗羣齊吠。不管數量多少，狗叫僅止於狗叫，就像一傳百一般，只要有一隻叫，就會引來數百隻跟著叫，人們根本不必去理會這羣騷動。何況，近年來戰事頻傳，野狗甚至覬覦人肉，從野地走向市區。因此街上野狗結羣，根本不足爲奇。

傳七郎大聲說道：

「去看一看！」

他話一說完，自己先起身，急步走向狗叫處。他會起身前往，想必那並非單純的狗叫，準是發生事情了。門人趕緊尾隨。

「咦？」

「咦？」

「啊？好奇怪的傢伙！」

果然，他們看到不可思議的景象。

一羣狗團團圍住綁在樹上的又八。看來像是在乞討又八身上的肉片一般。如果問狗兒「正義是什麼」，也許牠們會回答「復仇」。因爲剛才又八用刀砍死了一隻狗，身上一定還沾著狗的血腥味。

但狗並非爲了復仇。和人類相比，狗的智能極低，也許牠們只是認爲這傢伙沒志氣，如果戲弄他，一定很有趣。且這傢伙背倚樹幹而坐，舉止奇怪；也許是小偷或是癱瘓在地的人，令狗不解，才會對他狂吠。

每隻狗都長得像狼一般，肚子凹陷，背脊豎起，滿口利牙。對孤立無援的又八來說，這種情況比起剛才的六部或是小次郎更令人恐怖，時間也更難熬。

他的手腳無法動彈，只能藉著臉部表情和聲音來防禦。但是，臉部表情，既不能成爲利器，且狗羣也聽不懂他的話。
因此他只能用狗羣聽得懂的語言和表情死命地模仿猛獸的吼叫聲來苦鬥防禦：
「汪——汪——汪汪——」
又八一吼叫，狗羣後退幾步。但是他拚命學猛獸吼叫，使得鼻涕都流出來了。這樣一來，令狗羣覺得他是弱者，又八剛才的努力完全白費。
聲音無法抵抗，他便打算用表情嚇牠們。
他張大嘴巴，倒嚇著了狗羣。他還睜大眼睛，忍著不眨眼。時而眼睛、鼻子、嘴巴皺在一起，時而伸出長長的舌頭，幾乎快碰到鼻頭爲止。
不久，他已疲於扮鬼臉，而狗兒們也看膩了，便再次吼叫。這眞是考驗他的智慧，他心想：我也是各位的伙伴，我和你們同樣都是動物，因此他發出了友善的叫聲。
「汪、汪、汪！汪、汪、汪！」
又八學著野狗，和牠們一起吠叫。
豈料這種行爲卻招來野狗們的輕蔑和反感。狗羣竟然爭相跑到他的身邊大叫，舔他的腳掌。於是，又八原想低聲念平家琵琶大原御幸的故事，卻不自覺越念越大聲，後來竟變成大聲喊叫：
於是上皇於文治二年春
建禮門院閒居於大草原

眼中所見
腦中所想
二月三月
寒凜強風
山峰白雪
未溶化的日子

他雙眼緊閉，愁眉苦臉，乾脆將自己當成聾子，使盡平生的力氣大聲念著。

4

幸好此時傳七郎等人趕到，狗一看到他們，趕緊四處逃竄。又八也顧不了那麼多，大聲呼號求救：

「救救我！幫我解開繩索。」

吉岡門徒中有二、三人認得又八：

「哦！原來是他！我曾經在艾草屋見過這傢伙。」

「他是阿甲的丈夫。」

「丈夫？我記得阿甲沒有丈夫啊！」

「他是阿甲在祇園藤次之前的男人，實際上是阿甲在養他。」

衆人七嘴八舌地說著，傳七郎看他可憐，便叫人解開繩索，問清事情原委。又八有自己的一套說辭，可恥之處絕口不提。

見到吉岡門的人之後，又燃起他的宿怨。他說武藏和自己同是作州人，卻搶走了自己的未婚妻，令自己家聲掃地，無顏面對鄉親父老。

母親阿杉更爲了此事，顧不得年紀老邁，仍然不辭辛勞發誓找武藏報仇，並懲罰變心的未入門媳婦，否則誓不返鄉，所以才會和自己到處奔波找武藏報仇。

剛才有人說我是阿甲的丈夫，這可是天大的誤會。我確實曾在艾草屋棲身，但和阿甲並沒有任何關係。祇園藤次和阿甲很親密，所以此刻才會私奔他鄉。這也可以證明我和阿甲之間是清白的。

這件事情已不重要了。現在我最擔心的是母親阿杉和敵手武藏的消息。我在大坂聽到大家謠傳吉岡大人的長男和武藏比武，結果敗給了武藏。聽到這個消息之後，我更加擔心。趕到此地時，被十來名不懷好意的野武士包圍，奪走了所有的財物。但我礙於家有老母且敵仇未報，剛才只好任憑這些野武士處置，聽天由命了。

「不管是吉岡家也好，我也好，都與武藏結下不共戴天之仇。承蒙吉岡門人幫我解開繩索，也許這就是緣分。您應該是淸十郎的弟弟吧！您要找武藏報仇，我也要殺武藏。屆時看誰先殺死武藏，報仇之後，我們再相會吧！」

又八心想光是揑造，不足以取信對方，所以謊言中還穿插了一些事實。

但是這一句：

「看誰先殺死武藏？」

簡直是畫蛇添足，他自己也覺得羞恥。

「也許母親會到清水堂參拜，祈求完成大願，所以我要到那裏去找她。救命之恩，請容我改日到四條武館再答謝。非常抱歉，耽擱了您的行程，我就此告辭了。」

趁未露出馬腳之前趕快離開，雖然有點牽強，又八總能適時躲開。

吉岡門人正懷疑其言之眞假時，又八早已開溜了。看到門徒疑惑的表情，傳七郎苦笑道：

「那傢伙……到底是什麼人？」

傳七郎沒有想到會在這裏耽擱，目送又八離開之後，他非常不悅。

5

這幾天是危險期——醫生說這話之後已過了四天。那幾天清十郎的臉色難看極了，直到昨日才開始好轉。

現在清十郎已經可以睜開眼睛，他問道：

「現在是白天還是晚上？」

枕邊的紙罩座燈一直亮著。屋內無其他人，只隱約聽到隔壁房間有人在打鼾，看護的人想必是衣帶未解就睡著了。

「雞在啼叫。」

清十郎隨即意識到自己還活在世上。

「活著眞丟臉！」

清十郎拉起被褥一角掩住臉龐。

他的手顫動著，好像是在哭泣。

「今後，我哪有臉再活下去？」

想到此，他突然停止抽泣。

父親拳法的名聲太響亮了。而自己這個不肖子，光是扛著父親的聲名與遺產闖蕩江湖就已經夠累了。到頭來這個包袱迫使自己的生命和家聲一敗塗地。

「吉岡家已經完了！」

枕邊座燈已經燃盡，屋內透著晨曦的白光。他想起那天滿地白霜，自己赴蓮台寺野的情景。

當時武藏的眼神！

即使現在想起來，還令人毛骨悚然。打從一開始自己就不是他的對手。爲何不在他面前棄劍投降以保住家聲？

「我想通了，父親的名聲，就像自己的聲譽。仔細一想，我只是身爲吉岡拳法之子而已，除此之外，我還有什麼修行呢？在敗給武藏之前，在一家之主和個人修養上，早已有敗戰的徵兆了。和武藏比武只是加速毀滅而已。這樣下去，吉岡武館遲早會被社會潮流所吞沒。」

他緊閉雙眼，閃著亮光的淚水在睫毛上打轉。淚水流到耳際，也動搖了他的心。

「為什麼我沒死在蓮台寺野呢……這副德行活著——」

斷了右腕的傷口疼痛無比，使他眉頭緊鎖，悶悶不樂，害怕天亮。

咚、咚、咚——遠處傳來敲門聲。有人來叫醒隔壁房間的人。

「啊！二少爺回來了？」

「剛回來嗎？」

有人慌慌張張出去迎接，也有人馬上跑回清十郎的枕邊：

「小師父！小師父！好消息！二少爺乘坐早轎，剛回到家，馬上就會過來了。」

下人立刻打開窗戶，升起火爐，擺好坐墊等候。沒多久——

「我哥哥的房間在這裏嗎？」

門外是傳七郎的聲音。

好久不見了！清十郎雖然這麼想，但是讓弟弟看到他這副模樣令他痛苦萬分。

「哥哥！」

清十郎有氣無力地睜開眼睛，看了一眼進門來的弟弟，他想笑卻笑不出來。

弟弟身上飄來了陣陣酒味。

6

「哥哥，您怎麼了？」

傳七郎精神奕奕的樣子，反令病人感受到更大的壓力。

「……」

淸十郎閉起眼，什麼話也沒說。

「哥哥！這個節骨眼，所有的事情都交給我這個做弟弟的吧！我聽弟子們說過詳情之後，空著手就上路了。途中在大坂的花巷匆忙打點酒食，就連夜趕了回來。請您放心，傳七郎在這裏，看還有誰敢到這裏撒野，我一定讓他一根指頭都不剩。」

此時，門人送茶進來，他對門人說：

「喂！我不要茶，給我拿酒來。」

「知道了。」

門人退下時，他又叫道：

「喂！誰來把紙門關上，病人會受涼啊！笨蛋！」

他由跪姿改成盤腿而坐，就著火爐偷偷望著沈默不語的哥哥，說道：

「到底勝負是怎麼分出來的呢？宮本武藏不是最近才出道的小子嗎？哥哥親自出馬，竟然會敗給一個毛頭小子？」

　此時，門人在紙門外：

「二少爺！」

「什麼事？」

「酒已經準備好了。」

「拿過來！」

「我先放在那邊，請您先入浴吧！」

「我不想洗澡，我要在這兒喝，把酒拿過來。」

「啊？在枕邊喝？」

「沒問題，我和哥哥好久沒見了，我們要好好聊一聊。雖然長久以來，我們兄弟倆的感情不好，但在這個節骨眼上，最親近的人莫若我兄弟倆了。就在這裏喝吧！」

　於是，他一邊自斟自飲，一邊說道：

「好酒。」

　喝了二、三杯之後，他喃喃自語：

「要是哥哥您沒受傷，我就要您一起喝了。」

　清十郎睜開眼睛：

「弟弟！」

「嗯！」

「請不要在我枕邊喝酒。」

「爲什麼？」

「因爲這會讓我想起許多討厭、不愉快的事情。」

「什麼討厭的事？」

「想必已過世的父親不喜歡我倆喝酒吧——你只會喝酒，我也只會喝酒，沒做過什麼正經事。」

「您的意思是說我們盡做壞事囉？」

「你還能有所作爲，而我現在臥病在牀，猶如嘗著後半生的苦酒……」

「哈哈哈！您說這些眞掃興！這麼說來，哥哥只不過是個小家子氣且神經質的人，根本沒有武者應有的氣魄。說實話，您和武藏比武，根本就是個錯誤。您就是沒有識破對方的才能，才受了這個教訓，您以後就別再拿劍，只當吉岡二世便行了。今後，如果再有勇猛強悍的人向吉岡門挑戰，就讓我傳七郎去應戰吧！這武館的大小諸事，也由我傳七郎處理吧！我一定讓吉岡比老爹的時代更繁榮盛大數倍。也許您懷疑我有野心要奪取武館，不過，我會表現給您看的。」

酒壺見底，已倒不出半滴酒來。

「弟弟……」

淸十郎突然想要坐起身子，但是少了一隻手，無法隨意地掀開被子。

7

「傳七郎……」

清十郎的手從被褥中伸出，緊緊握住弟弟的手。雖是病人，力氣也足以讓健康的人覺得疼痛。

「哎唷……哥哥您會把酒潑倒的。」

傳七郎趕忙將酒杯換到另一隻手上：

「什麼事？」

「弟弟，誠如你所期待的，我就將武館交給你。不過，如果繼承武館，同時也得繼承家聲喔！」

「好，我接受。」

「請不要這麼草率答應。要是你重蹈我的覆轍，再次汚辱了先父的聲名，那還不如讓吉岡現在就毀了！」

「你胡說什麼！我傳七郎和您不同。」

「你會洗心革面，認眞管理武館嗎？」

「等等，我可不戒酒喔！只有酒，我不能戒。」

「行，有節制就沒關係……我所犯的錯誤，並非因酒而起。」

「是女人吧？女人是您的弱點。等您身體痊癒之後，討個老婆算了。」

「不！我決定棄劍，哪還有心情娶妻？但是，有一人我非救不可。只要能看到那人幸福，我就別無所求了。我打算隱居山林，結茅廬而居……」

「咦？非救不可的人是誰？」

「算了！其他的事情就交給你了。雖然我這個哥哥是個廢人，但是，身爲武士，我內心仍然存著幾分志氣與面子……現在我放下身段向你拜託……請不要重蹈我的覆轍，聽清楚了嗎？」

「好……我一定會爲你洗刷汚名。您知道對手武藏人在哪裏？」

「武藏？」

清十郎瞪大眼睛，望著傳七郎，嚴肅說道：

「傳七郎，你打算破我的戒律，要找武藏比武嗎？」

「您說什麼啊？事到如今，一定得這麼做啊！您派人把我接回來，不就是打算這麼做嗎？我和門人也是想趁武藏還沒離境之前找他報仇，才會空手立刻趕回來。」

清十郎搖頭說：

「你大錯特錯了。」

他好像已能看到比武的結果，並且以兄長命令的口吻說道：

「不可輕舉妄動！」

傳七郎聽不進去，反問：

「爲什麼？」

清十郎激動的說道：

「贏不了的！」

傳七郎臉色發白：

「輸給誰？」

「輸給武藏。」

「誰輸呢？」

「你明明知道，是你會輸啊！你的武藝——」

「胡、胡說八道！」

傳七郎故意聳動肩膀，裝出大笑的樣子。接著撥開哥哥的手，爲自己斟酒。

「喂！來人哪！酒沒了，再拿來！」

8

門徒中一人聽到聲音之後，趕緊從廚房送酒來，但卻不見傳七郎在病房內。

「啊？」

那門徒瞪大眼睛，放下托盤：

「小師父，發生什麼事了？」

門徒看到清十郎趴在被子裏的樣子嚇了一跳，趕緊湊到枕邊。

「叫……叫他來，我還有話要和傳七郎說，把他帶到這裏。」

「是、是！」

弟子聽清十郎說話的語氣清晰便放下心來，回答道：

「是，我這就去。」

門徒急忙去找傳七郎。

傳七郎很快就被門徒發現。剛才傳七郎到武館，坐在地板上，望著自家睽違已久的武館。

久未見面的植田良平、南保余一兵衛、御池、太田黑等元老則圍坐在他身邊。

「您見過令兄了嗎？」

「想必他很高興吧！」

「喔！剛剛見過了。」

「好像也不怎麼高興。在進他房間之前，我內心也充滿了興奮，但是見面之後哥哥一直繃著臉，而我則直話直說，所以又跟以前一樣吵起來了。」

「啊？起口角……那就是您當弟弟的不是了！令兄昨日身體狀況才稍有起色，您竟與他起爭執。」

「但是……等一下，喂！」

傳七郎和門下元老的交情就像朋友一樣。

他抓住責備自己的植田良平的肩膀。即使在談笑之間，他也想炫耀自己的腕力，他搖著對方的手臂說道：

「我哥哥可是這麼對我說的喔——你爲了洗刷我戰敗的汚名，想和武藏格鬥。但你一定贏不了武藏。如果你死了，這武館也完了，而吉岡家的聲譽也就毀了。因此，所有的恥辱都讓我一人來扛，我將發布封劍聲明，退出江湖。你代我掌管這武館，希望將來武藝精進之後，再爲我雪恥……」

「原來如此！」

「什麼原來如此？」

「……」

前來找他的門人，趁隙說道：

「二少爺，小師父請您再回他的枕邊一趟。」

傳七郎回頭，瞪了門人一眼：

「酒呢？」

「已送到那邊去了。」

「拿到這裏來，大夥兒可以邊飲邊談。」

「小師父他……」

「少囉嗦……哥哥好像患了恐懼症。把酒拿過來。」

植田、御池以及其他人見狀立刻異口同聲：

「不用！不用！此刻不宜飲酒，我們不喝。」

傳七郎不悅：

「你們怎麼了？你們也讓武藏嚇壞了嗎？」

9

吉岡家就因爲名聲太響，相對的所受到的打擊才會那麼大。

當家主人遭受武藏木劍一擊，不但身受重傷，連吉岡一門原有的勢力，也被連根拔起，爲之動搖。

難道就這樣輸了嗎？

吉岡一門本來強大的自尊心，也完全崩潰。無論如何重整，似乎都無法恢復以前團結一致的好景。這次重創的痛苦，即使已過數日，仍流露在衆人臉上。無論如何商量，大家總是意見紛歧，無法決意是當個消極的敗者，還是採取積極的態度？

出發迎接傳七郎之前，淸十郎便想著：要和武藏再次比武洗雪恥辱嗎？還是採取自愛的策略呢？元老們對這兩個意見也分別抱持對立的看法。有些人同意傳七郎的想法，有些人則暗地支持淸十郎的看法。

但是——

「恥辱只是一時，萬一再遭到失敗，那……」

以淸十郎的立場自可以提出這種忍辱的主張，然而元老門人雖然這麼想，卻不敢說出口。

尤其是在相當霸氣的傳七郎面前，更是提也不敢提。

「哥哥說話柔弱、膽怯、不成熟，即使他臥病在床，我也沒辦法安靜地坐在那兒聽呀！」

傳七郎拿起酒壺，爲每個人斟酒。從今日起，他要取代哥哥，用自己的方式經營武館。他首先想做的就是將武館營造出自己的剛毅風格來。

「我發誓要找武藏報仇……無論哥哥怎麼說，我都不會改變決心。哥哥說不要提武藏，家聲比較重要，多考慮如何維持武館等等，這是身爲武士應該說的話嗎？就是因爲他這麼想，才會敗給武藏——你們可別把我和哥哥相提並論喔！」

「這個……」

衆人含糊其詞之後，南保余一兵衛元老開口說道：

「我們相信二少爺的能力……只是……」

「只是什麼？」

「仔細想想您哥哥的考量，也不無道理。武藏只是一介武士，而我們都是室町家以來的名門，權宜之下可知這將是一場得不償失的比賽。無論勝與敗，都是無意義的賭博，絕非明智之舉。」

「你說這是賭博？」

傳七郎瞪大了眼睛，充滿了不悅。南保余兵衛慌張地補充道：

「啊！失言了，我收回剛才的話。」

「這傢伙！」

傳七郎不再聽他人的意見，他抓住南保余一兵衛頸後的頭髮，突然站起身來說道：

「給我滾出去！膽小鬼！」

「二少爺，我失言了。」

「住口！像你這種膽小的人，沒資格和我同坐。滾出去！」

傳七郎把他推了出去。

南保余一兵衛背部撞在木板牆上，臉色發白。最後才靜靜地跪坐在地。

「長久以來承蒙各位的照顧。」

又向神壇行禮之後才往屋外走去。

「來，喝酒！」

傳七郎看都不看一眼，只管向其他人勸酒。

「喝過酒之後，你們今天就開始搜尋武藏下榻之處。他應該還沒到他國，想必現在正得意洋洋、到處招搖。我先往這方向著力，再來整頓武館。我不能讓武館荒廢下去，衆人得像平日一般，互相鼓勵，勤練武藝……我睡個覺之後，再到武館去。我和哥哥不同，可是很嚴厲的喔！其他的門徒，也要嚴加練武。」

10

又過了七天。

「找到了！」

有一位門人邊喊邊回到武館。

傳七郎從剛才就在武館裏。如前所述，他正在進行嚴格的訓練。他的精力充沛，永不知疲倦，大家害怕被他指名，都躲到角落去。元老太田黑兵助簡直被當成孩童般差使。

「等等，太田黑！」

傳七郎收起木劍，瞄了一眼剛才回到武館的男子說道：

「找到了嗎？」

「找到了！」

「武藏在哪裏？」

「在實相院鎮東方的十字路口附近——也有人叫那裏爲本阿彌路口。武藏就逗留在這條路的本阿彌光悅家。」

「在本阿彌家。眞奇怪呀！像武藏那樣的鄉下武士，怎會認識光悅呢？」

「這其中緣故我不知道，但他確實是住在那裏。」

「好！馬上出發！」

他正要入內準備，後面的太田黑兵助、植田良平等元老們馬上制止道：

「這種突擊的行爲就像打架，即使贏了，世人也會說閒話的。」

「練武確有禮儀規矩，但實際上的兵術卻不來這一套，所謂先發制人嘛！」

「但是，令兄當初也沒這麼草率。還是先派人送信，約好地點、日期和時間，堂堂正正的比武，比較光明正大。」

「嗯！有道理。就依各位的意思。可是，你們可別在這段期間，又受哥哥的影響而心生動搖，阻止比武喔！」

「持異議、還有不知感恩的人，早在這十幾天前全都離開武館了。」

「這樣一來，反而強固了武館。像祇園藤次那樣沒出息的人，以及南保余一兵衛那種膽小鬼，這些不知恥的懦夫還是早點離開得好。」

「向武藏下挑戰書前，還是向令兄稟報一聲吧！」

「這件事不能由你們去，我自己去把話說清楚。」

兄弟倆對這個問題仍然持續十天前的立場，誰也不願改變自己的想法。元老們慶幸兄弟倆只要不吵嘴就好，既然房間裏沒有傳來爭吵聲，幾個人便趕緊促膝商量與武藏第二次比武的地點與日期。

突然淸十郎的起居室內有人大叫：

「喂！植田、御池、太田黑、其他的人，快來啊！」

衆人聚集到房間，只看到傳七郎獨自一人呆呆地站在那裏。元老們從未看過傳七郎如此的表情。傳七郎眼中還掛著淚珠。

「你們……看！」

傳七郎拿著哥哥遺留下的信給衆人看。

「哥哥留了這封長信給我，離家出走了，要去哪裏也沒說……連要去哪裏……」

死胡同

1

阿通停下正在縫衣服的手：

「誰？」

「是哪一位？」

打開紙門一看，外面一個人也沒有。阿通知道是自己的錯覺，寂寞之情再次湧上心頭。手上這件衣服只差袖領就完成了，可是她已無心再做。

她喃喃自語：

「我還以爲是城太郎呢！」

她還是不死心，眺望著門口。只要有一點動靜，就以爲是城太郎回來找自己了。

這裏位在三年坡下。

雖然這個小鎮有點髒亂，但路旁到處是灌木叢和田地，點綴著盛開的山茶花和梅花。

阿通住的獨門獨院房子，四周亦是花木扶疏，屋前有座百坪大的菜園。菜園的正對面，就是從早到晚充滿了忙碌吵雜聲的旅館廚房。總之，這獨門獨院的房子也是旅館所有，早晚的餐點，都由對面的廚房送過來。

現在阿杉婆出門去了。如果她到京都便一定住這家旅館。而旅館裏，這獨門獨院的房子是她的最愛。此刻，菜園對面的廚房裏有個女人向這邊喊道：

「阿通姑娘，吃飯時間到了，可以送飯過去了嗎？」

阿通從沈思中回過神來：

「啊！已經要吃飯了呀！等阿婆回來再一起吃，那時候再送過來吧！」

廚房的女人又說道：

「老太婆出門前交代過，今天晚歸，也許傍晚才會回來。」

「我還不太餓，中餐就不吃了。」

「妳總是不吃東西，我給妳添點飯過來吧！」

此時一陣燒柴濃煙飄來，一下子吞噬了菜園中的梅樹以及對面的房子。

這一帶有幾處陶窯，在燒陶的日子裏，附近總是瀰漫著濃煙。但濃煙散去之後，初春的天空，便顯得格外亮麗。

大馬路經常傳來馬的嘶叫聲，以及到清水寺參拜的人聲。而武藏打敗吉岡的消息也流傳在這些雜沓的人馬聲中。

阿通雀躍不已，眼前立刻浮現武藏的身影。她心想：

「城太郎一定去蓮台寺野看比武了，如果城太郎來這裏，就可知道詳情了。」

因此，她迫切地等城太郎的到來。

但是，城太郎卻一直沒出現。在五條橋分手之後，至今已經二十多天了。有時候她會想：

「即使他來這裏，也不知道我住這家旅館吧……不，應該不會！我跟他說過，住在三年坡下，只要挨家挨戶地問，也問得到啊！」

她又想：

「他會不會感冒生病，躺在床上休息呢？」

但阿通不相信城太郎會感冒躺在牀上。也許他正悠閒地在初春的天空下放風箏呢！阿通思及此，就一肚子氣。

2

話又說回來，也許城太郎會想：

「阿通離這裏也不遠，該由她來找我。況且她一直未來烏丸家道謝也不行。」

也許他這麼想，正等阿通去烏丸官邸呢！

阿通並非沒想到這點，只是以她的立場來看，城太郎來這裏是極其容易的事，而自己到官邸去反而較困難。不只如此，無論要去哪裏，她都得徵求阿杉婆的同意。

阿杉婆婆今天不在，不是出門的大好時機嗎？不瞭解狀況的人，也許會這麼想。但是這老太婆並非粗心大意的人。她已經吩咐過旅館門房留意阿通的動靜。只要她走到門口觀望，就會有人從主屋不經意地問：

「阿通姑娘，上哪兒啊？」

再說，從這三年坡到清水邊境，很多人都認得阿杉婆。去年她老人家單槍匹馬在清水附近向武藏挑戰。當時目擊實情的轎夫和挑夫們都說：

「那老太婆眞強悍啊！」

「她眞厲害啊！」

「她是爲了報仇才離鄉背井的。」

這件事發生後沒多久，老太婆便大受歡迎，也博得衆人的尊敬。旅館的人更是對她崇敬有加，因此只消阿杉一句話：

「請幫我留意那女人，免得我不在的時候逃掉。」

旅館的人當然是忠於她的交代。

無論如何，阿通想要擅自出門是絕對不成的。信也必須經由旅館的人才能送出去。所以她只能等城太郎的到來。

「……」

她退到門後，又開始縫衣服。縫的也是阿杉要修改的旅裝。

此時，紙門上映著一個人影——

外頭傳來陌生女子的聲音：

「啊？我搞錯地方了。」

那人好像從大馬路走入這胡同，擅自進到菜園及廂房來似的。

阿通若無其事地從紙門探出頭來。那女子站在菜園裏的梅樹下。一看到阿通，不好意思地低下頭來。

「請問這裏是旅館嗎？胡同入口掛了一個旅館的燈籠，我才進來的。」

那女子表情窘迫，有點手足無措。

阿通忘了回答她的問題，只顧著從頭到腳打量著那女子。她的異樣眼光使得這位擅闖死胡同的女子更加慌張。

「這是哪裏呢？」

那女子看看四周的屋頂，再看看旁邊的梅樹。

「啊！梅花開得眞美啊！」

她抬起羞紅的臉，佯裝看得入神。

對了！是在五條大橋見過她！

阿通想起來了，又怕認錯人，所以一直拚命喚起自己的回憶——她就是正月一日那天早上，在橋的欄杆邊倚在武藏胸前哭泣的那位女子。對方大概不知情吧？阿通卻忘不了此事，自那天以來，她就一直對這位女子耿耿於懷，有如面對宿敵一般。

3

廚房的女人，似乎已向櫃台報告此事，所以掌櫃從前頭繞到胡同來。

「這位女客官，要住宿嗎？」

朱實的眼神有點慌張。

「是的，旅館在哪裏呢？」

「就在剛才入口的地方，也就是胡同右側轉彎處。」

「啊！是面對大街那邊啊！」

「雖然面對大街，但卻是很安靜喔！」

「旅館出入口不太顯眼，我找著找著，看到巷口角落掛著燈籠，以爲旅館就在後面，所以就找到這裏來了。」

朱實邊說明，邊望向阿通所站的房子。問道：

「這裏是廂房嗎？」

「是的，是前面那棟的廂房。」

「這裏比較好……既安靜又隱密。」
「主屋那邊也有好房間喔！」
「掌櫃的！住在這裏的正好也是位女客人……我可不可以也住這裏？」
「但是，這邊還住著一位不太好相處的老太婆，所以……」
「沒關係，我不介意。」
「待會兒等老太婆回來，我們再問問她願不願意合住。」
「在她回來之前，我到那邊的房間休息吧！」
「請這邊走。妳一定會中意那邊的房間的。」
朱實隨著旅館的人，繞到正廳去了。
「……」
結果阿通什麼話也沒說，她很後悔剛才爲什麼不問那女子呢？也許這就是自己要不得的個性。她一個人陷入沈思：剛才那名女子和武藏到底是什麼關係呢？光知道這點也行。
阿通在五條大橋見到他們，兩人談了許久，而且他們看來絕不是普通的朋友。因爲後來那女子哭了，武藏還抱著她的肩膀呢！
「她不只是對武藏才這樣吧……」
阿通試圖推翻自己因嫉妒所作的揣測。但從那天起，她的內心不知受了多少莫名的傷痛。
「她比自己還美。」

悲。

「她比自己更有機會接近武藏。」

「她比自己有才華，能巧妙地抓住男人的心。」

在這之前，她只想到武藏和自己。但是突然間，阿通反省到同性的世界，對於自己的柔弱感到可悲。

「自己長得不夠漂亮。」

「又沒才華。」

「也與武藏無緣。」

在廣大社會中和大多數的女性比起來，她覺得自己的希望都從自己身邊溜過，自己終究只是抱著無意的美夢罷了。最近她已使不出當年攀登七寶寺千年杉時，戰勝暴風雨的勇氣，棲息在她心中的，唯有那天早上在五條大橋蹲在牛車後面的懦弱罷了。

「眞需要城太郎的幫忙！」

阿通心想：

這可能是因爲當年自己爬上千年杉時，仍存有幾分與城太郎一樣天眞無邪的心吧！

她想到最近這種獨自煩惱的複雜心情，也許正表示少女純潔的心已離自己遠去。思及此不覺淚水盈眶，滴落在手縫的衣服上。

「妳在不在房裏？阿通，爲什麼不點燈呢？」

天色不知何時早已暗了下來，從外面回來的阿杉婆這麼問著。

4

「您回來啦！我馬上點燈。」

老太婆用銳利的眼光冷冷地看了一眼往小房間走去的阿通，然後坐到榻榻米上。

阿通點燈之後問道：

「阿婆，您累了吧？今天到哪裏去了呢？」

「這還用問嗎？」

阿杉故意以嚴厲的口吻說道：

「我去找我兒子又八，並打聽武藏的下落。」

「我幫您按摩腳好了。」

「腳倒是沒那麼累，可能是天氣的關係，四、五天來肩膀硬梆梆的。如果妳願意的話就幫我按摩肩膀好了。」

雙方只要一談起來，阿杉便是這副嘴臉。阿通心想，在阿婆找到又八，對往事做個了斷之前，自己還是多忍讓爲宜。因此，便靜靜地繞到老婆婆的背後，邊按摩邊說道：

「肩膀眞的很硬，呼吸會困難嗎？」

「走路的時候，偶爾胸部會悶悶的。畢竟年紀大了，也許哪天會中風，臥病在床！」

「您還很硬朗，年輕人都沒您有精神呢！別說這些喪氣話。」

「但是連那麼開朗的權叔，還不是說走就走，人生變化無常簡直像一場夢。……只要一想到武藏，就令我精神百倍。只要一燃起要和武藏比武的意念，就令我心情激昂，生龍活虎得不輸給任何人。」

「阿婆……武藏哥並不是那麼壞的人……阿婆您想錯了啊！」

「哼……」

阿杉讓阿通揉著肩膀。

「是嗎？對妳來說，他是妳棄又八而迷戀的男人嘛！剛才我說他壞，可眞抱歉呀！」

「唉！我不是這個意思。」

「妳不承認嗎？比起又八，武藏不是比較可愛嗎？我覺得凡事說明白比較切實。」

「……」

「要是能和又八見面，我這老太婆會站在你們中間，依妳的希望向又八說淸楚之後，妳和阿婆就形同路人了。妳就可以奔向武藏懷抱，也許還會說我們母子的壞話呢！」

「您怎麼會這麼想呢？阿婆，阿通不是這樣的女孩。有恩報恩，我一直牢記這句話。」

「現在的年輕女孩，可眞會講話，說得眞好聽呀！我這老太婆是個正直的人，說話完全不加修飾。妳如果當武藏的妻子，那妳和我就是仇敵了……呵、呵、呵！幫仇人按摩肩膀很不是滋味吧？」

「……」

「想必妳也是爲了想跟在武藏身邊，才受這辛勞。如果這樣想，也沒什麼不能忍耐了。」

「……」
「妳哭什麼？」
「我沒有哭。」
「那麼，滴在我衣領上的是什麼？」
「……對不起，不知不覺地……」
「嘿！好像蟲在爬，眞不舒服。妳可以再用點力嗎……別哭哭啼啼的只想著武藏！」
門前的菜園，出現了提燈的亮光。大概又是旅館的女子送晚餐來了。
「對不起，這裏是本位田先生令堂的房間嗎？」
沒想到原來是一位和尚站在門口。
他手上的提燈上寫著：
音羽山清水寺。

5

「我是子安堂的堂員。」
那和尚將提燈放在一邊，從懷中取出一封信來：
「我也不太淸楚到底是怎麼回事，傍晚時分，有位衣著單薄，看起來寒冷不堪的年輕浪人，一直往內堂張望。他還問說：最近有無看到一位作州來的阿婆來參拜？我回答說：她經常來。於是，他借了筆，寫了這封信。他還說如果看到那位阿婆，請將這個交給她。說完之後就走了。我正好要到五條購物，所以順道送過來。」

「那實在太好了，辛苦您了。」

阿婆很會應酬，立刻拿出坐墊招呼客人，但是，那位送信的和尚馬上就離開了。

「誰來的信？」

阿婆在燈下打開信。看完信之後臉色大變。想必信的內容，一定強烈地震撼了阿婆的心。

「阿通！」

「我在這裏。」

阿通在小房間角落的火爐旁回答。

「不用泡茶了，子安堂的堂員已經走了。」

「啊？已經走了！那麼阿婆您喝一杯吧！」

「沒人喝才拿給我喝嗎？我的肚子可不是裝剩茶的！這種茶不喝也罷，倒是馬上準備出門去。」

「啊？去哪裏？要我一起去嗎？」

「也許今夜可以說出妳日夜盼望的事呢！」

「啊……這麼說，那封信是又八哥寫的嘍！」

「別管這麼多了，妳只要靜靜地跟著我就是了。」

「那我到旅館廚房，要他們盡快將晚餐送過來。」
「妳還沒吃嗎？」
「因爲我要等阿婆回來才一起吃。」
「眞是用心了！我上午出門，妳到現在都還沒吃飯嗎？我在外面點了奈良茶餐，將中餐和晚餐一起解決了。妳趕緊吃點泡飯就行了。」
「是。」
「音羽山的夜晚，大概會冷吧！外套縫好了嗎？」
「窄袖那件還差一點就縫好了。」
「我不是問妳窄袖那件，把外套拿出來就行了。還有襪子洗好了嗎？草鞋已經有點鬆了，妳去叫旅館的人幫我買雙新草鞋來。」
阿婆直講個不停，不斷催促阿通做事。阿通連回答的時間都沒有。
不知爲何阿通對阿婆的話毫無反抗之力。阿婆不講話，光是瞪著阿通，就夠令她毛骨悚然的。
阿通將草鞋擺正並說道：
「阿婆，可以出門了，我也和您一起去。」
阿通說著，自己先走出去。
「提燈拿了嗎？」
「沒有……」

「眞是粗心的女孩啊！妳準備讓我這老太婆摸黑爬音羽山嗎？去跟旅館借來。」

「我沒想到。現在馬上就去。」

阿通根本沒有時間爲自己打點。

聽阿婆說是要到音羽山的深山，到底要去哪裏？

阿通心想要是問這種事，一定又要挨罵，只好靜靜地提著燈走在前面，爬上三年坡。

雖然如此，她的心裏卻雀躍不已。剛才那封信一定是又八寫的。果眞如此，以前和阿婆約定好的事情，今晚應該可以解決了。再怎麼不喜歡，再怎麼難過，只要再忍耐一下就行了。

事情說開之後，今晚就非得到烏丸大人家找城太郎不可。

三年坡是忍耐坡。阿通望着布滿石頭、凹凸不平的路面，向前走著。

慈母悲心

1

耳邊傳來瀑布的聲音。在這夜深人靜，顯得格外響亮。

「如果我沒記錯，這裏應該是地藏菩薩所在地。啊！這棵樹掛著告示牌，上面寫著地藏櫻神。」

二人沿著清水寺旁的山路，爬了不少坡，但阿婆卻臉不紅氣不喘的。

到達清水寺之後，阿婆站到堂前，馬上向黑暗處呼叫：

「兒子！兒子啊！」

阿婆關切的眼神和焦慮的呼喚，充滿著老母親情。站在她身後的阿通，覺得此時的阿婆與平日判若兩人。

「阿通，不要讓提燈熄了。」

「知道了。」

「沒在這兒！沒在這兒！」

阿婆口中喃喃自語，四處繞了一圈：

「信上寫的地點是這地藏菩薩！」

「時間是寫今晚嗎？」

「沒寫是今天還是明天，那孩子不管多大還是像個小孩子……他到旅館來不就得了嗎？可能礙於在住吉發生的事，不好意思露臉吧？」

阿通扯扯她的衣袖說道：

「阿婆，那人大概是又八吧？好像有人上山來了。」

「哦！是嗎？」

她眺望山崖的道路，並呼喊道：

「兒子啊——」

不久上山來的人看也不看阿婆一眼，逕自在地藏菩薩廟繞了一圈，然後回到原地。他提高燈籠毫不客氣地凝視著阿通雪白的臉龐。

阿通倒吸了一口氣，但對方似乎毫無所覺。大年初一兩人在五條大橋曾照過面，而佐佐木小次郎大概不記得這件事了吧？

「姑娘，阿婆，妳們現在才上山的嗎？」

「……」

由於他問得太唐突，所以阿通和阿杉婆，只瞪著大眼睛看著外表浮華的小次郎。

此刻，小次郎突然指著阿通的臉說道：

「有個姑娘，年紀和妳差不多，名叫朱實，臉較圓，身材比妳嬌小，是茶館出身的都市姑娘，所以看起來比較老成。不知道妳們有沒有在這附近看到她呢？」

「……」

兩人沈默地搖搖頭。

「眞奇怪啊！有人在三年坡附近看到她。她應該會在這附近的寺廟過夜才對啊！」

前半句是和對方說的，後半句像是自言自語一般。他不再問下去，自行離開了。

阿婆咋咋舌說道：

「那年輕人是什麼東西嘛！瞧他背刀的樣子像個武士嗎？一副俠氣的模樣，晚上還窮追女孩……嘿！我們可沒那閒功夫哟！」

阿通自顧想心裏的事：

「對了！剛才在旅館迷路的女子——一定是那女子。」

武藏、朱實、小次郎這三角關係，她再怎麼想也想不透。阿通陷入自己的想像裏，呆呆地目送小次郎離去。

「回去吧！」

阿婆很失望，終於死了心，放開腳步離去。又八信上確實寫著地藏菩薩，結果卻沒來。瀑布聲此刻聽起來更添增寒意，直侵肌膚。

2

兩人下山沒多久，來到本願堂門前，又碰到剛才的小次郎。

「……」

雙方互看一眼之後，各自靜靜地錯身離去。阿杉回頭看到小次郎從子安堂往三年坡的方向直接下山去了。

「好可怕的眼神啊……像武藏一般。」

阿婆正喃喃自語，突然看了什麼，整個人因震驚而拱起背來。

「嗚……」

像是貓頭鷹的叫聲。

在巨大的杉樹樹蔭下——有個人在招手。

即使在黑暗中，阿婆也認得出那個人影是誰。

「來這邊。」

對方以手示意。看來他似乎有所顧忌。嘿！好調皮的傢伙——阿杉立刻瞭解兒子的意思。

「阿通！」

阿婆回頭看到阿通在離她二十公尺的地方等她。

「妳先走，但也不要走太遠，就站在那小土堆旁等，好讓我跟得上妳。」
阿通老實地點點頭，先走了一步，阿婆繼續說道：
「但妳可別想逃走喔！我阿婆的眼睛可是會盯著妳的，知道嗎？」
阿婆說完，立刻跑到杉樹下。
「是不是又八？」
「母親！」
從黑暗中，伸出一隻手來，緊緊抓住阿婆的手。
「怎麼了？躲到這種地方……啊！你這孩子，手怎麼這麼冰啊？」
此刻，阿婆的傲氣蕩然無存，眼中含著淚水。
又八提心吊膽地說：
「可是母親，那人才剛剛走過去啊！」
「誰呀？」
「背著大刀、眼光銳利的年輕人啊！」
「你認識他嗎？」
「哪有不認識的！他叫佐佐木小次郎，前幾天我在六條的松樹林裏，還慘遭他的毒手呢！」
「什麼？佐佐木小次郎？佐佐木小次郎不就是你自己嗎？」
「為、為什麼？」

「我不記得什麼時候了，在大坂時，你讓我看過中條流印可的卷軸。當時，你不是說你的別名就是佐佐木小次郎嗎？」

「騙人的，那是騙人的。假面具被揭穿之後，還慘遭眞正的佐佐木小次郎的懲罰。事實上，請人帶信給母親之後，我立即前來約定地點，沒想到在此看到那傢伙。如果被他盯上可麻煩了，所以才會躲起來。現在應該沒事了吧！要是他再折回來就麻煩了。」

「……」

阿杉婆驚訝得說不出話來。看到又八毫不隱藏自己的無助和膽小，更覺得這孩子惹人憐愛。

3

「先別管這些事了。」

阿婆對兒子軟弱的聲音，已經聽不下去了，她搖搖頭說道。

「又八，你知道你權叔已經過世了嗎？」

「啊？權叔他……眞的嗎？」

「這種事可以騙人嗎？他在住吉海邊和你一別之後，就死在海邊了。」

「我一點都不知道。」

「盡管你權叔死了，但我這一大把年紀的老太婆，仍在憂愁的旅途上到處飄泊，你可知道我是爲

「有一次在大坂，妳罰我跪在冰天雪地上，訓了我一番。這件事我一直銘記在心，永不忘懷。」

「很好，你還記得我的教訓。有件事，你聽了準會高興的！」

「什麼事？」

「阿通的事。」

「啊！這麼說剛才跟在妳身邊的女子眞的是她？」

「喂！又八！」

阿婆面露責備之色，站到又八前面，擋住他的視線說道：

「這件事你如何打算？」

「如果是阿通……母親……請讓我和她見面，讓我和她見面。」

阿婆點點頭——

「就是要讓你和她見面，所以才帶她來的啊！但是又八，見了阿通，你準備怎麼做？」

「我想向她說：是我不對，對不起她，請她原諒我。」

「然後呢？」

「然後……母親……也請母親原諒我一時的錯誤。」

「然後呢？」

「然後，就像以前一樣。」

了什麼？」

「什麼啊？」

「就像以前一樣，我想和阿通結爲夫妻！母親，阿通至今是不是還思念著我呢？」

阿婆不等他說完，便大罵：

「混、混帳！」

並打了又八一巴掌。

「啊……母親，妳做什麼啊？」

又八搖晃幾步，摀著痛臉。從小至今沒看過母親的臉色如此恐怖。

「你剛剛不是才說永遠記得我的教訓嗎？」

「……」

「我這老太婆何時教過你得向阿通這種可惡的女子低聲下氣道歉呢？她把本位田家的名聲踩在腳底下，而且還和我們世代的仇人武藏私奔呢！」

「……」

「阿通背叛你這未婚夫，全心全意愛著你的仇敵武藏，猶如畜牲，你還要向她低頭賠罪嗎……有必要賠罪嗎？哼！」

阿婆雙手抓住又八頸後的頭髮，左右搖晃。

又八的頭不住地顫動，他閉著眼睛，淚水不斷。對母親的責罵，只有甘心承受。

阿婆咬牙切齒罵道：

「哭什麼！難不成你還留戀那個賤女人？我、我沒有你這樣的兒子！」

她使盡力氣，將兒子按倒在地，然後，自己也跌坐下來，和又八一起哭了起來。

4

「喂！」

阿杉又恢復嚴母的模樣，坐直身子。

「又八，現在是表現你氣概的時候了。也許我這老太婆，只剩十年、二十年的壽命。等我死了想再聽我的教誨那可就不可能了！」

又八側著臉，一副瞭解的表情。

阿杉又有點擔心是否破壞了母子的感情，立刻接著說：

「你想想看，世上又不是只有阿通一個女子，別再留戀她了。將來，如果你有中意的女孩，即使要我這老太婆到女方家走上百趟，我也會去——哦！應該說要奉上我這條老命，我也一定讓你把她娶進門來。」

「……」

「但是，就只有阿通與本位田家不門當戶對，不管你說什麼，我都不答應！」

「……」

「如果你堅持一定要娶阿通，就得先殺死我這老太婆。我死了之後，你愛怎麼做，就怎麼做。但是只要我活著——」

「母親！」

阿杉看到兒子氣勢洶洶，又感到一陣不悅：

「你竟用這種口氣叫我，眞不像話！」

「那我問您，到底是我娶老婆，還是妳娶老婆呢？」

「你這不是明知故問嗎？當然是你娶老婆。」

「如、如果是我娶老婆，當然應該由我自己來選擇啊！」

「你還是這麼不聽話……」

「但、但是……爲人父母，這樣做太過分了，太霸道了。」

這對母子都不知忍讓，一碰到問題，便感情用事，雙方反而無法溝通，進而形成對峙的局面。而且這種事情並非偶然，從以前便是如此，已成習性。

「什麼太過分！你究竟是誰的兒子？是從誰的肚子出來的？」

又八見母親臉色蒼白，便不再反駁，只好仰望天空輕聲說道：

「妳這是強詞奪理，母親……無論如何，我要娶阿通……我喜歡阿通。」

阿杉削瘦的肩膀不停地顫抖。

「又八，你這是眞心話？」

說著，她突然拔出短刀，準備自刎。

「啊！母親，妳要做什麼？」

「別阻止我。何不幫我介錯（編註：爲切腹自殺者砍頭）呢？」

「不、不要做傻事……我這當兒子的，怎能坐視母親自殺不管？」

「你願意放棄阿通，表現你的氣概嗎？」

「母親，到底爲什麼妳要把阿通帶到這裏來？只是爲了讓我看一眼阿通的身影嗎？我不瞭解妳眞正的用意。」

「我要殺她是易如反掌，但是，這個背叛你的女子，還是由你親手解決較好。我用心良苦，爲何你無法理解，不懂感恩呢？」

5

「母親的意思是要我殺了阿通嗎？」

「你不願意嗎？」

這句話有如惡魔的言語。

又八不相信母親會說出這種話。

「不願意就說不願意，不要猶豫了。」

「可、可是，母親！」

「你依戀、捨不得嗎？唉！像你這樣的傢伙，不是我的兒子，我也不是你的母親了……既然你無法砍那女人的頭，應該能砍母親的頭吧！快砍吧！」

阿杉本來就是在威脅恐嚇，此刻又拿起短刀，做態要自殺。

子女任性，令父母棘手；而父母難纏，也令子女難爲。

阿杉就是一個例子。若不謹愼處理，這老年人可能會來眞的。兒子認爲母親看來並非只是做做樣子而已。

又八全身顫抖起來。

「母親！不、不要這麼急躁嘛！好吧！我知道了。我放棄妄念。」

「只是這樣而已嗎？」

「我會親手……親手懲罰阿通的。」

「你會殺她嗎？」

「嗯！殺給妳看。」

阿婆丟下短刀，握著兒子的手，喜極而泣：

「這就對了！這樣一來，我就可以向列祖列宗說：又八是繼承本位田家香火的子孫，是個有骨氣的人。」

「我可以過去了嗎？」

「我讓阿通在下面的小土堆前等著呢！快去討賊殺敵吧！」
「嗯……我這就去！」
「把阿通的首級附上信函送到七寶寺去，以示村人。至少可以扳回我們家的面子。另外，武藏那小子如果聽到阿通被你殺死，爲了爭口氣，一定會自動出現在我們母子倆面前……又八，快點去吧！」
「母親，妳要在這裏等我嗎？」
「不，我也要跟著去。不過阿通看到我可能抗議我不守約定，爲免去麻煩，我還是躲在樹後看著比較好。」
「只是一個女人而已！」
又八搖搖晃晃站了起來：
「母親，我一定會取阿通的首級的，妳在這裏等就行了……只是一個女人罷了，沒什麼問題，不會讓她逃掉的。」
「可不能掉以輕心喔！對方看到你拿刀也會抵抗的！」
「知道了……這又不是什麼難事。」
又八邊說邊走下山，阿杉婆不放心地跟在後面叮嚀：
「千萬別大意啊！」
「母親妳跟來了啊！不是叫妳在這邊等嗎？」
「好吧！小土堆就在下面——」

「我說了我知道了」

又八生氣說道：

「如果要兩人去，那母親妳一人去吧！我在這裏等。」

「你怎麼這麼彆扭，難道你還沒下定決心？」

「她是人吶！哪像殺山貓那麼容易啊！」

「也有道理。再怎麼不貞的女人，畢竟也是你的未婚妻……好吧！我在這裏等，你好好表現給我看。」

又八不回答，逕自往山崖下走去。

6

阿通從剛才就一直站在小土堆前等阿杉婆。

「倒不如趁這個時候逃跑……」

她不是沒這麼想過，只是這麼一來，二十幾天來忍氣吞聲的日子就白過了。

「再忍一忍吧！」

阿通想起武藏，也考慮到城太郎。她茫然地望著天上的星星。

一想到武藏，她的內心就有無數的星星閃爍著。

「就快見面了！快了……」

就像在做夢，她細數著將來的希望。武藏在邊境的山上所說的話，以及在花田橋邊所說的誓言，在她內心不斷地反芻著。

她深信無論經過多少歲月，武藏絕不會背叛那誓言的。

但是，只要一想起朱實那女子，阿通就滿心的不悅，這就像個陰影覆蓋了她的希望。但這陰影和對武藏堅強的信心相比，根本不構成威脅，也不足以令她擔憂。

自從在花田橋與武藏分別之後，就沒有再見過面，也沒再說過話……可是不知為何自己卻覺得快樂無比。我這麼幸福，為何澤庵會認為我不幸而說我可憐呢？

無論是在縫衣服，或是佇立在黑暗的寂寞中等待不想等的人，她也都能自得其樂。因此，別人認為她空虛無助之時，反而是她生命最充實的時刻。

「阿通！」

這不是阿婆的聲音——是誰在黑暗中呼叫自己？阿通這才回過神來。

「啊！是哪位？」

「是我啦！」

「你是誰？」

「本位田又八。」

「咦？」

她退了一步——

「你是又八哥？」

「連我的聲音都忘了嗎？」

「眞的是……眞的是又八哥的聲音？你見過阿婆了嗎？」

「我母親在那邊等著……阿通！妳一點都沒變，和在七寶寺的時候一樣——一點都沒變。」

「又八哥，你在哪裏啊？四周黑漆漆的，我看不到你啊！」

「我可以到妳身邊嗎……我剛才就來了，只是覺得沒臉見妳，所以暫時躱在黑暗中看著妳……剛才妳在那裏想什麼啊？」

「沒有……沒想什麼！」

「妳該不會想我吧？我可沒有一天不想妳啊！」

又八的身影慢慢地移了過來，映在阿通眼前。因爲阿婆沒一起來，不安之感直襲心頭。

「又八哥，阿婆跟你說了什麼嗎？」

「嗯！剛剛說了一些！」

「說我的事嗎？」

「嗯！」

阿通放下心來。

阿通心想：阿婆應該已經依照約定，將自己的意思告訴又八了。而又八是爲了給我承諾，才獨自一人到這裏來的吧！

「如果阿婆已經跟你說過了，你一定能理解我的心情。又八哥，我想拜託你，以前的事就當做我們沒緣分，今夜將它全忘了吧！」

7

母親和阿通之間，到底有什麼約定呢？搞不好又是母親騙小孩的伎倆。

「不，先等等！」

又八對於阿通剛才所說的事情，並無意問個清楚。

「妳說以前的事，我覺得很難過，這一切都是我的錯，使我無顏見妳。如妳所說，如果忘得了，我也很想忘記。但是，不知是何緣故，我無法放棄妳。」

阿通迷惑不解：

「又八哥，我們的內心已出現一條鴻溝了。」

「這條鴻溝已經過五年的歲月了。」

「沒錯，就像光陰一去不復返，我們以前的心，再也喚不回來了。」

「不！沒有不能的事！阿通、阿通！」

「不！不能！」

又八被阿通冷淡的語調和臉色懾住了，他凝視著阿通。

當阿通熱情洋溢時，總會令人想到鮮紅的花朵與豔陽高照的夏日。然而她也有冷漠的一面！這種個性有如白蠟般的冰冷，好像手指一碰，就會斷裂似地。

見到阿通冷漠的外表，又八的腦海裏浮現了在七寶寺屋簷下裏的往事。

他想起當時坐在寺廟的屋簷下，張著一雙濕潤的大眼睛，整天若有所思地望著天空的孤女。

對一個孤女來說，浮雲就是她的母親，也是她的父親、兄弟和朋友。就是這種孤苦無依的感覺，才養成了日後阿通冷漠的個性吧！

又八如此解釋，便輕輕地靠近這朵帶刺的白薔薇。

「我們重新來過吧！」

他對著她的臉頰耳語。

「好嗎？阿通——我們已經無法喚回已逝的歲月了！讓我們重新來過吧！」

「又八哥！你想到哪裏了？我指的不是歲月，而是心靈。」

「所以我才說從今天起要恢復以往的心靈。不是我找藉口，年輕人誰不犯錯？」

「你在說什麼啊！我已無心再聽你的話了。」

「是我不好！我一個大男人已經如此跟妳賠罪道歉了……好嘛，阿通！」

「放開我！又八哥，此後，你也會邁向男人之路，何必執著於此事？」

「對我而言，這可是終身大事啊！妳要我向妳叩頭，我也辦得到，如果妳要我發誓，我也會做的。」

「別再說了。」

「不……不要生氣啊……阿通，這裏不適合談心，我們另外找個地方談吧！」

「不要！」

「要是母親來了，可就痲煩囉……我們快走吧！我再怎麼樣也無法殺妳！我如何下得了手呢？」

又八握她的手，卻被她用力甩開。

「不要。即使殺了我，我也不會和你一起走。」

8

「妳說不要？」

「沒錯。」

「無論如何都不要？」

「對。」

「阿通！這麼說來，妳心裏一直想著武藏囉？」

「我愛慕他——下輩子也非他不嫁。」

「哼……」

又八氣得直打哆嗦。

「這些話，我都跟阿婆說過了！阿婆說這些話最好當面告訴你，所以我一直在等待今天的來臨。」

「阿通！這是妳說的！」

「我明白了！是武藏指使妳見了我要如此說吧！」

「不！不！我的一生由我自己決定，沒有必要受武藏的指使。」

「我也是有志氣的人。阿通，男人都有志氣，妳既然這麼想……」

「你要怎麼樣？」

「我也是男人呀！我會讓妳和武藏在一起嗎？即使我賭上這一條命，也絕不允許。誰會允許呀？」

「你在說什麼允不允許？你這是說給誰聽呀？」

「說給妳聽，還有武藏！阿通，妳和武藏之間沒有婚約吧？」

「沒有……但是，你也沒有權力過問。」

「不，我有。阿通，妳原本是本位田又八的未婚妻啊！只要我又八沒點頭，妳絕不能成爲別人的妻子。更何況……和武、武藏私奔。」

「你還敢說我?!老早以前，你和阿甲署名寫了一封解除婚約的信函給我，現在你還敢說這種話，眞是卑鄙無恥的傢伙！」

「不知道！我不記得寫過這種信，是阿甲自作主張寄給妳的吧？」

「才不是。你明明在信裏說我們無緣，叫我另嫁他人。」

「信給我看！」

「澤庵大師看了之後，邊笑邊拿來擤鼻涕，丟掉了。」
「妳沒證據是行不通的。家鄉無人不知我倆訂婚的事。我有無數的證人，而妳什麼證據也沒有。阿通，眼光不要太短，即使妳勉強與武藏成親，恐怕也無法過得幸福。也許妳還在懷疑阿甲的事，我早已跟那女人一刀兩斷了。」
「我問這事也沒用，又八哥，我不想聽這些。」
「我這麼低聲下氣，向妳請求也沒用嗎？」
「又八哥！你剛才不是說過你也是男子漢？一個女人如何對一個不知恥的男人動心呢？女人欣賞的並非娘娘腔的男人。」
「妳說什麼？」
「放手！袖子快被你扯斷了。」
「混、混帳！」
「你想怎樣……你要做什麼？」
「我苦口婆心妳還無動於衷的話，別怪我扯破臉！」
「咦？」
「如果妳想保住性命，就立刻發誓不再想武藏，快！快發誓！」
又八想拔出短刀，這才鬆開阿通的袖子。刀一拔出，又八表情驟變，好像受刀刃控制一般。

9

持刀的人，並不可怕。可怕的是被刀劍控制的人。
阿通尖叫一聲，她看到又八比刀劍更可怕的嘴臉。
又八的刀，劃過阿通背後的腰帶：
「竟敢逃！妳這女人！」
不能讓她逃跑！
又八心一急，邊追邊大聲呼叫：
「母親！母親！」
阿婆聞聲趕緊跑了過來。
「搞砸了吧？」
說著她自己也拔出短刀，慌忙找尋阿通。
又八叫道：
「母親，那邊，捉住她！」
阿婆看到又八邊叫邊罵追了過來，她的眼睛瞪得有如大圓盤：
「哪、哪裏啊？」

到處都看不到阿通的影子，又八跑到阿婆面前，差點撞上她。

「殺死她了嗎？」

「讓她跑掉了！」

「笨蛋！」

「在下面，好像在那裏！」

往山崖直奔而下的阿通，袖子被樹枝勾到，正拼命地想辦法掙脫。附近的瀑布下，傳來阿通在水中奔跑的腳步聲。她帶著被勾破的衣袖，連滾帶爬地死命逃走。

又八母子的脚步聲逐漸逼近。

「這下妳可完了！」

阿通已無路可逃，前面、旁邊都是崖壁，黑暗的腳下是山崖的窪地。

阿婆大聲叫囂：

「又八，快點動手！阿通，妳的末日到了！」

手持刀刃的又八，完全失去理智，像豹一般向前撲去並叫罵道：

「畜牲！」

又八看到跌倒在枯草與樹叢間的阿通，馬上將大刀揮砍過去。

隨著樹枝斷裂的聲音，地上傳來「哇」的一聲慘叫，血濺四方。

「妳這臭娘們！臭娘們！」

連砍三、四刀之後，沈醉於血泊中的又八，又拿著大刀，朝著樹枝與芒草連砍了好幾刀。

「……」

砍累了，又八手提著血刀，茫然地從血泊中醒來。

他的手沾滿了鮮血。他摸了摸臉，臉上也沾著血。溫溼黏稠的血，像點點燐火，濺了他滿身。

想到這每一滴血，都是阿通的生命泉源，令又八感到一陣暈眩，臉色變得慘白。

「終於把她殺死了！」

阿婆茫然地從兒子背後，悄悄地探出頭來，目不轉睛地望著一片混亂的灌木叢。

「活該！再也動不了了吧！兒子！幹得好！這一來，我心中的怒氣，消了一大半，也有臉面對家鄉父老了……又八，你怎麼了？還不快點取下阿通的首級，快砍呀！」

10

「哈！哈哈！」

阿婆嘲笑兒子的膽小。

「沒出息的傢伙！殺死一個人，就讓你心驚膽跳的。如果你不敢砍，就讓我來吧！你站一邊去！」

阿婆正要向前走。失神、呆若木雞的又八，突然抓起刀柄槌了母親的肩膀。

「啊！你做、做什麼啊？」

阿婆差點跌到見不著底的灌木叢中，好不容易穩住了腳。

「又八，你瘋了嗎？拿刀打老母——你想做什麼？」

「母親！」

「幹什麼？」

「……」

又八沾滿血跡的手背揉著眼睛，哽咽地說：

「我……我……殺死阿通了！殺死阿通了！」

「我不是在誇你嗎？爲什麼還哭呢？」

「我能不哭嗎……糊塗！愚蠢！愚蠢的老太婆！」

「你傷心？」

「當然！要不是妳鬧死鬧活的，我本來可以和阿通重修舊好。什麼家聲、什麼無顏見江東父老……

但是，已經太遲了……」

「眞是愚蠢無知！如果你對阿通這麼依依不捨，爲什麼不殺我去救阿通呢？」

「如果我做得到，也不必在這裏又哭又說傻話了。活在世上，最不幸的就是父母不通情理。」

「不要說了！瞧你這副德性……虧我還特地誇你做得好。」

「隨妳怎麼說！我決定此後要隨心所欲過一輩子。」

「這就是你的劣根性，盡說些無聊話，讓老母傷透腦筋啊！」

「我就是要讓妳傷腦筋。狗屎老太婆！惡婆婆！」

「哦！哦！不管你怎麼說都好，站到一邊去，待我砍了阿通的頭顱之後，再來和你好好談一談。」

「誰、誰要聽妳這無情無義的老太婆講道理？」

「不聽也沒關係，等你看了阿通身首離異的頭顱之後再慢慢想吧。美麗算什麼……再美的女子，死了也是白骨一堆而已……這下子你會更加瞭解色即是空的道理。」

「我不要聽！我不要聽！」

又八瘋狂地猛搖頭：

「哎，仔細想想，我的希望全部在阿通身上。當我想到要與阿通攜手共創未來，就會讓我奮發圖強，尋找立身的途徑。這不是爲了家聲，也不是爲了妳這老太婆，而是阿通給我的希望。」

「這些無聊、沒出息的話要講到什麼時候？倒不如多念些佛來得好……南無阿彌陀佛。」

阿婆不知何時已站到又八前面，撥開濺滿血跡的灌木和枯草。

草叢下趴著一具屍體。

阿婆折下枯草和樹枝，鋪在地上，恭敬地坐在屍體前面。

「阿通，別恨我。妳成佛之後，我也不再恨妳了。這完全是註定好的，早點大徹大悟，證悟菩提吧！」

阿婆說著伸手摸向屍體——並且一把抓起那屍體的頭髮。

此時，音羽瀑布上頭傳來呼叫聲：

「阿通姑娘！」

這叫聲猶如從星空降下，穿過樹梢，隨著黑夜的晚風，飄到谷底來。

圓鍬

1

是怎樣的因緣，牽引宗彭澤庵來到這裏？

這雖絕非偶然，但他的出現卻顯得如此唐突。平日總是從容不迫的澤庵，唯獨今夜顯得特別緊張、不自在。本想問他原委，但此刻看來是無暇多問了。

凡事一向不在乎的澤庵和尚竟慌張問道：

「喂！店小二，怎麼樣？找到沒有？」

在另一頭尋找的店小二，跑過來回答：

「四處都找遍了，沒找到。」

他擦著額頭上的汗水，似乎已找得不耐煩了。

「眞奇怪！」

「是啊！眞是奇怪啊！」

「你沒聽錯吧？」

「不，我沒聽錯。傍晚清水堂的人來過之後，那位老太婆就突然說要到地藏菩薩這邊來，而且，還借用我們旅館的提燈。」

「三更半夜來這地藏菩薩不是很奇怪嗎？到底爲了啥事呢？」

「聽說要到這裏和某人碰面。」

「這麼說來應該還在這裏……」

「沒半個人影啊！」

「怎麼一回事啊？」

澤庵雙手交叉在胸前，百思不解。旅館的店小二搔搔頭，自言自語道：

「子安堂値夜的人說他看到那位老太婆和一位年輕姑娘提著燈上山，但卻沒人見她們下山。」

「就是這樣才教人擔心啊！也許是到偏僻的深山裏去了。」

「爲什麼呢？」

「也許阿婆用甜言蜜語騙了阿通姑娘，想把她推往鬼門關……啊！光在此講話的時間就教人擔心！」

「那位老太婆這麼可怕啊！」

「胡說什麼！她是個好人！」

「剛才聽您這麼說，又讓我想起一件事。」

「什麼事？」

「今天那位叫做阿通的姑娘又哭了。」

「眞是個愛哭蟲！大家都叫她『愛哭蟲阿通』……但是，若說自正月一日起，即跟在阿婆身邊，那鐵定被她虐待、折磨夠了！可憐的阿通！」

「阿婆一直說阿通姑娘是她的媳婦，婆婆虐待媳婦，這也是沒辦法的事啊……一定是阿婆心裏有恨，才會一點一點慢慢地虐待她。」

「想必阿婆這樣做才會甘心吧！阿婆摸黑將阿通姑娘帶到深山，可能是要解決最後的仇恨，眞是恐怖的女人。」

「那位老太婆不能歸爲女人，否則太難爲其他女人了。」

「話也不能這麼說，任何女人多少都有她自己的個性，阿婆只是較明顯而已。」

「您是出家人，所以不喜歡女人。但是，您剛才說那位老太婆是個好人啊！」

「她的確是個好人沒錯。因爲她每天都到清水堂參拜，向觀音菩薩獻珠念佛，親近觀音菩薩。」

「她的確經常念佛。」

「是啊！世上很多這種信徒，在外頭做了壞事，回到家立即念佛；幹盡惡魔所做的壞事，再到寺廟誦經念佛。這種人深信即使打人殺人，只要念佛便能消弭業障，可以往生到極樂世界。實在教人拿他們沒辦法啊！」

澤庵說完之後，便又走到黑暗的瀑布潭邊大聲叫著：

「喂！阿通姑娘！」

2

又八大吃一驚：

「啊？母親！」

阿杉也注意到那個聲音，豹子般的眼睛向上望。

「那是誰的聲音啊？」

雖然聽到聲音，但她抓著死屍頭髮以為握著砍屍首短刀的手，卻一點也不放鬆。

「好像是在叫阿通的名字，啊！又在叫了。」

「眞奇怪！會到這裏找阿通的，只有城太郎那小子。」

「那是大人的聲音……」

「這聲音好像在哪裏聽過。」

「啊！糟了……母親，不要砍頭顱了！有人提著燈籠走向這邊來了。」

「什麼！走向這邊來了？」

「有兩個人呢！我們不能被他們發現，母親！」

本來爭吵不休的母子一碰到危險，立刻站在同一戰線。又八非常焦急，而母親卻異常平靜。

「等一下！」

阿婆還不放過那具屍體。

「都已經做到這一步了，不取最重要的頭顱就走，如何向故鄉父老證明已經殺死阿通了呢……等我一下，我現在就取她的頭顱。」

又八摀住眼睛大叫道：

「啊！」

阿杉持刀跪在小樹枝上，正要砍屍體的頭顱，又八再也看不下去了。

突然，阿婆口齒不清，看來驚訝不已。她甩開屍首，向後踉蹌了幾步，跌坐在地上。

「不對！不對！」

她搖著手想站起來，卻辦不到。

又八靠過來，吃驚地問：

「什麼？什麼不對？」

「你看這個！」

「啊？」

「這不是阿通啊！這具屍體看來像個乞丐或是病人，而且是個男的。」

「啊！是一個浪人。」

又八仔細端詳那人的長相之後，更加震驚。

「奇怪！這個人我認識。」

「什麼！你認識？」

「他叫赤壁八十馬，騙了我所有的錢。這個連活馬的眼睛都敢挖的八十馬爲什麼會倒在這裏呢？」

又八怎麼也想不通。除了附近的小松山谷裏的阿彌陀堂的苦行僧青木丹左衛門，或是曾遭八十馬毒手、好不容易獲救的朱實知道實情之外，想找其他人問清事情的原委等於是大海撈針。

「誰？在那裏的人是阿通姑娘嗎？」

突然，兩人身後響起澤庵和尚的聲音，也出現了提燈的影子。

「啊！」

又八縱身一跳，當然比坐在地上的阿杉婆要逃得快。

澤庵跑過來。

「啊！是阿婆啊！」

他猛然抓住阿杉婆背後的衣襟。

3

澤庵緊緊按住阿杉的脖子，並朝暗處叫道：

「想逃跑的那個人——不是又八嗎？你竟然棄老母不顧，想逃到哪裏去？膽小鬼！不孝子！給我站住！」

阿婆即使被澤庵壓在膝下，也試圖掙脫，她虛張聲勢地叫囂：

「你是誰？是哪裏的傢伙？」

眼見又八毫無回頭的意思，澤庵稍微放鬆按住阿杉婆的手：

「不記得我了？阿婆，妳到底還是老了！」

「啊！是澤庵和尚啊！」

「妳很驚訝吧？」

「什麼話！」

阿婆用力地搖著滿是白髮的腦袋：

「徘徊在黑暗中的乞丐和尚，現在流落到京都了啊！」

「是啊！」

澤庵報以微笑，繼續說道：

「如阿婆所說，前一陣子我一直待在柳生谷和泉州一帶。直到昨晚，才晃到京都來。在下榻的旅館聽到意外的消息，心想這件事非同小可，不能放手不管，所以從黃昏起就一直在找妳們呢！」

「有何貴事？」

「我也想見阿通。」

「哦？」

「老太婆！」

「幹嘛？」

「阿通到哪裏去了？」

「我不知道！」

「妳不可能不知道。」

「我這老太婆，可沒用繩子綁著阿通啊！」

提著燈籠，站在後面的旅館店小二說道：

「啊！和尚！這裏有血跡，是新的血跡！」

望向燈光所照之處，澤庵表情有些僵硬。

阿杉婆趁此機會突然起身逃之夭夭。

澤庵轉過頭，站在原地大聲叫喊：

「站住！阿婆，妳爲了湔雪恥辱遠走他鄉，這會兒要使家聲蒙羞才回去嗎？妳因疼愛兒子而離鄉背井，卻忍心讓兒子不幸嗎？」

這一席話，不像是出自澤庵口中所說出來的，倒像是大宇宙在怒斥阿婆一般。

阿婆突然停住脚，臉上的皺紋顯出一副不服輸的樣子：

「你叫囂什麼啊！你說我玷污家聲，又說我讓又八不幸？」

「沒錯！」

「像你這種吃布施米、借住別人的寺院、在原野撒屎的人，也知道什麼是家聲、什麼是疼愛兒子、什麼是世間至苦嗎？你只知道人云亦云，你只知道吃衆人辛勤耕種後而來的糧食罷了。」

「妳這話實在教人痛心啊！世上有這種人，我也難過。在七寶寺時，我就覺得無人比阿婆伶牙利嘴，沒想到如今仍是。」

「哈！我這老太婆對世界還抱著很大的希望，你以爲我只是靠一張嘴嗎？」

「不談這些，也不管過去的事，我倒想跟妳談別的。」

「什麼事？」

「阿婆，妳是不是叫又八殺了阿通？妳們母子連手殺了阿通，是不是？」

聽完這話，阿婆伸長脖子大笑：

「澤庵！即使提燈走路也得帶著眼睛才行啊！你的眼睛是瞎了還是裝飾用的？」

「笨蛋！」

阿杉冷笑著。不管別人怎麼說，她仍認眞說道：

4

澤庵被阿婆嘲弄得不知如何是好。

無知總是比聰明佔優勢，無知的人可以無視於對方的知識。一知半解的聰明人，總是拿狂妄無知的人沒輒。

澤庵被阿婆斥罵眼睛是瞎了還是裝飾品。只好自己過去查看死屍，果然不是阿通。

他立刻放下心來。

阿婆含怨的口吻問道：

「澤庵，你放心了吧！敢情你是撮合武藏和阿通的媒人。」

澤庵並不駁斥她。

「妳要這麼想也行。阿婆，我知道妳一向很有自信，不知妳如何處理這死屍呢？」

「這個人早就倒在路旁等死了，雖然是又八砍殺的，但不能怪他。這個人沒人理的話，終歸是要死於路旁的。」

店小二插嘴道：

「剛才我就看到這個浪人，他的腦袋似乎有點不對勁。他口水直流，搖搖擺擺地走在街上，而且頭上好像被人重擊，有個大傷。」

阿婆心想這些事與自己無關，就逕自走到路上尋找兒子。澤庵交代店小二處理屍體後，便跟在阿婆身後。

阿婆非常不悅，回過頭來正要對澤庵說狠話，卻看到樹蔭下有個人影小聲叫道：

「母、母親！」

阿婆欣喜萬分，走向樹蔭下。

原來是又八。

兒子終歸是兒子，她以爲他跑掉了，原來他一直擔心老母的安危。對兒子這番心意，她欣喜不已。母子兩人回頭看著身後的澤庵，交頭接耳一番。看來似乎對澤庵仍有畏懼，兩人立刻往山腳的方向飛奔而去。

澤庵目送這對母子離去之後，自語道：

「不行……像他們那副樣子，再說也是白費唇舌。人世間如果能夠除去誤會，人們就可以減少許多痛苦了。」

他並沒有急步直追，因爲找到阿通才是當務之急。

但是，阿通到底怎麼了？她在哪裏呢？

無疑地阿通已從又八母子刀下逃過一劫。澤庵剛才心裏就慶幸不已。但是可能因爲剛才見了血光，所以在未見到阿通平安歸來之前，總是心神不寧，無法平靜。他打算天亮之前再找看看。

他才下決心，就看到店小二招集數名守堂員提著七、八個燈籠下山崖來。

看來是要將浪人赤壁八十馬的屍體埋在山崖下，所以一行人拿著鋤頭及鏟子挖土，黑夜裏咚咚咚的挖土聲，令人毛骨悚然。

剛挖好洞穴，忽然聽見有人喊救。

「啊！這裏有個人奄奄一息，這回是個美麗的女人！」

離坑穴大約十公尺遠的地方，有個瀑布支流沖刷而成的小水窪，上頭雜草橫生，不易被人發現。

「人還沒死。」
「還有氣嗎？」
「只是暈過去而已。」
澤庵看大家提著燈籠聚在一起，不知在吵嚷什麼，正準備跑過去看個究竟。就在這時，旅館店小二也大聲喊著澤庵。

商人

1

很少有人能像這戶人家，將「水」的特性巧妙地營造出生活情趣吧！

武藏聽著圍繞房屋四周的潺潺水聲，而有此感想。

這裏是本阿彌光悅的家。

這裏離武藏記憶深刻的蓮台寺野並不遠——它位於京都實相院遺跡東南方的十字路口。

他們之所以被稱爲本阿彌十字路口的人家，並非只是因爲光悅一家住在這裏。光悅住所長屋門的左鄰右舍住著他的外甥，以及同行人等，同一家族都住在這個路口的前後左右，衆人和睦相處。就像土豪時代的家族制度，衆人比鄰而居，悠哉地過日子。

「原來如此！」

武藏覺得這個世界充滿了神奇。自己一直屬於下層階級的生活，而像京都這種令人刮目相看的大都市人的生活，一直與他無緣。

本阿彌家是足利家武臣後代，現在仍受前田大納言家每年二百石的俸祿，又受到皇家賞識，也頗受伏見德川家康的器重。此家以磨刀劍爲業，是個純粹的技術工匠。若要問光悅是武士還是商人？好像兩者都不是。實際上他既是工匠，又是商人。「工匠」這個名稱，在這個時候已經不是高尚的稱呼了。這是工匠們自己無法堅持自己的品性和操守所造成的。上一代的人，將技藝視爲高級工作，有如天皇的聖寶一般珍貴。但是，隨著世風日下，衆人將工匠看成「沒出息的人」，這兩者眞是天壤之別。「工匠」這稱呼，原本絕非下賤技藝人的稱呼。

追根究柢，這裏的大商人角倉素庵、茶屋四郎次郎、灰屋紹由都是武家出身。換句話說，室町幕府掌管商業的大臣們，曾幾何時，漸漸離開幕府，不再支領薪俸，變成個人經營。經商的才華與社交手腕，已不再需要武士的特權。如此，代代相傳，便成商人世家，成爲京都的大商人以及有錢人。

因此，即使武家權力相傾軋，這些大商人仍會受到雙方的保護，所以才能代代相傳，綿延不斷。就算受皇上徵召出兵，他們也享有兵燹不殃及家園的特權。

實相院的一角，濱臨水落寺，有栖川和上小川兩河夾流其間。應仁之亂時，這一帶被燒個精光。雖然有人傳說在院子裏種樹時，還會挖到戰亂時的刀劍、盔甲等物。但本阿彌家的房子是在應仁之後蓋的，那之前蓋的是屬舊房子的部分。

清澈的有栖川，流經水落寺之後，注入上小川，中途伏流光悅住宅。——這條清溪先是流經三百多坪的菜園，再消失於一片林地。

然後，再從玄關前的噴井處洶湧而出，分成兩股支流，一支流到廚房，用來洗米煮飯；另一支流到浴室，帶走髒水和污垢。也流至素雅的茶室，濺打在岩石上，發出清澈的滴答聲。最後匯集成一股水流，奔向本家的研磨小屋。小屋入口處，結著稻草繩，禁止閒人進入——工匠們在那裏爲諸侯研磨正家、村正、長船等著名的寶刀。

武藏住進光悅家，卸下流浪裝扮。至今已是第四天或第五天了。

2

武藏和這家主人光悅及妙秀母子在原野的茶會相遇喝茶之後，內心暗暗期待有朝一日能再和他們見面。

也許是有緣吧！分別沒幾天就有了再見面的機會。

沿著上小川到下小川的東岸，有一座羅漢寺。寺院旁的遺跡是昔日赤松家的官邸。隨著室町將軍家的沒落，這一大片宅第也跟著物換星移，失去了全貌。雖然如此，武藏仍想再次走訪此地，有一天他便來到這附近。

武藏年幼時，經常聽父親說：

「我雖然是山中凋零的武士，但你祖先平田將監可是播州豪族赤松的分支，你體內流著英雄武士的血液。你要認清這一點，好好開創一番偉大的事業。」

下小川的羅漢寺，是緊鄰著赤松家官邸的菩提寺，所以到那裏去尋幽訪勝，也許能找到祖先平田氏過去的蛛絲馬跡。據說父親無二齋到京都時，也曾一度探訪此地，並祭拜祖先。即使對這些陳年往事全然不知，但有機會踏到這片土地，緬懷自己遙遠的血親也並非無意義。因此，武藏才會到這裏尋找羅漢寺。

下小川有一座「羅漢橋」。但卻一直找不到羅漢寺。

「難道連這一帶也改變了嗎？」

武藏靠著在羅漢橋欄杆心想：父親和自己只不過一代之隔，都市的面貌卻已改變不少了。

羅漢橋下，河水淺而清澈。偶爾河水像混了泥土變得白濁，過不了多久，又恢復原有的清澈。

武藏仔細一看，原來從橋左岸的草叢中時而冒出混濁的水。這混濁的水一流入河裏，便向四周擴散開來。

「啊！原來這是磨刀房。」

武藏當時單純的閃過這個想法，只是做夢也沒想到自己竟會成爲這家的客人，而且還住了四、五日呢！

「啊！您不是武藏先生嗎？」

武藏被剛回來的妙秀尼叫住，這才發覺原來這裏是本阿彌路。

「您是來找我們的嗎？光悅今天剛好也在家，您不用客氣……！」

在路上遇見武藏，令妙秀欣喜萬分。她似乎深信武藏是特地來訪，便趕緊帶武藏進到長屋門，並叫家僕立刻通知光悅。

無論是在外面或是在家裏，光悅和妙秀兩人依然和藹可親，一點都沒變。

「我現在正要磨刀，請先和我母親聊聊，等工作結束後，我們再來慢慢聊。」

聽光悅這麼說，武藏和妙秀便聊起來。兩人相談甚歡，竟然不知夜已深。第二天，武藏向光悅請教磨刀劍的事情，光悅帶著武藏參觀「磨刀房」，並向武藏一一說明。不知不覺間，竟然已在這戶人家待了三、四個晚上。

3

接受別人的好意和盛情，也該有個限度。武藏本想今天早上辭行，但話還沒說出口，就被光悅搶先一步說道：

「還沒好好招待您，但也不便勉強挽留，如果您還不厭倦，就再多住幾天。在我的書齋裏，有一些古書和幾件玩賞品，您可以隨意取閱、把玩。庭院角落有燒窯，過幾天我燒幾個茶碗和盤子給您看看。刀劍歸刀劍，但陶器也很有趣，您不妨也捏捏看。」

武藏被光悅平穩的生活所感染，便也允許自己暫時過幾天平穩的日子。

光悅又說道：

「如果您已厭倦這裏，或有要事，如您所見，我家人口簡單，不必打招呼，隨時都可以離去。」

武藏怎麼可能住厭，光悅的書齋裏，從和漢書籍到鎌倉期的畫卷、舶載的古帖都有。只要閱覽其中一樣，就需花上一整天的時間呢！

吸引武藏佇足書齋的原因之一，是掛在牆上宋朝梁楷所繪的「栗子圖」。

那幅畫橫長二尺四、五，直寬二尺。橫掛於牆上，已舊得無法分出紙的質料。說也奇怪，武藏看了半天也不膩。

「我覺得您所畫的圖，外行人絕對畫不出來。而這幅畫，感覺上外行如我的人似乎也畫得出來。」

光悅回答：

「正好相反吧！」

「我的畫的境界，誰都可以達到；而這幅畫中，高低起伏的道路、層層相疊的山林，畫工非凡過人，單憑模仿是無法學到的。」

「哦！原來是這樣啊！」

聽了光悅的解說之後，武藏再次瀏覽那幅畫。此畫乍看之下，只不過是單色的水墨畫，原來其中還隱藏著「單純的複雜」，他逐漸一點一滴領會過來。

這幅畫的結構非常簡單，圖上畫著兩顆栗子，一棵外殼已破，露出果實；另一顆則裸露著堅硬的外殼，而松鼠跳躍其間。

松鼠生性喜歡自由，這隻小動物的姿態，象徵著人類的年輕，以及年輕所特有的欲望——松鼠如果想吃到栗子，就會被毬果刺到鼻子。但是，如果怕被毬果刺到，就吃不到硬殼內的果實。

也許作者作畫時，並無此構想，但武藏卻如此解釋這幅畫。欣賞一幅畫時，也許想著畫是否含有諷刺和暗示是多此一舉的。但是這幅畫「單純的複雜」中，除了墨的美感、畫面的音感以外，還具備了令人遐思的部分。

「武藏先生，您還在凝視梁楷嗎？看起來，您頗中意那幅畫。如果您喜歡，臨走時您可以帶走，我將它送給您。」

光悅毫不做作，邊看著武藏，邊坐到他身旁。

4

武藏頗感意外，堅決拒絕：

「啊！您要將梁楷的畫送給我？這萬萬使不得，我來打擾數日，還拿您的家寶，這怎麼可以呢？」

「但是，您不是很中意嗎？」

光悅看著他耿直的態度，覺得好笑，他微笑地說道：

「沒關係！如果您中意就把它帶走吧！總之，像畫這種藝術作品，如果擁有它的人是眞正的喜愛、眞正懂得欣賞的話，那幅畫才眞正有價值，而在九泉之下的作者，也會感到欣慰吧！所以請不要推辭。」

「話雖不錯，但我實在沒資格領受這幅畫。看到這幅畫，讓我很想擁有它，但是，我是個沒有家，又無固定居所的浪人，拿了也沒地方擺啊！」

「原來如此！到處流浪的人，帶著畫的確是個累贅。也許您還年輕，尚未想要成家。但是任何人沒有一個家，總會覺得寂寞的。怎麼樣？您是否願意在京都附近，找個地方蓋棟木屋，作爲您的家呢？」

「我從沒想過要有個家，我還想去看看九州的邊境、長崎的文明、關東的江戶城、陸奧的山川等等——我的心總是嚮往著遠方。也許我與生俱來就是流浪的個性吧！」

「不，不只你這麼想。比起待在這四帖半的茶室裏，年輕人還是喜歡碧海藍天。但是他們經常捨近求遠，浪費了青春時光，卻無法達成崇高的目標，結果變成憤世嫉俗，一生庸庸碌碌地過日子了。」

說到這裏，光悅突然：

「哈！哈哈！像我這樣的閒人，竟然在教訓年輕人，眞是好笑。對了，我今天來這兒，並不是爲了這件事，而是今晚想帶您到鎭上走走。武藏先生，您去過煙花柳巷嗎？」

「煙花柳巷……是不是有藝妓的地方呢？」

「沒錯！我有一個好玩的朋友，叫做灰屋紹由。剛才收到他邀我出遊的信，怎麼樣，想不想到六條街看看呢？」

武藏馬上回答：

「我想我就不去了。」

光悅也不再強人所難，並說道：

「既然您沒有這個意願，我再怎麼邀，也是徒然。但是，偶爾沈浸在那種世界，也是挺有趣的喔！」

不知何時，妙秀悄悄地來到這裏，津津有味地聽著他們的談話。至此她開口說道：

「武藏先生，難得有這種機會，您就一起去看看嘛！灰屋紹由這個人絲毫不拘泥小節，而且我兒子也很想帶您去啊！去吧！一起去吧！」

妙秀尼不像光悅順著武藏的意願，她高高興興地取出衣裳，不但勸武藏去，也鼓勵兒子出遊。

5

爲人父母的，聽到兒子要去煙花柳巷，哪怕是在客人或朋友面前，一定會極其不悅，大聲叫罵：

「敗家子！」

家教嚴格的父母，也許會吼叫道：

「這簡直荒謬至極！」

接下來，親子可能會展開一場爭執，這是相當平常的事。但是，這對母子卻不是這樣。

妙秀尼走到衣櫃邊問道：

「繫這條腰帶好嗎？要穿哪一件衣服呢？」

就像自己要外出遊山玩水一般，她高高興興地幫兒子打點到煙花柳巷的裝扮。

不只是衣裳，連錢包、小藥盒、腰間佩帶的短刀等等，都精心挑選，準備齊全。爲了不讓兒子與其他男人在一起時覺得可恥，爲了讓兒子在女人圈內不丟臉，她悄悄地從金櫃中取出一些金錢，加上她這分用心，一齊放入錢包中。

「去吧！燈火通明的煙花柳巷雖然不錯，但最有意思的卻是黃昏時刻的街道。武藏先生，您也去吧！」

不知何時，武藏面前，已經擺著棉服、內衣、外套等衣裳，一應俱全，而且全部潔白如新。

起初，武藏不知如何是好，但這位母親如此地極力相勸，應該不是世人眼中的不良場所，去看看也無妨。

因此武藏回答道：

「既然如此，那就勞駕光悅先生帶我一道去。」

「好啊！就這麼決定！那麼，請換衣服吧！」

「啊！不！我不適合穿華麗的衣服。無論在原野或是其他地方，這件衣服最適合我。」

「不行！」

妙秀尼突然變得嚴肅，斥責武藏。

「對你來說，也許三件就夠了。但是一身污濁的裝扮，坐在裝潢得光彩奪目的青樓裏，就像一塊抹布一樣。花街柳巷就是在華麗的氣氛下，忘掉世上所有的煩惱和醜陋的地方。從這個觀點來看，如果認爲自己的打扮是爲了自己，那就錯了……哈哈！哈哈！雖然這麼說，但是，也不必穿得像名古屋山三或政宗大人那麼華麗。只是件乾淨的衣服罷了，來，穿穿看！」

武藏更衣之後，妙秀說道：

「啊！好合身啊！」

妙秀尼看著他們兩人舒暢的裝扮，欣喜萬分。

由於天色漸暗，光悅走入佛堂，點上光明燈。這對母子是虔誠的日蓮宗信徒。

他出了佛堂，向一旁等著的武藏說道：

「我們走吧！」

兩人走到玄關，看到妙秀尼已先將兩人要穿的新草鞋擺好，正在門外和家僕細聲說話。

「您把鞋擺好了？」

光悅向母親道謝，並低下頭來穿草鞋。

「母親，我們走了！」

妙秀尼轉過頭來叫道：

「光悅啊！等一下！」

她急忙揮手，叫住兩人。並探頭到門外，四處張望，似乎出了事情。

6

光悅一臉狐疑問道：

「什麼事啊？」

妙秀尼輕聲關起門：

「光悅啊！聽說今天有三名強悍的武士，在我們家門前粗言粗語說了一些話……是不是出了什麼事？」

雖然天色尚明，但想到兒子和客人在黃昏時刻要出門，便擔心地皺起了眉頭。

「……」

光悅看著武藏。

武藏大概猜得到那幾名武士的來歷，他說道：

「我知道了，他們是衝著我來的。我想他們不會危害光悅先生的。」

「聽說前天也有人看到一名武士擅闖家門，並且眼光銳利地四處張望。甚至蹲在茶室的走道上，窺視武藏先生的臥房呢！」

武藏說道：

「大概是吉岡的門徒吧！」

光悅點點頭，也說道：

「我也這麼想。」

然後，他問家僕：

「今天來的三人怎麼說呢？」

家僕邊打哆嗦邊回答道：

「剛才我看工人都已回家，準備鎖上這裏的大門，那三名武士突然衝到我面前，其中一人從懷中拿出書信，露出可怕的表情說，把這個交給你們的客人。」

「嗯……只有說客人，並沒有指名武藏先生嗎？」

「後來他又說，就是幾天前住進這裏的宮本武藏。」

「那、你怎麼回答呢？」

「事先大人您已經吩咐過了，所以我搖搖頭回答我們家沒有這樣的客人。這一來惹怒了對方，他們警告我別扯謊。後來，有位年紀稍長的武士出面調停，皮笑肉不笑地說沒關係，我們會想別的方式交給當事人。說完，一行人就往那邊去了。」

武藏在一旁聽完之後說道：

「光悅先生，這麼辦吧！我擔心會連累您，也許會害您受傷，所以我先走一步吧！」

「您說什麼啊！」

光悅一笑置之：

「您不必爲我考慮這麼多，既然已經知道是吉岡門的武士，我一點也不覺得可怕。我們走吧！」

光悅先走出門外催促武藏上路。突然又鑽進門內叫道：

「母親！母親！」

「忘了什麼嗎？」

「不是！如果您擔心這件事，我就派人到灰屋老闆那兒，取消今天的約會……」

「什麼話嘛！我擔心的是武藏先生……武藏先生都已經先在外面等了，就別取消吧！何況灰屋特地邀請你，好好去玩玩吧！」

光悅看著母親關起門來，心裏不再掛心任何事情，便與在一旁等待的武藏，並肩走在河邊的街道上。

「灰屋就住在前面的河邊，我們會路過那裏。他說要在家等，我們這就去找他吧！」

7

黃昏的天空，還很明亮。走在河邊，令人心情舒暢無比。尤其在忙碌一整天之後，黃昏時刻，能夠悠閒散步，乃人生一大樂事。

武藏說道：

「灰屋紹由？——好熟的名字啊！」

兩人配合對方腳步走著，光悅回答：

「您應該聽過。因爲他在連歌(譯註：詩歌之一種)的領域上屬紹巴門派，卻又另創一家。」

「啊！原來他是連歌詩人啊！」

「不！他不像紹巴或貞德以連歌維生——他和我有類似的家世，都是京都的老商人。」

「灰屋是姓嗎？」

「是店號。」

「賣什麼商品？」

「賣灰。」

「灰？什麼灰？」

「是染房染色用的灰，叫做染灰。他的染灰賣到各地，做的是大生意。」

「啊！原來是做灰汁水的原料啊！」

「這行業是大買賣，在室町時代初期歸將軍管轄，設有染灰店政務官一職。但是，中期開始變成民營。京都只允許三家染灰店的中盤商存在，其中一家，就是灰屋紹由的祖先——但是，傳到紹由這一代，他已不再繼承家業，而在堀川安享餘年。」

光悅說著，指著另一方——

「您看到了嗎？那裏——那裏有間雅致的房子就是灰屋的家。」

「……」

武藏點頭，手卻握著左邊的袖子。

他聽著光悅說話，邊在心裏想著：

「奇怪！」

袖子裏是什麼東西？右邊的衣袖，隨著晚風輕輕飄舞著；而左邊衣袖，卻有點沈甸甸的。

白紙放在懷中，且又沒帶煙盒——他不記得還帶了其他東西——他輕輕地取出袖裏的東西一看，原來是一條淡紫色的皮繩，打成蝴蝶結，隨時都可以解開。

「啊？」

一定是光悅的母親妙秀尼放的，是給他當肩帶用的。

「……」

武藏抓著衣袖中的皮肩帶，不自覺回頭朝走在後面的三人微笑。

武藏早就注意到他們，當他一出本阿彌路，這三人就和他保持一定的距離，尾隨在後。

那三人看到武藏對他們笑，都嚇了一大跳。趕緊停下腳步，耳語一番。最後擺好架式，突然大步地往這邊走來。

光悅那時已站在灰屋家門前，向門房通報姓名。有個拿著掃把的僕人出來領他進去。

光悅注意到走在後面的武藏不見了，又折回對著門外說道：

「武藏先生！不用客氣，請進來。」

8

光悅看到三名武士來勢洶洶地舉著大刀圍住武藏，態度傲慢地跟他說話。

「是剛才那些人。」

光悅立刻想起來。

武藏沈著穩定回答了三名武士的問題之後，回頭望一望光悅並說道：

「我馬上就來——請先進去。」

光悅平靜的眼神，似乎能懂武藏眼眸中的意思，點點頭說道：

「那麼，我到裏面等，您事情辦完，再來找我。」

光悅一進入屋內，其中一人立刻開口道：

「我們不必再討論你是不是在躲藏，我們並非爲此而來。我剛剛說過了，我是吉岡十劍之一，叫做太田黑兵助。」

說著，從懷中取出一封書函交給武藏。

「二少爺傳七郎要我把他的親筆信親手交給你——看完之後，請馬上答覆。」

「哦？」

武藏毫不做作地打開書信。看完之後，只說：

「我知道了。」

但是，太田黑兵助仍是一臉狐疑問道：

「確實看完信了嗎？」

爲了確定，他抬頭探看武藏的臉色。武藏點點頭回答道：

「我確實知道了！」

三人終於放心：

「如果你爽約，將受到天下人的嘲笑。」

「……」

武藏沈默不語，只笑而不答地掃視了三名武士硬朗的體格。

他的態度又引起太田黑兵助的疑心。

「武藏，沒問題嗎？」

他再問一次：

「日期已快到了。記好地點了嗎？來得及準備嗎？」

武藏不多囉嗦，只簡單地回答：

「沒問題。」

「屆時再見！」

武藏正要進灰屋家，兵助又追過來問道：

「武藏，在那天之前，都住在灰屋嗎？」

「不，晚上他們會帶我到六條的青樓去，大概會在這兩地吧！」

「六條？知道了——不是在六條，就是在這裏。如果你遲到，我們會來接你，你不會膽怯害怕吧？」

武藏背向他，聽著他說話，一進入灰屋前庭，便立刻關上門。一踏進灰屋，吵雜的世界，好像被摒除於千里之外。高聳的圍牆，使得這小天地更加寧靜。

低矮的野竹，以及筆桿般的細竹，使得中間的石子路常保陰溼。

武藏往前走，眼中所見的主屋以及四周的房子和涼亭等，都呈現出老房子黑亮的光澤以及深沈的氣度。高聳的松樹圍繞著房子，就像在歌頌這家的榮華富貴一般。雖然如此，走過松樹下的客人，卻一點也不覺得它們高不可攀。

9

不知何處傳來了踢球聲。經常可從公卿官邸的圍牆外聽到這種聲音，可是在商人家裡，也可以聽到這種聲音，倒是件罕見的事情。

「主人正在準備，請在這裏稍等。」

兩名女僕端出茶水、點心，引領武藏到面向庭院的座位。連女僕的舉止都如此優雅，令人聯想到這家的教養。

光悅喃喃自語：

「大概是背陽的關係，突然覺得冷起來了。」

他叫女僕將敞開的紙門關起來。武藏聽著踢球聲，望著庭院一端地勢較低的梅樹林。光悅也隨著他看著外面並說道：

「有一大片烏雲籠罩住叡在山頭。那雲是從北國南下飄來的。您不覺得冷嗎？」

「不會。」

武藏只是坦白回答，一點也沒想到光悅這麼說是因爲想關上門。

武藏的肌膚有如皮革般強韌，與光悅紋理細緻的皮膚，對氣候的敏感度大不相同。除了對氣候的感受度不同之外，對於觸感、鑑賞等各方面，兩人都有天壤之別。一言以蔽之，就是野蠻人和都市人的差異。

女僕拿著燭台進了門來。此刻外面天色也已暗了下來，女僕正要關門，突然聽到有人叫：

「叔叔，您來了啊！」

大概是剛才在踢球的孩子們。二、三名十四、五歲大的孩子往這邊瞄了幾眼，並把球丟了過來。但是一看到武藏這個陌生人時，便一下子變得很安靜。

「叔叔，我去叫父親！」

還沒聽到光悅回答，就爭先恐後地奔向屋後。

紙門關上後點起燈，更顯出這人家的和諧氣氛。遠處傳來這家人開朗的笑聲，令人受到感染而心情舒暢。

另外，令武藏抱持好感的是，一點也看不出這戶人家是個有錢人家。樸實無華的擺設，看來似乎是特意要消去銅臭味。令武藏覺得如置身鄉下的大客房。

「啊！抱歉！讓您們久等了！」

隨著豪爽的聲音，主人灰屋紹由進了房來。

他和光悅是完全不同典型的人。雖然瘦骨嶙峋，但與聲音低沈的光悅比起來，他的聲音顯得年輕有活力。年紀看來比光悅大上一輪。總之，他是位坦率可親的人。光悅介紹武藏讓他認識之後，他說

「啊！原來是這樣。他是近衛家的管家松尾先生的外甥啊！我和松尾先生也很熟吶！」

因爲姨父的名字被抬出來，武藏從這裏約略可以看出大商人和近衛家的密切關係。

「我們走吧！原想趁天色未暗之前，漫步走去。現在天已暗下來了，就叫轎子吧……當然，武藏先生，您也會跟我們一起坐轎子去吧？」

紹由急躁的個性與年紀不相稱，和大方穩重、忘了要去青樓妓院的光悅相比，簡直是兩個極端。

生平第一次坐轎子的武藏跟在兩人後面，搖搖晃晃地沿著堀川河岸前進。

道：

春雪

1

「好冷啊！」

「冷風撲面而來。」

「鼻子都快凍僵了。」

「今晚可能會下雪吧！」

「都已經是春天了啊！」

口中吐著白煙，往柳馬場趕路的轎夫們高聲地對談著。

三盞提燈搖搖擺擺，忽明忽暗。比叡山上的烏雲，從傍晚到現在，已擴散到洛內的上空。黑沈沈的夜空，似乎意味著半夜即將發生可怕的事情。

然而寬廣的馬場的另一邊，地面一片燈火通明。可能是因爲天空一顆星星也沒有，使得地面的燈火有如羣集的螢火蟲般，顯得格外燦爛。

坐在中間轎子的光悅回過頭說道：

「武藏先生！」

「那裏就是六條柳鎮。最近，鎮上因爲增加不少人口，又稱爲三筋鎮。」

「哦！原來是那裏。」

「從寬廣的馬場空地，俯眺鎮上的百家燈火，也是一種情趣。」

「眞是不可思議！」

「煙花妓館以前在二條，由於太靠近大內，半夜裏，站在御苑旁就可聽到唱民歌、俚曲的聲音，因此，所司代板倉勝重大人將它移到這裏。不到三年，整條街都成了青樓妓院，而且，還在繼續增加呢！」

「這麼說三年前，這裏還是……」

「沒錯！那時一到夜晚，到處黑鴉鴉的，衆人都感嘆戰火帶來的禍害。可是，現在所有的流行都源於這個鬧區。說得誇張些，這甚至是一種文化的誕生……」

本來光悅要繼續說下去，卻側著耳朶傾聽遠處的聲音。

「您聽到花街的弦樂歌聲了吧？」

「啊！聽到了。」

「那是琉球傳來的三味線再改編的。有些樂曲以三味線爲基礎，衍變成現在的歌謠。但有一部分是擷取改編後的歌曲，形成所謂的隆達曲調。由此可見，所有的歌曲都源自煙花巷。這些樂曲在青樓妓館興盛流行之後，才普及於一般民衆。所以從文化觀點來看，城市和煙花巷有著很深的關係。雖然煙花巷和城市有一段距離，卻不能說煙花巷是一處骯髒的地方。」

此時，轎子突然急轉彎，打斷了武藏和光悅的談話。

二條的煙花巷叫做柳巷；六條的煙花巷，也叫做柳巷。不知何時起，「花街柳巷」已代替了「煙花巷」的說法。街道兩旁的柳樹上，裝飾著無數的燈光，逐漸映入武藏的眼簾。

2

光悅和灰屋紹由，對這裏的青樓妓館已經相當熟稔。所以他們一下轎，林屋與次兵衛店裏的人，馬上迎過來：

「船橋先生來了啊！」

「水落先生也來啦！」

船橋，指的是住在堀川船橋，也就是紹由故鄉的名字。而水落，是光悅來這裏遊玩的假名。只有武藏既沒有固定居所，也沒有假名。

說到名字，「林屋與次兵衛」也只是樓主的假名。藝妓屋的店名，叫做扇屋。一提到扇屋，就令人想起六條柳鎮初代吉野太夫。而一提起桔梗屋，就會讓人想到室君太夫。一流的青樓，就數這兩家。光悅、紹由和武藏三人所坐的地方，就是扇屋。

武藏壓抑自己，盡可能不要東張西望，但是，行經通道的時候，仍然情不自禁地觀望格子天花板、橋梁欄杆、庭院、雕刻等等。他心裏暗自驚嘆道：

「眞是一所絢爛的青樓啊！」

武藏專注看著拉門上的畫，竟然沒發覺光悅、紹由已不見了。他站在走廊上，不知要往哪裏走：

「啊！到底他們到哪裏去了？」

「這裏！」

光悅向他招招手。

庭院裏有遠州風格的假山和白石鋪地，造景師傅大概是以赤壁爲藍本，設計出這樣的景緻來。庭院旁有兩個大房間，透出燈火，猶如置身於北苑派的畫裏。

「好冷啊！」

紹由縮著背，坐在寬廣的房間內。

光悅也坐了下來，並指著正中間的坐墊說道：

「武藏先生，您請坐！」

「啊！不！那——」

武藏坐在下位，並未接受。因爲那是壁畫前的上座，武藏並非客氣，只是在這棟豪華的房子裏，像個將軍般地坐到上座，會讓武藏感到不自在。但是大家仍然以爲他是客氣。

「因爲您是客人，理當由您上座……」

紹由也說道：

「我和光悅先生經常見面，已經是老朋友了。和您是初相識，所以您應該坐那位子。」

武藏卻推辭道：

「不！我最年輕，坐上位，實在受之有愧。」

此時，紹由突然以開玩笑的口吻說道：

「到青樓，沒有人會提年紀的。」

說完，搖晃著削瘦的肩膀，哈哈大笑。

端著茶水和點心的女子已來到房間，正等待他們入席。最後，光悅打圓場，走到壁畫前：

「那麼，我來坐這位子吧！」

武藏坐到光悅旁邊，這才鬆了一口氣，但心裏又覺得將重要時間花在讓座上，實在不值得。

3

隔壁房間的角落裏，兩位侍女感情要好地坐在火爐旁。

「這是什麼？」

「小鳥。」

「這個呢？」

「兎子。」

「這個呢？」

「戴斗笠的人。」

她們正對著屏風玩手影遊戲。

爐子上可以泡茶，水一沸騰，壺口散出的蒸氣，使房間暖和許多。不知何時，隔壁房間的人數增加了，酒氣加上人氣，令人忘記外面的寒冷。

不，應該說屋內的人血液裏摻著酒氣，才會覺得房間特別溫暖。

「我啊！和兒子經常意見不合，但是，我們都認為世界上沒有比酒更好的東西。有人說酒不是好東西，有如毒水。但我認爲這不是酒的關係。酒本身是好的，是喝酒的人不好。任何事，我們都習慣將錯誤歸咎他人，這是人類的通病。對酒來說，實在不公平。」

三人之中，聲音最大的，竟是最瘦的灰屋紹由。

武藏只喝一、兩杯，就婉拒再喝。紹由老人則開始發表他的喝酒理論。他的酒經已不是「新論調」。一旁侍候的唐琴太夫、墨菊太夫、小菩薩太夫，甚至連斟酒、端酒菜的女侍們都會說：

「船橋大人又開始了！」

不但如此，她們還噘著小嘴，呵呵笑他老調重彈。

但是，船橋紹由卻絲毫不在意，繼續說道：

「如果酒不是好東西，那麼神明一定不喜歡它。但是，神明卻比惡魔更喜歡酒。現在的酒，並非清淨之物。據說在神武天皇之前的時代，必須要純潔的少女，用潔白的牙齒咬米釀酒才可以，所以那時的酒是清淨之物。」

有人說道：

「唉呀！好髒啊！」

「什麼好髒呢？」

「用牙齒咬米釀酒，不是很髒嗎？」

「笨蛋！如果用妳們的牙齒來磨碎米，那一定很髒，無人敢喝。所以非得用處女的牙來咬碎，才能像初春的芽苞那麼純潔。咬碎的米，放入甕中釀酒，就像花吐蜜一般……我眞想沈醉在這種酒香裏啊！」

船橋大人像是喝醉了，突然抱住旁邊侍女的脖子，還將臉湊到她的臉頰。

那位侍女驚叫：

「啊！不要！」

侍女們紛紛躲開。

船橋笑著，將眼睛轉向右側，拉著墨菊太夫的手放到自己膝上，說道：

「哈哈！老婆不要生氣——」

這還不打緊，他偏要臉貼臉，還要兩人共飲一杯酒。一會兒又旁若無人地靠到侍女身上。

光悅時而喝喝酒，時而和侍女們和紹由說笑，有時靜靜地玩著遊戲。只有武藏始終與這氣氛無法相容。並非他故作嚴肅，可能是侍女畏懼他而不敢靠近他。

4

光悅並不勉強，倒是紹由有時候想到武藏，就勸他喝酒：

「武藏先生，喝酒吧！」

或者，有時候想到武藏的酒涼了，勸說：

「武藏先生，那杯酒不要喝了，換一杯熱的吧！」

如此，反覆多次以後，言語越來越粗魯了。

「小菩薩太夫，敬敬這個孩子。孩子！喝一杯吧！」

「我正在喝。」

武藏只有在回答問題時才開口。

「杯子一直沒乾嘛！真沒氣概！」

「我的酒量不好。」

他故意諷刺：

「不好的是劍術吧！」

武藏聽了之後，一笑置之：

「也許吧！」

「喝酒，會妨礙修行；喝酒，會擾亂平日的修養；喝酒，會令意志薄弱；喝酒，讓人沒出息。如果你這麼想的話，那你就成不了氣候了。」

「我並沒有這麼想，只是有件事實在傷腦筋。」

「你擔心什麼呢？」

「我喝了酒會想睡覺。」

「如果想睡覺，這裏可以睡，那裏也可以睡啊！這不成理由。」

「太夫！」

紹由向墨菊太夫說道：

「這孩子擔心喝多了會想睡覺。但我還是要讓他喝個痛快，如果他想睡，就讓他在此過夜吧！」

太夫噘著嘴笑著回答：

「知道了。」

「能讓他在這裏過夜嗎？」

「沒問題。」

「但是誰來服侍他呢？光悅先生，誰較適合呢？武藏先生，你中意哪一位呢？」

「這個嘛……」

「墨菊太夫是我的老婆。如果叫小菩薩太夫去，光悅先生會心疼。唐琴太夫……也不行，服侍不周到。」

「船橋先生，那請吉野太夫來吧？」

「就是她！」

紹由興高采烈地拍著膝蓋繼續說道：

「沒有客人不滿意吉野太夫的服侍……可是還沒看到吉野太夫呢！快叫她來讓這孩子瞧瞧！」

此刻，墨菊太夫說道：

「她和我們不同，許多客人指名叫她，可能無法立刻前來。」

「不！不！只要說我來了，她一定會馬上過來，誰去叫她一下！」

紹由伸長脖子，向隔壁房間在火爐旁遊玩的侍女們叫道：

「靈彌在嗎？」

「我在。」

「靈彌，妳來一下。妳是吉野太夫的侍女，爲什麼沒把太夫帶來呢？妳去跟吉野說，讓船橋先生在這裏等，是很失禮的事。快去把吉野帶到這裏來——如果妳能帶她過來，我會獎賞妳的。」

5

靈彌才十一、二歲，卻已亭亭玉立，明眸動人，將來一定是吉野第二代。

她對紹由所說的話，似懂非懂。於是紹由問道：

「懂了嗎？沒問題吧？」

「懂了。」

她眨眨那雙圓溜溜的眼睛，點點頭，走出房間到走廊上。

關上背後的紙門，站在走廊的靈彌，突然拍手大叫道：

「采女姊、珠水姊、系之助姊快出來一下！」

房內的侍女們，齊聲問道：

「什麼事？」

侍女們出了房間，站在走廊上，也跟著靈彌拍手叫道：

「啊！」

「哇！」

「好美啊！」

房內飲酒的人，聽到外面的歡呼聲，都抱著羨慕之心，想問問到底發生了什麼事。最後，紹由問道：

「發生了什麼事？打開門看看！」

「我來開吧！」

侍女拉開紙門。

門一開，衆人不約而同：

「啊！下雪了！」

光悅看到自己吐氣的白煙，於是說道：

「一定很冷……」

武藏也看著外面：

「哦！」

春天裏，下著罕見的牡丹雪。雪落到地面，發出「啪、啪」的響聲。黑暗中下著白雪，就像白黑條紋的布料，四個侍女正望著外面的雪景。

太夫叱喝：

「退到一旁去！」

但卻沒人理會。

「好棒啊！」

侍女們渾然忘了客人的存在，她們就像無意中碰到情人一般，癡癡看著雪景，看得出神。

「會積雪吧？」
「大概會吧！」
「到了明天上午，不知道會變成什麼樣？」
「東山會一片雪白吧！」
「東寺呢？」
「東寺白高塔一定也是一片雪白。」
「金閣寺呢？」
「金閣寺也一樣。」
「烏鴉呢？」
「烏鴉也是。」
「胡說八道！」

有人用衣袖打人，以致於一位侍女從走廊跌了出去。平常，要是發生這種事，跌倒的那位一定會大哭大鬧。可是今天卻出乎意料，跌倒的侍女沾了滿身的雪，反而高興無比。站起來之後，更走向外頭，並且大聲唱：

大雪　小雪
見不到法然

在做什麼呢

在誦經

在吃雪

她仰著頭，猶如要張口含雪般揮著衣袖，手舞足蹈。

那位侍女就是靈彌。

房內的人們，深怕她會滑倒受傷，可是又看到她活蹦亂跳的，只好笑著說：

「好了！好了！」

「上來！上來！」

靈彌已經將紹由交代她將吉野太夫帶來的事情忘得一乾二淨。因爲她的腳已弄髒打溼了，其他的侍女只好像抱嬰兒一般，將她攙走。

6

侍女當中，有人不想掃船橋先生的興頭，所以機靈的去探尋吉野太夫的情況，然後回到原處向紹由小聲回報：

「她說她已經知道了。」

紹由本已忘了這回事，納悶問道：

「知道？」

「是的。吉野太夫的事啊！」

「喔！她會來嗎？」

「她會來。她說無論如何，一定會來，可是……」

「會來，可是……可是什麼？」

「因爲有客人剛到，所以無法立刻前來，請見諒。」

「沒見識的人！」

紹由心情變得不好，破口罵道：

「如果是別的太夫這麼說，我還能理解。沒想到扇屋的吉野太夫這個大美人會斷然拒絕客人，吉野也逐漸變成要用金錢買的人啊！」

「啊！不是這樣的。那位客人很固執的，如果太夫說要離開，他便越不讓太夫離開。」

「每個花錢的客人，都是這種心理。到底那位不安好心眼的客人是誰呢？」

「是寒嚴先生。」

「寒嚴先生？」

紹由苦笑，望望光悅。光悅也苦笑問道：

「只有寒嚴先生一個人嗎？」

「不是。」

「每次和他一起來的人也來了嗎？」

「是的。」

紹由拍拍膝蓋說道：

「啊！很有趣！雪下得好，酒也香醇，再能見到吉野太夫，那就更完美了。光悅先生，差人去吧！喂！哪位將筆硯盒拿來。」

女子將筆硯盒拿到光悅面前，鋪上懷紙。

「寫什麼呢？」

「詩歌也好……文章也好……詩歌好了，因爲對方可是當今的歌人呀！」

「這可難了……要寫一首讓吉野太夫來這裏的歌嗎？」

「沒錯，正是如此！」

「若非名歌，則無法達意；若是名歌，則無法即刻吟誦，請你寫首連歌吧！」

「想推卸嗎……眞麻煩！這麼寫吧！」

紹由提筆寫道：

吉野之花

何妨移至吾庵

光悅看了之後，也起了吟興：

「我來接下半首吧！」

高嶺之花

何畏嚴寒之雲

紹由瞧了一眼，欣然叫道：

「好唷！好唷！高嶺之花何畏嚴寒之雲……啊！寫得好，雲上之人，也要懊惱嘍！」

於是紹由將詩摺好，交給墨菊太夫，故意鄭重其事地說道：

「侍女們不夠分量，所以只好麻煩太夫到寒嚴先生那兒走一趟。」

寒嚴先生是前大納言之子烏丸參議光廣的隱名。經常和他一起來的人，大概是德大寺實久、花山院忠長、大炊御門賴國、非鳥井雅賢等人吧！

7

沒多久，墨菊太夫回來，她恭恭敬敬將書信盒拿到紹由和光悅面前：

「這是寒嚴先生的回覆。」

紹由這邊是以開玩笑的心情寫了信，但回信卻愼重其事地裝在書信盒裏。

紹由看了一眼，苦笑道：

「可眞愼重呀！」

然後望著光悅：

「他們一定沒想到我們也來這裏，嚇了一大跳吧！」

抱著遊戲的心情，打開書信盒，攤開回信，卻是一張白紙，什麼也沒寫。

「啊？」

紹由原以爲還有其他的信紙，所以檢查回信是否掉在自己腳前，又搜了一次書信盒。可是除了那張白紙之外，其他什麼也沒有。

「墨菊太夫！」

「啊！」

「這是什麼啊！」

「我也不知道怎麼一回事！他只是說，把這答覆送過去！這就是寒嚴先生交給我的回信啊！」

「他把我們看成笨蛋啊……還是寫去的名歌，他無法馬上回答，而這張白紙是代表抱歉的投降書呢？」

無論碰到任何事情，都會自圓其說，這就是紹由的天性。可是，這回他卻缺乏自信，只好將信拿給光悅看：

「這封回信，到底是什麼意思？」

「應該是要我們讀出它的意思吧！」

「什麼都沒寫，怎麼讀呢？」

「念念看，沒有看不懂的道理。」

「那麼，光悅大人，您說這要怎麼讀呢？」

「雪……整面的雪！」

「嗯！白雪！原來如此！」

「我們信上寫著希望他將吉野花移到這兒，所以他認爲我們喝酒不一定要欣賞花朵。總之，信上是要我們賞雪，不要太多情。將紙門打開，賞雪飲酒，也是一種享受我想這就是回信的意思。」

「哦！這小子竟然這麼做。」

紹由覺得很懊惱。

「我們不能這樣喝冷酒。如果對方眞有此意，我們豈能沈默不語？想想法子，一定要讓吉野太夫過來。」

紹由老人躍起身，舔舔乾涸的嘴唇。他比光悅大好幾歲，卻還如此倔強，想必年輕時大概不是個好惹的傢伙。

光悅勸他稍安勿躁，但紹由無論如何也要侍女把吉野太夫帶過來。最後演變成叫吉野太夫過來並非眞正的目的，而是爲了提高酒興。因此，侍女們打打鬧鬧地笑成一團，座上熱鬧的程度，正好跟外面綿綿不斷的大雪互相輝映。

這時，武藏悄悄地站了起來。

由於他挑對時候，所以誰都沒注意到他已不在座位上了。

響雪

1

武藏為何一聲不響地溜出酒席？由於扇屋太過寬廣，他在走廊迷了路，獨自徘徊。

為了逃避酒席上遊客的吵雜和樂曲的喧鬧聲，他不知不覺走到光線昏暗的儲藏室和工具房來了。這裏大概離廚房很近，因為牆壁和柱子都透著廚房特有的味道。

「啊！這位客官，您不可以到這邊來。」

有一位侍女從暗房裏靜悄悄地走出來，迎面碰上武藏。她攤開雙手，擋住去路。在客人面前，侍女們表現得天眞可愛，此刻她卻瞪著白眼，好像自己的權利被侵犯一般怒斥道：

「好討厭啊！客人不能來這裏，快走開！」

她一邊叱責，一邊催趕著。

青樓妓院總是將美好的一面呈現給客人。此時，卻讓客人看到污穢的另一面，令這小侍女非常氣憤。另一方面她也輕視武藏是個不懂規矩的客人。

武藏問道：

「哦！……不能到這裏來嗎？」

小侍女推著武藏往前走：

「不可以！不可以！」

武藏看看那小侍女：

「妳不就是剛才跌到雪中的靈彌嗎？」

「沒錯！客官，您是要上廁所才迷了路吧？我帶您去。」

靈彌說著，牽著他的手，往前走去。

「不用！不用！我沒醉。我想到那個空房間，吃碗泡飯。」

靈彌瞪大眼睛問道：

「吃飯？我會把飯端到您的房間去的。」

「但是，難得衆人那麼愉快地喝著酒——」

靈彌聽他這麼說之後，歪著頭想了一會說道：

「的確有理！我就端到這裏來給您吧！要吃什麼菜呢？」

「什麼都不要，只要給我兩粒飯團——」

「飯團就夠了嗎？」

靈彌趕緊到後面拿來武藏所要的飯團。

武藏在沒有點燈的房間吃完飯團之後問道：

「從後院可以出去吧！」

他站起來往庭院走去，靈彌嚇了一跳，趕緊問道：

「客官，您要去哪裏啊？」

「我馬上就回來。」

「您說馬上回來，可是，那邊是……」

「從正門出去太麻煩了。如果讓光悅先生和紹由先生知道，不但會掃他們的興致，而且，他們又要囉嗦一大堆啊！」

「那，我開那邊的木門讓您出去，您要快點回來喔！如果您沒回來，我準會挨罵的。」

「我一定馬上回來……如果光悅大人問起，妳就說我到蓮華院附近去會熟人，所以才中途離席，大概很快就會回來。」

「不能說大概，一定要回來才可以。因爲您要見的那位太夫，是我的主人吉野太夫啊！」

靈彌打開覆蓋著一層薄雪的柴門，並送武藏出門。

2

青樓大門外，有一家兼賣斗笠的茶店。武藏到茶店詢問是否有賣草鞋。但是這家店是專門賣斗笠給到青樓遊玩的男子遮臉用的，本來就沒賣草鞋。

「是不是可以請妳替我買一雙來？」

武藏托茶店的女子幫他買鞋。自己坐在桌前等待，並重新整理服飾。

他脫下外套，將它摺疊好。向茶屋借來紙筆寫信，寫完之後，信放入外套衣袖內。然後拜託茶店的老人：

「是不是可以請你幫我保管這件外套？如果我在亥時下刻（編註：午後十一時）之前還沒回來，請將這件衣服和裏面的一封信送到扇屋給光悅先生，好嗎？」

「沒問題。我就代爲保管。」

「現在是酉時下刻（編註：午後七時）？還是戌時（午後八時）？」

「沒那麼晚。今天下雪，所以天暗得早。」

「我剛才從扇屋出來的時候，才聽到鐘響過。」

「這麼說，應該是酉時下刻吧！」

「還這麼早啊！」

「太陽才剛下山呢！看看街道來往的行人，就可以知道時間了。」

茶店的女子將草鞋買來了。武藏仔細地調整鞋帶的長度，穿在皮革襪的外頭。

他付了不少的小費，爲了擋雪，還買了一頂斗笠罩在頭上。他揮著雪花，逐漸消失在白雪紛飛的路上。

四條河原附近的住家，燈火稀稀疏疏。祇園的樹林，地上已積了些如斑點般的白雪，天色已暗，連腳邊都看不淸楚了。

從這裏可以看到微弱的燈光，那是祇園林子內的燈籠或是神明燈。神社大殿以及神社內的屋子，靜悄悄地，毫無聲響。偶爾雪落到樹梢發出啪啪的聲音之後，又恢復一片寧靜。

「走吧！」

一羣人在祇園神社前，祈禱膜拜後，蜂擁進入大殿。

花頂山上，從各寺院傳來的鐘響剛好五聲（編註：午後八時）。也許是下了雪，今夜的鐘聲，格外動人心絃。

「二少爺，草鞋的帶子還牢固嗎？在這又冷又凍的夜晚，綁得太緊，是很容易折斷的。」

「不用擔心啦！」

他是吉岡傳七郎。

親族、門徒中，大約有十七、八位較有分量的人圍在他四周。寒冷的天氣令衆人直打哆嗦。大家擁簇著他，往蓮華王院走去。

到達祇園神社拜殿之前，傳七郎已做了一決生死的準備。他用頭巾、皮革帶等齊全的配備，將身體裹得毫無縫隙。

「草鞋……在這樣的天氣，草鞋也只得用布帶綁啊！你們都該記住這點！」

傳七郎用力踩著雪，口中不斷吐出白煙，和衆人一起往前走。

日落之前，太田黑兵助等三人已親手將挑戰書交給武藏。信上寫明了比武的時間和地點。

3

地點　蓮華王院後面

時間　戌時下刻（編註：午後九時）

不等到明天而指定今晚九點。這個時刻是傳七郎仔細考慮過的，而且親族、門徒們也都同意。

「不能再猶豫了，萬一被他逃跑，恐怕以後很難在京都捉住他了。」

因此，才派遣太田黑兵助等人混在人羣中，在堀川船橋灰屋紹由家附近徘徊盯梢，暗中尾隨武藏。

「誰？……好像有人先來了！」

傳七郎這麼說著，走到蓮華王院後面的廂房。遠處有一堆熊熊的火燄，在雪地中燃燒著。

「大概是御池十郎左衞門和植田良平吧！」

「御池和植田良平也來了啊？」

傳七郎認爲他們來了反而會礙手礙腳。

「爲了殺一個人，來這麼多人。即使報了仇，世人也會指責我們以多欺少，有失體面啊！」

「不會的。比武時間一到，我們就會退到一邊去。」

蓮華王院佛堂的長廊，俗稱三十三間堂。有人說這長廊的距離，正好是射箭的距離；也有人說這是放箭靶的地方，是練習射箭的絕妙地點。因此，越來越多人攜帶弓箭，獨自來長廊練習射箭。

傳七郎平常對此處已有耳聞，才約武藏在此比武。親自前來一看，這裏不但是射箭的好地方，更是比武的好場所。

幾千坪積著薄雪的院子，看不到一根雜草。稀稀疏疏的松樹，更增添寺院莊嚴的氣氛。

「喔！」

先到達的門人正在燒火取暖，他們一看到傳七郎，便立刻起身迎接。他們就是御池十郎左衛門和植田良平。

「很冷吧！離比武還有一點時間，請先來暖暖身子再做準備不遲。」

良平坐下來，傳七郎也沈默不語地坐了下來。

萬事皆已在祇園神社前準備妥當。傳七郎雙手煨著火，扳著手指關節，發出嘎嚓嘎嚓的聲音。

「來得太早了！」

傳七郎燻著煙的臉上慢慢露出殺氣。

「剛才我們在路上看到一家茶店。」

「在這樣的下雪天，應該已經打烊了。」

「敲門還是會開的吧！誰去打點酒來！」

「打酒？」

「沒錯！沒喝酒……身體好冷啊！」

傳七郎說完蹲下來烤火。

無論是白天、夜晚，還是在武館，傳七郎身上的酒味從未消失過。今晚的比武關係著一族一門的存亡。等待對手到來之前，酒，倒底是有助於傳七郎的戰鬥力呢？還是不利？此刻，傳七郎所要的酒，與平日不同，門徒們不得不愼重考慮。

4

大多數人以爲在這凍人手腳的下雪天，喝點酒可以暖身，也許有利於持刀。

「二少爺已經這麼說了，恐怕不好違拗他吧！」

於是兩、三名門徒跑去買酒。不一會功夫，酒已經買來了。

「啊！任何東西都比不上這酒啊！」

傳七郎將酒燙熱，倒到茶碗中，心情愉快地喝著酒，心滿意足地呼著氣。

一旁的衆人，非常擔心傳七郎會像往常一樣，喝太多而耽誤正事。然而，這種憂慮是多餘的，傳七郎比平日少喝許多。攸關自己性命的大事就在眼前，表面上他若無其事，心裏頭卻比任何人都還緊張。

此刻，突然有人叫了一聲。

「唷！武藏嗎？」

「來了嗎？」

圍著火堆的人好像屁股被踢一腳般地立刻站了起來。紅色的火星，隨著他們的衣袖，飄向白雪紛飛的天空。

出現在三十三間堂長廊一端的黑影，遠遠地舉著手說道：

「是我！是我！」

那黑影子邊說邊走了過來。

原來是一位弓著背的老武士。他的褲裙紮得高高的，動作十分俐落。門徒看到了老武士，便互相告知是左衛門先生，亦即壬生老前輩。

壬生源左衛門是上一代吉岡拳王的親弟弟，換句話說，他是拳法之子清十郎及傳七郎的親叔叔。

「喔！原來是壬生叔叔！為什麼到這裏來呢？」

傳七郎萬萬沒料到今晚他會到這裏來，因而顯得相當意外。源左衛門走到火堆旁。

「傳七郎，你眞的要比武嗎……啊！見到你之後，我放心多了。」

「我想和叔叔商量。」

「商量？商量什麼呢？吉岡門的名聲，已經一敗塗地。你哥哥成了殘廢，如果你再不吭聲，毫無行動，我就要找你理論了。」

「請放心！我和軟弱的哥哥不同。」

「這我信得過你。我認爲你不會輸的，爲了鼓勵你，我特地從壬生趕來。可是，傳七郎，你可不能過於輕敵。傳言中的武藏可是位男子漢中的佼佼者啊！」

「知道了！」

「不要急著想獲勝，勝負就聽天由命吧！萬一有什麼意外，源左衛門會替你收屍的。」

「哈！哈哈！」

傳七郎哈哈大笑起來。

「叔叔，來，喝杯酒禦寒。」

他拿出茶碗來。

源左衛門沈默不語，喝完一杯之後，環視門下弟子：

「你們爲什麼到這裏來？該不會想拔刀相助吧！如果不是想拔刀相助就趕快離開這裏。這是一對一的比武，一羣人戒備森嚴地聚在這裏，倒顯得這邊軟弱，我絕不允許這種事發生。即使戰勝了，也會有人說閒話呀……比武的時刻快到了，跟我一起退到離此較遠的地方去吧！」

5

傳七郎等人耳邊響起了巨大的鐘聲。

已經戌時了，離約定的戌時下刻，越來越近了。

「武藏大概晚出門了吧！」

傳七郎環視光亮如白晝的夜晚，獨自翻著火堆中的柴火。衆門徒聽了壬生源左衛門叔父的話，立刻退到遠處。他們踩在雪地上的黑腳印，歷歷可數。

偶爾，三十三間堂廂房的冰柱掉落下來發出「噗」的聲音，使得傳七郎的鷹眼四處張望。

此刻有個男子動作敏捷如鷹，踩著雪從對面的樹林迅速地飛奔到傳七郎身邊。

他就是一直監視武藏行動、負責聯絡並打探消息的太田黑兵助。

今晚的大事已迫在眉睫，這單從兵助的臉色便可看出端倪來。

他的腳幾乎沒踩到地面，上氣不接下氣地飛奔而來：

「來了！」

傳七郎剛才察覺到他回來，早已站起身來等待他的回報。聽了兵助的報告之後，他又重複了一遍：

「來了啊！」

他雙腳下意識地將快燒完的柴火踩熄。

「武藏那小子，自出了六條柳鎮編笠茶屋之後，雖然下著雪，卻慢吞吞地跨著牛步走過來。剛才已經走過祇園神社的石階，就要進到神社內了。我抄捷徑先趕回來，那隻慢吞吞的蝸牛應該也快到這裏了，請準備！」

「知道了……兵助！」

「是。」

「到那邊去！」

「大夥兒呢？」

「不知道！你在這裏很礙眼，退到一邊去吧！」

「喔……」

兵助雖然這麼回答，卻無法就此放手不管。傳七郎精神抖擻地用雙腳踩熄雪中的餘燼，再走向廂房。兵助目送他離去之後，趕緊朝反方向藏到廟堂的地板下方，蹲在黑暗中靜觀其變。

涼颼颼的風直貫地板而來，這風出奇地冷。太田黑兵助死命地抱著雙膝，拱著背直打哆嗦，兩排牙齒也喀喀作響。他極力告訴自己這是寒冷所致，想爲自己打氣。但是全身仍然像憋尿一般，從腰部到臉上一直抖個不停。

「怎麼還沒來？」

天色暗下來之後，外面的景象，比白晝更加鮮明。傳七郎站在離三十三間堂大約百步的地方，以一棵松樹做爲站立點，望眼欲穿地等待武藏的到來。

兵助算算時間，武藏早該到了，怎麼還不見人影呢？雪依然紛紛地下著，寒冷侵入肌膚。柴火熄了，傳七郎的酒也醒了。從遠處就可看出他焦躁不安的神色。

啊！傳七郎嚇了一大跳，原來樹梢上落下一大串瀑布般的積雪。

6

在這種情況下，即使是短短的一瞬間，等待的人也無法忍耐，其焦慮不安可想而知。

傳七郎和太田黑兵助兩人的心情是一樣的。尤其是兵助，他得對自己的報告負責，又得忍受刺骨的寒風——「再等會吧」、「再等會吧」，他強忍著焦躁的情緒，但依然不見武藏的蹤影。——

他已按捺不住，從地板下出來，對著站在遠處的傳七郎說道：

「武藏到底怎麼了？」

「兵助，你還在啊！」

傳七郎也有同感，兩人互相走近，並且向一片雪白的四周張望。

「沒看到人。」

傳七郎喃喃說道：

「那傢伙，該不會逃了吧？」

太田黑兵助馬上否定傳七郎的推測：

「不！不可能……」

他極力想證明自己所言不假，正要開口時——

「啊？」

聽著兵助解釋的傳七郎，突然朝旁邊看去。他們看到兩個人從蓮華王院走了出來，手拿著蠟燭走在前面的是一名和尚，後面跟著另外一個人。

那兩人開了門，站在三十三間堂長廊的一端，低聲地說著話。

「入夜之後，寺裏到處門窗緊閉，所以我不太清楚。不過，黃昏的時候，確實有幾位武士在這附近生火取暖，也許他們就是您所要找的人。可是，現在已不見他們蹤影了。」

這是和尚說的。

跟在後面的那個人禮貌地鞠躬道謝：

「啊！感謝你帶我來，耽擱你休息時間，實在抱歉……那邊有兩個人站在樹下，也許他們就是在蓮華王院等我的人。」

「那麼，您就過去看看吧！」

「你帶我到這裏就可以了，你請回吧！」

「您們是約好到這裏看雪景的嗎？」

那人笑笑回答：

「是啊！」

和尚熄了手上的燭火：

「恕我多言，如果像剛才那樣在廂房附近生火取暖，請留意餘燼是否全部熄滅了。」

「我知道了。」

「那我告辭了！」

和尚關起門，逕自走向後院。

留下來的那位，站在原地不動，凝視著傳七郎的所在。

「兵助，那是誰？」

「從寺院出來的。」

「不像是寺院的人啊！」

「奇怪？」

他們兩人同時往三十三間堂的方向走了約二十步左右。

站在長廊另一端的黑影，也移動腳步，走到長廊中央才停下來。他的皮肩帶的一端紮實地繫在左袖上。兩人在還沒看清楚對方之前，是毫無警覺地向前移動的。但是接著兩人踩在雪地上的腳突然變得僵硬，無法動彈。

兩人深呼吸兩、三次之後，傳七郎突然大叫：

「啊！武藏！」

7

雙方凝視著對方。武藏！當傳七郎發出這第一聲時，武藏所站的位置已經比傳七郎占了絕對的優勢。

爲什麼呢？因爲武藏站在比敵人高好幾尺的走廊上，而傳七郎卻站在地上，剛好落在敵人眼下。

不僅如此，武藏的背後，絕對安全。因爲他背對著三十三間堂長長的牆壁。如果敵人從左右夾攻，不但走廊的高度，可以當成防衛的屛障，而且，毫無後顧之憂，他能夠集中心力，全力以赴。

相反地，傳七郎的背後是一望無際的空地與風雪。即使明知道武藏沒帶殺手來，但是，背對著廣闊空地，絕對無法毫無忌憚，專注心力與敵人作戰。

還好，太田黑兵助在他身旁。

傳七郎揮揮衣袖：

「兵助，退！退到一邊去！」

與其讓兵助幫倒忙，不如叫他退到一邊去把風，自己和武藏採一對一的比武來得恰當。

武藏問道：

「可以了嗎？」

他的語氣冷淡，表情靜如止水。

傳七郎與武藏照過面之後，心裏暗暗叫罵道：

「就是你這傢伙！」

他不由得萌生憎惡之情。一來是因爲手足受辱的怨恨，二來是因爲武藏是傳言中的神勇之人。還有在他腦中先入爲主認爲武藏只不過是一名窮鄉野村出生的劍客罷了。

「住口！」

傳七郎自然這麼回答：

「你說『可以了嗎』是指什麼？武藏，你已經超過九點了。」

「你並沒有約定一定要在九點整到啊！」

「少狡辯！我老早就到這裏等你了。快下來！」

傳七郎站的位置比較不利，無法全力以赴，所以不敢輕敵，自然要這麼說，引誘敵人到地面。

「現在——」

武藏只是輕輕地回答，似乎已把握了先機。

傳七郎見到武藏之後，全身的細胞才活躍起來。然而武藏在見到傳七郎之前，老早就進入備戰狀態，所以說武藏把握了先機。

這點可由他的布局上得到證明。他先到寺院，叨擾休息中的寺僧，且不經過寬廣的庭院，偏偏要沿著走廊過來。

他走上祇園的石階時，一定看到了雪地上衆多的足跡。於是他靈機一動，待身後的一羣人離開之後，明明要到蓮華王院後面，卻故意由正門進入院內。

他向寺僧打聽這裏入夜之後的情況，並喝茶取暖，等到超過約定的時間，才出現在敵人面前。

這是第一步棋，而現在面對傳七郎的挑釁，就要下第二步棋了。應對方的要求，出面迎敵，是一種戰術。而把握主控權，製造機會，又是另外一種戰術。勝敗的關鍵，就像映在水中的月影。過於信任自己的理智或力量，猶如極力撈月，反而容易溺水，犧牲生命。

8

「你已經遲到了，難道還沒準備好嗎？這裏不適合比武。」

面對急躁不安的傳七郎，武藏卻一直保持沈著穩定：

「我現在就下來。」

「動怒爲失敗之母」，傳七郎並非不明白這個道理。但是看到武藏傲慢的態度，平時的修行便不知跑到哪兒去了。

「過來！到廣場這邊！彼此互報姓名，勇敢的比鬥一番。我吉岡傳七郎非常唾棄姑息與卑怯的人——比武之前就膽怯的人，沒有資格站在傳七郎面前，快從那邊下來！」

他叫罵了起來，武藏只是露齒微笑。

「吉岡傳七郎，早在去年春天我就將你砍爲兩截了。今天再次相會，可算是第二次取你性命。」

「你胡說什麼！何時？何地？」

「大和國的柳生庄。」

「大和？」

「在一家綿屋旅館的澡堂內。」

「啊！那個時候？」

「在澡堂內，我們兩人都沒拿武器，但是我用眼睛看著你，在心裏衡量：是不是能砍殺眼前這個男人？後來，我用眼睛乾淨俐落地殺了你。但是你卻沒什麼反應。你如果在不知就裏的人面前，狂言你是以劍立足江湖，他們可能會相信。但是如果在武藏面前，你也這麼說，我會狂笑不止。」

「我還以為你要說什麼呢！原來是這些愚蠢至極的話，眞是一派胡言。不過，倒是挺有趣的。你自我陶醉的美夢該醒了！來吧，站到下邊來！」

「傳七郎！要用木劍還是眞劍？」

「你沒帶木劍來，何必多此一問，你不是決心一死才帶了眞劍嗎？」

「如果對方希望用木劍比武，我會奪取對方的木劍之後，再砍殺敵人。」

「眞是狂言！」

「那麼……」

「喂！」

傳七郎用腳跟在雪地上畫出大約二公尺半的斜線，示意武藏通過。但是，武藏卻在走廊上先朝旁邊走了三至五公尺的距離之後，才走到雪地上。

接著，兩人同時離開走廊約二十公尺。傳七郎無法再等下去，為了給對方壓力，他猛然一喝，與他的體格相稱的長刀「咻」一聲發出細微的響聲，朝武藏站立的地方橫掃過去。

落點雖然正確，卻未必能將敵人砍為兩段。對方移動速度遠比刀的速度還來得迅速確實，不！比移動速度更快的是，武藏已從肋骨下亮出了白刃。

9

只見兩道白光在宇宙中閃爍不停。相較之下，天上紛紛的落雪，倒顯得有些遲緩。刀劍的速度，就像音階，有破、急、慢之分。如果加上風速，就成爲「急」；捲起地上的白雪如一陣旋風，就轉爲「破」；最後如白色的鵝毛飛舞，靜靜地落下，這就是「慢」。

「……」

「……」

就在武藏和傳七郎兩人從刀鞘中拔出武器的瞬間，同時也揮動手上的刀。一時之間刀光劍影舞動於二人之間，看來鐵定會有人受傷。接著，兩人的腳跟揚起雪花，雙方向後退開一步，定睛一看，居然兩人都還好好的，而且雪地上一滴血也沒有，眞是不可思議啊！

「……」

「……」

接著，兩把刀鋒，一直保持九尺的距離。

積在傳七郎眉毛上的雪花，溶成雪水，從他的睫毛流到眼睛，他皺皺眉、眨眨眼之後，再睜大眼睛。他突出的眼窩，就像熔鐵爐的風門；嘴唇則極力平靜地配合呼吸，實際上整個人已像火爐中炙熱的火球。

傳七郎和敵人一交手便後悔：「完了！」「爲什麼我今天要採取正眼對峙法呢？爲什麼無法像平日那樣高舉著刀劍砍向對方呢？」

傳七郎腦中充滿了後悔和懊惱。他無法像平時一般冷靜思考。他感到體內的血管發出了「咚！咚！」的聲音，像是具有思考能力一般。頭髮、眉毛以及全身的汗毛直豎。從頭到腳繃得緊緊的，全部處於備戰狀態。

傳七郎很清楚自己並不擅長持刀與敵人正眼對峙。每次想要抬起手肘刺向對方時，總是無法抬起刀尖。

因爲武藏早已俟機而動。

武藏持刀盯著對方時，手肘是放鬆的。傳七郎使勁彎曲手肘，發出嘎嚓嘎嚓的聲音。而武藏的手肘保持柔軟，隨時能移動自如。而且傳七郎的刀，不斷地改變位置；相反地，武藏的刀卻文風不動，使得刀背到護手的地方，積著一層薄薄的白雪。

10

武藏祈禱能尋得對方的破綻，尋覓對方的空隙，計算著對方的呼吸，心想一定要戰勝對方。他暗叫：八幡大神！這是一場攸關生死的戰鬥。

他腦中清楚地閃著這樣的念頭。而對手傳七郎已像一塊巨石逼向自己。

武藏第一次有這種壓迫感，心裏暗忖道：

「敵方比我更勝一籌啊！」

在小柳生城，受到四名高足包圍時，也有著相同的自卑感。當他面對柳生流或是吉岡等正統流派的劍法時，更感到自己的劍法是「野生型」，毫無章法可言。

傳七郎的劍法，不愧是吉岡拳法這位先祖花費了一輩子的時間研究出來的。單純中有複雜，豪放中有嚴密。光是力道和精神，就毫無破綻可言。

然而武藏的劍法看來只是半生不熟，更使他不敢胡亂出手。

當然，武藏並不是有勇無謀的人。

他施展不了引以爲豪的野人劍法。他幾乎無法相信找不到出手的機會。因爲光是保守的防禦就已讓他喘不過氣來了。

他心裏一直思考著：

「找他的破綻！」

他眼中充滿血絲。

「八幡大神！」

他祈禱著勝利。

「一定要戰勝！」

焦躁不安的情緒，突然湧上心頭。

通常大部分的人在這個節骨眼都會被思緒的漩渦捲進去，導致狼狽地沈墜溺斃。但是，武藏毫無心機能從中跳出。他意識到這麼想只會給自己帶來危險。這是他好幾次從生死邊緣掙扎過來的經驗。他立刻清醒過來。

「……」

「……」

雙方依然正眼對峙，白雪積在武藏的頭髮上，也落在傳七郎肩上。

「……」

「……」

這時武藏眼裏已看不見岩石般的敵人，也看不到自己。要達到這種境界，必須除去想要戰勝的想法。

在傳七郎和自己相距大約九尺之間，靜靜地飄著白雪。——自己的心，就像白雪一般輕飄飄的，自己的身體，有如空間那麼寬廣；天地就是自己，自己就是天地。武藏雖然存在，但是，武藏的身體已不存在。

不知何時傳七郎已向前走了幾步，縮小了飄雪的空間。突然間武藏的意志傳到了刀尖。

「哇！」

武藏的刀掃向身後，橫砍了身後太田黑兵助的頭顱，發出「喳」的一聲，就像割斷紅豆布袋的聲音一般。

一個鬼火般的人頭，從武藏身後翻滾到傳七郎面前。就在此時，武藏突然縱身一跳，攻向敵人胸部。

11

「啊——呃！」傳七郎的慘叫聲，劃破寂靜的四周。這叫聲穿透宇宙，就像氣球吹到一半，突然破裂一般。巨大的身體，向後踉蹌了幾步跌到雪花中。

傳七郎悽慘痛苦不堪，蜷曲著身體，臉埋入雪中呻吟：

「等、等一下！」

但是武藏已不在他身旁了。

回答他這句話的竟是遠處的人羣。

「啊！」

「二少爺！」

「不、不得了！」

「快來人呀！」

噠！噠！噠！噠！就像漲潮的海水一般，許多黑影踏雪狂奔而來。

這羣人正是吉岡的親戚壬生源左衛門和其他門徒，他們一直待在遠處，抱著樂觀的想法等待勝負的結果。

「啊！太田黑也死了。」

「二少爺！」

「傳七郎！」

無論怎麼呼叫、怎麼急救都已經回天乏術了。

太田黑兵助從右耳到嘴巴被橫砍了一刀，而傳七郎則被武藏一刀從頭頂斜砍向鼻梁、臉頰至顴骨。兩人都是一刀喪命。

「我早就說過，太輕敵才會落到這種地步。傳、傳七郎，這、這個傳七……」

壬生源左衛門叔叔抱著姪兒的屍體，悲慟不已。

才一會兒功夫，白色的雪地已被染成桃紅。壬生源老人剛才整個心都放在死者身上，現在回過神來開始責備其他的人。

「對手在哪裏？」

其他人並非沒有在尋找對手，只是再怎麼找也見不到武藏的人影了。

「不在這裏。」

「已不知去向。」

衆人如此回答。

源左衛門非常懊惱，他咬牙切齒：

「怎麼會不在？」

「我們跑過來之前，明明看到有個人影站在這兒啊！難道他插翅飛了不成？哼！此仇不報不僅是吉岡一族，連我的面子也掛不住啊！」

此時門徒中有人「啊」的一聲，用手指一指。

雖然是自己人發出的聲音，可是衆人卻嚇得向後退了一步，並往那人手指的方向看去。

「武藏！」

「哦！是他嗎？」

「嗯……」

霎那間，四周一片死寂。比起無人之地的寧靜，這種人羣中的死寂，充滿了鬼魅的氣氛，令人心生畏懼。每個人腦中一片空白，呈現眞空狀態，呆呆地望著眼前的事物，完全無法思考和判斷。

原來武藏戰勝傳七郎之後，一直站在最近的廂房下。

接下來——

他背對牆壁，注視前方，慢慢地向三十三間堂西邊横著走去，一直到中段的地方才停下腳步。

他面向羣衆，心裏暗自問道：

「會追過來嗎？」

看不出他們會採取行動，於是，武藏向北走去，在蓮華王院消失了蹤影。

現代六詩人

1

「竟然以白紙回覆我們，怎不教人生氣！如果我們默不吭聲地接受，那些公子哥兒就更囂張了。我去找他們理論，非把吉野太夫叫到這兒不可。」

遊戲是不分年齡的，灰屋紹由藉著幾分酒意，沒完沒了。遇到不順意的事情，就任性的耍起脾氣。

「帶我去！」

他說著便抓住墨菊太夫的肩膀站了起來。

「算了，算了！」

坐在一旁的光悅阻止他。

「不！我要把吉野帶過來。旗本帶我去，本大將要親自出馬，不服氣的都跟我走！」

雖然擔心紹由會酒醉鬧事，但放手隨他去，也不一定會有危險。再說，如果世上事事都沒有危險性，那也很無趣。人世間還是稍具危險性才顯得奇妙，也才顯示出遊戲世界的情趣。

紹由老人嘗盡世間的酸甜苦辣，也非常清楚遊戲規則。像他這種人喝醉之後特別難擺平。

藝妓邊攙著他邊勸道：

「船橋先生，你這樣走很危險啊！」

紹由聽了非常不高興。

「妳胡說什麼！即使我喝醉了，也只是腳步站不穩，我的心可清醒得很呢！」

「那麼，你一個人走走看！」

藝妓們放開手，他馬上跌坐在走廊上。

「我走不動了，來背我。」

他要去的只不過是同一個屋簷下的另一個房間而已，卻要如此大費周章，在走廊上拉拉扯扯。紹由一定會說這也是遊玩的樂趣之一。

這位醉客裝瘋賣傻，途中還爲難了藝妓們。他瘦骨嶙峋，身材纖細，個性卻很倔強。他一想到烏丸光廣卿一行人送來一張無字天書的回信，此刻正在另一個房間獨占吉野太夫，得意洋洋地盡情玩樂，心裏頭就暗自罵道：

「幼稚的公子哥兒，竟然敢賣弄小聰明——」

以前的公卿，連武士都畏懼三分，也是武家難以應付的官階。但是現在京都的大商人卻不把他們放在眼裏。坦白說，只要有好處，這些公卿就會百依百順。因爲「公卿」這個頭銜只是空有其名，無薪無俸。只要有人花錢提供他們適當的滿足，附會他們的風雅，用高尚的態度和他們交往，認同他們的官職，讓他們炫耀自己，就能像操縱傀儡般地擺布他們。
「到底寒嚴在哪個房間？是這裏嗎？」
紹由摸著燈火通明的華麗紙門，正要打開，迎面撞上一個人。
「啊！我還以爲是誰呢！」
原來是與這場所不相稱的和尚澤庵正好從裏面探出頭來。

2

「啊！」
兩人都感到意外，睜大眼睛，爲此意外相逢而欣喜不已。紹由摟住澤庵的頸子說：
「原來和尚你也在這兒啊！」
澤庵也摟住紹由的脖子，模仿他的口吻：
「原來大叔您也來這兒啊！」
兩位醉客像情侶般互相磨搓著骯髒的臉頰。
「您眞會享受！」
「彼此！彼此！」
「眞想念您。」

「見到你這個和尚，真令人高興。」

兩人互敲著對方的頭，舔舔對方的鼻尖，酒醉人的行爲眞令人不解。

澤庵走出房間之後，走廊上不斷傳來紙門關閤的聲音。夾雜著發春貓兒似的鼻音。烏丸光廣朝坐在對面的近衛信尹露出一臉苦笑。

「哈！果然不出我所料，一定是囉嗦的傢伙跑到這裏來了。」

光廣是一位年輕的闊公子，看上去約莫三十歲左右。算是肌膚白皙的美男子，他的眉毛濃厚，嘴唇紅潤，還有一雙才氣橫溢的眼眸。

他慣常說的一句話是：

「世間上武家比比皆是，爲什麼我偏偏生在公卿家呢？」

在他優雅的容貌下，卻隱藏著剛烈的個性。對武士政治的潮流忿忿不平。

「聰明又年輕的公卿，若完全不擔憂現今的時勢，眞可謂是個笨蛋啊！」

光廣對這個想法並不忌諱，換句話說：

「武家是世襲的職位。但武器卻蒙蔽了政治的權利，才會出現從未有過的右文左武的制衡現象。而公卿好比是節慶的裝飾品，只是政治上任人擺布的傀儡。自己出生在這樣的環境，是神的錯誤。身爲人臣，只能做兩件事——煩惱與飲酒。既然如此，倒不如醉臥美人膝、看花賞月、飲酒作樂來得好呢！」

這位貴公子從「藏人頭」，進昇到「右大弁」，而且現在又擔任朝廷的「參議」，卻經常造訪六條柳街。

因爲他認爲只有在這個世界才能讓他忘記所有不愉快的事。

像這種年輕卻滿心煩憂的公卿中，飛鳥井雅賢、德大寺實久、花山院忠長等人和武家不一樣，個個一貧如洗，不知他們是如何籌得金錢到扇屋遊樂。

來到這裏，才被當人看。

他們來此只會喝酒鬧事。然而今晚光廣帶來的人卻與他們不同，是一位人品高尚的人。這位同行者叫做近衛信尹，比光廣約莫大上十歲，沈著穩重且眉清目秀。唯一美中不足的是，在他豐腴的臉頰上有著淺黑色的痲子。

提到痲子，鎌倉一之男、源實朝兩人也都是痲子臉。所以痲子臉並非只是近衛信尹一人的缺點。特別值得一提的是，他雖具有「前關白氏長者」如此堂皇的身分，卻從不對人提及。只是以業餘消遣的書法聞名於世，以「近衛三藐院」之名行走江湖。而坐在吉野太夫身旁時，也只是保持微笑，看來眞是個品行高雅的痲子。

3

近衛信尹微笑時，露出深深的酒窩。他淺色的痲子臉轉向吉野太夫，問道：

「那聲音，是紹由吧？」

吉野咬著紅梅般的嘴唇，露出爲難的眼光：

「啊！他要是進來了，該怎麼辦才好呢？」

烏丸光廣按住吉野的衣袖：

「妳不要起來！」

他逕自穿過隔壁的房間，走到走廊，故意大聲叫道：

「澤庵和尚！澤庵和尚！你在這裏做什麼啊？門開著很冷啊！如果你要出去就把門關起來；如果你要進來就趕緊進來吧！」

澤庵回答道：

「我要進去。」

於是，澤庵順手將站在門外的紹由老人一起拉進來，並且拉到光廣和信尹面前坐了下來。

「哦！沒想到會碰到你們這些人，越來越有趣了！」

灰屋紹由邊說話邊來到信尹面前。他拿起酒杯，向信尹致意：

「敬您。」

信尹微笑道：

「船橋老翁，你一直都這麼健朗啊！」

「我萬萬沒想到寒嚴先生的同伴是您啊！」

他將酒杯放回原處，故意裝出酩酊大醉的樣子，搖頭晃腦地說：

「原、原諒我。久未問候，是一回事；今日相遇，又是另一回事……不管是關白也好，參議也好……哈哈哈！澤庵和尚，你說對不對？」

說著又把和尚的頭挾在腋下，並指著信尹和光廣說道：

「世間上，值得憐憫的是這些公卿們。無論是關白還是左大臣，都徒具虛名，實際上沒有什麼權力，遠不如商人呢……和尚，你同意嗎？」

澤庵對這位醉老人，有幾分畏懼，馬上回答：

「是啊！我同意！」

和尚好不容易從他的手臂下掙脫開來，這才把頭縮了回來。

「來，我還沒敬和尚呢！」

他要了個杯子。

他手上的杯子都快碰到臉了，又說：

「和尚，你眞狡猾。世間上最狡猾的是和尚；而聰明的是商人。強者是武家；愚笨者則是公卿……哈哈！不是嗎？」

「沒錯！沒錯！」

「公卿自己喜歡的事沒有一樣能做，而且在政治上也只能吃閉門羹，能做的就是吟詩作詞、寫寫書法罷了。其他的地方就派不上用場了……哈哈！和尚，沒錯吧！」

喝酒胡鬧，光廣不會輸人；而雅談與酒量，信尹絕不落人後。但是，被這突如其來的闖入者這麼一鬧，他們二人已經沒什麼興致了，只是沈默不語。

紹由得意忘形又說道：

「太夫！妳是喜歡公卿呢？還是喜歡商人？」

「呵！呵！船橋先生……」

「不要笑！我很認眞的問妳，我想知道女性的看法。嗯！我懂了！太夫是認爲商人較好吧！那就到我的房間來，太夫我帶走囉！」

他挽起吉野太夫的手，搖搖晃晃地站起來。

4

光廣嚇了一跳，手上的酒灑了一地。

「開玩笑也要有限度啊！」

光廣說著扳開紹由的手，並將吉野太夫攬到自己身旁。

「爲什麼？爲什麼？」

紹由跳起來，叫道：

「並非我硬要將太夫帶走，而是太夫一副想和我過去的樣子啊！太夫，妳說是不是？」

夾在中間的太夫，只能一笑置之。被光廣和紹由兩人左右拉扯，顯得十分爲難：

「唉呀！要如何是好？」

他們並非存心要爭太夫，也並非眞的在爭風吃醋，只是爲了讓爲難的人更加爲難，這也是遊戲之一。光廣不肯讓步，紹由也絕不退讓。他們倆將吉野夾在中間，令她左右爲難。

「太夫，妳到底要侍候哪一邊？我們在這裏拉拉扯扯的，也不是辦法。我們端看太夫想到哪邊，我們都依妳的意思。」

澤庵一直在看事情會如何收場。

「眞有趣！」

澤庵不僅在看熱鬧，還從旁興風作浪，將「收場」當做下酒菜：

「太夫，妳想跟哪邊就去哪邊吧！」

只有溫厚的近衛信尹，不愧是好人品，他伸出援手說：

「呀！呀！你們這些人眞沒安好心眼啊！這樣叫吉野如何是好呢？不要再爲難她了，大家一起坐下來喝酒好嗎？」

並且對著其他女侍說道：

「這一來，那邊只有光悅一人，誰去把他叫到這裏來。」

他極力想結束這場紛爭。

紹由一直賴在吉野旁邊，並揮著手拒絕。

「不必去叫，我現在就將吉野帶過去。」

光廣仍然抱住吉野不放。

「你想幹什麼？」

「可恨的貴族子弟。」

紹由突然正顏厲色。惺忪的醉眼差點碰到杯子。他向光廣說道：

「我們一定要爭到如花似玉的吉野嗎？在這女人面前比酒量如何？」

「比酒量？真可笑啊！」

光廣另外拿了一個大酒杯，放到高腳盤上，再擺到兩人之間：

「實盛大人，你可染了頭髮？」

「什麼嘛！你這位瘦骨嶙峋的人哪是我的對手？來吧！來比個高下吧！」

「怎麼比高下呢？僅僅你一杯我一杯的喝，實在沒意思！」

「我們來玩看誰先笑的遊戲。」

「沒意思。」

「那，我們來玩分貝殼。」

「和骯髒的老頭子玩這種遊戲啊！」

「你不喜歡？那麼，我們來划拳。」

「好吧！來啊！」

「澤庵，你當裁判。」

「好！」

兩人都相當認眞地比賽划拳。每當一勝一敗時，看到一方懊惱地乾杯，大家都笑得人仰馬翻。

此時，吉野太夫悄悄地站了起來，拖著長長的裙襬走了出去。她的身影消失在雪中的走廊盡頭。

5

這是一場平分秋色的比賽。因爲在酒量上，一位是強者，一位是巧者，兩人的遊戲，永遠分不出勝負。

吉野走後沒多久，近衛信尹也回官邸去了。而當裁判的澤庵也感到睏極了，顧不得禮節，在他人面前打起哈欠來了。

唯獨兩位當事人的酒戰仍未停息。而澤庵隨他們倆划拳，自己就近將頭枕在墨菊太夫的膝上，睡起大頭覺。

澤庵渾然欲睡，心情非常舒暢，但突然想到：

「他們一定很寂寞吧！眞想快點回去陪他們。」

他想起城太郎和阿通。

現在他們兩人都住在烏丸光廣官邸。去年年底的時候，城太郎受伊勢荒木田神官之託，送東西到烏丸官邸時，就住了下來。阿通則是前幾天才住進官邸。

前些日子在淸水觀音寺的音羽谷，阿通被阿杉婆追趕的那天晚上，剛好澤庵到觀音寺去找阿通。

在這之前，他早就預知事有不妙，心裏忐忑不安，所以趕到觀音寺去了。

澤庵和烏丸光廣兩人是知交，無論和歌、禪或是酒，甚至煩惱，兩人都是能互相分享的道上之友。

前一陣子正巧這位好友來信問道：

「怎麼樣？你新年只回故鄉的寺廟，不做其他的事嗎？你不會想念神戶灘這個大城市裏的名酒、京都的女人還有加茂的水鳥嗎？想睡覺的話，可以到鄉下坐禪；想知道活禪，就到人羣中去體會吧！如果想念這座城市就過來吧！你意下如何？」

因此，澤庵這個春天便上了洛城（譯註：京都）來。

沒想到他會在此遇到城太郎這位少年。城太郎每天在官邸遊玩，絲毫不感厭倦。問過光廣才知道城太郎留在此地的原因。於是向城太郎問明詳情，才知道阿通自正月初一早上就到阿杉婆的住處。此後便音訊全無。

「怎麼會有這種事？」

澤庵聽後，非常震驚。當天即刻出發尋找阿杉婆的住處。後來找到三年坡的旅館時已入夜了，他越想越覺得不安，便請旅館的人提著燈籠，到清水堂找人。

那天晚上，澤庵將阿通安全的帶回烏丸家。但是，由於阿通受到極度的驚嚇，隔天就發燒生病，至今還無法起牀。而城太郎一直守在枕邊，餵藥、換冰枕，照顧得無微不至，實在令人感動。

「他們兩人正在等著我吧！」

澤庵雖然想早點回家，但是同行的光廣，別說要回去，根本就是一副遊戲才正開始的表情。

兩人終於厭倦划拳和酒戰。本以爲他們放棄勝負，要開始喝酒了，沒想到卻促膝談了起來。

他們議論的話題不外乎武家政治、公卿存在的價值、商人和海外發展等。

澤庵由女人的膝上移到柱子旁，閉著眼睛聽他們的議論。寤寐之間，聽著他們兩人議論，有時候還會微微一笑呢！

光廣突然酒醒，不高興地說道：

「哎呀！近衛什麼時候走了？」

紹由的酒似乎也醒了，臉色大變：

「這不打緊，重要的是吉野也不在啊！」

「眞是豈有此理！」

光廣對在角落打瞌睡的侍女靈彌大聲叱喝道：

「叫吉野過來！」

靈彌睡眼惺忪地走到走廊。她到光悅和紹由原來的房間，偷偷瞧了一眼，發現房內只有一個人。

武藏不知何時回來，正靜靜坐在白燈旁。

6

「啊！您什麼時候回來的……我們一點也不知道呀！」

武藏回答道：

「剛回來！」

「從後門？」

「嗯！」

「您去哪裏了？」

「外面。」

「是去約會吧！我去和太夫姑娘說去——」

武藏聽到她早熟的話語，不自覺笑了起來：

「怎麼都沒人在？大家都到哪裏去了？」

「大家都在那邊，正和寒嚴先生、和尚一起玩呢！」

「光悅先生呢？」

「不知道。」

「大概回去了吧！如果光悅先生回去了，我也想回去。」

「不可以！既然來這裏，沒得到太夫的同意是不能回去的。若是悄悄地回去，不但您會被取笑，我也會被罵的。」

即使是侍女開玩笑的話，武藏也當眞。

「所以說不可以不聲不響地就走了。請在這裏等我回來。」

靈彌出去之後沒多久，澤庵走了進來，拍拍武藏的肩膀問道：

「武藏，怎麼了？」

「啊？」

這一聲充滿了驚訝。武藏沒想到剛才靈彌所說的和尚竟然就是澤庵。

「好久不見！」

武藏趕緊離開座席，兩手扶地行禮，澤庵抓住武藏的手說道：

「這裏是遊樂之地，打招呼就簡單化吧……聽說你和光悅先生一起來，但卻沒看到他人呀？」

「也許去哪裏了吧？」

「找找看，一起過去吧！我也很想和你聊一聊，不過那是散會之後的事。」

澤庵邊說邊打開隔壁的紙門，看到有個人睡在被爐裏，四周圍著屏風，在此寒夜中，更顯得那個人就是光悅。

看他睡得舒服，不忍搖醒他。這時光悅正好也睜開眼，看到澤庵和武藏，非常詫異。

問過原因之後，光悅說道：

「如果只有你和光廣卿，那邊的房間還夠坐，一起去吧！」

三人一起來到光廣的房間。

光廣和紹由已經盡興，兩人臉上都露出歡樂過後的寂寥。

喝到這種地步，美酒也變得苦澀，使人更加覺得口乾舌燥。一想到喝水，就令人想起家。再加上沒見到吉野太夫，總覺得缺少什麼。

「該回去了吧！」

「回家吧！」

其中一人提議回家，衆人一致同意。每個人都不留戀這裏，主要是怕破壞好不容易培養起來的好心情，所以大家立刻站起身來。

此時——

侍女靈彌走了過來，後面跟著吉野太夫的另兩位貼身婢女。兩人快步走到門口，在衆人面前，雙手扶地行了禮，說道：

「讓各位久等了！太夫要我轉告她已經快準備好了。我知道各位想回去了，雖說是下雪夜，但路上還很亮。何況，在這麼寒冷的天氣裏，至少也要等轎子暖和了之後再回去。所以請各位再坐一會兒吧！」

「眞奇怪啊？」

「讓各位久等了」這句話是什麼意思。光廣和紹由不解其意地互看一眼。

7

大家已經沒有興致再玩下去了。何況是在這遊樂場所，更是無法妥協。

「這是爲什麼呢？」

兩位貼身婢女看到衆人猶豫的臉色，趕緊解釋：

「太夫的意思是說：她剛才擅自離席，想必各位大人認爲她是位無情的女子。但是，她從未如此爲難。如果順了寒嚴先生的意，就會違拗船橋先生的心，如果順從船橋先生，又會對不住寒嚴先生……因此才不聲不響地離開座席。現在吉野太夫想重新招待各位客人到她的住處……請各位晚一點回家，不要急著走，多待一會兒吧！」

衆人聽了這席話之後，如果拒絕，會讓人認爲氣度狹小；而且吉野要以主人的身分招待他們，令人興致勃勃。

「去看看吧！」

「太夫這麼有誠意。」

於是，在侍女和貼身婢女的引導下，五雙草鞋踏著柔軟的春雪，不留痕跡地走過。

除了武藏，每個人都覺得興致盎然，心中暗暗想著：

「哈！大概會招待我們喝茶吧！」

吉野喜愛茶道不是一天兩天的事，況且喝杯淡茶也挺不錯。大家邊走邊想，不久已走過喝茶的房間，來到後院，這裏是一片毫無情調的田地。

衆人顯得有點不安，光廣責問道：

「到底要帶我們到哪裏？這裏不是桑樹園嗎？」

另一位侍女笑著回答：

「哈哈！不是桑樹園。每年春末，大家都會到這牡丹園遊玩。」

光廣仍然不高興，再加上天寒地凍，更令他越覺得不舒服。

「不管是桑樹園，還是牡丹園，在這樣的下雪天，不都是一樣的蕭條嗎？吉野要我們感冒才高興嗎？」

「實在非常抱歉，太夫交代過她會在那邊等，所以請走到那邊。」

定睛一看，田園的一角有一間茅草屋。它是一間純樸的平民住家，在六條里妓院開發之前就有了。屋後圍繞著冬青樹，它的風味和人造庭院的扇屋完全不同，但卻屬扇屋的範圍。

「請往那邊走。」

侍女進到一間被炭燻黑的泥地房，引領衆人進入屋內。

「大家都到了！」

婢女對著屋內喊道。

「歡迎光臨！請不要客氣。」

吉野的聲音從紙門內傳出。紙門上映著紅通通的火燄。

「好像遠離塵囂一般啊……」

衆人看到土牆上掛著一件簑笠，心裏好奇吉野太夫到底要如何款待客人。

焚燒牡丹薪

1

吉野穿著素雅的淺黃色和服，繫了一條黑緞腰帶，頭上梳著端莊的髮髻，臉上略施薄粉，笑盈盈的迎接客人入內。

「啊！眞漂亮！」

「眞是美若天仙！」

大家目不轉睛望著吉野。

在昏暗的土房內，坐在火爐旁，穿著清爽的淺黃色棉質和服的吉野，比起坐在金屏銀燭之前，穿著桃山刺繡和服，塗著綠紫色口紅嫣然而笑的吉野，美上千百倍。

「嗯！這一來，我突然覺得神清氣爽了。」

一向不太讚美別人的紹由，也收斂惡毒之口。這裏特地不準備坐墊，吉野邀請衆人坐到鄉下特有的火爐邊：

「如各位所見，這裏是山中的房子，無法好好招待各位。在下雪的夜晚，不論是賤夫顯貴，最好的款待莫過於坐到火爐邊取暖了。所以我準備了許多柴薪，足夠我們徹夜聊到天明。請各位隨意坐到火爐邊吧！」

原來如此。

讓衆人走過寒冷的地方，再讓大家烤火取暖。這大概就是她所謂的招待吧！光悅點點頭表示同意，紹由、光廣和澤庵三人則舒服地坐到爐邊烤火。

「那位先生也請來烤火吧！」

吉野讓出位子，邀請身後的武藏。

四邊形的火爐，圍坐了六人，顯得有點擁擠。

武藏一直拘泥於禮節。日本當今之下，排名在太閤秀吉和大御所之後的，就屬第一代吉野的嬌名了，她的名字遠播天下，比起出雲的阿國，她的品德更爲高尚，更受民衆敬愛。她也比大坂城的淀君更有才氣，更容易親近，所以才如此有名吧！

尋歡客被稱爲「買醉者」；而賣才色的她，被稱爲「太夫」。聽說有七位侍女服侍她洗澡，有兩人幫她剪指甲。光悅、紹由和光廣等「買醉者」，以如此有名的女性爲玩樂對象，到底樂趣在哪裏？武藏怎麼也看不出所以然來。

但無聊的遊戲當中，客人的禮節，女性的禮儀，雙方的意向等等的事情，儼然有不成文的規定。因此，不諳此道的武藏，只覺得僵硬不自在，特別是第一次來到脂粉世界，更是不知所措。被吉野明亮的眼睛頻送秋波，令他頓時面紅耳赤，心跳加快。

「爲什麼只有你那麼客氣呢？請坐到這邊來吧！」

吉野這麼說了好幾次。

「那……我就不客氣了！」

武藏忐忑不安地坐到她身邊，笨手笨腳地模仿其他人在火爐旁烤火。

吉野在武藏移坐到自己身邊時瞄了他的衣袖一眼。好不容易趁大夥兒話興正濃的時候，悄悄地拿出懷紙，輕輕擦拭武藏的衣袖。

「啊！不敢當！」

武藏若不出聲，沒有人會注意到這舉動。他看了一眼自己的衣袖，答禮後，所有人的眼睛都朝吉野看去。

她手裏握著摺疊的懷紙，紙上沾著剛剛擦拭過的紅色黏稠東西。

光廣瞪大了眼睛說道：

「啊！那不是血嗎？」

吉野微笑道：

「不是，只是一片紅牡丹而已。」

2

每人手上各持一個酒杯，按自己的喜好隨意喝著。火燄映在六人臉上，忽明忽暗地跳耀著。大家忍著刺骨的寒氣，望著眼前的火燄，默不作聲。

「……」

柴火將盡，吉野從炭籠中取出已切好的一尺左右的細柴薪放入火爐中。

衆人看著她添加的細枯木，發現那不像是松枝或雜木。因為它不但容易燃燒，且火燄的顏色相當美麗，衆人沈醉於火燄中。

「呀！這薪木到底是什麼樹木呢？」

有人注意到了，這麼喃喃自語著。其他人因迷戀於美麗的火燄而無人搭腔。

才四、五根的細柴薪，就將房內照耀得有如白晝。

火燄就像風中的紅牡丹，紫金色的火光交織著鮮紅的火苗，熊熊地燃燒著。

「太夫！」

終於有人開口：

「妳添加的柴火——到底是什麼樹枝呢？它不是普通的柴薪吧？」

正當光廣詢問的時候，整個屋子裏已經瀰漫著由柴火中飄出的香味。

吉野回答：

「是牡丹樹。」

「啊！牡丹？」

這個答案震驚在座的每個人。平日一提到牡丹，都只想到它美麗的花朵，牡丹怎麼可能成爲柴薪呢？衆人半信半疑，於是吉野將一枝燒過的柴薪放到光廣手上，並說道：

「請各位過目！」

光廣將牡丹柴薪拿給紹由、光悅看：

「原來如此，這就是牡丹的樹枝啊！怪不得……」

接下來吉野又說：圍繞扇屋四周的牡丹園早在建扇屋之前就有了，其中有好幾株牡丹樹已經具有百年以上的歷史。爲了讓一些古株開花，每年冬天，必須砍下那些被蟲蛀過的古株，好讓它長出新芽來，柴薪就是那時砍下的古株，當然無法像雜木那樣，一次可以剪很多。

砍下來的短枝，扔到火爐內燃燒，柔和的火燄美麗極了。它不但沒有薰眼嗆人的煙霧，而且散發出怡人的清香。不愧是花中之王，即使成爲柴薪也與雜木不同。從實質面來說，無論是植物還是人類，活著的時候，開出美麗花朵；枯萎之後，還可以成爲美好的柴薪。有人能夠像牡丹這樣，擁有眞正的價值嗎？

吉野感慨萬分，無奈地笑著說：

「唉！我卻不如這牡丹花，一輩子渾渾噩噩地活著，年輕時還能以姿色讓人欣賞；年老色衰之後，卻只是一堆連香味都沒有的白骨。」

3

牡丹枝熊熊的白色火舌，旺盛地燃燒著，爐邊的人們全然忘記夜已深沈。

吉野說道：

「實在沒什麼可以招待的，但是這灘區的名酒和牡丹薪，卻足夠供應到天明。」

衆人對吉野的招待非常滿意，尤其對豪華奢侈已經相當厭倦的灰屋紹由，更是既感嘆又誇讚：

「怎麼說沒什麼可招待的，這勝過國王的招待啊！」

「請各位留下幾個字，當做紀念吧！」

吉野拿出硯台。就在磨墨期間，侍女已到隔壁房間鋪上毛毯，並展開唐紙。

光廣幫吉野催促澤庵：

「澤庵，難得太夫這麼央求，你就提筆寫點什麼嘛！」

澤庵點點頭說道：

「應該光悅先寫。」

光悅一言不發，跪坐到唐紙前，畫了一朵牡丹，而澤庵則在花朵上方空白處題字：

國色天香
堪珍惜
應惜之花
終凋零

光廣也故意寫了一首戴文公的詩：

忙裏山看我
閒中我看山
相看不相似
忙總不及閒

吉野在衆人勸誘之下，也在澤庵題歌下寫著：

縱然盛開
花之寂寞
凋謝之後

何人堪憐

吉野寫完，將筆放下。

紹由和武藏只是靜靜地看著，沒有人強迫他們提筆留字，這對武藏來說，實在是求之不得。

此刻，紹由看到隔壁房間的壁龕掛著一把琵琶。他便提議在今晚散會之前，請吉野彈一首琵琶曲。

「太棒了，一定要彈。」

衆人央求著，吉野也不推卻，立刻拿起琵琶，動作坦率自然，既不是誇耀自己具有才藝，也不是故意謙虛。

她離開火爐，抱著琵琶坐到隔壁房間的榻榻米上。爐邊的人們也都靜下心來，聽她彈了一節平家曲之後，仍然沈默無語。

爐中的火燄轉弱，房內也隨之暗了下來。衆人沈醉於樂曲中，渾然忘了要添加柴薪。這個樂器僅有四條絃，彈奏起來卻是千變萬化，忽急忽慢。即將熄滅的爐火，偶爾飄起火燄，將人們的心喚回到現實來。

一曲終了，吉野面帶微笑地放下琵琶，坐回原位：

「獻醜了。」

此刻，衆人站起身來準備回家。武藏好像從空虛中被救回來一般，終於鬆了一口氣，搶先跨出房間。

除了武藏之外，吉野向每位客人打招呼送別。

武藏跟隨其他人將要踏出門檻時，吉野拉住他的衣袖輕聲說道：

「武藏先生，請你在這裏過夜，無論如何今夜我不會讓你回去。」

4

武藏聽她這麼一說，羞得滿臉通紅。雖然他裝作沒聽見，但是大家都看着他不知所措的窘態。

吉野問紹由：

「我可以留這位客人在這裏過一夜嗎？」

紹由回答：

「好啊！當然好啊！妳把我們招待得那麼周到，我們怎麼可以不講情面呢！光悅先生，你說是不是？」

武藏慌慌張張地推開吉野的手：

「不，我要和光悅先生一起回去。」

武藏堅持要離開，正要走出去，光悅卻不知爲何也勸說道：

「武藏先生，請不要這麼說，在這裏過一夜，明天再走吧！況且太夫這麼有誠意啊！」

大家也和光悅一樣都勸他留下。

武藏心裏推想：衆人留下對女人完全沒經驗的他，一定是將來想拿此當笑柄，這不是大人們惡作劇的詭計嗎？但是，他看看吉野和光悅兩人都一本正經，絲毫沒有戲弄的意思。

除了吉野和光悅之外，其他的人看到武藏發窘的樣子，都忍不住想戲弄他：

「你是日本最幸福的人吶！」

「我很想代替你——」

大家你一言我一語地揶揄。突然屋外傳來男子的聲音，打斷了這些人的調侃，堵住了衆人戲弄玩笑的言語。

「出了什麼事？」

大家這才注意到事有奚蹺。

匆匆忙忙跑進屋裏的男子是受吉野之託到青樓外面打探消息的扇屋男佣。大家很驚訝吉野是什麼時候做此細心的安排？而光悅從白天起就和武藏在一起，再加上剛才看到吉野在火爐邊悄悄擦掉武藏衣袖上的血跡，他似乎明白發生了什麼事。

「只有武藏先生不可大意離開青樓。」

打探消息的那位男子氣喘呼呼，帶著誇張口吻將親眼目睹的事向吉野及其他人報告：

「這煙花柳巷只留一個出口，全副武裝的武家不但守在門口，且從編笠茶屋到行道樹一帶，也到處都有戒備的武士。五人一小組，十人一小隊，黑鴉鴉地聚集在那裏，用銳利的眼光搜尋著……據說他們都是四條的吉岡武館門人。因此，附近的酒店或商家都嚇得關起門不做生意了。還有更嚴重的，傳說從青樓到馬場，已經聚集了近百名的武士啊！」

那男子報告的時候，害怕得牙齒直打顫。聽他說到一半，已可推測事態非同小可。

「辛苦你了！你可以回去休息了！」

吉野讓那男子退下之後，朝武藏說道：

「想必你聽了這番話之後，更不想當個貪生怕死的人，也許你會堅持即使不能活命也要回去。但是請你不要心急，即使今夜別人會說你是膽小鬼，只要明日又是一條好漢就行了。更何況今夜是來此遊玩的啊！玩的時候，盡情遊樂，這才是英雄本色啊！對方想趁你回家的時候，伺機暗下毒手。如果你避開這種情形，並不損你的名聲。相反地，如果你魯莽執意要闖進圈套，反而會被譏笑是欠思慮的人，而且也會給青樓帶來不少麻煩。如果你同其他人一起走出去的話，恐怕會連累其他人受到傷害，請你深思而後行。今夜就交給吉野我照顧吧……各位，吉野一定會好好照顧他的，請大家放心回去吧！」

斷絃

1

此刻已夜深人靜，絃歌之聲亦完全停歇，好像世上不曾有過歌聲鬢影的青樓一般。大夥兒才離去一刻鐘，就敲起丑時三刻的鐘聲。

武藏獨自倚坐在門邊，似乎準備就這樣坐到天亮。

現在，他就像一個俘虜。

客人走後，吉野仍然坐回原來的位子，添加牡丹柴薪。

「那邊很冷吧！請到爐邊來！」

她重複說了好幾次，而每次武藏都回答：

「別管我，妳先休息吧！天亮之後，我就回去。」

他堅持不進屋裏，而且看也不看吉野一眼。

孤男寡女同處一室，吉野也不由覺得矜持，沒法談笑自如。眞將異性看成異性的話，是沒辦法從事娼妓工作的——這是低水準的青樓「買醉者」所抱持的觀念。因為他們根本不明瞭松級太夫的背景和修養。

雖然這麼說，朝夕在男人圈中周旋的吉野和武藏之間有很大的不同。從年齡來看，吉野比武藏長一、兩歲，對男女感情方面的見聞、感覺或辨別也比武藏更有經驗。但是，在此夜深時分，眼前這位男人，因羞澀而不敢正視吉野，並強忍著悸動的心，一直坐在原地不動。這使吉野又恢復純情少女般的情懷，與對方一樣內心充滿初戀的悸動。

兩名侍女不知就裏，在隔壁房間鋪上豪華的棉被和枕頭之後才離去。從枕頭垂下的金鈴鐺，在昏暗的寢室中閃著亮光。這反而變成擾人的東西，令兩人無法放鬆。

偶爾，積雪從屋簷或樹梢落下的聲音都會驚嚇到他們。因為在兩人耳裏，這聲音有如巨響，好像有人從圍牆上跳下來一般。

「？」

吉野偷偷瞧了武藏一眼。那時，武藏整個人好像刺蝟，全身都處在備戰狀態。他的眼睛像老鷹般明亮，髮梢、神經都處在高亢狀態。此刻，任何讓他碰到的東西，鐵定斷裂無疑。

「……」

「……」

吉野內心打了個寒顫。雖說天將破曉時寒冷徹骨，但是她的顫慄卻不是寒冷的天氣所致。這種顫慄加上對異性的悸動，在她的血液裏交互奔馳。兩人之間的牡丹柴薪，繼續燃燒著。最後當火爐上的開水沸騰，發出松風般的汽笛聲時，吉野的心境，才恢復原來的沈穩。她靜靜地喝著茶……

「大概快天亮了吧……武藏先生，到這邊來喝杯熱茶，烤火取暖吧！」

2

武藏依然背對著吉野，淡淡地回答。

「謝謝！」

「請……」

吉野替他沏好了茶，心想再說話只會自討沒趣，只好保持沈默。

放在小綢巾上的茶涼了。不知吉野是生氣了，還是認爲和鄉巴佬多說無益，她收起小綢巾，將杯中的茶倒掉。

接下來，她以憐憫的眼神看著武藏，武藏仍然沒有改變姿勢。從背後看上去，他的身體就像穿著鋼盔鐵甲，毫無空隙。

「武藏先生，如果……」

「什麼事？」

「您這是防備誰呢？」

「我並沒有防備任何人，我只是警告自己不可疏忽。」

「對敵人呢？」

「當然應該戒備。」

「如果吉岡門徒成羣攻擊這裏，我覺得在您還沒站起來之前，就會遭到砍殺。您實在是一位令人可憐的人啊！」

「？」

「武藏先生，我生爲女性，對兵法一竅不通。可是，自入夜以來，您的動作和眼神就像死人一般。說得更貼切一點，您臉上已露臨死之相。無論是修行的武者還是兵法者，能夠在江湖揚名的人，都是能夠面臨槍林彈雨而面不改色，然而這樣就表示他厲害、他是人上人嗎？」

吉野連著問了幾個問題，並不是有意要詰問武藏，倒是有點輕蔑的意思。

「什麼？」

武藏走進房間，坐到吉野所坐的火爐邊。

「吉野姑娘，妳嘲笑武藏是個不成熟的人呀！」

「您生氣了嗎？」

「因爲說這句話的人是女人，所以我沒有必要生氣。妳說妳擔心我即將面臨死亡，這是什麼意思？」

雖然武藏說他沒生氣，但是他的眼神一點也不溫柔。因爲他在這屋子裏等待天亮的時候，時時刻刻都感受到吉岡門人的詛咒，以及他們拿著刀槍嚴陣以待的殺氣。即使吉野沒預先打聽消息，他也有這樣的預感。

當時，在蓮華王院內的時候，他就想藏身到別處。只是這樣一來，對方可能對光悅下手，何況他跟侍女靈彌說過一定會回來，如果不折回來，豈不欺騙了她。再說，世人也可能謠傳他是因爲害怕吉岡門人復仇才躲藏起來。他想了許久，最後若無其事地回到扇屋和大夥兒同席而坐。武藏必須忍受極大的痛苦才能做到這一點，而且也必須表現出從容自在的樣子。爲什麼吉野看他的舉止會笑他不成熟，反而說他看起來是一副垂死之相。爲何這麼斥責他呢？

如果只是藝妓的嬉笑之言也就罷了，但如果是她的眞心之言，可就不能置之不理。因此武藏心想，即使這間屋子早已被包圍，他也要問個明白。武藏露出認眞的眼神詢問吉野。

3

他的眼神炯炯有光，猶如刀鋒直盯著吉野，等待她的答覆。

「妳是開玩笑的吧？」

吉野不輕易開口，武藏故意激她。吉野原本嚴肅的臉頰重現酒窩。

「怎麼會？」

她堆著滿臉的笑容搖搖頭說道：

「我爲什麼要和學兵法的武藏先生開這種玩笑呢？」

「爲什麼在妳眼裏我像即將被殺的人？還是個脆弱不成熟的人？請告訴我原因。」

「您若眞想知道，我就試著說說看吧！武藏先生，剛才吉野爲大家彈了一首琵琶曲，不知道您聽進去沒有？」

「琵琶和我有什麼關係？」

「我眞後悔問您這句話。您始終處在緊張狀態，根本沒仔細欣賞剛才我所彈的那首複雜的曲子。」

「不，我聽了。」

「那麼我問您，琵琶只有大絃、中絃、清絃和遊絃等四絃，爲什麼可以自由自在地奏出強弱緩急等音調呢？這些您聽出來了嗎？」

「我只聽到妳彈平曲熊野，其他還要聽什麼嗎？」

「正如您所說，這樣就已足夠了。但是如果將琵琶比喻成一個人——請想想看，僅有四根絃和木板琴體就能奏出那麼多的音階是多不可思議啊！千變萬化的音階組合成樂譜。想必您知道白樂天〈琵琶行〉一詩中對琵琶音色描述得淋漓盡至。我念給您聽吧！」

吉野皺皺眉頭，既不像有節奏的唱詩，也不像單純的念詩，只是低聲吟著：

大絃嘈嘈如急雨

小絃切切如私語

嘈嘈切切錯雜彈

大珠小珠落玉盤
間關鶯語花底滑
幽咽泉流水下灘
水泉冷澀絃凝絶
凝絶不通聲暫歇
別有幽愁暗恨生
此時無聲勝有聲
銀瓶乍破水漿迸
鐵騎突出刀槍鳴
曲終收撥當心畫
四絃一聲如裂帛

「光是一把琵琶，就可以奏出這麼複雜的旋律。當我還是侍女的時候，就覺得琵琶爲何這麼了不起、這麼不可思議。所以我將琵琶摔破，仔細研究它的結構，再親自做了一把。像我這麼愚昧的人，最後終於發現琵琶除了外體之外，還有琵琶心呢！」

吉野說完，起身拿了掛在牆上的琵琶，再折回原位。她將琵琶放在兩人之間，端詳著琵琶：

「琵琶能奏出不可思議的音色，如果劈開琴板，它的內部其實一點也不奇特。我想讓您看看。」

她纖細且柔軟的手上握著一把小刀。「啊！」武藏深呼吸一口氣，說時遲那時快，刀刃已深深嵌入琵琶的一角。她從琵琶最上頭的木板到桑木琴體，劈了三、四刀。這劈琴的聲音，就像血從身體流出來的聲音。武藏覺得好像被刀鋒刺進骨頭一般，疼痛無比。

可是吉野毫不吝惜地一下子就把琵琶縱劈成兩半。

4

「請您過目！」

吉野收起刀，面帶微笑，若無其事地朝武藏說道。

「？」

她撥下剛劈開的木頭，琵琶內部的構造，在燭燈照耀下，一覽無遺。

武藏將它和吉野的臉做了比較，他懷疑這位女性怎麼有這麼剛烈的個性呢？刀劈琵琶的破裂聲，仍繚繞在他腦海裏，使他疼痛依然，而吉野卻面不改色。

「如您所見，琵琶裏面是空心的。可是，那種千變萬化的聲音是從哪裏發出來的呢？那就是架在琵琶裏面的那一根橫木。這根橫木，既是支撐琵琶的骨幹，同時也是心臟和大腦。這根橫木筆直地將琵琶本體撐得繃緊，一點也不彎曲。爲了產生種種變化，製造的人特意將橫木削成高低起伏的波浪狀。雖然如此，仍無法發出眞正美好的音色。它的關鍵在於如何控制橫木兩端的力道。我將琵琶劈開，主要是想讓您瞭解——我們的人生亦如琵琶。」

「……」

武藏直盯著琵琶。

「這道理表面看起來誰都能理解，但是卻沒有人能擁有琵琶橫木般的內在修養。齊撥四絃，則萬馬奔騰、風起雲捲，而這麼強烈的聲音便是來自琴體內那根橫木適度的鬆弛和緊繃。看到這種情形，讓我深深體會到人們在日常生活中，也經常如此……而今夜我突然想到把這個道理比喻在您身上……您只有緊繃度，卻沒有鬆弛度，這是多麼危險啊……如果彈奏這樣的琵琶，一定無法自由自在地變化音調。勉強彈奏的話，絃一定會斷，琴體也一定會裂傷……實在抱歉，看到您的樣子，引發我這麼想。我絕無惡意，也不是存心要戲弄您。最後，請您別介意我狂妄無知的話。」

此時，遠處傳來了雞啼聲。

由於下雪反光的緣故，門縫射進了刺眼的陽光。

武藏專心盯著白木屑和斷掉的四根絃，沒注意到雞啼，也沒發現從門縫照進來的陽光。

「啊！什麼時候天亮了。」

吉野珍惜黎明時分，想再加些柴薪，但是牡丹薪木已經用完了。

遠處傳來開門聲、鳥叫聲，早晨已降臨了。

吉野卻一直不打開窗外的遮雨板，牡丹薪木雖已燃盡，但是她的身子仍熱血沸騰。

屋內一片寂靜，如果沒有吉野的呼喚，侍女是不敢貿然闖入的。

害春的人

1

暖和的陽光，使得前天的春雪溶化得無影無蹤。一下子豔陽高照，令人想脫去厚重的衣物。春天乘著溫暖的南風，悄悄地來臨，使得所有的植物都抽出嫩芽。

「請布施一點東西。」

原來是一位行腳僧在托鉢，他的腳到背部都濺滿了泥濘。

他站在烏丸家的出入口，大聲地乞求布施，卻不見半個人影。於是，他繞到側門的管家帳房，從窗外伸長脖子往屋內窺視。

「原來是個和尚啊！」

他身後的少年這麼說著。

和尚回過頭來，以詢問的眼神盯著這位奇怪的小孩，心想：

「你又是什麼人？」

烏丸光廣公卿官邸怎會有這樣奇裝異服的小孩？可說全身上下與官邸格格不入，不由得令人瞠目結舌。和尚一臉的狐疑，瞪大著眼睛直盯著城太郎上下打量。

城太郎一如往常，一把長劍橫掛在腰上。他的懷中不知裝了什麼東西，胸部鼓鼓的，他將手壓在胸前：

「和尚，你如果想化緣米糧得到廚房去，你不知道後門嗎？」

「化緣米糧？我不是爲此而來。」

年輕和尚用眼睛示意掛在他自己胸前的袋子。

「我是泉州南宗寺的和尚，有一封急信想當面交給宗彭澤庵。你是在廚房工作的小毛頭嗎？」

「我住在這裏，我和澤庵師父都是這家的客人。」

「哦！原來如此！能不能幫我通知澤庵呢？就說：南宗寺的人來通告，他的家鄉但馬寄來了書信，有非常緊急的事要通知他。」

「請稍等，我這就去請澤庵師父過來。」

城太郎跳上玄關，在台階上留下了骯髒的鞋印。他這一跳，懷裏滾出了幾顆小橘子。

城太郎慌慌張張地撿起掉落的橘子，並往後院飛奔而去。不久又回到原處。

「澤庵大師不在！」

他對南宗寺的人說道：

「我忘了他早上就到大德寺去了。」

「知道他什麼時候回來嗎？」
「現在應該已在回來的路上了吧！」
「那我等他回來。是不是有空房間讓我等他回來呢？」
「有啊！」
城太郎走出門外。他對官邸瞭若指掌，一副胸有成竹的樣子走在前面帶路。他將和尚帶到小牛屋，停下腳步：
「和尚，你可以在這裏等。你待在這裏，一點也不會給別人添麻煩的。」
這裏到處都是稻草、牛車輪和牛糞，南宗寺的使者一臉的驚訝。而城太郎將客人帶到這裏之後，一溜煙地跑掉了。
城太郎來到日照充足的「西屋」，大叫道：
「阿通姊，橘子買回來了。」

2

阿通已經服過藥，也讓醫生仔細診察過，但不知爲何卻一直無法退燒。
高燒不退使得她毫無食欲。
阿通用手摸摸自己的臉頰，暗自驚訝。

「啊！我竟然這般消瘦。」

她一直認爲這只是小病，沒什麼大不了，況且幫她治病的烏丸家醫師也保證過，這不是什麼大病，不用擔心。可是爲什麼會變這麼瘦呢？她比較敏感，經常有一些煩惱，再加上發燒，使得嘴唇乾裂。有一天她突然說：

「我想吃橘子。」

這幾天一直擔心阿通不吃東西的城太郎，一聽阿通這麼說，立刻回問：

「妳想吃橘子？」

問清楚之後，他剛剛才離開這裏去找橘子。

他問過廚房的人，他們說官邸沒有橘子。再跑到外面的水果攤，還是沒看到橘子。他聽說京極草原有市場，所以又到那裏去找。無論是針線店、木綿店、油店、皮毛店，他都進去問：

「有沒有賣橘子？有沒有賣橘子？」

他邊走邊找，結果半顆橘子也沒找著。

城太郎無論如何也要爲阿通弄到橘子。後來在別人家的圍牆上，看到幾顆稀稀疏疏的橘子，他想偷摘。走近一看，才知道是根本不能吃的花梨果。

找過京都半數的街道，終於在一家神社的拜殿上發現了橘子。除此之外還有地瓜和胡蘿蔔一起放在盤子上供奉神明。城太郎拿了橘子藏在懷裏就逃之夭夭了。一路上老覺得神明在他背後邊追邊喊：

「小偷！小偷呀！」

城太郎覺得很害怕。從神社到烏丸家，一路上在心裏不斷地賠罪：

「不是我要吃的，請不要懲罰我。」

回到官邸，城太郎並未告訴阿通橘子怎麼來的。他坐在她枕邊，掏出懷中的橘子，一個個排好之後，拿起其中的一個：

「阿通姊，這橘子看起來很好吃，妳吃吃看。」

他將剝好皮的橘子塞到阿通手上。阿通的內心似乎受到了感情的衝擊，將臉撇開，無意吃橘子。

「怎麼了？」

城太郎盯著她的臉。

阿通不悅地將臉頰埋到枕頭裏：

「沒什麼，沒什麼……」

城太郎咋咋舌：

「又開始哭了！我把橘子買回來，妳應該高興才對，怎麼反而哭起來了呢？眞沒意思！」

「城太，對不起！」

「妳不吃嗎？」

「待會兒再吃吧！」

「剝好的就先吃嘛……吃吃看，一定很好吃的。」

「一定是好吃的！光是城太的心意就足夠了……可是，我一看到食物，就沒食欲。雖然很可惜。」

「那是因爲妳心情不好的緣故。什麼事令妳那麼傷心呀？」

「因爲你對我這麼好，使我高興得哭了。」

「我不喜歡妳哭，我看妳哭，自己也想哭了。」

「我不哭了……不哭了……請原諒我！」

「那麼，妳就吃一點吧！什麼都不吃會餓死的喔！」

「我待會再吃，城太，你吃吧！」

「我不吃！」

城太郎畏懼神明的眼睛，他邊說邊嚥著口水。

3

「城太，你不是喜歡吃橘子嗎？」

「我喜歡。」

「那爲什麼不吃呢？」

「沒爲什麼。」

「是因爲我不吃嗎？」

「嗯……」

「那我吃好了——城太，你也一起吃。」

阿通抬起頭，用消瘦的手除去橘子的白絲。城太郎則不知如何是好。

「阿通姊，告訴妳實話，我在路上已經吃了很多。」

「這樣啊！」

阿通乾涸的嘴唇含著一瓣橘子。她幽幽地問：

「澤庵大師呢？」

「到大德寺去了。」

「聽說澤庵大師前天見過武藏哥了。」

「啊！妳聽說了啊！」

「嗯……澤庵大師有沒有把我在這裏的事告訴武藏哥呢？」

「我想一定說過了。」

「澤庵大師說過他會帶武藏來這裏，他沒有跟你說嗎？」

「他沒跟我說。」

「會不會他忘記了。」

「等他回來，我再問他吧？」

「嗯！」

她頭一次展開笑容：

「我不在的時候，你才能問他喔！」

「不可以當著阿通姊問嗎？」

「我會不好意思。」

「怎麼會？」

「因爲澤庵大師說過我得的是『武藏病』啊！」

「啊！妳一下子就吃完了啊！」

「你是說橘子啊！」

「再吃一個嘛！」

「我已經吃很多了。」

「從今以後，什麼都得吃喔！我師父來的時候，妳才有體力下床見他呀！」

「連城太你也嘲笑我呀！」

阿通和城太郎一聊起這個話題，就把發燒和疼痛抛到九霄雲外了。

這時，烏丸家的僕人在門外問道：

「城太在裏面嗎？」

城太郎回答：

「在，我在這裏。」

僕人接著說：

「澤庵大師請你立刻過去一趟。」

「噢！澤庵大師回來了！」

「請你過去看看。」

「阿通姊，妳不會寂寞吧？」

「不會。」

城太郎從枕邊站起來：

「那麼事情談完，我馬上回來。」

「城太……不要忘記問那件事喔！」

「哪件事？」

「你忘了嗎？」

「噢！問大師說武藏師父什麼時候來這裏，並催促他快點來，對不對？」

阿通憔悴的臉頰上，露出淡淡的血色。她用棉被遮住半個臉，叮嚀道：

「別忘了！一定要問喔！」

4

澤庵到光廣的起居室，正和光廣談話。

城太郎開門進來。

「澤庵大師，找我幹嘛？」

澤庵說：

「你先坐下來！」

在一旁的光廣對城太郎的魯莽，露出原諒的表情，無奈地笑著。

城太郎一坐下來就朝著澤庵說道：

「有位從泉州南宗寺來的和尚，說有急事想見澤庵大師，我去叫他來吧！」

「不用了，這件事我已經知道了。」

「您和他見過面了嗎？」

「他還說你是個可惡的小毛頭呢！」

「爲什麼？」

「人家大老遠跑來，你卻把他帶到小牛屋，然後就一走了之！」

「是他自己說不要打擾到別人的！」

光廣笑得前仰後翻，搖晃著膝蓋。

「哈！哈哈！將客人放在小牛屋，眞亂來！」

光廣馬上恢復正經的樣子，向澤庵詢問：

「你不回泉州，打算立刻出發到但馬嗎？」

澤庵點點頭回答：

「我實在很掛心書信的內容，所以才這麼打算。我沒有什麼需要打點的，實在無法等到明天，現在就想告別出發。」

城太郎完全不明白兩人的談話內容，納悶地問道：

「澤庵大師，你要去旅行嗎？」

「家鄉有急事，我必須回去一趟。」

「什麼事？」

「家鄉老母一直臥病在床，聽說這次病重垂危。」

「澤庵大師也有母親啊！」

「我又不是從石頭裏迸出來的。」

「那您打算什麼時候回到這裏呢？」

「那得視母親的病情而定。」

「澤庵大師不在的話，那……那就麻煩了……」

城太郎一面體諒阿通的心情，一面考慮阿通和自己兩人的去處，因此問道：

「這麼說來，不能再見到澤庵大師囉！」

「哪有這種事？當然還會再碰面。你們兩人的事情，我已拜託官邸的人多多關照。阿通別再悶悶不樂，才能早日康復。你也多爲她打打氣。這個病人不必吃藥，倒是需要精神上的支持。」

「只靠我一個人的力量是沒用的，武藏師父如果不來，她的病是好不了的。」

「眞是令人頭痛的病人啊！你在這世上有這個同路人，也夠傷腦筋的了。」

「澤庵大師，您前晚是不是在哪裏見過武藏師父了？」

「嗯……」

澤庵和光廣互看一眼，露出苦笑。不便說出在哪裏見的面，還好城太郎問話直截了當，並未追問這些細節。

「武藏師父什麼時候來這裏呢？澤庵大師，您說過要帶武藏師父來的。阿通姊每天等著他呢！澤庵大師，到底我師父人在哪裏？」

城太郎不斷地追問。只要一知道武藏的住處，肯定立刻去接他過來。

「嗯……武藏的事嘛……」

雖然澤庵含糊其詞，但絕對沒有忘記要讓武藏和阿通見面的事情。今天也是記掛著這件事，從大德寺回來的時候，才順道到光悅家打聽武藏是否回來了。光悅表情爲難地回答：自從前天晚上起，武藏就一直待在扇屋。還說母親妙秀尼也很擔心，所以寫了一封信給吉野太夫，剛剛才送過去。

5

光廣聽了之後，瞪大眼睛：

「噢……武藏自那晚起，就一直在吉野家沒回去啊？」

他的口氣一半是意外，一半是嫉妒，才會如此誇大其詞。

澤庵在城太郎面前有許多事情不便說。

「他只不過是個平凡、沒用的人而已。就像少年得志大不幸一般，最後總成不了氣候。」

「不過吉野也變了——怎會看上一個髒兮兮的武士？」

「不管是吉野還是阿通，我澤庵實在不瞭解女人的性情。在我眼裏，這兩個都是病人。武藏也即將踏入人生的春天了……此後，對他的修行來說，危險的並不是劍，而是女人。這種事第三者也插不上手，只好順其自然了。」

澤庵自言自語之後，又想起急著趕路的事情。他再次向光廣辭行，並委託官邸照顧病床上的阿通和城太郎。沒多久他便離開烏丸家，飄然而去。一般的旅人都是早晨出發的。但對澤庵來說，早晚動身都一樣。此時太陽即將西沈，五彩繽紛的晚霞照著來往的行人和牛車。

有人在背後一直叫著「澤庵大師！澤庵大師！」——是城太郎！澤庵回過頭來，露出無奈的表情。城太郎上氣不接下氣，拉著他的衣袖說道：

「澤庵大師，請折回去和阿通姊說一聲。要不然阿通姊一哭起來，我就不知道該怎麼辦！」

「你跟她說武藏的事了嗎？」

「可是她一直問我呀！」

「所以阿通聽了就哭起來了！」

「也許阿通姊會尋死呢！」

「怎麼說？」

「她一副不想活的樣子。而且她也說過：再見一面就去死。」

「那表示她還不想死，放心！放心！」

「澤庵大師，吉野太夫在哪裏？」

「你問這個做什麼？」

「師父不是在那裏嗎？剛才官邸大人和澤庵大師不是這麼說的嗎？」

「你連這種事都告訴阿通了嗎？」

「是啊！」

「她是個愛哭鬼，你這麼一說，她當然說要去死了。即使我折回去，短時間內也無法讓阿通病癒，你就這麼告訴她吧！」

「說什麼？」

「要她吃飯。」

「這句話，我每天都說上百遍呢！」

「對阿通來說，這句話是唯一的名言。連這句話都聽不進去的病人，我也無法可施。你就老老實實地將所有的事情都告訴她吧！」

「要怎麼說？」

「就說武藏迷上一名叫做吉野的娼妓，一直待在扇屋不回來，至今已是第三天了。由此可見，武藏絲毫不思念阿通。愛慕這樣無情的男人有什麼用呢？你告訴那個愛哭鬼，說她太笨、太傻了。」

城太郎聽了覺得這番話不恰當，所以拚命搖頭：

「豈有此理！師父絕不是這樣的人！如果我眞的這麼說，阿通姊眞的會去尋死。你這個澤庵臭和尚，你才是大笨蛋，大笨蛋透了！」

6

「你罵起我來了啊！哈！哈！哈！城太郎，你生氣啦？」

「你說我師父的壞話，當然惹我生氣。而且你還說阿通姊是笨蛋。」

澤庵摸摸城太郎的頭：

「你好可愛！」

城太郎頭一斜，甩開澤庵的手：

「既然如此，我們也不再依靠你。我自己去找武藏師父，我要讓他和阿通姊見面。」

「你知道在哪裏嗎？」

「什麼？」

「你知道武藏在哪裏嗎？」

「我可以問得到，你不必操這個心。」

「你光說大話，又不知道吉野太夫的家。要我告訴你嗎？」

「不必了！不必了！」

「好一個不客氣的城太郎！我既和阿通姑娘無仇，也沒有理由憎恨武藏，何況我還一直祈禱他倆能夠有情人終成眷屬呢！」

「那你爲什麼那麼壞心眼呢？」

「這樣做，在你看來也許是壞心眼。但是，現在武藏和阿通兩個都是病人，治療生理疾病得找醫生，但治療心病就得說我剛才說過的那一席話。他們兩人之中，阿通的病情比較嚴重，武藏的病，不必管它自己會好起來。但阿通的病，我可就沒輒了，只能對她說：單戀武藏那樣的男人有什麼用，還是快刀斬亂麻，乾脆忘了他，多吃點米飯比較要緊。」

「夠了！你這臭和尚，我不再求你任何事了。」

「如果你以爲我說謊，你可以到六條柳街的扇屋，看看武藏在那裏做什麼。然後，再將你親眼目睹的事情告訴阿通。剛開始也許她會痛不欲生，不過如果能因此讓她醒悟也就值得了。」

城太郎摀住耳朵並叫道：

「吵死了，臭和尚！」

「什麼？是你自己跟過來的呀！」

「和尚，和尚，不布施給你，你想得到布施，就得唱首歌。」

城太郎仍然用手摀住耳朵，口中還邊唱歌罵他，目送澤庵離去。

等到澤庵的身影消失之後，城太郎站在原地，眼淚汪汪地落了下來。

他突然想到什麼，慌慌張張地舉起手臂擦乾眼淚，並環視四周來往的行人。他看到一個穿著披風的女人走過，趕緊叫住她：

「大嬸！」

他問道：

「六條柳街在哪裏？」

那女人嚇了一跳：

「你是說煙花柳巷吧！」

「煙花柳巷是什麼？」

「唉！」

「那是什麼樣的地方？」

「討厭的小孩！」

那女人瞪了他一眼之後就走開了。

城太郎不明白爲什麼會這樣，但是他並不退縮，一路問到六條柳街的扇屋來了。

伽羅君

1

青樓已點燃燦爛的燈火，但是，天才黑，街道上還沒看到買醉者的影子。

扇屋的年輕佣人突然被入口處的人影嚇了一跳。因爲這個人從入口處的大門簾探頭進來，一雙眼睛直盯著屋內看，頗嚇人的。佣人從布簾的下襬處，看到他穿了一雙骯髒的草鞋，還帶了木劍，覺得非常可疑，正要去叫其他男僕來。

「大叔！」

城太郎走了進來，突然問道：

「宮本武藏應該有到你們青樓來吧？他是我師父，可不可以請你轉告他，說城太郎來了。或者請他到這裏來。」

扇屋的年輕人看到城太郎是個小孩子，這才放下心來。但是，剛才受到驚嚇，情緒仍未平穩，而臉上的青筋也還沒消失。他向城太郎叫囂：

「臭小子，你是乞丐還是流浪兒？這裏沒有什麼叫武藏的人。才剛天黑，你這個髒兮兮的人就到我們店把布簾弄髒了。要來這裏，也得打扮打扮再來，滾出去！滾出去！」

年輕人抓住城太郎的衣領，正當要將他推出去的當兒，城太郎勃然大怒：

「你要幹什麼？我是來找我師父的啊！」

「混蛋！我不知道誰是你師父？那個叫武藏的人，前天起就給我們添了不少麻煩。早上和剛才，吉岡武館的人也都來找過，我也是說武藏不在這裏。」

「你好好跟我講他不在就行了，為什麼一定要抓我的衣領呢？」

「你從布簾伸頭進來，一副賊頭賊腦地往裏頭窺視，我還以為是吉岡武館的人又折回來了呢！害我捏了一把冷汗，可惡的小子！」

「那是你沒膽子，是你家的事，我可沒叫你嚇一跳啊！請告訴我，武藏先生什麼時候走的？回到哪裏去了呢？」

「你這傢伙，說了一大堆罵人、氣人的話，這會兒又說『請告訴我』，眞會擺低姿態，你在打什麼主意呀？」

「你不知道就算了，把手放開！」

「沒那麼簡單，我要這樣才放手。」

他抓著城太郎的耳朵，用力擰了一圈，正要把他拽出去。城太郎大叫：

「好痛，好痛啊！痛死人了！」

他叫喊著跌坐到地上，接著突然拔起木劍，刺向年輕人的下巴。

「啊！你這小子！」

年輕人的門牙被打斷，用手托住沾滿血的下巴，追城太郎到暖簾外。城太郎驚惶大叫：

「救命啊！這位大叔要殺我啊！」

他大聲地向來往的行人求救。而手上的木劍，就猶如在小柳生城打殺那隻猛犬太郎時一般的力道

「鏗」一聲打中男子的腦門。

年輕男子發出蚊子般的呻吟聲，流著鼻血，踉踉蹌蹌倒在柳樹下。

對面拉客的女人從窗戶看到這情景，大聲叫喊：

「哎呀！那持木劍的小子，殺了扇屋的年輕人逃走了！」

接著，有幾個人影慌慌張張地跑到行人稀少的街道上。

「殺人哪——」

「有人被殺了！」

聲嘶力竭的呼叫聲，迴蕩在夜風中。

2

花街柳巷裏，打架是家常便飯。一般的尋歡客大都會掩蓋這種血淋淋的事件，或是盡快將它處理

掉。

「逃到哪裏了呢？」

「那小子長什麼樣子？」

幾個長相恐怖的男人，只是來回搜尋了一下便不再追趕。不久，戴著斗笠穿着華麗的人們，已經相繼來到青樓尋歡。這些買醉客甚至不知道半刻鐘前曾發生這種事。

三岔路口越來越熱鬧。而後街則相當昏暗，田裏也寂靜無聲。

剛才躲了起來的城太郎，這會兒看好時機，像小狗般從黑暗的路面爬出來，然後一溜煙往漆黑的方向逃去。

城太郎想著：這條暗路，應該能通到外面吧！然而他立刻碰上一丈高的柵欄。這柵欄像城郭一般，堅實地圍住整個六條柳街。鐵絲上還有釘子，即使沿著柵欄也找不到任何木門，可說是一點縫隙也沒有。

城太郎眼見前方就是燈火通明的大街道，只好再折回暗處。這時，有個女人一直在注意他，並尾隨在他身後。

「小孩……小孩！」

起初城太郎抱著懷疑的態度，一直留在黑暗處，後來才慢吞吞地走過去。

「妳在叫我嗎？」

他確定這女人並無害他的意思，於是又向前走一步。

「什麼事?」

那女人溫柔地說道:

「你是傍晚到扇屋說是要見武藏的那個小孩嗎?」

「嗯!是啊!」

「你叫做城太郎吧!」

「嗯!」

「我偷偷帶你去見武藏。來!往這邊走。」

「到、到哪裏去?」

這次,城太郎猶豫不決了。那女人爲了讓他安心,將事情原委說得很淸楚。城太郎聽後喜出望外,大叫道:

「這麼說,大嬸妳是吉野太夫的侍女了。」

城太郎好像在地獄碰到菩薩一般,欣喜萬分,心甘情願地隨著那女人走了。

那侍女說:吉野太夫聽到傍晚的事,非常擔心,並吩咐:如果這小孩被抓,她自己要去替他說情。如果有人發現他,就悄悄從後院將他帶到茅草屋,讓他和武藏會面。

「不用擔心了!既然吉野姑娘已經交代下來,在這青樓中就可通行無阻了。」

「大嬸,我師父眞的在這裏嗎?」

「如果不在這裏,你爲什麼找到這裏來呢?而且,我還特地帶你來這裏做什麼呢?」

「到底這是什麼地方呢？」

「你認爲這是什麼地方呢……就是那間茅草屋，你可以先從門縫看一看……前面正忙著，我得先走了。」

侍女說完便消失在庭院的灌木叢中。

3

眞的嗎？

眞的在裏面嗎？

城太郎怎麼都無法相信。

自己千辛萬苦也找不著的師父武藏，現在竟然就在眼前這間小屋裏！無論如何，城太郎無法這麼輕易地就接受這個事實。

但是城太郎也不會這麼輕易地放棄。他來回繞著茅草屋，尋找窗戶以便窺視。

屋子側面有一扇窗，但卻比他還高。於是他從灌木叢中搬來石頭墊脚，鼻子好不容易搆到竹窗了。

「啊！是師父！」

他想到自己正在偷窺，所以趕緊把嘴邊的話吞回去。離別這麼久終於見到想念的人，城太郎眞想伸手擁抱他。

火爐旁邊的武藏以手當枕，正在小睡。

「他可眞悠閒啊！」

城太郎睜大眼睛，像受到驚嚇一般，一張臉直貼著窗戶的竹格子。

舒服地睡著午覺的武藏，身上蓋著桃山刺繡的厚外套。身上所穿的窄袖衣裳也不是平常的粗布衣，而是武士喜歡的大花短袖衫。

他身旁的地面上鋪著紅毛毯，畫筆、硯台及紙張散了一地。草稿紙上畫著茄子和半身雞的練習畫。

「他竟然在這裏悠哉地畫畫，完全不知道阿通姊的病情。」

城太郎不覺憤慨塡膺。對武藏身上那件女人的禮服更是不悅，而且武藏穿的那件華麗衣裳更令他作噁。他也聞得出來，房間裏飄著女人的脂粉味。

看到這情景，讓他想起了新年的時候，在五條大橋看到一個年輕姑娘糾纏著師父，並在街道上哭泣的情形。

最近師父到底怎麼了？

城太郎像大人般地感慨萬分。碰到這麼多事，他幼小的心靈，也感受到淡淡的苦澀。

他突然想到：

「好，我來嚇嚇他。」

他想捉弄武藏，而且也想到了好方法。於是悄悄從石頭上跳了下來。

「城太郎，你和誰來的？」

這是武藏的聲音。

「咦？」

他再次從窗戶往裏看去。原本在睡覺的人，現在已睜開眼睛微笑著。

「……」

城太郎來不及回答，他繞到正門，一踏進房門便抱著武藏的肩膀叫道：

「師父！」

「啊……你來了啊！」

仰躺着的武藏伸出手臂將城太郎沾滿灰塵的頭抱到胸前。

「你怎麼知道的……好久不見了！是聽澤庵說的嗎？」

驀地，武藏摟著他的脖子坐了起來。城太郎很久未感受到這種溫暖的擁抱。他像隻貓躺在武藏懷中，捨不得離開。

4

躺在病床上的阿通姊，多麼渴望見到師父啊！

她眞可憐！

阿通姊說過，只要能見到師父就心滿意足，其他的都不在乎了。

元月一日，她遠遠地看到您和一個奇怪的女子，在五條大橋上又說又哭的，關係匪淺的樣子。阿通姊氣得像一隻縮頭蝸牛，不管我怎麼拉，就是不肯出來見您。

也難怪她生氣。

因爲我那時候也是心慌意亂，很生您的氣。

不過，那天的事情就算了。現在請您馬上和我到烏丸官邸，然後跟阿通姊說聲「我來看妳了！」光是這樣就能治好阿通姊的病。

城太郎拚命說了一大堆，企圖說動武藏。

「嗯……嗯！」

武藏邊聽他訴說邊點頭。

「原來是這麼回事啊！」

可是不知爲何，武藏卻不提「去見阿通」這件最重要的事。

任由城太郎說破了嘴，武藏仍然像一顆頑石，不肯點頭答應去烏丸官邸。城太郎再說也是徒勞無功。他一直很喜歡師父，可是不知爲何突然間他開始討厭起武藏來了。

城太郎心想：

「難道要跟他大吵一架不成？」

但是面對武藏，他卻無法說出難聽的話。他像是喝到醋一樣，嘴巴脹得鼓鼓的，非常不高興。他想用臉上的表情讓武藏自我反省。

他一沈默下來，武藏就隨手拿起畫畫的範本，並提筆做畫。城太郎瞧了一眼他畫的茄子，心裏暗罵：

「畫得眞差勁！」

武藏不再畫了，他開始洗筆。城太郎想趁這機會再說服他，正當他舔了舔嘴唇要開口的當兒，外面傳來木屐聲。

「客官，您換洗的衣服已經乾了，我幫您送來了。」

原來是剛才那位侍女抱來一套摺疊好的上衣和外褂，放到武藏面前。

「謝謝！」

武藏專心檢查衣服的袖子和衣角：

「都已經洗乾淨了嗎？」

「無論怎麼洗血跡還是沒辦法完全洗淨。」

「這樣就可以了……對了，吉野姑娘呢？」

「她大概是忙於招呼客人，即使想來這裏，也抽不出時間。」

「沒想到會麻煩她！不但承蒙吉野姑娘這麼細心照顧，還勞扇屋幫我保密，眞是給大家添麻煩了。請代我轉告她：我會在今天深夜裏悄悄離去，她的恩情，容日後再報。」

城太郎聽到武藏這麼說，馬上變了個表情。他心想：師父畢竟還是個好人，他一定是要到阿通姊那裏了。

城太郎如此想著，露出滿意的笑容。武藏等侍女退下之後，將那套衣服拿到城太郎面前說道：

「你今天來得正好，這套衣服是我來此時，本阿彌的母親借我穿的。你幫我送還給光悅先生，再把我原來穿的衣服拿回來。城太郎！好孩子，幫我走一趟。」

5

城太郎誠懇應允：

「是，遵命！」

他心想：完成這件事之後，武藏就會離開這裏，到阿通姊那裏去。因此高興地說：

「我這就去。」

他用大袱巾將要送還的窄袖外套包起來，並將武藏寫給光悅的書信也放到袱巾裏。然後將包袱背在背上。

侍女送晚飯過來，正好看到城太郎。

「喂！你要去哪裏？」

她瞪大眼睛，向武藏探詢原因之後，制止道：

「絕不能這麼做。」

如果出去的話——

侍女向武藏說明原因。

城太郎傍晚時在扇屋門前用木劍打傷了店裏的年輕人。那個人現在還躺在床上呻吟呢！當時立刻引起煙花柳巷一陣騷動，但是因爲吉野姑娘以及衆人都守口如瓶，所以這事也就不了了之。有人說那小子聲稱是宮本武藏的弟子，所以武藏應該還藏在扇屋。今天晚上到處在謠傳這件事。部署在青樓入口的吉岡家的人，想必也聽到這個傳言了。

「哦！」

武藏第一次聽到這件事，再次看著城太郎。

城太郎眼見事跡敗露，覺得臉上無光，搔搔頭躲到牆角。

「如果現在背著東西走到大門，您知道會怎麼樣嗎？」

侍女又繼續向武藏報告外面的情況。

前天起連著三天，吉岡家的人仍然一直在找您，吉野姑娘和貼身的人都非常擔心這件事。前天晚上，光悅大人要回去的時候，一再委託姑娘要好好照顧您…況且，扇屋也不會將處於危險狀況的您趕出去的。尤其是吉野姑娘那麼細心地保護著您呢！

但是……

麻煩的是吉岡家的人很頑固，一直守在青樓的出入口。昨天他們的人到店裏來問了好幾次…武藏躲在這裏吧？雖然我們斬釘截鐵地否定，但是仍然無法除去對方的猜疑。

「等他從扇屋出來……」

對方在外面守株待兎。

我們無法理解的是：吉岡家的人爲了抓您一個人，竟然出動這麼多人，並且戒備森嚴，簡直像是要打仗一般。據說他們不計任何代價，非殺您不可。

侍女又說道：

「因此，吉野姑娘及其他人都說您再躲個四、五天比較好！也許過了這段期間，吉岡家的人就會撤退了……」

侍女邊侍候武藏和城太郎兩人吃晚飯，邊親切地告訴他們外面的種種情況。武藏感謝她的好意：

「我也有我自己的想法。」

他並沒有改變今晚離開的念頭。

只有一點他接受侍女的忠告，改由扇屋的年輕佣人去光悅家還衣服。

6

派去的人，很快就回來了。並帶來光悅的回信，上面寫著：

他日有緣再相會，無論世間路途多遙遠，請多加保重。即使在遠方，我也會爲您祈禱。

光悅

此致

武藏先生

信雖然簡短，卻充分表達了光悅的心情。也頗能理解武藏此刻無法前去拜訪他們母子的苦衷。

「這是您前幾天在光悅家換下的衣服。」

那男子將武藏借來的衣服送回去，並帶回武藏以前的舊衣服和褲裙。

「本阿彌的母親也問候您！」

那男子傳完話，便退出房間。

武藏解開包袱，看到以前的舊衣服，覺得懷念無比。雖然體貼的妙秀借給他衣服，扇屋的吉野也借給他華麗的衣裳，卻都比不上這套經過風吹雨淋的舊棉衫。何況這套是修行穿的衣服。

武藏知道這套舊衣服有許多破洞，也沾著雨露及汗臭味。但是等他穿好之後，意外發現摺疊線筆直，連衣袖上幾個破洞都已補好了。

「有母親眞好，如果我有母親，那該有多好！」

武藏陷入孤獨的愁雲當中。他在心中描繪著往後遙遠的人生旅途。

雙親已不在人世，故鄉也容不下自己。現在只剩一位姊姊了。

他低著頭沈思，想到在這裏已借住三天。

「我們走吧！」

他拿起日夜帶在身邊的木劍，挿到腰間。現在他臉上的孤獨感，已消失得無影無蹤。因爲他告訴自己，就將這把劍當成父母、妻子及兄弟姊妹吧！

「要動身了嗎？師父！」

城太郎先走出門檻，欣喜萬分地看著星星。

現在出發到烏丸大人官邸已經嫌晚，但是再怎麼晚，阿通姊一定會徹夜等待。她一定會嚇一大跳，說不定會高興得哭了呢！

從下雪那天起，每晚的天空都非常美。城太郎心中只想着現在即將帶武藏去和阿通姊見面。他仰望天空，甚至覺得閃爍的星星也和他一樣高興。

「城太郎，你是從後門進來的嗎？」

「我也不知道是後門還是正門，我是和剛才那個女人從那個門進來的。」

「那你先出去，在外面等我。」

「師父呢？」

「我去和吉野姑娘打個招呼，馬上就來。」

「那我先到外面等。」

雖然和武藏只分離一會兒，他還是有點擔心。不過，今晚的城太郎非常愉快，所以要他做什麼，他都照辦。

7

武藏回想躲藏的這三天，覺得自己過得頗爲悠然自得。

以往，他的心神和肉體都緊繃得像厚厚的冰塊。

對月亮，他關起「心」來；對百花，他塞起耳朵；對太陽，他也不打開心窗，只是冷冰冰的將自己凝結起來。

他一直以爲自己這樣專心一意的作法是正確的。但是，他也覺得自己是一個心胸狹小的頑固者。他對這樣的自己感到害怕。

澤庵很久以前就說過：

「你的強壯和野獸並無兩樣。」

還有，奧藏院的日觀也曾忠告他：

「你必須再削弱一點！」

想起澤庵說過的話，這兩、三天悠哉舒暢的日子，對自己來說也是很重要的。

如果就這層意義來說，現在要離開扇屋的牡丹園，他一點也不覺得這幾天虛度了光陰。與其讓生命太過緊繃，倒不如伸展心胸，自然舒暢的過日子。又是喝酒又是打瞌睡，既讀書且畫畫，還打哈欠，這才是珍貴難得的日子，他非常慶幸自己能擁有這樣的經驗。

「眞想向吉野姑娘說聲謝謝。」

武藏佇立於扇屋庭院，望著對面美麗的燈影。屋內的座席上，仍然充滿著「買醉者」猥褻的歌曲和三絃的聲音。於是打消去見吉野的念頭。

「就此告別吧！」

武藏在心裏和吉野辭行，並且感謝她這三日來的好意與照顧。

出了後門，看到城太郎在門外等待，便向他揮手示意：

「走吧！」

除了城太郎之外，還有另外一個人跟在武藏背後。

那人是侍女靈彌。

靈彌塞了一樣東西到武藏手裏：

「這是吉野姑娘要給您的。」

說完，她就轉身進門去了。

原來是一張摺得很小的紙張。從顏色看來，應該是懷紙。一打開來，還沒看到文字，就飄出伽羅樹的香味，上面寫著：

摘了許許多多夜晚的花卉　也比不上
樹梢間的月影　令人難忘

深情款款　互訴情懷之時　突爲烏雲所遮掩

與放置一旁的酒杯　感嘆萬千　無論旁人如何譏笑　仍然等候

喦此　吉野

「師父，是誰的信？」

「你不要管。」

「女人嗎？」

「不知道。」

「寫些什麼呢？」

「這件事，你不用問。」

武藏將信摺起來，城太郎伸長脖子，湊過去想看個究竟。

「好香啊！聞起來好像是伽羅。」

城太郎對伽羅的香味，好像並不陌生。

大門

1

雖然出了扇屋，但仍然在花街柳巷裏，兩人是否能平安無事地走出重重包圍？

城太郎說道：

「師父，從這裏走過去就是大門的方向！大門外有吉岡的人把守，很危險的，扇屋的人也在那裏。」

「嗯！」

「我們從其他的地方出去吧！」

「晚上，除了大門之外，其他的門都關著的呀！」

「我們可以翻越柵欄逃走——」

「如果逃走，將有損武藏的名聲。如果不管恥辱、不理會傳言，逃走也沒什麼不好，那倒是很容易離開這裏。但是我做不到，所以才要靜待時機出去。我還是要從大門光明正大地走出去。」

「這樣啊！」

城太郎雖然顯出不安的神色，但是他也知道，在武士的世界裏，不知「恥」的人，活著也沒意義。這是鐵律，所以他也不敢反對。

「不過，城太郎！」

「什麼事？」

「你是小孩子，沒必要跟我一樣。我從大門出去，但你可以先出這個花街柳巷，然後找個地方躲一下，等我出去。」

「師父您要大大方方地從大門出去，我一個人要從哪裏出去呢？」

「翻越柵欄出去。」

「只有我？」

「是啊！」

「不要！」

「爲什麼？」

「爲什麼？師父剛才不是說過了嗎？別人會說我貪生怕死。」

「沒有人會這麼說你的。吉岡家針對的是我武藏一人，跟你毫無關係。」

「我在哪裏等呢？」

「柳馬場附近。」

「您一定要來喔！」

「我一定會去！」

「您該不會又一聲不響一個人到別的地方去吧？」

武藏環顧四下：

「我不會騙你的。來，趁現在沒人，趕快翻過去吧！」

城太郎看看四周，摸黑跑到柵欄下。但是，綁著鐵絲的柵欄，比他高出三倍。

城太郎抬頭看了看柵欄的高度，露出沒信心的眼光，心裏暗自叫道：

「不行，這麼高，我沒辦法翻過去。」

此時，武藏不知從哪裏扛來一包木炭放在柵欄下。城太郎心想即使踩著炭包也不夠高。武藏從柵欄的縫隙窺視外面，靜靜地思考著。

「……」

「師父，有人在柵欄外嗎？」

「柵欄外是一片蘆葦。有蘆葦就有水窪，你小心地跳下去吧！」

「水窪倒是沒關係，只是這麼高，手都搆不到啊！」

「不單單是大門的地方，柵欄外，有些地方仍然有吉岡門人看守。外面很暗，跳下去的時候，要特別小心。說不定有人從暗處揮出長刀呢！踩著我的背上去，先在柵欄上等一等，看清楚下面的情形，再跳下去。」

「我知道了！」

「我從這邊把木炭包丟出去，沒什麼動靜才能跳下去。」

說著，讓城太郎騎坐到自己肩上。

2

「城太郎，搆得到嗎？」

「搆不到！還搆不到！」

「那你站到我肩膀試試看。」

「但是，我穿著草鞋啊！」

「沒關係，你儘管站上去好了。」

城太郎照武藏所說，兩腳站到他的肩上。

「現在，搆到了嗎？」

「還是搆不到！」

「眞是麻煩的傢伙！不能跳到柵欄的橫木上嗎？」

「沒辦法啊！」

「要是眞沒辦法，只好站到我手心上了。」

「沒問題嗎？」

「我還能撐得住五個、十個人呢！來，準備好了沒？」

武藏讓城太郎的雙腳站到自己的手掌上，像舉鼎一般，將他的身體舉得高過自己的頭。

「啊！搆到了！搆到了！」

城太郎爬到柵欄上，武藏單手將炭包往外丟出去。

「砰」一聲，炭包掉落在蘆葦叢中。城太郎看沒什麼異狀，隨即跳了下去。

「什麼嘛！這裏哪有什麼水窪，什麼也沒有。師父，這裏只是草原而已。」

「一路小心。」

「柳馬場見。」

城太郎的腳步聲漸行漸遠，消失在遙遠的黑暗中。

武藏一直將臉靠在柵欄上，直到城太郎的腳步聲消失爲止。

看到城太郎安全地離開，武藏才放心，並快步離去。

他不走青樓昏暗的小路，偏偏朝著三岔路口最熱鬧繁華的正門走去。他就像一名嫖客，混入來往的人羣中。

但是，他沒帶斗笠遮掩，所以一出了大門，就有人叫道：

「啊！是武藏！」

埋伏在兩側的無數眼睛，都意外地望向武藏。

大門兩側，有幾個轎伕聚在那兒，還有兩、三名武士燒著柴火取暖，並注視大門的出入口。

此外，編笠茶屋的長椅處，以及對面的飲食店裏，也各有一組盯梢的人。其中的四、五人互相換班，站在大門兩邊。看到包頭巾或是帶斗笠的人從煙花巷出來，他們會毫不客氣地查看對方的臉孔。看到轎子出來，他們就會攔住轎子盤查。

三天前，他們就開始這麼做了。

因此，吉岡的人確信下雪那夜以來，武藏未曾走出這扇大門。他們也向扇屋探詢過，扇屋的人只說沒有這樣的客人，便不加理睬。

吉岡並非沒有吉野太夫藏匿武藏的證據。只是如果得罪吉野太夫，大家一定會謠傳吉岡的武士成羣結黨到扇屋挑釁。因爲除了風流世界之外，上至顯貴下至百姓都很喜歡吉野太夫。

所以只好繞遠路，採取持久戰的策略，嚴格監守在大門外，直到武藏從煙花巷出來。可是又擔心武藏可能喬裝，或是躲在轎內，魚目混珠；再不然就是翻越柵欄逃脫，因此他們爲了防止這些逃脫方式，戒備得幾乎無懈可擊，萬無一失。

可是萬萬沒想到武藏會這麼坦然且毫無摭掩地暴露在衆目睽睽之下，當這些人看到武藏從大門走出來的時候，驚嚇得竟忘了阻攔他。

3

武藏完全沒有遮掩，所以吉岡的人沒有任何理由喝令他停下來。

他邁開大步向前走，已經走過編笠茶屋了。約莫走了百步，吉岡門徒中有人叫喊道：

「殺——」

衆人齊聲：

「殺！」

「殺！」

八、九個黑影大聲喊叫，蜂擁而上，擋住了武藏的去路。

「武藏，站住！」

因而展開了正面衝突。

武藏回答道：

「什麼事？」

武藏回答得出其不意且強而有力。接著，他橫著退到路旁，並背對那兒的一幢小屋。

小屋旁橫著巨大的枕木，附近堆積著許多木屑。由此可知這是伐木工人休息的小屋。

「大概有人在吵架吧？」

小屋中，有位伐木男子聽到外頭碰撞的聲音，開門探頭張望，一看外面的景象驚叫道：

「哇！」

那人慌慌張張地關起門來，並拿根堅硬的木棒將門鎖上。也許躲到被窩裏了，整幢房子靜悄悄地，毫無聲響。

就像野狗呼引野狗般，吉岡的人吹手笛、打暗號，一眨眼的功夫一羣人已經聚集到這裏。很容易讓人將二十人看成四十人，將四十人錯以爲是七十人。在黑暗中無法數清正確人數，但是絕對不會少於三十人。

武藏被這羣人黑壓壓地團團圍住。

不，因爲武藏背貼著伐木小屋，應該說衆人將他和小木屋一起團團圍住了。

「……」

武藏瞪大眼睛，估算著從三面而來的敵方人數。他專注的眼神不斷地衡量情勢的演變。

三十人聚集在一起並不表示他們有三十種想法，一羣人只有一個心理。想觀察瞭解這種微妙的心理動向，並非難事。

正如所料，沒有人敢單獨攻擊武藏。在一個團體裏面，大多數人在行動一致之前，都是吵吵嚷嚷，站得遠遠的，只會口出穢語罵個不停。

「臭小子！」

也有人罵：

「小毛頭！」

這些只不過突顯他們的懦弱和虛張聲勢罷了。

一開始就打定主意和行動的武藏，只消這麼短的時間，就比這羣人做了更充分的準備。他已經敏銳地看出這羣人當中，哪幾個人比較強，哪裏較脆弱。他已做了萬全的心理準備。

他看了衆人一眼，問道：

「我就是武藏，是誰叫我停下來的？」

「是我們，我們一起叫你停下來的。」

「這麼說，你們是吉岡門下的人囉！」

「這還用說嗎？」

「有何貴幹？」

「我想這沒必要再說。武藏，準備好了嗎？」

4

武藏歪著頭問道：

「準備？」

他的冷笑聲激起了衆人的殺氣。

武藏故意提高音調繼續說道：

「武士即使在睡覺也可以做準備，我隨時候教。你們是非不明，引起爭端，還裝腔作勢，要武士的刀法，眞是可笑——等等，先別動手，容我問一句，你們想暗殺武藏還是想正正當當地比武呢？」

「……」

「我問你們是懷恨而來還是因爲比武輸了，爲復仇而來呢？」

「……」

如果武藏在言語或眼神以及身體上露出破綻，包圍在四周的刀劍就會像洞穴噴出的水一般，羣起攻之。但是，沒有人向他攻擊。衆人只是像佛珠一般，沈默不語地串在一起。此時，有人大聲斥喝：

「這不消說，大家也知道。」

武藏看了說話者一眼。從年齡、態度看來，一定是吉岡家的人。

他就是吉岡的高足御池十郎左衛門。十郎左衛門好像要先動手的樣子，躡著腳一直往前進：

「你打敗我們的師父淸十郎，又砍死他的弟弟傳七郎，吉岡門徒豈容你逍遙自在？吉岡因你而名聲掃地。我們數百弟子，發誓要爲師父復仇雪恥。我們不是含恨而來，我們是爲師父討回公道而來的。武藏，可憐的傢伙，我們來取你的首級了。」

「嗯！很有武士的風度。衝著這一點，武藏不得不奉上我這一條命。但是，如果談師弟情誼，談雪洗武道冤屈的話，爲什麼不像傳七郎和淸十郎那樣，堂堂正正和武藏比武呢？」

「住口！那是因爲你居無定所，如果我們不瞪大眼睛盯著你的話，你早就逃到他國去了。」

「你們是以小人之心度君子之腹。正如你所見，我武藏沒逃也沒躲。」

「你是被我們發現的啊！」

「什麼！如果想躲的話，即使是這個小地方，也可以隱藏的。」

「你認爲吉岡門徒會讓你毫髮無傷地通過嗎？」

「我知道每個人待會兒都會來和我打招呼。可是，如果我們像一羣野獸或無賴漢在這麼繁華的地方引起騷動，不但我個人名譽掃地，也會丟光武士的臉。而你們師門的名聲，也會因此貽笑世間，爲你們師父之名添上一筆恥辱！如果你們不在意師家滅絕，吉岡武館解散，也不介意外界的傳言，想要拋棄武門的話，我武藏和這兩把刀很願意奉陪。等著瞧吧！我會把你們堆成一座死人山的。」

「你說什麼！」

這次不是十郎左衛門的聲音。在十郎左衛門旁邊，有個即將出手的人，他大吼道：

「板倉來了！」

5

那時候，板倉是人見人畏的衙門捕快。

路上有人打架滋事
是誰騎栗色馬呢
啊　是伊賀四郎左
大夥兒趕緊逃吧
伊賀大人

是千手觀音　也是四大天王
是千眼捕快　也是大力士

這是孩童嬉戲時所唱的童謠，歌謠中的主角就是板倉伊賀守勝重。

如今京都特別昌盛，不論特種營業或景氣都被異常看好。這是因爲京都不論在政治或戰略上都位居整個日本的樞紐，具有重要的地位。

因此，京都是日本全國文化最發達的地區。就思想方面來說，也是最令市府頭痛的地區。

自室町時代初期以來，土生土長的市民大多棄武從商，作風比較保守。到了現在，擁護德川或豐臣的武士各據一方，虎視眈眈地企圖掌握下一個時代。

此外，有些無名的武家，也不知是靠什麼維生，竟然也養了一羣家臣，不斷擴展勢力。

況且，現在德川和豐臣兩股勢力正在擴張，所以有許多浪人想碰碰運氣，像螞蟻般地到處鑽營呢！也有不少無賴漢夥同這些浪人，以賭博、敲詐、欺騙、誘拐職業，飲食店、賣春女也隨之張燈營業。最近世間有許多沈溺主義者，還有及時享樂者，將信長唱過的歌謠「——人生五十年，都化做一縷輕煙」當做唯一的眞理來信奉。他們擔心自己會早死，因而一味沈溺於醇酒、美女的享樂中。

不止如此，像這樣虛度光陰的人渣，對政治、社會還經常大放厥詞。他們僞稱德川和豐臣的勢力旗鼓相當，但只要情勢一變，便立刻見風轉舵。因此如果沒有強而有力的縣府官員，根本無法管理整個市政。

而德川家康獨具慧眼，請板倉勝重當京都的所司代（譯註：江户時代警衛京都並管理政務之職）。慶長六年以來，勝重擁有捕快三十名、士兵百名。勝重被任命爲京都最重要的職位時，有這麼一則小故事。

在他收到家康的委任狀時，並沒有馬上答應。

「我回去和我老婆商量之後再答覆。」

回家之後，勝重跟他老婆說將要任官的事情：

「自古以來，達官顯貴到頭來卻落得家破人亡的例子比比皆是。思考其原因，都是起因於門閥與內室之爭。所以我想和妳商量，如果我當了所司代，妳發誓絕不過問我所做的事情，也絕不提半個字。妳願意這麼做，我才任官。」

他老婆鄭重發了誓。

「我這女人怎會過問您的事情呢！」

第二天早上，勝重換好衣服，準備進城去。他老婆看到他內衣的衣領沒拉好，正要幫他拉的時候，他斥責道：

「妳忘了妳發過的誓嗎？」

他要求老婆再次發誓之後，才進城去向家康拜謝覆命。

抱此覺悟任職的勝重，一直保持公正廉明的形象，同時也執法嚴峻。他是公職人員討厭的上司，卻是百性的父母官。只要他在，大家都安心。

言歸正傳。剛才有人在後面吼道：

「板倉來了！」

是誰喊的呢？當然，吉岡門人正與武藏對峙，不會開這種玩笑。

6

板倉來了！

當然是指：

板倉的手下來了！

如果官吏要來插手，那就麻煩了。可能是巡邏的官吏看到異樣，才趕過來看個究竟吧？

儘管如此，剛才是誰這麼叫的呢？若不是自己人，難道會是路人發出的警告嗎？

御池十郎左衛門，以及門徒都朝那個聲音看過去：

「等一等！」

有一位年輕的武士推開重圍，站在武藏和吉岡門人之間。

「啊？」

「你是……」

瀏海的年輕武士對著吉岡門人意外的眼神以及武藏的眼睛，似乎在說：

「是我！你們雙方應該都還記得我這張臉才對。」

佐佐木小次郎不改本色，擺出高傲的態度說道：

「剛才我在大門口停下轎子，聽到路人在喊『殺人了』，沒想到是這種事情。我既不是吉岡的同伴，也不是武藏的朋友。但我既然是個武士，又是劍客，爲了武門，也爲了武士全體，我有資格和各位說幾句話。」

他一席雄辯的話，和瀏海的風采不太相配。而且他的口吻以及看人的眼神，充滿了驕傲自大。

「在此我要問雙方：如果板倉大人的手下到這裏來，看到各位在街上動刀舞劍引起騷動，要你們寫認罪書的話，你們雙方不都蒙上恥辱了嗎？如果勞駕官吏出面的話，可能不會把這件事當做單純的比武來處理。這裏的場所不對，時間也不對。身爲武士的各位，擾亂社會秩序的行爲是武士全體的恥辱！現在我代表武士奉勸各位，不要在此地動武。若要以劍解決問題，就依劍的規矩，另擇時間和地點吧！」

吉岡家的人被他滔滔不絕的演說折服了，個個沈默不語。御池十郎左衛門等小次郎話一說完，順著他的話說道：

「好！」

他的語氣強而有力。

「照理說確實是如此。但是，小次郎閣下！您可要保證，決鬥那天，武藏不會逃走喔！」

「要我擔保也可以。」

「我可不能接受曖昧的承諾。」
「可是武藏也是活生生的人啊！」
「您想讓他逃走吧？」
「胡說八道！」
小次郎怒斥道：
「萬一有何閃失，你們不全算到我頭上來嗎？而且，我也沒有理由庇護這個男人……不過，在這段期間武藏若眞的臨陣逃脫，或逃離京都，諸位大可以在京都立告示牌公布他的臭名。」
「不，光是如此我們仍不能答應。如果您保證到決鬥日爲止能夠看住武藏，今夜我們就到此爲止。」
「等等，這我得問武藏。」
小次郎回過頭去。武藏一直盯著自己的背部，現在小次郎也正面瞪回去，並逼近武藏。

7

「……」
「……」
雙方開口之前，眼光在沈默中交戰，猶如兩隻猛獸對峙。

兩人先天的個性就不合。有些地方，雙方都互相肯定，也互相畏懼。兩人都有年輕人的自負，一不小心就會摩擦起衝突。

因此，在五條大橋和現在，都抱持一樣的心理。交談前，小次郎和武藏已經由眼神的交會談得淋漓盡致了，這就是無言的決鬥。

他倆只簡單交談幾句。

不久，小次郎先開口問道：

「武藏，如何呢？」

「什麼如何呢？」

「剛才吉岡門人和我所談的條件啊！」

「同意！」

「這樣可以嗎？」

「但是，我對那條件有意見。」

「是將你交給小次郎看管之事嗎？」

「我武藏和清十郎、傳七郎決鬥，一點也不懦弱，難道和他們的遺弟子各別比武決鬥就會畏縮恐懼嗎？」

「嗯！的確是光明正大。我會記住你這句大言不慚的話。你希望何時比武呢？」

「日期和地點都由對方決定。」

「很乾脆！那今後你的住處呢？」
「我居無定所。」
「居無定所？決鬥挑戰書如何送達？」
「在這裏決定，我絕對如期赴約。」
「嗯！」
小次郎點點頭退到後面。然後與御池十郎左衛門和門下的人短暫交談之後，其中一人站出來向武藏說道：
「我們決定訂在後天，也就是寅時下刻（編註：午前四時）。」
「知道了！」
「地點是叡山道一乘寺山麓，藪之鄉下松——在下松會合。」
「一乘寺村的下松，好，知道了！」
「現在吉岡門中具繼承資格的，就屬清十郎和傳七郎的叔父壬生源左衛門的兒子源次郎了。如果由源次郎繼承吉岡家，因他尚未成年，所以可能會有幾名門徒弟子隨同前往。在此我先向你知會一聲。」
雙方約定之後，小次郎敲敲伐木小木屋的門，進到屋內，對著顫抖的兩名伐木工人命令道：
「這裏應該有廢棄不要的木板吧？幫我釘根六尺的木樁，我要做布告牌，快拿合適的木板來！」
木板拖出來之後，小次郎叫吉岡門人去取筆墨硯台。自己則揮灑自如，將比武要旨寫在木板上。
他將寫好的內容讓雙方過目，並建議把木板釘在街上，將這次的約定公諸於世。

吉岡門人接過木板釘在街上最引人注目的地方。武藏好像與這事無關似地逕自往柳馬場走去。

8

城太郎孤零零的在柳馬場等武藏。他望著四周嘆息了好幾回。

「好慢啊！」

轎子的燈光奔馳而去。

醉漢唱著歌踉蹌走了過去。

「眞的好慢哦！」

難不成？城太郎開始不安，突然往柳街的方向跑去。

此時，迎面有人問道：

「你要去哪裏？」

「啊！師父！我看您一直沒來，所以想過去看看。」

「差點錯身而過呢！」

「大門外碰到許多吉岡的人了吧！」

「碰到了。」

「沒對您怎樣嗎？」

「嗯！沒怎樣！」

「他們沒有要抓師父嗎？」

「嗯！沒有！」

「是嗎？」

城太郎抬頭看看武藏的臉，又問道：

「那是什麼事都沒發生囉？」

「是啊！」

「師父，不是那邊，烏丸大人的官邸應該往這邊走。」

「啊！錯了嗎？」

「師父也想早一點見到阿通姊吧？」

「嗯！是的。」

「阿通姊一定會嚇一大跳。」

「城太郎！」

「什麼事？」

「你和我第一次相遇是在一家客棧，那是哪個城市？」

「叫做北野吧！」

「對了，北野的後街。」

「烏丸大人的官邸好氣派喔！跟客棧不一樣。」

「哈哈！哈哈！客棧哪能比得上呢！」

「現在正門已經關了，但是可以從後門進去。如果告訴他們說師父也一起來了，說不定光廣大人也會出來呢！師父，澤庵和尙那傢伙眞是壞心眼，還惹我生氣。竟然說師父的事情不管也罷。他明明知道師父在哪裏，卻偏偏不告訴我。」

武藏深知他無心眼，只是靜靜地聽著。即使如此，城太郎仍然喋喋不休說個沒停。

兩人終於來到烏丸家附近，已經可以看到後門了。城太郎用手指著後門說道：

「師父，就是那裏。」

他告訴停下腳步的武藏：

「您看得到圍牆裏面的燈吧！那裏是北屋，阿通姊的房間就在那一帶……那盞燈還亮著，也許阿通姊還沒睡，正等著我們呢！」

「師父，我們快進去吧！我來敲門叫醒門房。」

「還早啊！」

他說著就要跑過去，武藏一把抓住城太郎的手腕：

「師父，爲什麼？」

「我不進官邸，你幫我跟阿通姑娘傳幾句話。」

「嗯！什麼話……那師父，您爲什麼要到這裏來呢？」

「我是送你回來的。」

9

城太郎敏感的童心一直擔心會有什麼變化，果眞不出所料。

城太郎突然大叫道：

「不行！不行！」

「師父，不可以！您不能不進去！」

他使命地抓住武藏的手。不管怎樣，都要把他帶到門內，帶到阿通姊的枕邊。

「不要嚷嚷！」

在這寒冷的夜裏，四周鴉雀無聲，武藏顧忌烏丸家官邸內的人會聽到。

「吶！你好好聽我說。」

「不聽！不聽！師父，剛剛不是跟我說要一起去的嗎？」

「我不是跟你一起到這裏了嗎？」

「不是只和我到門口而已，我和師父說過去見阿通姊的啊！師父叫弟子撒謊，不好吧？」

「城太郎，不要對我大吼大叫，冷靜下來聽我說。我武藏近日內尚有生死未卜之事。」

「一個武士得要一直抱著朝生夕死的覺悟。師父您不是經常將這句話掛在嘴邊嗎？如果眞是這樣，這種情形也不是現在才開始的啊！」

「沒錯！平常教訓你的話，由你口中說出，反倒讓我有受教的感覺——就像你剛才所說，這次武藏有九死一生的覺悟，所以不要見阿通姑娘比較好！」

「師父，爲什麼？爲什麼？」

「現在跟你說，你也不會明白，等你長大之後，自然就明白了。」

「眞的嗎？師父在近日內，生命眞的會有危險嗎？」

「這件事不要跟阿通姑娘說喔！她現在生病，需要好好照顧自己，盡快康復。痊癒之後，必須對未來做打算，要她找個可以託付終身的人……城太郎……你告訴她，這是我說的。其他的事情，不要讓她知道。」

「不要！不要！我要說！這種事我能夠不告訴阿通姊嗎？無論如何，師父您一定要跟我進去。」

「你眞固執！」

武藏將他推開。

「但是……師父！」

城太郎哭起來：

「但是……但是……這樣阿通姊太可憐了！如果我把今天的事告訴阿通姊，她的病情一定會更加惡化的。」

「所以才要你這麼說啊！一般來說，武術修行期間，如果碰上對手，都是拚個你死我活。一定得克服艱難，動心忍性，將自己的百難拋到九霄雲外，否則便無法達成修行……城太郎，如果你沒辦法越過這條路，就無法成爲頂天立地的武者。」

「……」

武藏看到哭泣不停的城太郎，心一軟，將他擁入懷中：

「武士隨時都可能死，我死了之後，你再找位好師父。我還是不要去見阿通姑娘，直接離開比較好，等到她找到歸宿之後，一定能瞭解武藏的這一番苦心……喂！圍牆內燈還亮著，那是阿通姑娘的房間嗎……阿通姑娘一定很寂寞，你趕快回去陪她吧！」

10

武藏說了一大堆，終於使城太郎稍加理解自己的苦衷了。雖然他仍然哭泣著，但是已慢慢能背對著武藏，表示他對此事已有所理解，不再鬧情緒了。他雖然覺得阿通姊可憐，但也無法再強求師父，眞是令他進退兩難。童心未泯的他，又嗚咽鬧起彆扭。

「那這樣吧，師父！」

他出其不意地轉身面對武藏，使出最後一招糾纏術：

「修行完了之後，一定要來見阿通姊哦！只要師父認爲修行已經可以的時候，一定要來哦！」

「那時已經……」

「那是什麼時候呢？」

「無法確定。」

「兩年？」

「……」

「三年？」

「修行是永遠無止境的。」

「這麼說，您打算一輩子都不見阿通姊嗎？」

「如果我天賦異稟，也許有達成的一天。如果我資質不好，可能一輩子都還是個遲鈍的人。何況，我還有比武之約在身啊！即將面臨死期的人怎麼可以和前程似錦的年輕女子約定將來呢？」

武藏不料自己會脫口而出。而城太郎對這點似乎還無法理解，他詫異道：

「所以……師父！您不需要約定什麼，只要和阿通姊見個面就好了。」

他得意洋洋地反駁。

武藏和城太郎談得越多越覺得自己矛盾、迷惘和痛苦。

「不能這樣，阿通姑娘是年輕女子，而我武藏也是個年輕男子。跟你說實話，要是我見了阿通姑娘，看到她一哭，就拿她沒辦法了。一看到她的眼淚，我的決心會崩潰……」

他想起在柳生庄，看著阿通的身影離開的情景和今夜的情景雷同，只是武藏的內心卻有極大不同的感受。

在花田橋以及柳生谷的時候，只是一心嚮往衝上青雲，充滿壯志和霸氣地一味勇往直前，所以遇上女人的情感時，就會水火不容般地拒絕反抗。而現在的武藏，原有的野性已慢慢隨著智慧的增長磨鍊，有了柔軟的一面。

他開始懂得尊重生命。由於尊重生命，他也開始恐懼起來。他知道除了以劍維生之外，還有其他依靠種種維生的人。這樣的人生視野，削減了他自我陶醉的自負心。從吉野身上，武藏看到了所謂「女人」的魅力，而且多少也瞭解「女人」所謂的感情。尤其面對的是阿通，他沒有信心可以克服自己——而且自己也必須考慮到她的一生。

他默默看著抽噎的城太郎，問道：

「你懂了嗎……」

城太郎本來一直用手肘摀著臉哭泣，一聽到武藏的問話，立刻抬起頭來。然而在他眼前的，只有靄霧瀰漫的黑夜。

「啊！師父——」

城太郎一直追到圍牆的盡頭。

11

城太郎大聲喊叫，但是他知道已經於事無補了。他將臉靠到牆上，「哇」的一聲，痛哭失聲。

「……」

他幼小的心靈一心一意地相信大人，現在竟然被大人所傷；而如果遵照大人的想法，即使理解其中的道理和原因，也仍覺得遺憾。

哭得沒聲音了，他開始抽噎聳肩，而且還打起嗝來。

此時——

大概是官邸的下女，不知從何處回來。在黑暗中她看到有個人影佇立在後門哭泣。她慢慢走近一看，問道：

「是城太郎嗎？」

「你不是城太郎嗎？」

隨著第二次的問話，城太郎抬起頭來：

「啊！阿通姊！」

「爲什麼哭呢？而且在這種地方？」

「阿通姊妳病還沒好，爲什麼跑到外面呢？」

「還問我爲什麼，你眞叫人擔心啊！你要離開也不跟我說一聲，也沒跟官邸的人打聲招呼，就不知去向。你到底跑到哪裏了……眼見天快黑了，你還不回來。我要關大門的時候，也沒看到你的影子，讓人多心急、多擔心啊！」

「妳是跑出來找我啊！」

「萬一你有個三長兩短，我睡得著嗎？」

「眞是個大傻瓜，自己的病都還沒好呢！如果再發燒怎麼辦？趕快回房躺到床上休息。」

「先說說你爲什麼哭呢？」

「待會兒再說。」

「不，瞧你哭得這麼傷心，告訴我什麼事？」

「阿通姊，妳先進去躺下來，我再說給妳聽。搞不好妳明天又要呻吟半天，我可不管喔！」

「我馬上進到房間躺下來，你先跟我講一點……你去追澤庵大師了吧？」

「嗯……」

「你向澤庵大師問過武藏的去處了嗎？」

「我討厭那個沒感情的和尙。」

「那麼，你可知道武藏哥的去處？」

「嗯！」

「你已經知道了啊！」

「不要管這檔事了，趕快進去躺下來。待會兒再說啦！」

「爲什麼要瞞我？如果你那麼壞心眼，我就一直站在這裏，不進去了。」

「哎呀！」

城太郎忍不住奪眶的眼淚，他皺皺眉，硬拉著阿通的手：

「妳和師父兩人，爲什麼都要讓我爲難呢……阿通姊，如果妳不躺下用冷毛巾敷額頭，我就不講。進去吧！要不然，我用扛的也要把妳押回牀上。」

他一手抓住阿通的手，一手敲著後門，大聲叫嚷：

「值班的！值班的！病人從病牀跑到外面來了。趕快開門，要不然病人要著涼了！」

把酒待天明

1

本位田又八心無旁騖地從五條一直跑到三年坡的時候，已是滿頭大汗。可能也是喝了酒的關係，他的臉頰更爲通紅。

他來到一間頗爲平常的旅館。通過布滿石子的山坡，再穿過骯髒的長屋門之後，來到菜園後的一間廂房。

「母親！」

他探頭入內。

「怎麼又在睡午覺啊！」

他咋著舌頭，自言自語。

來到井邊，喘了口氣，順便清洗手脚。母親仍未醒，她以手當枕頭，正睡得鼾聲大作。又八抱怨：

「簡直像隻懶貓，一有空就睡覺。」

看似熟睡的老母，聽到又八的聲音，微微睜開了眼睛。

「什麼事啊？」

說著，坐了起來。

「啊！原來妳聽到了？」

「你背地裏嘮叨老母什麼呀？睡覺是我的養生之道啊！」

「養生倒好，只不過我稍爲休息一下，妳就嚴厲斥責說，年紀輕輕的怎麼閒下來了，還不快利用閒暇搜尋線索。而妳自己卻在這裏睡午覺，這未免太不公平了。」

「哎！你就原諒我吧！我老太婆即使再硬朗，體力還是無法戰勝年紀啊！而且那天晚上，我和你聯手殺阿通未成以來，眞是精疲力竭。再說，澤庵和尚那小子扭傷我的手腕，到現在還在痛呢！」

「我精神好的時候，妳就疲憊；妳有精神時，我的毅力卻消失了。眞是惡性循環！」

「我只不過休息一天而已，還沒老到那麼不中用呢！我說又八！最近可有阿通或武藏的消息？」

「就算我不去打聽，也已是傳言滿天飛了。大概只有貪睡的妳還不知道。」

「什麼？傳言滿天飛？」

阿杉坐過來問道：

「到底是什麼事？」

「武藏要和吉岡門第三度交手。」

「喔！地點和時間呢？」

「青樓區的正門前立了一塊布告牌，地點並未寫詳細，只寫著一乘寺村。日期是明天破曉前。」
「又八！」
「什麼事？」
「你是在青樓區的大門口看到布告牌的嗎？」
「嗯！看布告牌的人羣眞是人山人海。」
「那你是大白天起就在那種地方遊蕩了嗎？」
「哪有這回事？」
又八急忙揮手說道：
「我平常雖然喜歡喝些小酒，但早就脫胎換骨，現在正四處忙著打聽武藏和阿通的消息。母親這樣誤會我，眞令人傷心。」
阿杉突然興起憐憫之情：
「又八，別生氣！我剛才是跟你開玩笑，不要放在心上。我看得出你已經定下心來不再胡作非爲了。我說武藏和吉岡衆人的決鬥就在明天破曉時分，這事決定得可眞匆促呀！」
「從寅時下刻到拂曉時分，天應該還沒亮。」
「你認識吉岡門的人？」
「嗯……只是這也不是什麼光榮的事。有什麼事嗎？」
「我要你帶我到吉岡的四條武館。馬上就走，我們也得準備一下。」

上了年紀的人，有時候很不通人情。剛才自己還悠閒地睡午覺，現在看到別人歇息，就皺起眉頭叫囂：

2

「又八，快點啊！」

又八一點也沒有準備出發的樣子，他漫不經心說道：

「幹嘛這麼慌張？又不是趕著去救火。何況，我還不知道我們去吉岡武館做什麼？」

「你明明知道的，當然是我們母子兩人去拜託他們呀！」

「拜託什麼？」

「明天黎明時分，吉岡門人不是要去殺武藏嗎？我們可以加入他們，助他們一臂之力。那怕只是砍武藏一刀，也可以洩我心中之恨啊！」

「啊哈哈！啊哈哈！……母親，妳在開玩笑吧？」

「你在笑什麼？」

「因爲妳說得太輕鬆了。」

「你才是太輕鬆了！」

「是我太輕鬆，還是母親想得太簡單，我們只要到街上去聽聽路人的傳言就知道了。吉岡家先是清十郎戰敗，再來是傳七郎被砍，這次的決鬥可說是吉岡的存亡之戰啊！受到潰敗的打擊，現在四條武館聚集了一些視死如歸的弟子。他們已在衆人面前表示，無論如何都要殺死武藏。弟子替師父報仇，勿須遵從一般規矩。他們已言明在先，會公然帶許多人去殺武藏。」

「啊！原來是這麼一回事。」

阿杉光是聽就覺得興奮無比。笑得眼睛都瞇起來了：

「這麼一來，武藏再強也必死無疑。」

「不，還不知道會演變成怎樣呢？武藏大概也會找一些幫手。吉岡那邊帶很多人手，他那邊也是多人迎戰。今天京都的人都在說：這一來不就成了打羣架而非比武了嗎？在這樣的騷動下，誰會理妳這個步履蹣跚的老太婆啊？」

「嗯……說的也是！可是難道我們母子倆只能眼睜睜地看著一路追殺的武藏由別人殺死嗎？」

「明天破曉之前，我們到決鬥場一乘寺村去看個究竟。等吉岡門的人殺死武藏之後，我們母子向大家說明武藏和我們之間的恩怨，再在死屍上加一刀以消怨恨。然後剪下武藏的頭髮和衣袖帶回家鄉。我們可以跟家鄉的人說是我們打敗武藏，如此便可挽回我們的面子了。」

「原來如此……你考慮得眞周全。的確也沒有其他法子了。」

阿杉坐直身子又說道：

「這樣一來，也有臉回家鄉了。再來，就剩阿通一人了。武藏一死，阿通也會失去憑靠，只要發現她，抓她就易如反掌。」

她邊喃喃自語邊獨自點頭。老年人急躁的脾氣終於安靜下來。

此時，又八好像酒醒似地說道：

「既然這麼決定了，今晚就好好休息到丑時三刻吧！母親，雖然還不到晚餐時間，先讓我喝杯酒吧！」

「酒嗎……嗯！你到櫃台去叫瓶酒來。我也要小喝幾杯，提前慶祝一下。」

「好吧……」

又八有點提不起勁，手掌著膝正要站起來時，卻睜大眼睛看著旁邊的小窗子。

3

又八看到有張臉從窗外一閃而過。他之所以嚇一大跳，並非單純的只因那人是位年輕的女性。

他追到窗邊：

「啊！是朱實啊！」

朱實像隻脫逃不成的小貓，驚慌地站在樹下。

「啊！是又八哥。」

她驚嚇地看著又八。

從伊吹山到現在，她的身上總是帶著鈴鐺。大概是繫在腰帶或衣袖上，此時鈴鐺隨著她的顫抖而叮噹作響。

「妳怎麼了？爲什麼在這裏呢？」

「我好幾天前就住在這家旅館了。」

「噢！是和阿甲一起嗎？」

「不是。」

「妳一個人？」

「是的。」

「妳沒和阿甲住在一起了嗎？」

「你知道祇園藤次吧？」

「嗯！」

「她和藤次兩人從去年底就潛逃到他鄉去了。而我在那之前便離開養母了……」

鈴鐺微微地響著。朱實以袖掩面哭了起來。也許是樹蔭下光線較暗的關係，朱實的頸項和雙手看來已不像又八記憶中的樣子了。在伊吹山下的「艾草屋」朝夕相處時，她充滿少女的嬌豔，現在卻完全不見了。

站在身後的阿杉費疑猜，問道：

「又八，是誰呀？」

又八回過頭回答道：

「我以前曾向母親提過的那位……阿甲的養女。」

「那養女爲什麼站在窗外偷聽我們談話呢？」

「別把她想得那麼壞。她也住在這家旅館，只是正好經過，並不是有意要聽我們說話……朱實，是不是這樣？」

「是的，正是如此。我做夢也沒想到，又八哥會在這裏……不過，前一陣子我在這裏迷路的時候，見過叫阿通的人。」

「阿通已不在這裏了，妳和阿通說了什麼話？」

「我們沒說什麼。那個人是又八哥從小就有婚約的阿通姑娘吧！」

「唉！以前曾有這麼一回事。」

「又八哥也是因爲養母才……」

「那之後，妳就一直一個人嗎？妳變了不少呀！」

「因爲養母的關係，我吃了許多苦。我念在她的養育之恩，所以一直忍耐。最後終於忍不住了，去年底我趁著到住吉玩的時候，逃了出來。」

「那個阿甲竟然如此虐待你我這樣的年輕人。畜牲！等著瞧，她一定不得好死！」

「今後我應該怎麼辦呢？」

「我的前程也是一片黑暗啊！我也對那女人發過誓，要功成名就給她看……哎！光說不練是沒用的……」

兩人隔著窗戶互訴同是天涯淪落人的命運。阿杉則一直在整理行李，她咋了一下舌頭：

「又八！又八！別跟沒事的人吱吱喳喳說個沒完。今夜不是要離開這裏嗎？你來幫忙打點行李吧！」

4

朱實原本還要說些什麼，怕惹阿杉生氣，便說道：

「又八哥，以後再說吧！」

她悄悄地走開了。

沒多久——

這間廂房點上燈火。

晚餐時，店小二送來酒菜，也送來帳單。旅館的掌櫃和老闆等人都一一前來道別。

「今夜您們就要離開了。您們住宿期間，我們沒有好好招待，還請見諒。下次來京都時，歡迎再光臨本店。」

「好！好！也許下次我們還會再來。從去年底到今年初，沒想到一眨眼的功夫，已經過了三個月。」

「總覺得有點捨不得呢！」

「老闆，離別之際，我敬你一杯！」

「不敢當……敢問老前輩，您這就要回故鄉去嗎？」

「不是，不過總有一天會回去的。」

「聽說您半夜要離去，爲什麼選這個時刻呢？」

「臨時有急事。對了，你有沒有一乘寺村的地圖呢？」

「一乘寺村？沿著白河直走，到叡山荒涼的山中小村莊就是了。爲何要半夜到那種地方？」

又八從旁打斷老闆的話。

「別問那麼多了！畫一張往一乘寺村的地圖給我們就是了。」

「好的。正好我們這裏有一個從一乘寺村來的佣人，我去叫他畫一張地圖。話說回來，一乘寺村也是地廣人稀啊！」

又八已微醉，對老闆如此鄭重的行爲，覺得很煩：

「你不必替我們擔那麼多心，我們只是順便問問而已。」

「對不起！那麼請慢慢整理。」

店主搓著手，退到房外去。

此時，三、四名旅館的佣人在主屋和廂房附近來回尋找。有個夥計一看到店主便慌慌張張地過來問道：

「老闆，有沒有逃到這邊來？」

「什麼事……什麼逃到這邊？」

「那位──一個人住在後面的那位姑娘。」
「噢！逃掉了？」
「傍晚我們還看到她呢……可是現在房裏卻……」
「人不見了嗎？」
「是的。」
「你們這羣笨蛋！」
像是喝到滾燙的水一般，店老闆馬上變了一張臉。和他剛才在客人面前搓手哈腰的情形完全兩樣。出口罵道：
「人都已經逃走了，再找也沒用。我第一眼看到那女子就覺得有問題。你們卻讓她住了七、八天才發覺她身無分文。這樣客棧還能做生意嗎？」
「實在非常抱歉。當初我想她只不過是位少女，沒想到竟然被她給矇騙了。」
「櫃台賠錢也就罷了，要緊的是先調查住宿的客人是否遺失了東西。哼！眞是氣死人了！」
店主無可奈何的咋了一下舌頭，走到外頭黑暗處張大著眼睛尋找。

5

母子倆等半夜來臨之前，喝了好幾壺酒。

阿杉先拿起飯碗說道：

「又八，你喝得差不多了吧？」

「再喝這杯就好了。」

他邊倒酒邊回答：

「我不吃飯了。」

「你不吃點飯，會弄壞身體喔！」

阿杉看到旅館的人提著燈火在前面的田地和路口進進出出。

「好像還沒抓到！」

她自言自語說道：

「剛才在店主人面前，我沒說什麼，免得受到牽連。沒付住宿費就逃掉的女子不就是白天和你在窗口說話的那個朱實嗎？」

「嗯。」

「阿甲教出來的養女一定沒什麼正經的。以後碰到可別再理她了。」

「可是想想，她也挺可憐的。」

「憐憫別人的處境是件好事。但是要幫她付旅館費，我可做不到。離開這裏之前，我們就裝作不認識她，知道嗎？」

「……」

又八好像想起什麼事情，抓抓頭髮，橫躺下來：

「那可惡的女人！一想到她，她的臉就浮現在天花板上……事實上，害我一輩子的仇人，不是武藏也不是阿通，是那個阿甲！」

阿杉聽到他這麼自言自語，責備地說道：

「你胡說什麼！你找阿甲那女人算帳，不但無法獲得故鄉眾人的誇讚，反而丟了家聲和面子呀！」

「哎！世間的事情眞是麻煩！」

此時，旅館主人提著燈籠出現在走廊。

「老前輩，丑時的鐘響了。」

「喔！該出發了！」

「要走了嗎？」

又八伸伸懶腰：

「老闆，那位騙吃騙喝的女子抓到沒有？」

「沒有，到現在連個人影也沒找著。本來我看她長得標緻，心想即使付不出住宿費，背後一定有人會替她付錢的，才讓她住下來。沒想到會上她的當。」

又八走到房外繫草鞋帶。

「喂！母親，妳在做啥啊？你總是拚命趕我，自己卻慢吞吞的。」

「怎麼，等得不耐煩了啊？別急嘛……喂！又八，那個東西有沒有放在你那裏啊？」

「我放在行李袋旁邊的錢包啊！住宿費我是用纏在腰間的錢付的，路上的盤纏則放在那錢包裏啊！」

「什麼東西？」

「我沒看到錢包。」

「又八，快來看，行李袋內附有一張紙條。上面寫些什麼啊……啊！真不要臉，上面寫著：看在我們認識的情分上，請寬恕我暫借之罪。」

「哼！一定是朱實偷走的。」

「偷竊是不可原諒的罪。老闆！客人遭到偷竊，旅館也該負責吧！幫我們想想法子啊！」

「啊？老前輩，原來您認識那白吃白喝的女子啊！果真如此，她欠的錢，請先幫她付一下吧！」

店主人這麼一說，阿杉瞪大眼睛，拚命地搖著頭：

「你、你說什麼，我不認識那小偷。又八，你再磨蹭下去，雞就要啼了。走吧！趕快走吧！」

必殺之地

1

天未明，月亮仍高掛天邊。

一羣黑影在泛白的街上移動，氣氛有點詭異。

「眞是出乎意料之外啊！」

「嗯！雖然大部分以前沒見過，不過也聚集了一百四、五十人吧！」

「大概只來了一半吧！」

「加上尙未到的壬生源左衛門和他的兒子還有親戚等人，少說還會再來六、七十人！」

「吉岡家也快完了。淸十郎和傳七郎這兩大支柱已經倒下，眞可說是覆巢之下無完卵呀！」

一羣黑影輕聲地說著。另外坐在倒塌的石牆邊的一羣人中有人怒斥道：

「別說喪氣話！盛衰乃世間常事呀！」

另一堆人：

「不想來的人就不要來。武館一關閉，衆人都在考量各自的出路，也有人忙著計算利害得失。只有意志堅定、充滿義氣的弟子才會自動自發聚集到這裏。」

「來了一、兩百人反而麻煩。我們要對付的不是只有一人而已嗎？」

「哈哈！誰敢保證一定會贏呢！還記得蓮華王院的事情嗎？那時候，在場的同伴還不是眼睜睜地看著武藏離開！」

叡山、一乘寺山、如意山岳等連峰，仍然熟睡在靜止的白雲懷裏。

這裏就是俗稱的藪之鄉下松，是一乘寺的遺蹟，也是鄉道和山道的分水嶺，山道在此分為三個岔路。

像傘一般伸展開來的松樹，高聳得幾乎要貫穿清晨的夜空。這裏位於一乘寺山的山腳地帶，道路傾斜、布滿石礫。下雨的時候，路面滙集雨水形成一條河流；天晴的時候則像乾涸的河牀露出河脊。

吉岡武館的人以下松為中心，有如夜晚的螃蟹盤據了四周。瞭解地形的人說道：

「這裏有三條路，不知道武藏會從哪一條過來。所以我們要兵分三路埋伏在路邊。下松則由掌門人源次郎負責。再加上壬生源左先生和御池十郎、植田良平等十名老前輩把守就可以了。」

有人持另一種看法：

「不，這個據點太過狹隘，聚集太多人反而不利。倒不如拉開距離，埋伏在武藏必經的路線，等武藏通過時再團團圍住。這樣鐵定萬無一失啊！」

人數一多，自然意志高昂。只見地面的影子時聚時散。有的持長刀，有的拿槍，磨拳擦掌蓄勢待發。這些人沒有一個是膽怯的。

「來了！來了！」

雖然離約定時刻還早，但是對面有人這麼一叫，讓人聽了為之振奮，所有的影子立刻靜了下來。

「是源次郎！」

「乘坐轎子啊！」

「畢竟還小嘛！」

眾人一起眺望——看到遠處三、四盞提燈在明亮的月光下逐漸接近叡山。

2

「啊！大家都到齊了。」

先下轎子的是一位老人，接下來的是年僅十三、四歲的少年。

少年和老人頭上都繫著白布條，褲裙兩側的開口高高紮起，他們是壬生源左衛門父子。

「喂！源次郎。」

老人對兒子說道：

「你只要站在那棵松樹下就行了，可別亂動喔！」

源次郎沒說話，只是點點頭。

老人撫著他的頭說道：

「今天的比武你是名義上的決鬥人，但是打鬥則交給衆弟子。你還小，只要一直守在這裏就行了。」

源次郎又點點頭，老實地走到松樹下，像個布偶直挺挺的站在那裏。

「還不必戒備，離天亮還有一段時間。」

老人故意顯得從容的樣子，伸手入腰間拿出一支菸斗，問道：

「有沒有火？」

御池十郎左衛門向前走一步回答：

「壬生老前輩，打火石有好幾個，但在抽菸之前，要不要先分配人手呢？」

「你說的也有道理。」

他毫不吝惜的將自己年幼的兒子當做名義上的決鬥人，眞是個容易溝通的老先生。他二話不說，完全配合大家的看法。

「那我們趕緊準備迎敵吧！這些人要如何分配呢？」

「以這棵下松爲中心，在三條道路上，以間距約三十五公尺在道路兩旁埋伏。」

「那這裏呢？」

「我和您以及十名人手負責保護源次郎。不管武藏從哪一方來，只要打個信號，我們就可合力攻擊。」

「等等！」

薑還是老的辣，他深思著：

「即使分成好幾個地方，也不知道武藏會從哪個方向來。所以打前鋒與他迎戰的僅有二十幾名而已。」

「之後，大家再一起圍上去。」

「不，沒這麼簡單，武藏一定會帶打手來。不只如此，那天的下雪夜，武藏在蓮華王院打敗傳七郎之後迅速撤退，可知武藏這個人不但劍法俐落，退場手法也很高明，可說是一個懂得撤退之道的人。也許他會因人手不足而先殺三、四個人再逃開，然後再到處散播謠言，說是自己一人在一乘寺遺址打敗吉岡七十幾名遺弟子。」

「不，我不會讓他得逞的。」

「這樣只會變成沒有休止的爭議而已。無論武藏帶多少打手，世人只會以爲他是單槍匹馬赴約。一人和衆人對峙的比武，世間的輿論會譴責人多勢衆的一方。」

「我明白了。總之，這次絕對不讓武藏活著逃走。」

「正是如此！」

「您不說我們也知道。萬一再讓武藏逃脫，事後再怎麼辯解也無法洗淸我們的汚名。因此，今天早上只有一個目的，非置武藏於死地不可。這一來死無對證，世人只能相信我們所說的了。」

御池十郎左衛門說完，環視人羣，喊了四、五人的名字。

3

三個門人手中提著弓箭，另一個則扛著槍走上前來，應聲道：

「您叫我們嗎？」

御池十郎左衛門點點頭：

「嗯！」

之後，面向源左老人說道：

「老前輩，事實上我也準備了這些傢伙。所以請不用擔心。」

「啊！會飛的傢伙呀？」

「可以埋伏在高一點的地方或是樹上發射。」

「你不在乎世人批評你這種卑鄙的手法？」

「與輿論相比，最重要的是置武藏於死地。唯有戰勝，方能改變輿論。如果失敗，即使是眞相，世間也只會發牢騷而已。」

「好，既然決定豁出去，那我就沒異議。即使武藏帶再多幫手來，我們有弓箭、槍砲，一定可以打贏的。但是，可別在我們商量的時候被對方偷襲了。部署由你負責，快去準備。」

老人同意之後，十郎左衛門命令道：

「埋伏！」

爲了應變敵人出沒的地方，採取前後夾攻的方式，埋伏在三岔路兩旁的是前衛；而下松處則爲大本營，大約有十名中堅分子據守。

蘆葦叢中的人影像雁子般分頭散開。有的藏匿到茅草中，有的躲到樹蔭下，有的則趴在田埂間。附近也有一些背著弓箭的黑影往樹上爬。

另外，扛槍的男子，爬到松樹上。爲了避免月光照射留下黑影，苦心積慮地藏住自己的影子，以免被敵人發現。

枯萎的松葉和樹皮稀稀落落地掉了下來。站在松樹下如布偶般的源次郎，打了好幾個寒顫，並伸手拉緊衣襟。

源左老人瞪了他一眼：

「怎麼，你在發抖呀？眞是個膽小鬼！」

「我一點也不害怕，只是松葉掉到我背上。」

「那就好，這次比武對你是個難得的經驗。待會兒打鬥就要開始了，好好看淸楚啊！」

此刻，三岔路最東邊的修學院道方向，突然傳來一聲：

「笨蛋！」

接著，那附近的蘆葦叢便一陣騷動。

很明顯地是埋伏的人在移動。源次郎緊緊抱住源左老人的腰，隨口叫道：

「好可怕啊！」

「來了啊！」

御池十郎左衛門立刻提高警覺，往喧鬧的方向奔過去。

出乎意料地，那人並不是來赴約的敵人，而是前幾天在六條柳街大門前調解敵對雙方的人。他就是蓄瀏海的年輕人佐佐木小次郎。

他態度高傲，站在那裏滔滔不絕地斥責吉岡門人：

「你們瞎了眼啊？戰鬥之前還這麼粗心大意，竟然把我當成武藏，糊裏糊塗的就猛撲過來，眞是冒失鬼。我是今早比武的見證人，竟然有人把槍口對我，不！是有人拿槍從蘆葦叢中狙擊我，眞是豈有此理。」

4

但是，吉岡這邊的人情緒也相當激昂，因此有人懷疑起小次郎來。

「這傢伙可眞囂張！」

「也許是受武藏之託先來刺探情況呢！」

吉岡門人細聲談論著，雖然沒人再出手，但並沒有從他四周撤離。

十郎左衛門趕緊過來。小次郎不再理會衆人，直接向後來的十郎左衛門大發牢騷。

「我今天是來當見證人的，吉岡門人卻將我視爲敵人，難道這是你的吩咐？果眞如此的話，我佐佐木小次郎已經很久沒用鮮血來磨傳家的長劍『曬衣竿』了——這眞是我的榮幸。我不可能無緣無故當武藏的幫手，但是爲了自己的面子，我會跟你們對上的。現在，我想聽你們怎麼說。」

他像一頭威猛的獅子咆哮著。

這種傲慢姿態是小次郎慣常的態度。光從他的態度和瀏海就震懾不少人。

但是，御池十郎左衛門卻不吃這一套。

「哈哈哈！這的確令人生氣！但是，有人委託你來當今早比武的見證人嗎？我們吉岡門這邊不記得拜託過你，是武藏託你來的嗎？」

「住口！前幾天在六條街上立布告欄的時候，我確實跟雙方都說過。」

「原來如此，那時你說過了啊！是你自己說要當見證人的——那時候武藏並沒有託你，我們這邊也沒有拜託你。總之，是你自己好管閒事，一個人唱獨角戲罷了。世上像你這樣雞婆好管閒事的人倒是不少呀！」

「你倒眞敢說啊！」

小次郎被激怒了，這回可不是虛張聲勢而已。

「回去！」

十郎左衛門極其不悅。

「這可不是雜技團！」

「嗯！」

小次郎倒吸一口氣，臉色發青地邊點頭邊轉身：

「給我記住，你們這些人，咱們走著瞧！」

他正要離去的時候，壬生源左老人正好走過來：

「年輕人！小次郎，請留步。」

老人趕緊叫住小次郎。

「我沒事了。但是請你們記住剛才說的話，你們會得到報應的，等著瞧吧！」

「啊！請別這麼說！好久不見了！好久不見了！」

老人邊說話，邊繞到氣極敗壞的小次郎面前：

「我是清十郎的叔叔。以前就聽清十郎說您是位很有出息的人。這次一定是個誤會，門下子弟對您的造次，請看在我這老人的面子，原諒他們吧！」

「您這麼說，我實在擔當不起。過去我在四條武館和清十郎也是好朋友，所以才好意想來幫忙，卻遭到……再說下去，我又要口出穢言了。」

「難怪您會生氣。大人不計小人過，請把他們的話當成耳邊風，聽過就算了，不要放在心上。請看在清十郎和傳七郎兩人的分上，多擔待一些。」

源左老人機敏地安撫了這個驕傲自滿的年輕人。

5

這樣的安撫，並非要小次郎拔刀相助。源左老人一定是擔心這位年輕人會到處張揚吉岡門卑鄙的手段，那可吃不完兜著走。

「就讓一切付水流吧！」

由於老人家誠懇的道歉，小次郎一改剛才的態度：

「老前輩，您這樣的年紀，一直向我低頭賠不是，倒讓小次郎我這個晚輩不知如何是好，快別說了。」

出乎大家意料，小次郎很快恢復了平靜。他用平常流暢的口才激勵吉岡門人，並且謾罵武藏。

「我和清十郎先生交情匪淺，和武藏則像剛才說過的，一點關係都沒有。我當然希望我的朋友吉岡門能夠戰勝，這是人之常情啊！然而你們卻遭到兩度敗北。四條武館離散，吉岡家即將瓦解……唉！實在讓人不忍看下去啊！自古以來，兵家比武屢見不鮮，也沒聽過這麼悲慘的。自室町家以來，職掌大將軍家軍事教練的吉岡竟然因一介無名的鄉下劍士，而慘遭如此悲慘的命運。」

小次郎滔滔不絕說得熱血沸騰。這一來，不但源左老人靜默不語，連其他衆人都被他賣力的演說迷住了。十郎左衛門等人則兀自後悔剛才爲什麼要對這位滿懷好意的小次郎口出狂言。

小次郎見到這樣的氣氛，更加賣弄口才，獨占舞台，唱著獨角戲：

「我將來也想獨自持有一家武館，所以並非因好奇來看熱鬧。每逢高手決鬥，我一定前往觀戰。當個旁觀者，對武藝也是有所幫助的。但是，我從來沒有看過像你們和武藏的比武那樣令人著急的——無論在蓮華王院，或是蓮台寺野，你們都帶了隨從，卻讓武藏安然逃離現場。你們口口聲聲說要殺武藏，爲師父報仇湔雪恥辱，卻眼睜睜地看著武藏橫行在京都城內。我眞是搞不懂你們的想法。」

他舔舔乾枯的嘴唇繼續說道：

「以一個浪人來說，武藏的確很有實力。他是位勇猛的男子漢！我小次郎見過他一、兩次，所以很清楚。也許是我愛管閒事，來這裏之前，我已將他的姓氏、出生地等背景資料調查過了。因爲我碰到一個十七歲時就認識武藏的女子，並獲得了一些線索。」

他並未說出朱實的名字。

「我除了向那位女子打聽之外，也到各地多加打探，才知道那小子是出生在作州的鄉下。關原之役後回到老家，在村里胡作非爲，終於被趕出家園，到處流浪。所以原本就是一個不足取的人。但是，他的劍法來自於他的天性，猶如猛獸，毫無章法。這個不知死活的小子，竟然能戰勝正統的劍法。因此如果用正當途徑狙殺武藏，註定是要失敗的。就像設陷阱捕捉猛獸一般，只得出奇招才能達到目的。關於這方面，請你們務必多觀察敵人，多加考量。」

源左老人謝過他的好意，並向他說明萬無一失的準備情形。小次郎聽後，點點頭又說道：

「這麼周全的準備，應該是萬無一失；但是爲了愼重起見，如果有突擊的策略不是更好嗎？」

6

「策略？」

源左老人看看小次郎自作聰明的神情：

「什麼？我覺得這樣已經夠了，不需要再有其他的策略。但我還是要謝謝您的好意。」

小次郎仍然堅持己見說道：

「老人家，事情可沒那麼簡單。武藏如果不自量力，老老實實地來這裏，當然會中計，逃也逃不了。萬一，他事先知道你們的準備，可能就會避開這幾條路。」

「果眞如此，他就會遭到恥笑。因爲我們會在京都各路口張貼布告，讓世人恥笑武藏的懦弱。」

「結果，你們這邊的名分，只剩下一半；而武藏可以更誇張的廣爲宣傳你們卑劣的行爲。這麼一來根本無法消除師父的怨恨。總之，非在這裏殺死武藏不可。爲達此目的，非得想個策略，引誘那小子來這必死之地不可。」

「哦？閣下可有良策嗎？」

小次郎回答道：

「有。」

他自信滿滿地繼續說道：

「有啊！良策有好幾個……」

他一改平日傲慢的臉色，以平易近人的眼神，將嘴巴靠近源左老人的耳朵輕聲說道：

「吶……這般……怎麼樣？」

老人頻頻點頭，並靠近御池十衛門的耳邊，將計策完完整整的又說了一遍。

「嗯！嗯！原來如此！」

前天半夜，宮本武藏來到久未造訪的木造小旅館，把老闆給嚇了一大跳。他在此住了一個晚上。天才剛亮，就說要去鞍馬寺。出門之後，昨天一整天都沒看到他的人影。

「晚上可能會回來吧？」

旅館的老闆熱好鹹粥等他，但是那晚也沒回旅館。結果是隔天黃昏才回到旅館。

「這是鞍馬的土產。」

說著，拿了一個蒲葉包著的大芋頭遞給店老闆。

然後又拿一塊從附近商店買來的白布，託店老闆盡快找人縫製一件貼身的衣服、肚兜和腰帶。

旅館老闆立刻拿著白布，託附近會裁縫的女子縫製。回程時並買了酒，用山芋湯當下酒菜，和武藏聊到半夜。剛好衣服也縫好送過來。

武藏將縫製好的衣物，放在枕下就睡了。深夜，店老闆突然醒來，聽到有人在後面的水井沖澡。他起牀看個究竟，發現武藏已經下牀，在月光下淋完浴，正穿著剛做好的雪白貼身衣服，繫好肚兜並套上平常的上衣。

月亮尚未西斜。這個時候，這樣的裝束，要去哪裏呢？店老闆感到訝異並詢問他。他回答道：我沒有要去哪裏，只是今天遊覽了京都四周，昨天登過鞍馬，所以對京都已經有點厭倦了。因此，想趁著今夜的月光，去登叡山，看看志賀湖的日出，然後離開鹿島，到江戶城去。一想到這裏，我就興奮得睡不着覺，真抱歉把你吵醒。我已將住宿費、酒錢，包好放在枕頭下，雖然不多，但請收下。待三、四年後，我再到京都時，一定再來這裡住宿。

武藏這麼回答著。

「老闆，你要關好後門喔！」

話才剛說完，他已快步繞過田邊的小路，走往滿是牛糞的北野道路。

老闆依依不捨地站在小窗前目送他離去。武藏大約走了十來步之後停下來，重新綁好鞋帶。

一輪明月

1

小甜之後，武藏覺得頭腦有如夜空澄靜。清澈的月亮和自己恰似合爲一體。他覺得自己正一步一步融入夜空中。

「慢慢的走吧！」

武藏意識到自己大步走的習慣之後，覺得這樣實在太可惜了。

「今晚，可能是最後一次欣賞這人世間吧！」

沒有感嘆，沒有悲嘆，更沒有深切的感慨。只是很自然地由衷發出這句話。

距離一乘寺遺址的下松還有一段路。而且時間也才剛過半夜，因此他尚未深切感受到「死亡」即將來臨。

昨天他到鞍馬寺的後院，靜靜坐在松樹下，原想好好體會自己化爲無身無相的禪機，但是腦中始終無法擺脫死亡的陰影。最後甚至自問爲什麼要到山裏坐禪呢？

與昨日正好相反，今夜他覺得清爽舒暢，這到底是怎麼一回事？他反問自己。晚上，和木屋旅館的老闆一起喝了酒之後，熟睡片刻。醒來之後，用井水沖洗身體，並換上新的內衣，繫緊腰帶，根本不可能將這活生生的肉體和死亡做聯想。

「對了！有一次拖著腫脹的腳攀登伊勢宮後山，那天晚上的星星也非常璀燦。那時是寒冬，當時的冰樹現在該是含苞待放的山櫻吧！」

不去想的事，偏偏浮現在腦際；而生死的問題，卻理不出頭緒。

面對死亡，他已有十分的覺悟，並不需要再理智地思考——死的意義，死的痛苦，死後的去處。即使活到一百歲，也找不到這些問題的答案，現在又何必焦躁無知地去探究呢？

在這樣的深夜裏，不知何處傳來笙與篳篥（編註：雅樂用的縱笛）合奏的音樂聲，冷冷清清地迴盪在寂靜中。

這條小路好像是公卿的住家。嚴肅的樂聲中和著哀傷的曲調，不像是公卿們因酒興所彈奏的曲子。武藏聽著眼前浮現了圍在棺木旁守夜的人們和供桌上的白色蠟燭。

「有人比我先走一步啊！」

也許明天在死亡的深淵裏會跟這死去的人成爲知交呢！他微笑了一下。

武藏走在路上，耳中一直迴盪著守靈的篳篥樂聲。笙和篳篥的聲音，使他想起在伊勢宮的稚兒館，也想起自己拖著腫脹的腳攀登鷲岳時所看到的冰樹花。

咦？武藏不得不懷疑自己的頭腦。這種舒暢的感覺，其實是由於身體一步步接近死亡而引起的

——難道這不是極度恐懼之下所產生的幻覺嗎？

他如此反問自己。當他停止腳步時，發現自己已經站在相國寺外的路上了。再走五十公尺左右是一個寬廣的河面，有如銀鱗般的波光映在河邊的房子上。

有個人影一直佇立在房子一隅凝視著武藏。

2

武藏停下腳步。

剛才的人影開始往這邊走過來。隨著人影，旁邊還有一個小影子走在月光下的道路上。等對方走近，才知道原來是一個人帶著一條狗。

「……」

武藏原本緊繃的四肢立刻鬆弛。靜靜地與對方擦身而過。

帶狗的行人走過之後，突然回過頭來叫道：

「武士！武士！」

「你在叫我嗎？」

此時兩人相隔七、八公尺。

「是的！」

他是位身材矮小的男人，穿著工人褲，頭上還戴著一頂工人的黑帽子。

「什麼事？」

「請問這條路上，是不是有戶燈火通明的人家呢？」

「啊！我沒有注意到，好像沒有。」

「咦？那就不是這條路嘍！」

「你在找什麼啊？」

「找一戶喪家。」

「是有這麼一戶人家。」

「您看到了啊！」

「剛才有戶人家傳出笙和篳篥的樂聲，大概就是你在找的喪家吧！就在前面約五十公尺的地方。」

「應該不會錯！神官一定先到那裏守靈了。」

「你是要去守靈的嗎？」

「我是鳥部山製造棺木的商人。我到吉田山找松尾先生，卻聽說他已在兩個月前搬到此地……在這三更半夜裏，沒有能問路的人家，這地方的路眞不容易辨識呀！」

「吉田山的松尾？原本住在元吉田山，最近才搬到這附近嗎？」

「可能是，我也不清楚。我不能再逗留了，多謝您！」

「等一下！」

武藏向前走兩、三步：

「是曾在近衛家工作的松尾要人嗎？」

「是的，那位松尾先生大概十天前病逝了！」

「過世了？」

「是啊！」

「……」

是嗎？武藏喃喃自語地繼續向前走，棺木店的人則往相反的方向走去。而那隻小狗則緊跟在主人後面。

「死了啊？」

武藏口中不斷喃喃自語。

但是，除此之外，他並沒有特別的感傷。死了啊？真的僅有這樣的想法，別無其他。對自己的死都沒有感傷，更遑論他人！尤其是對這位刻薄一生卻只存點小錢的吝嗇姨丈。

他想起正月初一的早上，自己饑寒交迫的在冰凍的加茂川河邊烤年糕吃的情景。想起那香味，他情不自禁地暗叫：

「眞好吃啊！」

武藏想起姨媽在丈夫過世後，必須獨自生活。

他加快腳步來到上加茂河岸。隔著河流，黑色的三十六峰高高地聳立在眼前。

每座山好像都對武藏表露敵意。

武藏一直站在那裏，過了不久，獨自點頭說道：

「嗯！」

他走下河堤朝河岸方向走去。那裏有一座由小船結成的舟橋。

3

如果要從上京到叡山，也就是要越過志賀山的話，都得取道這條路。

「喂！」

當武藏走到加茂川的舟橋中央時，聽到背後傳來喊叫聲。

橋下淙淙的流水，映著冷冽的月光，悠然地流著。奧丹波的山風從加茂川的上游直貫到下游，使得夜風透著寒氣。在這麼遼濶的天地間，根本分不清是什麼人在哪裏喊話？

「喂！」

又聽到一次叫喊聲。

武藏再次停住腳步，但這回他已不加理會，逕自跳過沙灘到對岸了。

有個人朝他揮手，並沿著河岸往這邊跑來。等到看清那人的臉孔之後，他覺得可能自己眼花看錯了，對方竟然是佐佐木小次郎。

「嘿！」

小次郎走過來，親切的向武藏打招呼，並且猛盯著武藏看，然後再看看舟橋的方向，問道：

「你一個人來？」

「就我一個人。」

武藏點點頭，一副理所當然的樣子。

小次郎恭恭敬敬行過禮之後說道：

「那天晚上，實在很失禮。你若能接受我的道歉，不勝感激。」

「啊！那時候，實在很感謝你！」

「你現在就要去赴約嗎？」

「沒錯！」

「就你一個人？」

小次郎明明知道，卻還要囉嗦問一次。

「就我一個人。」

武藏的回答和先前一樣。這一次，小次郎聽得清清楚楚。

「嗯……這樣啊！但是，武藏先生，前幾天我小次郎在六條立的布告欄，你是否看清楚內容了？」

「應該不會弄錯！」

「上頭並沒有註明是和清十郎比武時一樣為一對一的比賽呀！」

「我知道。」

「吉岡門的掌門人是位有名無實的少年。實際上，所有的事情都操在全門遺弟子手中。而遺弟子可以是十人，也可以是百人、千人……你想過這點嗎？」

「爲什麼？」

「吉岡的遺弟子當中，貪生怕死的人早就逃之夭夭，不會到比武場。但是大部分都是有骨氣的男子漢，他們早就聚集在藪之鄉準備應戰。並且以下松爲中心，蓄勢待發，正等著對你展開復仇呢！」

「小次郎，你先去看過了嗎？」

「爲了以防萬一——而且剛才我想到這對你很重要，才急忙從一乘寺趕過來。我猜想你會經舟橋到比武地點，所以才在這裏等你——這也是立告示牌的見證人應盡的義務呀！」

「辛苦你了！」

「你還是堅持單獨赴約嗎？還是已經找到幫手，由其他路徑前往了呢？」

「除我之外，還有一人相隨呢！」

「咦！在哪裏？」

「這裏！」

武藏指著地上自己的影子回答道：

他嘲弄地笑著，牙齒映著月光，看起來更加雪白。

4

武藏平常不太開玩笑，卻不經意地開了個玩笑，使得小次郎有點受窘。

「武藏，現在可不是開玩笑的時候啊！」

他更加一本正經地說。

「我也不是開玩笑！」

「但是，你說你和影子兩人去赴約，這分明是在嘲弄我嘛！」

「這麼說的話——」

武藏比小次郎更認眞。

「親鸞聖人說過——念佛修行者經常是兩人相隨，那就是自己和彌陀佛兩人。我還記得這句話，難道這也是玩笑嗎？」

「……」

「表面看來，吉岡門徒人多勢衆，而武藏我只有單獨一人而已。想必小次郎你也認爲我會寡不敵衆，但是，請你不必爲我擔心。」

從武藏的語氣中，可察知他的意志非常堅強。

「如果，對方有十個人的話，我也以十個人對抗，對方一定會再找二十個人來攻打我；對方有二十個人，我也以二十人應對的話，對方又會聚集三十人、四十人來。這樣一來，只會引起社會騷動，造成更多人傷亡而擾亂太平盛世，且對劍道毫無裨益，可說是百害而無一利啊！」

「原來如此！但是武藏，兵法上可沒有明知會輸而仍赴戰場的戰法呀！」

「在某些情況下還是有的。」

「沒有！那並不是兵法，而是毫無章法，亂七八糟。」

「兵法上雖然沒有，但是，對我而言是有的。」

「沒道理！」

「哈哈！哈哈！」

武藏沒有再回答。

但是，小次郎卻無法就此打住。

「爲什麼你要用這種不合道理的戰術呢？爲什麼不爲自己留活路呢？」

「我現在正走在活路上。這條道路對我來說就是活路。」

「這條道路如果不通往陰間，就是不幸中的大幸了。」

「我已經渡過三條河川，現在我的雙腳踏在一里塚的道路上。也許我要前去的山坡是一座針山。」

但是這條路是唯一讓自己生存下去的活路。」

「你說成這樣，好像你已被死神纏住了。」

「隨你怎麼說都行。有些人活得像個死人，而有些人雖死猶生。」

「眞可憐！」

小次郎喃喃嘲笑之後，武藏也駐足問道：

「小次郎，這條路通到哪裏？」

「從花之木村到一乘寺藪之鄉——換句話說，經過你死亡之地的下松——從這裏直走，可以通到叡山雲母坡，所以也稱爲雲母坡路，是一條近道。」

「到下松還有多少里程？」

「從這裏到下松，大概還有半里多。即使你慢慢走也還來得及。」

「那麼，後會有期！」

武藏說完，立即轉到旁邊的道路。

小次郎看到武藏轉彎，急忙叫道：

「喂！你走錯了！武藏，你弄錯方向了！」

5

武藏點頭表示聽到小次郎的叫喊。

小次郎見他仍然繼續走同一條路，再次叫道：

「你走錯路了！」

遠遠傳來武藏的回答：

「我知道。」

在一排行道樹後面，沿著傾斜的窪地，是一片田地和幾幢茅草屋。武藏走到最下面。小次郎只能從雜木的縫隙看到他的背影。武藏正仰望月空，佇立在那裏。

小次郎獨自苦笑：

「什麼啊？原來是去小解。」

說完，他也仰望月空。

由於好奇心的驅使，令他做了種種的猜想：

「月亮西斜了！等到月亮完全隱沒之後，不知道會死多少人吶！」

武藏肯定是必死無疑。而在這個男人倒下去之前，會砍殺多少敵人呢？

他心想：

「這才是值得觀看的地方。」

光是想到廝殺的場面就令人毛骨悚然、熱血沸騰，難以再等下去。

「難得一見的比賽被我碰到了，蓮台寺以及第二次的決鬥，我無法親眼目睹，這次我可如願了。

咦？武藏小解還沒好？」

他看看窪地的道路，不見人影折回。小次郎覺得站著實在無聊，便坐到一棵樹下。

此時他又沈醉於天馬行空的幻想。

「看他那副異常沈穩的樣子，好像已經將生死置之度外，準備奮戰到底了吧？砍殺越激烈就越有可看性。可是，吉岡門說過他們準備了弓箭和洋槍。武藏若被槍射到準會必死無疑，這麼一來，可就沒意思了。對了，最好將這件事偷偷告訴武藏。」

他等了好一陣子。

夜霧使得小次郎腰部發冷，於是趕緊起身大叫：

「武藏！」

奇怪？小次郎這時候開始感到焦慮不安。韃！韃！韃！小次郎急速往低地跑去。

「武藏！」

山崖下，只見黑漆漆的竹籬笆圍著幾戶農家。雖然聽到水車聲，卻看不清楚流水在何處。

「糟了！」

小次郎立刻踩過河水，攀登到對面的山崖查看，根本看不到半個人影。眼前所見只有白河附近寺院的屋頂以及森林、大文字山、如意岳、一乘寺山、叡山以及廣大的白蘿蔔園。

還有一輪明月。

「糟了！這膽小鬼！」

小次郎直覺武藏逃走了。現在他才恍然大悟，難怪武藏會裝作不在乎的樣子。他有點後悔跟武藏講太多道理了。

「對了！快點去！」

小次郎轉身折回原路。那裏也見不到武藏。於是，他放開腳步一路追趕過去。當然，他是朝一乘寺下松的方向直奔而去。

樹精

1

武藏目送追趕而去的佐佐木小次郎遠離之後，不由得笑了出來。

武藏就站在小次郎剛才所站的地方。爲什麼剛才小次郎怎麼也找不到他呢？因爲小次郎離開自己所在的位置向他處尋找武藏，而武藏卻一直躲在小次郎背後的樹下。

武藏心想，他走了就好。

小次郎對他人的死很感興趣，喜歡看人流血，喜歡袖手旁觀別人的生死決鬥——可是卻說是爲了觀摩學習，且不忘施恩於雙方，要別人以爲他是個大好人，眞是狡猾啊！

「我可不上他的當。」

武藏覺得好笑。

小次郎頻頻告訴武藏敵人有多厲害，並探聽武藏是否有幫手，目的不外是要武藏向他屈膝低頭，請求他看在武士情面上，助一臂之力——他應該是這麼想的吧！但是武藏就是不吃他那一套。

「我要活下去！我要勝利！」

如果這麼想的話，就會想要找幫手。但武藏並不想贏，也不求明天還能活著回去。噢！不！應該說沒有這樣的自信，而不是不想。

來此之前，他已打聽到今早的敵人超過一百多人。且對方不擇手段要置自己於死地。因此武藏怎麼還有餘力擔憂存活的方法呢？

武藏曾聽澤庵說過：

「眞正愛惜生命的人，才是眞正的勇者。」

他沒忘記這話。

生命可貴。

澤庵又說：

「不會再有第二次的人生！」

現在他內心仍緊緊抱持這個信念。

熱愛生命！

這個信念並非求得飽食終日，也非求得長命百歲。人無法活兩次，要如何才能在死亡之前，發揮生命的意義和價值。即使粉身碎骨，也要像玉石擲地有聲地留下鏗然的餘音，並在世上迸出生命的光芒。

問題就在這裏。在千萬年悠悠歲月中，人類一生的這七、八十年，只是瞬間事而已。譬如：二十歲就過世的人，如果他能在歷史上留下光輝的一頁，這才算得上是眞正的長壽，也才是眞正的熱愛生命。

一般人總以爲：凡事創業維艱。且生命在結束前的那一刻是最困難的——因爲，一個人的價值全繫於此，是化爲露水泡沫？還是綻放永恆的光芒？生命的長短就取決於此。

正如商人們有他們自己對生命的看法；武士們也有武士的看法。武藏現在走在武士道上，當然抱著武士的精神面對死亡。

2

言歸正傳。

武藏前往的目的地是一乘寺藪之鄉下松，出現在他眼前的卻是個三岔路。

其中一條是剛剛佐佐木小次郎奔跑而過需要翻越雲母山的叡山道。

這條路最近。

而且路面平坦筆直，是往一乘寺村的主要道路。

第二條路有點曲折，從田中村轉彎，沿著高野川，經大宮大原道往前走，出了修學院，就可到達下松。

另外一條就是從他現在所在之地往東直走，越過志賀山，再走小路沿白河上游往瓜生山山麓前行，經藥師堂便可到達目的地。

任何一條路都必須越過山谷。以距離來說，沒有多大差別。

但是，武藏即將單槍匹馬和雲集在前方的大軍相遇——從兵法的觀點來看——這的確有極大的差異。這裏的一步將是他生死的轉捩點。

有三條路。

要選哪一條呢？

武藏理當愼重考慮，但他卻輕快地出發了。從他身上一點也看不出沈重、迷惑的樣子。

他一路翻山越嶺穿梭於樹木、小河、山崖和田園間，踩著月光朝目的地走去。

那麼，他到底選了三條岔路中的哪一條呢？事實上，他朝著一乘寺的反方向走去，根本不選任何一條。這附近住戶稀少，有些地方只有狹小的道路，有些地方田園橫亙。他到底要往哪裏去呢？

不知爲何他故意越過神樂岡山麓，走向後一條皇帝的陵墓後面。這一帶都是竹林。穿過一片密實的竹林之後，看到一條帶著冷冽山氣的河流在月光下潺潺地流向村落。抬頭一看，大文字山北邊的山脊已經聳立在他面前。

「……」

武藏默默地朝山麓黑暗的地方攀登而去。

剛才在路上從樹叢中望見了泥牆和屋頂，那應該是東山殿的銀閣寺吧！再次回頭眺望，像一面棗形鏡子的山泉已經在他腳下。

他的眼簾。

武藏再往上攀登，剛才從高處望見東山殿的山泉竟已消失在脚底的樹蔭裏了。蜿蜒的加茂川映入他的眼簾。

站在山頂鳥瞰大地，下京到上京城盡入眼簾，從這裏可以清楚地指出一乘寺下松的位置。

如果在此橫越三十六峰的山腰——也就是大文字山、志賀山、瓜生山、一乘寺山——再往叡山的方向，不必花多少時間就可到達目的地一乘寺下松的正後方，並且能居高臨下看個清楚。

事實上，武藏早已盤算好這個戰法——他想起織田信長腹背受敵時所採取的聲東擊西的戰術。因此他不選擇任何一條岔路，而選擇與目的地反方向且難走的山路。

「喂！武士！」

萬萬沒想到在這種地方會聽到人的聲音。武藏才一聽到腳步聲，眼前就突然出現一名身穿獵裝、手持火把像是公卿官邸家僕的男人。那人將火把拿近武藏，幾乎要烤焦武藏的臉頰了。

3

這個公卿家僕的臉已被手上的火把燻黑，而衣服也被夜露和泥巴濺得髒亂不堪。

「啊？」

雙方在一碰面的時候，對方出其不意叫了一聲，武藏因而覺得可疑，一直凝視著對方。這使對方有點恐慌。

「請問……」
那人低著頭，恭敬的問：
「您是宮本武藏先生嗎？」
紅通通的火光照得武藏的眼睛炯炯有神。不消說，當然是警戒的眼光。
「您是宮本先生吧？」
那男子又問了一遍。武藏沈默不語的時候更令人害怕。因此，那男子光是問這句話就已經自亂方寸了。
「你是誰？」
「是。」
「你是什麼人？」
「啊……我是烏丸家的人。」
「什麼，烏丸家的……我是武藏，你到這山上做什麼？」
「啊！您果然是宮本先生！」
那男子一說完，頭也不回地往山下直奔而去。拖著細長紅色尾巴的火把，瞬間便消失在山腳下了。
武藏想起什麼似地趕緊加快腳步，順著山路，橫過志賀山街道。無論到那裏，他都是橫向越過山腰。
此刻——

那個持火把慌慌張張走開的人，一眨眼已經來到銀閣寺了。

然後，將手圈放在嘴邊，大聲叫喊同伴的名字：

「喂！內藏先生！內藏先生！」

同伴沒出現，倒是長期借住在烏丸家的城太郎在離此約二百公尺的西方寺門前大聲回答道：

「唉呀！原來是大叔啊！」

「城太郎嗎？」

「是我啊！」

「趕快過來啊！」

此時，從遠處傳來：

「沒辦法過去啊……阿通姊好不容易才走到這裏，已經走不動了。她已經倒在這裏，沒辦法再走了！」

烏丸家的家僕咋咋舌，提高嗓門說道：

「你們再不快過來的話，武藏先生就要走遠了。趕快來啊！我剛剛見到他了。」

「……」

這次不再有任何回答。

男僕正自納悶，卻見到對面兩個人影歪歪扭扭走來。原來是城太郎扶著生病的阿通。

「喂！」

男人揮著火把，催他們快一點。事實上已經聽得到病人喘氣的聲音了。

待他們走到眼前，才發現阿通的臉比月亮還白，毫無血氣。她纖細的身子穿著旅裝，實在不太相稱。等她走到火把前，臉頰卻有一股紅暈。她急切問道：

「您剛才說的可是眞的嗎？」

那男人使盡力氣地強調：

「是眞的，我剛才看到的。」

「快點，趕快追過去還見得到。」

城太郎站在病人和慌張的男子之間，大發脾氣地叫著：

「要往哪邊追啊？你只說趕快追，沒說方向，誰知道怎麼追呢？」

4

阿通的身體絕不可能立刻就痊癒，今天她能夠走到這裏，是因爲她已下了悲壯的決心。

有一天晚上，阿通躺在烏丸官邸的牀上，聽城太郎細說詳情之後，說道：

「既然武藏已經要一決死戰，那我也不必在此養病祈求長命了。」

她又說：

「眞想在死前見他一面。」

這個病人下定決心之後，便拿掉冰枕，梳理頭髮，穿起草鞋，完全不聽任何人的勸阻，踉踉蹌蹌地半走半爬地出了烏丸家。

本來大家還想阻止她，但是，看到她這麼癡情，只好由她了。

「不要再阻止她了！」

阿通已經病人膏肓，何況，這是病人在世上的最後希望，倒不如幫她完成死前的願望。因此，不難想見當時衆人既擔心又想幫助她地你一言我一語爭論不休的情形。

或許，光廣公卿也聽說了這件事，感念她這分癡心，才特意吩咐官邸的人順著病人的意思去做。

總而言之，在阿通慢慢地走向銀閣寺的佛眼寺之前，烏丸的家僕已四處查尋武藏的蹤影了。

大家只知道決鬥的地點是一乘寺村，可是一乘寺村這麼大，根本無從知道正確地點。如果武藏已經到達比武地點就來不及了。所以尋找的人都是一人或兩人一組，分頭往一乘寺方面尋找。衆人的雙腳都快磨出水泡了。

雖然辛苦，卻有代價，終於讓他們發現武藏的行蹤。不過，再多人的力量，也比不上阿通的癡心。接下來要怎麼做，就得看她自己了。

武藏剛才從如意岳翻越志賀山，往北澤方向下山去了。光是這個消息就讓阿通精神抖擻，接下來的路已經不必別人攙扶了。

跟在她身邊的城太郎，沿途一直問個不停：

「妳撐得住嗎？阿通姊！妳不要緊吧？」

他對城太郎的問話毫不理會。不！應該是說她根本無心理會。

阿通已有必死的覺悟，她強迫自己拖著虛弱的身子向前走。她走得口乾舌燥，上氣不接下氣。冷汗不斷從髮根流到蒼白的額頭上。

「阿通姊！就是這條路。從這條路橫越幾個山腰就到叡山……不必再爬坡了，應該比較輕鬆。我們找個地方休息一下，好嗎？」

「……」

阿通默默地搖搖頭。兩人各握著枴杖的一端——一輩子的艱辛，似乎都集中在這一刻間。她喘著氣，勉強地走了大約二公里的山路。

「師父……武藏師父……」

一邊走著，城太郎使盡力氣拼命地呼叫著。對阿通而言，這是一股無比的力量。

但是，最後阿通似乎用盡了力氣。

「城……城太！」

她似乎有話要說，放開手杖，踉踉蹌蹌地跌到草叢中。

她纖細的雙手掩著口鼻，肩膀不斷地顫抖。

「啊！血！怎麼吐血了……阿通姊……阿通姊……」

城太郎忍不住哭了起來，抱住她薄弱的身子。

5

阿通輕輕搔著頭，趴在地上無法站起。

城太郎撫著她的背，安慰道：

「很痛苦嗎？」

「……」

「對了！阿通姊，妳想喝水吧？」

「……」

阿通點點頭。

「等一下喔！」

城太郎看看四周之後，站了起來。這裏是山谷間的沼澤地，淙淙的水聲從草木間傳了過來，似乎在告訴他「在這裏」、「在這裏」。

城太郎身後的草根及石塊下就有一道山泉。他馬上蹲下去，兩手掬水。

「……」

山泉清澈見底，連河蟹都看得一清二楚。月亮已西斜，映在水面的只有鮮明的雲朵，比天空上的實際雲朵更美。

城太郎這時也覺得口渴，很想自己先喝一些，再掬水給病人喝。因此，他向前移動五、六步，跪在水邊，像鴨子喝水一般將頭伸向水面。

「啊？」

他大叫一聲，眼睛似乎被某種東西吸引住了，他的頭髮直豎像個河童（編註：傳說中的動物，水陸兩棲，狀似幼兒），全身則像栗子般僵硬。

「？」

水中映著對岸五、六棵樹影。樹上有個人影，竟然是武藏的倒影。

「……」

吃驚是必然的。映在水面的僅僅是武藏的影子而已，城太郎還以爲是眞的——可能面對眞實的武藏時，吃驚的程度不下於此。

他心想一定是妖魔鬼怪惡作劇，借用武藏的影子嚇他。

他戰戰兢兢地抬起吃驚的眼睛望向對岸的樹上。這次他驚得幾乎要四腳朝天了。

因爲他看到武藏就站在那裏。

「啊！師父！」

原本平靜的水面上映著蒼穹白雲，這時突然變得漆黑混濁。城太郎只要沿著水邊走過去就行了，他卻突然跳進水中，涉水直往武藏那兒飛奔，濺得滿臉滿身都是水。

「找到了！找到了！」

像捉人犯一般，他死命抓住武藏的手不放。

「等一下！」

武藏把頭偏向一邊，突然用手輕拭眼瞼。

「危險！危險！城太郎，等一下！」

「不要！我不放手！」

「放心！我老遠就聽到你的聲音，所以才在這裏等你啊！你應該先拿水給阿通姑娘喝。」

「啊！水變混濁了！」

「那邊還有清澈的水，拿這個去裝。」

武藏將腰際的竹筒遞給他，城太郎好像想到什麼方法，仍然緊抓著武藏的手，凝視著武藏的臉說道：

「師父……我要您親自取水給她喝。」

6

「是嗎？」

武藏老老實實地點點頭，像聽從吩咐般地用竹筒取水，拿到阿通的身邊。然後扶著她的背，親手餵她喝水。城太郎在一旁安慰她道：

「阿通姊！他是武藏師父，是武藏師父啊……妳知道嗎？妳知道嗎？」

水入喉之後，阿通看似舒服多了，嘆了一口氣，似乎才恢復了意識。身子雖然倚靠在武藏的手臂上，眼眸卻注視著遠方。

「阿通姊，抱妳的人，不是我，是師父啊！」

城太郎如此反覆說著，阿通注視遠方的眼眸閃著淚珠，一眨眼的功夫，豆子般大的淚珠成串地滾下臉頰。

她點點頭，好像在說：

「知道了。」

「啊！太好了。」

城太郎欣喜萬分，不由地心滿意足。

「阿通姊！現在好了吧！妳已經如願了。師父，阿通姊自從那時起就一直說『想再見武藏一面』。雖然有病在身，可是怎麼也不聽別人的勸告。大家的話她都不聽，師父，請您勸勸她吧！」

「是嗎？」

武藏仍然抱著阿通，說道：

「都是我不好，我道歉。等會兒我會叫阿通好好養病，注意自己的身體……城太郎！」

「什麼事？」

「你稍微……離開一下好嗎？」

城太郎問道：

「爲什麼？」

他噘起嘴巴：

「爲什麼嘛！爲什麼我不能在這裏呢？」

像是不高興，又像是感到奇怪，他動也不動。

武藏不知如何是好。此刻，阿通也拜託道：

「城太郎……不要這麼說，你先到那裏去一下……拜託你。」

本來城太郎噘著嘴，不聽武藏的話，經阿通這麼一說，便乖乖地順從。

「那……沒辦法，我就到上面去，你們談完叫我一聲。」

城太郎說完便爬上山崖。

阿通漸漸恢復了精神，坐起身子，看著像鹿一般輕巧地爬上山去的城太郎。

「城太，城太！不要走得太遠啊！」

聽到了呢？還是沒聽到？城太郎沒有回答。

阿通無心要城太郎走開，也沒有必要背對著武藏。但一想到城太郎走了之後就只剩下她和武藏兩個人，突然，她的胸口揪在一起，應該說什麼好呢？此時，她甚至覺得自己的軀體是多餘的。

也許病中的阿通比健康時更加羞澀吧！

7

噢！不僅是阿通感到害羞，武藏也將臉撇向一旁。

一個是低著頭背對著對方，另一個是橫過臉仰望天空……多年來難得的會面，竟是這等情景。

「……」

欲言又止。

武藏找不到話題。

因爲再多的言語都不足以形容此刻兩人的心境。

武藏想起千年杉樹上的往事，那個大風雨的夜晚——在這一瞬間，武藏在腦海裏描繪從那個夜晚之後的情景。雖然沒有親眼目睹但是武藏非常瞭解，而且也深深地感受到這五年來眼前這位女子所經歷的痛苦和永不變的純情。

這幾年來阿通過著複雜多變的生活，但她對武藏的情感卻始終是熾熱的；而武藏卻將自己對阿通的愛苗隱藏在冰冷如灰、毫無表情的外表下。若要問兩人的愛苗誰來得強烈？雙方究竟誰比較痛苦？

武藏心裏經常想：

「我也是如此啊！」

現在，他仍這麼想。

但是比起自己，阿通實在可憐多了。她在這期間獨自背負超越男人所能承受的煩惱，爲了追求生命中的戀情，嘗盡生活中的各種辛酸——可見阿通是多麼堅強！

離決鬥只剩一點時間了。

武藏看著明月的位置，不禁想著自己已沒有多少時間可以活了。一輪殘月已經西斜，月光泛白，天將亮了。

自己也和這月亮一樣，即將沈落於死山。此時此刻面對阿通，即使只是一句話，一句內心的眞話，對她而言，都是心靈上最大的安慰。武藏這麼想。

內心的眞話。

但他卻無法啓口。

心中有千言萬語，卻無法開口。他只是徒然地望著天空。

「……」

同樣地，阿通也只是不斷地淚灑大地。來此地之前，她心中除了愛情之外，眞理、神佛、利害等等事情，對她而言，完全不存在。而且，也不顧男人志在四方的世界——她僅有熾熱的戀情。她想以這分熱情來影響武藏；想用淚水使兩人能夠共奔世外桃源。她一直如此堅信不移。

但是，一見到武藏，她卻說不出話來。自己充滿熾熱的期望、見不到面的痛苦、迷失在人生旅途時的悲哀，以及武藏的無情，她一樣也說不出來。這些感情同時湧上心頭，雖然想要全盤傾吐，可是顫動的嘴唇卻說不出一句話來。結果，胸口反而窒悶，淚水盈眶。如果是在櫻花盛開的月夜下，而武藏也不在的話，她一定會像嬰兒般放聲大哭。就像要對死去的母親哭訴一樣，要哭上一整夜，心情才會舒坦。

「……」

到底怎麼了？阿通沒說話，武藏也沒說話，只是徒然浪費寶貴的時間。

此刻已近破曉，六、七隻歸雁翻越山背之時，啼叫聲劃破天際。

8

武藏喃喃自語：

「雁子……」

他文不對題，只是藉此開口：

「阿通姑娘，歸雁在啼叫。」

這是個開端，就在這個時候，阿通叫了他的名字：

「武藏！」

兩人這才四目相對。似乎同時憶起了故鄉的春天或秋天時歸雁回巢的情景。

那時，兩人都相當單純。

阿通和又八比較好，而且她老是說武藏粗魯，不喜歡他。武藏如果罵她，她會不服輸的罵回去。

兩人同時憶起七寶寺的兒時情景，也憶起吉野川的草原。

但是，沈浸於追憶之中，只會讓這寶貴的時光溜走。武藏打破沈默說道：

「阿通姑娘，聽說妳身體不好，現在情況如何？」

「沒什麼！」

「快恢復了嗎？」

「我的身體是小事，你將到一乘寺遺蹟與人決鬥，是不是抱著必死的覺悟？」

「嗯！」

「如果你被殺，我也不打算活下去。所以我幾乎忘了自己的病。」

「……」

武藏看著阿通，頓時覺得自己的覺悟，反倒不及這位女性的意志。

自己經常爲生死的問題而苦惱。累積了多少平日的修行與武士的鍛鍊，好不容易才能有今天這樣的覺悟。而眼前這位女子，既沒經過鍛鍊，又沒苦惱過生死問題，竟然毫無疑慮地說：「我也不打算活下去！」

武藏凝視對方的眼睛，知道這絕非一時興起的話，也不是謊言。她愉悅地看待自己的死，對死充滿了平常心，如此祥和安靜且視死如歸的眼神，無論哪個武士也望塵莫及。

武藏既羞愧又懷疑，爲什麼一個女性能做得到？

他也感到迷惑。他擔心將來，她會使自己亂了陣腳。

突然他大叫道：

「笨、笨蛋啊！」

他被自己的叫聲嚇了一跳，自己的感情竟然如此激烈。

「我的死是有意義的。以劍維生的人，死在劍下是理所當然的；爲了端正紛亂的武士道風氣，我必需不斷接受挑戰。我很高興聽到妳願意爲我殉死，但是這有什麼意義呢？像蟲一般悲哀地活、厭世地死去，這有什麼意思呢？」

阿通又趴在地上哭了起來。武藏覺得可能自己說得太過激烈，於是蹲下來說道：

「但是，阿通……仔細想想，我發現自己在不知不覺中對妳撒了謊。從千年杉、花田橋那時起，雖然我無意欺騙妳，但是實際上卻欺騙了妳，所以才會故意裝出冷漠的態度。再過一刻鐘，我就要面臨生死決鬥了。阿通，我說的是實話，我很喜歡妳，沒有一天不想妳……我寧願拋棄一切，和妳一起過日子——如果沒有劍的話，我眞的很願意這麼做。」

9

武藏沈默了一會兒，聲音中恢復了精神。

「阿通！」

一向沈默寡言的他，很難得如此感情充沛。

「我武藏猶如鳥之將死！阿通，我今天所說的話句句眞心，請妳相信我。不瞞妳說，我日日夜夜思念著妳，晚上無法成眠，連作夢都夢到妳。無論睡在寺廟或是露宿野外，總是夢著妳，最後只能將薄薄的棉被當成妳，整晚抱著睡，忍受寂寞到天明。我爲妳着迷，一心一意戀著妳。但是……但是，每當我想妳的時候，便拔出劍來，瘋狂的血液會隨之靜如止水，阿通，妳的影子才會從我的腦海裏像霧一般逐漸消失……」

「……」

阿通像一朵蔓草中的白花般抬起嗚咽哭泣的臉龐，似乎想說什麼，但是，一看到武藏認眞熱情的臉，嘴邊的話又嚥了回去。整個人又伏在地上。

「因此，我的身心早就融入劍道之中。阿通，劍道的境界才是我眞心想追求的。換句話說，我曾經腳踏兩條船，在戀情和進修這兩條路上陷入迷惘、掙扎，煩惱再煩惱，好不容易才決心對劍道全力以赴。因此，我比誰都瞭解自己。我既不是偉大的男人，也不是天才，更不是什麼特別人物，我只是愛劍甚於愛妳。我無法爲愛情捨棄生命，但是卻可爲劍道隨時殉死。」

武藏老老實實的說出眞心話。他打算全部說出，但是，言辭的修飾與感情的悸動使他無法完全傾吐，有些話仍然梗塞在他的心胸。

「別人不知道我武藏是怎樣的男人！坦白說，我只要想起妳便全身沸騰，但是一想到劍道，我就會將阿通姑娘擺一邊，忘得一乾二淨。啊！應該說連心裏的角落都絲毫不留痕跡。找遍我的身體及心裏各個地方，完全找不到阿通姑娘的存在——是我最快樂的時候，覺得自己活得有意義，能邁開腳步勇往直前。阿通，妳懂我的意思吧？妳將整個人、整顆心都賭在我這種人身上，今天才會獨自一人痛苦。我由衷感到抱歉，這是沒辦法的事。這就是我的真面目。」

出乎意料之外，阿通纖細的手突然抓住武藏的手腕。

她已經不哭了。

「我知道……像這樣的事……像你這樣的人，我不可能不瞭解就愛上你的。」

「妳應該瞭解，和我一起共生死是件愚不可及的事。像我這樣的人，和妳在一起的這個短暫的時間，可以把全部的心思用在妳身上，可是，只要離開妳的身邊一步，我壓根兒也不會把妳的事情放在心上。妳追隨我這種男人共赴生死，不就像金鐘兒一般死得沒價值嗎？女人有女人的生存方式，生存的意義與男人不同。阿通，這就是我跟妳告別的話。時間已經不多了——」

武藏輕輕推開她的手，站了起來。

10

阿通馬上又抓住武藏的衣袖。

「武藏，請等一等。」

從剛才起阿通的心中也有很多話要對武藏說。

武藏說過：

「像蟲一樣活著，像蟲一樣死去，這種不珍惜生命的女子戀情是毫無意義的。」

還說過：

「一離開妳，我就將妳的事情置諸腦後，我就是這樣的男人。」

阿通一直想說自己不認爲武藏是那種男人，不後悔這分戀情，但現在她只想到：

「無法再見第二次面了！」

面對生離死別，使阿通無法開口，無法保持理智。

「等一下！」

雖然她緊緊地拉著武藏的衣袖，想說出自己的想法。但此刻阿通表現出來的只是一位纏綿、哭泣的女性而已。

武藏看到她欲言又止、充滿女人的嬌柔，純潔的外表隱藏著複雜的情感，不禁爲之意亂情迷。他最擔心的，也是他最大的弱點，亦即自己像株根基不穩的大樹在暴風雨中搖搖欲墜。他一向堅持的「忠於劍道」可能就要在阿通的淚水中崩潰，化爲塵泥了。他害怕自己變成如此。

武藏只是爲說話而說話，他問道：

「懂了嗎？」

「懂了！」

阿通微微點頭。

「但是，如果你死了，我還是會跟著你死。身爲男人的你，爲了劍道欣然面對死亡；而身爲女性的我，也會爲了你而死。絕不是像蟲一般——也不是因一時悲傷而尋死。因此，這件事請交給我自己決定吧！」

她胡亂地說了這些話。

她又說道：

「你的心中是否已將我當成妻子了？若是這樣，我就心滿意足了。我感到欣慰，也覺得幸福。你說過你這麼做是因爲不願看到我不幸，但是，我並不是因爲不幸才尋死的。雖然世上的人都認爲我不幸福，但是我卻一點也不這麼覺得。乾脆這麼說吧！現在我的心情就像等待出嫁的新娘，快樂地等待著在清晨的鳥啼聲中死去。」

阿通一連串說了這麼多話，以致於氣都快喘不過來。她抱著自己的胸口，好像陶醉在幸福的美夢裏。

殘月還有點灰白，樹上開始瀰漫著霧，馬上就要天亮了。

此刻——

她的眼睛突然向山崖上方看去。

「哇！」

山崖上傳來女人有如怪鳥的尖銳叫聲。

那確實是女人的慘叫聲。

雖然城太郎剛才攀上那座山崖，但是，那絕不是城太郎的聲音。

11

那叫聲非比尋常。

是誰呢？發生了什麼事呢？

阿通被那聲音喚回神，睜眼仰望布滿霧氣的山頂。武藏趁這個時候靜悄悄地離開她。

(再見了！)

武藏一句話也沒說，只在心裏說了聲「再見」，便邁開腳步趕赴生死決鬥的地點。

「啊！他走了……」

阿通追十步，武藏也跑十步，並回過頭來：

「阿通，我完全瞭解妳的心意。可別毫無意義地尋死呀！也別讓不幸使妳軟弱得滑落死谷深淵呀！把身體養好，以健康的心態再好好想一想。我並不是平白無故急著丟棄生命。只是以一時的死，換取永恆的生命。阿通，與其在我死後跟隨我而去，不如留著餘生好好體會我的話。因為我的肉身雖然死了，我的精神卻永遠活在人間。」

武藏又繼續說道：

「好嗎？阿通！妳別跟在我後面一個人走錯了方向喔！別以為我死了就跟著到陰間去找我，我不會在陰間的。即使過了百年、千年，武藏也會永遠活在人們的心中，活在劍道的精神之中。」

說完，武藏已經離阿通很遠，再也聽不到他的聲音了。

「……」

阿通茫然地站在原地，覺得自己的靈魂已出了竅，隨著武藏的身影離去了。離別的悲哀，是因爲兩者分離所產生的感情。阿通現在的心情，並沒有各奔東西的感覺，而是兩個合而爲一的靈魂走在驚滔駭浪的生死邊緣。

沙、沙、沙、沙。

這個時候泥沙從山崖上崩塌下來，落到阿通的腳邊。隨著落石的聲音，城太郎撥開樹枝和雜草飛奔下來，邊跑邊大叫道：

「哇！」

連阿通都嚇了一跳：

「唉呀！」

原來是城太郎戴著從奈良觀世音寡婦那裏拿到一個女鬼面具。他想這次大概不會再回烏丸家，所以就將這面具帶了出來。現在他正戴著那面具站到阿通眼前，舉起兩手說道：

「啊！我嚇了一大跳！」

阿通問道：

「城太郎，怎麼了？」

「我也不知道。阿通姊妳也聽到了吧！有一個女人的慘叫聲。」

「城太郎，你戴著這個面具到哪裏去了？」

「我爬上山崖之後，看上面還有道，就再往上爬。剛好那裏有一塊大岩石，我就坐在那邊，看月亮西沈。」

「戴著這面具？」

「是啊……因為那裏可能有狐狸，還有其他的動物出沒。我想戴這面具可以嚇嚇牠們，以防牠們靠近。後來，不知何處傳來一聲驚叫，就像樹精的聲音在山谷間迴響似的。」

失散之雁

1

從東山到大文字山麓附近，兩人都沒走錯方向，可是後來卻走岔了，竟然錯過了走往一乘寺村的方向。

阿杉婆跟不上前面的兒子，越來越沒精神，也沒耐性了，在後面氣喘吁吁地叫道：

「眞是的，爲什麼走這麼快呢！又八！又八！等等我呀！」

又八咋咋舌，故意大聲說道：

「眞沒道理！想想在旅館的時候，妳是怎麼責罵我的！」

又八不能不等她，只好走走停停，但總會向隨後趕上的老母嘮叨幾句。

「你怎麼可以用這種態度對我？誰像你這樣對親生母親說話？」

她擦一擦滿是皺紋的一臉汗水，正想休息，又八又邁開腳步往前走了。

「等一等啊！休息一下再走嘛！」

「再休息天就要亮了。」

「什麼話嘛！離天亮還有一段時間呢！平時這些山路難不倒我。只是這兩、三天我剛好感冒，全身無力，一走起路來就氣喘如牛。」

「妳還不服輸呀？半路上妳把酒店的老闆叫醒，人家好意讓我們進店休息，那個時候，妳自己不想喝酒，就說：『再喝下去就來不及，趕緊出門吧！』害得我來不及喝酒就要趕路。有誰的父母像妳這麼難相處的呢？」

「哈哈！原來你在氣我沒讓你喝酒啊？」

「別再說了！」

「任性也要有分寸。我們現在可是要去辦一件大事呀！」

「再怎麼說，我們母子根本不需要參與他們的決鬥，只要在他們分出勝負之後，央求吉岡家讓我們在武藏的死屍上戳一刀以洩心中之恨，再從他身上取一些毛髮帶回家鄉，這不就行了嗎？根本沒什麼大不了的。」

「算了！我不想在這裏和你爭吵。」

又八仍一個人自言自語：

「唉！眞是丟臉啊！我們竟然要從死屍上拿證物回鄉交代。反正家鄉的人住在山中，猶如井底之蛙，一定會相信的……唉！一想到還要在那山中過日子，就覺得無聊、眞無趣哪！」

又八仍然迷戀都市生活，像灘酒、都市姑娘等，都令他依依不捨。更何況他對這都市還有一些執著。他希望和武藏走不一樣的路，以求出人頭地的機會。他還想藉此滿足長久以來在物質上的欲望，以求得體驗人生的意義——他絕不放棄這點希望。

「啊！光是這些，就覺得這城市令人懷念。」

走沒多久，他又把阿杉婆丟在後頭了。由旅館出發前，她就一直嚷著身體懶懶的，也許眞是哪裏不舒服。終於屈服道：

「又八，背我一下！你是年輕人，背我走一段吧！」

又八皺皺眉。

他鼓著臉不回答，只是站在原地等她。這時，阿杉婆和又八突然側耳傾聽——剛才城太郎嚇了一跳，阿通也聽到女子尖銳的叫聲，這對母子也聽到了。

2

那聲音不知從何處傳來，如果再叫一次，就可以猜出聲音的來源。又八和阿杉婆好像在等待下一次的悲鳴，一臉茫然、疑惑地站著不動。

「啊？」

阿杉婆突然叫了一聲。並非她又聽到那可疑的慘叫聲，而是看到又八突然出其不意地抓著崖角，一步一步下到谷底去了。

「母親，等一下，在原地等我一下。我過去看看就來。」

又八走到崖下說道：

「到下面的沼澤去。」

「你、你去哪裏啊？」

她用責備的口氣：

「笨蛋！」

阿杉婆這口頭禪不禁又脫口而出。

「你要去找什麼啊？找什麼……」

「找什麼？就是剛才聽到的女人慘叫聲啊！」

「喂！笨蛋，我叫你別去了！別去了！」

又八對阿婆的叫罵聲充耳不聞。自顧循著樹根下到深谷。

「儍瓜！笨蛋！」

又八從深谷中，透過樹梢看著在山崖上對月亮謾罵的老母：

「在那裏等我唷！」

雖然又八大聲的喊叫，但根本沒傳到阿杉婆的耳中。因爲他已經下到很深的山崖下了。

「奇怪？」

又八有點後悔下來，剛才的慘叫聲應該是從沼澤附近傳出來的，如果不是，那眞是白費苦心了。

這沼澤連月光都照不到，但是定睛一看，倒有一條小路。這附近只是一些小山，並有京都通往志賀的坂本或是大津的捷徑。因此，無論從哪裏下到谷底，都可以看到人們踏過的足跡。

又八沿著潺潺的小瀑布和流水走去。他發現有一條道路橫斷水流通往山腰。

就在那條溪邊，有一間只能容納一人的小屋，也許這是漁夫休息的釣魚小屋吧？他看見有一個人蹲在那間小屋後面，露出雪白的臉和手。

「是個女人？」

又八趕緊躲到岩石後面。剛才的慘叫是女聲，這才驅使他好奇地想探個究竟。如果是男人的聲音，他應該不會下到沼澤來吧！現在，眼前確實是個女人，而且好像還很年輕。

她在做什麼呢？

最初他這麼懷疑著，待看清楚之後，他的疑慮解開了。那女子爬到水邊，正用手掬著水喝呢！

3

那個女人的感覺很敏銳。她立即察覺到又八的腳步聲，就像察覺到昆蟲爬在身體上一般。她急忙要站起來。

「啊？」

又八叫了一聲。

那女子嚇了一跳：

「啊？」

「原來是朱實啊！」

「啊！啊！」

剛才喝下去的水，現在才下肚，朱實深吸一口氣。

又八抓住她因驚嚇而不安的肩膀。

「朱實，妳怎麼了？」

又八從腳到臉打量她，並問道：

「妳也一身旅裝打扮！可是，怎麼會在這個時間到這裏——爲什麼到這裏來呢？」

「又八哥，你母親呢？」

「我母親啊！我母親在山崖上等著。」

「她一定很生氣吧？」

「啊！盤纏的事嗎？」

「我急著上路，但是旅館錢未付，又沒有盤纏，雖然明知道那樣做不對，但是，一時衝動，仍然悄悄把阿婆的錢包拿走了……又八哥，請原諒我！放我走吧！我以後一定會還。」

朱實邊道歉邊哭，又八卻露出不在意的臉色說道：

「妳誤會我和母親了，我們不是爲了捉妳，才追到這裏來的。」

「我因一時衝動偷了別人的錢，如果被抓就會被當成小偷了。」
「那是我母親的說詞。如果妳眞的那麼困難，我還想把那些錢給妳呢！我眞的是這麼想，所以妳不要太在意，不用擔心。妳到底爲什麼那麼急著趕路，又爲什麼走到這裏來呢？」
「因爲離開旅館之後，我躲在樹後，無意中聽到你和你母親的談話。」
「嗯！妳是指武藏和吉岡門今天要比武的事情嗎？」
「是啊！」
「因此，妳急著趕到一乘寺村去啊？」
「……」
朱實並沒有回答。
兩人曾在同一屋簷下生活，所以又八很淸楚朱實的心事。他也不想多問，突然改變話題：
「對了！」
「剛剛我聽到這附近有人慘叫，是妳叫的嗎？」
這才是他下到這沼澤的目的。
朱實點點頭。
然後她像是又看到剛才的惡夢似地，從低窪的沼澤望著聳立在眼前的黑色山嶺。

4

她告訴又八，事情是這樣的：

剛才——

她越過溪流走到眼前那座山腰時，看到一個很恐怖的妖怪坐在那裏望著明月。

又八不是很認眞的聽著，朱實卻認眞說道：

「從遠處看過去，那妖怪像個侏儒卻有著大人的臉孔，且是個女人。白白的臉，嘴巴咧到耳朵，微笑地看著我。我嚇了一大跳尖叫一聲，幾乎要昏倒了。等我恢復意識的時候，已經跌在沼澤邊了。」

朱實心有餘悸，又八雖強忍著笑，終究還是笑了出來：

「哈！哈！哈哈！我還以爲發生什麼事呢！」

接下來，他揶揄道：

「妳在伊吹山長大，應該是那些妖怪們怕妳吧！妳不是也常去飄著鬼火的戰場剝削死屍上的大刀或戰甲嗎？」

「那個時候，我只是個小孩，根本不知道害怕啊！」

「並非完全是小孩吧！現在回想起來，有些事還是讓人忘不掉啊！」

「那是我第一次知道什麼叫做戀愛……但是，我對那個人已經死心了。」

「那妳爲什麼要到一乘寺村去呢？」

「這件事，我自己也搞不懂。我只是在想，也許可以見到武藏。」

「眞是無藥可救！」

又八使盡力氣說道。

他說武藏沒半點勝利的希望，也說了敵方的情勢。

從清十郎到小次郎——朱實已經歷過好幾個男人。不再是少女的她想到武藏時，已無法再像少女時代編織著未來的夢想了。已非完璧的她，只有冷眼觀看自己，曾在生死邊緣掙扎，如今就像一隻迷途的孤雁，尋找另一片天空。

她聽又八描述武藏瀕臨死期的事情，卻一點也不悲傷。既然如此，爲什麼自己還要到這裏來？還對武藏依依不捨呢？她感到矛盾，搞不清自己的思緒。

「……」

朱實的眼神渙散，像做夢似地聽著又八說話。又八悄悄地看著她的側面。他發現她的徘徊和自己徬徨之處竟那麼相似。

「這個女人，在找尋同行的伴侶。」

從雪白的側臉，他觀察到此點。

又八突然抱住朱實的肩，並且將臉貼近她，輕聲說道：

「朱實，妳不想逃到江戶去嗎？」

朱實一驚吞了一口氣。

她懷疑地直瞪著又八的眼睛。

5

「啊！到江戶？」

她回過神來，想一想現實的境遇之後，反問又八。

又八搭在她肩上的手，慢慢使勁。

「並不一定要到江戶，但是我聽說關東的江戶將成爲日本首府，當今的大坂或京都則將成爲古都。而新幕府江戶城的四周，新的街道正迅速興建中，因此，早一點到那裏去，應該可以謀得一分好工作吧！我們兩個就像離羣迷路的雁子……妳想不想去？想不想去看一看？……喂！朱實！」

她原本不太感興趣，現在卻聽得越來越起勁。接著，又八又拿世界的寬廣以及他們還如此年輕等話慫恿她。

「我們應該過快快樂樂的日子，做自己想做的事，否則人生就太沒意義了。我們應該抱著偉大的志向，做一番大事業才是。如果我們作事馬馬虎虎，或是太過於老實、善良反而會受命運的捉弄與嘲笑，結果只會令人哭泣，無法闖出一條康莊大道……喂！朱實！妳的命運不也是如此嗎？妳只是阿甲和清十郎的餌，才會被他們吞食。所以不能當吞食的強者，就無法在這世上存活。」

「……」

朱實心動了。自從離開艾草屋踏進社會以來，總是被世人虐待和欺侮。現在能碰上又八，總算有個依靠。他比以前更有抱負，一定能出人頭地。

但是，在她腦海裏還浮著難以割捨的幻影，那就是武藏。這就像即使家園燒毀了，仍然想要回去看看那些灰燼——就是這麼的愚蠢、固執。

「妳不喜歡嗎？」

「……」

朱實默默地搖搖頭。

「那麼就走吧！如果妳不嫌棄的話——」

「但是，又八哥，你母親怎麼辦？」

「啊！我母親啊？」

又八抬頭望望另一方：

「我母親拿到武藏的遺物之後就會回家鄉去。如果她現在知道我要把她丟在這荒郊野外，就像丟在姥捨山一樣，肯定會大發雷霆的。但是將來等我出人頭地，就能補償這個罪過了。既然決定，就快走吧！」

他興致勃勃地走在前面，朱實卻仍然躊躇不前。

「又八哥，我們走別的路，不要走這條路！」

「爲什麼？」

「因爲這條路會通往那山腰啊！」

「哈哈！妳害怕再碰到咧嘴的侏儒嗎？有我在不必怕……啊！不好了！老太婆在上面叫我了！我母親可比侏儒妖怪還要可怕喲！朱實，如果妳被她發現可就麻煩了。趕快過來吧！」

兩個影子消失在岩山腰後，等得不耐煩的阿杉婆在山崖上大叫：

「兒子啊……又八啊……」

她空虛、彷徨地走來走去。

生死一途

1

唧！唧！唧……

風吹過田埂上一片草叢。小鳥爲風所驚飛了起來。但是現在仍是昏暗的清晨，看不清小鳥的蹤影。

因爲有前車之鑑，所以這次佐佐木小次郎先發出聲音：

「是我！見證人小次郎！」

他說著並飛快地越過雲母坡這一公里餘的田埂，來到下松的岔路口。

有人聽到腳步聲，說道：

「啊！是小次郎先生嗎？」

埋伏在四周的吉岡門徒鬆了一口氣。接著，一羣人黑壓壓地圍住小次郎。

壬生源左老人問道：

「還沒見到武藏那傢伙嗎？」

「我見到他了。」

小次郎故意提高尾音。這話一說出口，四周的視線都集中過來，小次郎卻故作冷淡地回答：

「我見過他了。但是，武藏那傢伙不知怎麼想的。我們從高野川一起走了五、六百公尺，走著走著他就不見了。」

沒等他說完，御池十郎左衛門說道：

「他是不是逃走了？」

「不是！」

小次郎抑止衆人的騷動，繼續說道：

「他相當的沈穩。從他講話的態度可以推斷，他雖然失去蹤影，但絕不會逃跑。可能他想用奇招，不願讓我知道，才會甩掉我吧！可不能掉以輕心喔！」

「奇招？他會出什麼奇招呢！」

衆人團團圍住小次郎，唯恐漏聽任何一句話。

「武藏的幫手可能聚集在某處，準備跟他一起前來赴約吧！」

源左老人輕聲說道：

「嗯！嗯……有這種可能。」

「如果眞是這樣，那他們馬上就會到這裏了。」

十郎左衛門說完，立即對離開崗位或爬下樹來的同伴說：

「回去！回去！如果武藏趁這個時候攻過來，豈不還沒開始我們就敗北了嗎？雖然不知道他帶了多少打手，但我們仍按計畫進行，不要失誤就行了！」

「有道理！」

每個人都意識到這個嚴重性，紛紛說道：

「我們等得不耐煩，稍有鬆懈就容易出差錯。」

「馬上部署！」

「喂！不可疏忽啊！」

眾人互相激勵，隨即回到自己的崗位上。有的躲到草叢中，有的躲到樹後，有的則攜帶弓箭爬到樹上待命。

小次郎看到下松樹幹下，站著如稻草人般的少年源次郎，於是問道：

「你睏了嗎？」

源次郎奮力搖頭：

「沒有！」

小次郎摸摸他的頭，關心道：

「你的嘴唇都發紫了，會冷嗎？你是吉岡名義上的掌門人，也就是比武的總指揮，一定得振作。再忍耐一點，再過一會就可以見到有趣的事了。對了，我也得趕緊找個地方，才方便觀武。」

說完就離開了。

2

同一時刻的另一邊——

在志賀山和瓜生山之間的河川附近與阿通分手的武藏，爲了彌補耽擱的時間，正加快腳程。比武時間是清晨寅時三刻，地點是下松。這個季節的日出，大概要過了卯時才會出來，因此現在天空仍然一片漆黑。決鬥地點在叡山道的三岔路附近，天一亮，路上便有來往的行人，所以在決定時間時，也考慮到此點。

「啊！這裏是北山御房的屋頂。」

武藏停下腳步。就在剛剛走過的山路下有一間寺廟，他直覺道：

「快到了！」

從那裏下山，離目的地只剩七、八百公尺。即使由北野抄捷徑到這裏，距離也差不多。趕路的時候，一輪明月一直陪伴他，而此刻，清晨的殘月已躲到山的另一邊，不見了蹤影。躺在三十六峰懷裏沈睡的白雲，瞬間開始活絡起來。天地在寂靜的破曉時刻，似乎也知道今天將是一個「不同凡響的日子」。

不同凡響的日子降臨之前，武藏只能再深呼吸幾口氣。自己的死比一片雲還要淡薄，即將消失在大自然之中——武藏仰望白雲這麼想著。

從白雲環抱的巨大萬象來看，一隻蝴蝶的死和一個人的死，並不會產生什麼變化。但是，在人類所擁有的天地裏，一個人的死卻關係著全人類的生命。人類的死對於人類永遠的「生命」來說，都有好的影響和不好的影響。

死有重於泰山。

因此，武藏來到這裏。

要如何才能死得其所？

這是他最大也是最後的目的。

突然，耳邊傳來流水聲。

他一路上沒歇過腳，一口氣走到這裏。這時他覺得口渴，所以蹲到岩石邊掬水喝。水甘如飴，甜到舌根。

他告訴自己：

「我的精神沒有紊亂。」

他很清楚地瞭解自己的狀況。因此對於瀕臨死期，一點也不感卑屈，反倒覺得舒暢無比，甚至覺得自己旺盛的精力已滲到腳跟了。

喝完水喘了一口氣，卻聽到背後有人在叫他。那是阿通和城太郎的聲音。

他清楚地知道：

這純粹是心理作用。

他也知道：

她不會驚慌失措地從後面追上來。她太瞭解我了。

但是，阿通的叫聲一直從身後傳來，不斷地盤旋在他的腦海裏揮之不去。

一路上他頻頻回首，剛才停腳的當兒，下意識地就想到：

是不是她……？

他側耳傾聽。

遲到不但是違約，也會造成比武上的損失。單槍匹馬殺入重圍，最好在月亮剛下山的破曉之際，對他才是最有利的。當然，武藏也是考慮到這點，才會加速趕來這裏。另外一個原因，是想把阿通的呼叫聲和身影完全抛開。因此這一路上幾乎是專心一意地趕路。

3

外敵容易擊倒，心敵卻不容易打敗——武藏腦中想到這句話。

「我怎麼會受這牽絆？」

他鞭策自己。

「簡直像個女人！」

他試圖忘記阿通。

剛才跟阿通分手時不是才這麼說過的嗎？怎麼現在就做不到了呢！他感到羞恥。

「當一個男人爲了男人的使命挺身而出時，腦中絕不能有戀情。」

話雖然這麼說，現在自己的腦中能割捨又阿通嗎？

「我竟然還依依不捨！」

爲了剔除心中阿通的幻影，他勇往直前地朝目的地飛奔而去。

眼前的竹林一直延伸到山腰處。有一條道路穿過這片樹林、田園以及草地。

快到了！快到一乘寺下松的路口了。放眼望去，大約在兩百公尺的前方，這條道路和另外兩條路交會。白色的霧氣靜靜地在蒼穹飄移。而呈傘狀的目標松樹已出現在武藏眼裏。

他突然跪倒在地。身前以及身後的樹木似乎都成了他的敵人，令他全身鬥志高昂。

武藏像蜥蜴般快速地爬過岩石背後和樹蔭底下，最後來到下松正上方的高地。

「嗯！有人在那裏！」

從這裏可以清楚地看到聚集在路口的人影。松樹的四周，大約有十人聚集一處，持著槍直挺挺地站在霧中。

破曉的山嵐從山頂吹下來，如雨滴般落在武藏身上，並掠過松樹和廣大的竹林，像一股潮水般飄向山腰。

霧中的下松，傘狀的樹枝擺動著，像是預感將會發生事情而向天地稟報似地。

肉眼看得到的敵人雖然只有少數，但是武藏卻感覺到滿山遍野都是敵人。他感到自己已走進死亡的世界，連手背都起了雞皮疙瘩。他的呼吸平靜無聲，全身連腳趾頭都已經進入備戰狀態。一步一步向前走，腳趾的用力不亞於手指頭，不斷地在岩石間攀爬。

出現在眼前的是舊城堡的石壁。他沿著岩山的山腰來到這塊小小的高地。

對著山麓下松的方向，有個石製牌樓，四周圍繞著喬木和防風林。

「啊……這是一間神社。」

他走到拜殿，跪了下來。武藏無論到哪個神社都會下意識地合掌膜拜。再怎麼說，他的內心還是無法停止顫抖啊！在漆黑的拜殿內，有一盞即將熄滅的光明燈，在蕭颯的風中搖曳著。

他抬頭看到拜殿的匾額寫著：

「八大神社。」

這給了他很大的力量。

「對了！」

這不就意味著即將下山殺入敵陣的自己背後有神明保護嗎？神明一直是支持正義的。他又想起以前信長追趕敵人，追到桶狹間的半途，還不忘到熱田神社參拜。這個巧合是個多麼令人欣慰的吉兆呀！

他到御手洗（編註：神社內參拜者洗手的地方）漱口水，又舀了一杓水含在口中，噴在刀柄上的穗帶和鞋帶上。

他快速穿上皮肩帶，額頭上並纏上棉布。然後快步走回神明前，伸手握住殿前的鈴鐺。

4

正要拉鈴鐺時——

「啊！等一下！」

他縮回了手。

原本用紅白兩色交織而成的綿繩已經老舊得分不清顏色了，而由鈴鐺垂下來的繩索似乎在對他說：

「拉響它，依賴它。」

但是，武藏在心中自問：

「我到底要祈求什麼呢？」

他縮回了手。

「我不是已經和天地合而爲一、和宇宙同心同體了嗎？」

他叱責自己：

「來此之前不是已經覺悟到自己生命的短暫和視死如歸的身軀了嗎？」

然而此刻卻忘了平日的鍛鍊。看到一盞光明燈，就像在黑暗中見到亮光一般，心中一喜，竟然不自覺的想拉響鈴鐺。

身為武士是不依靠外力的，而死才是經常跟隨著他們的同伴，因此，他們一直抱持舒暢、潔淨的胸懷。但是再怎麼學習，再怎麼修持，要具有視死如歸的修養，並不容易。從昨晚到今早，這一路上，自己還洋洋得意自己已從修持中獲得體驗，還在心中暗自誇耀呢！武藏呆然站在神前，慚愧得低下頭來，差點滴下遺憾之淚。他在心中懺悔著「我錯了」。

「即使自己打算成為晶瑩透明、無牽無掛的人，體內總有想活下去的聲音在呼喊著。阿通，還有故鄉的姊姊，使我像個溺水者，即使抓著一根稻草也要求生存啊！眞是羞愧呀！竟然忘我地想要伸手去拉鈴鐺——我竟然期待依靠神的力量。」

武藏在阿通面前忍住的淚水，此刻涕泗滂沱地流下臉頰。因為他對自己的身心和修行都感到無比的羞愧。

「剛才自己既沒想要請求，也沒考慮祈求什麼，只是下意識地想要拉響鈴鐺——但是，也正因為這是下意識的行為才更不應該。」

再怎麼自責也消除不了心中的慚愧。他自己也覺得遺憾。難道以往的修行竟是如此的膚淺？

「我眞愚蠢啊！」

他對自己低劣的資質感到可悲。

自己孑然一身，到底要祈求什麼呢？還沒開始比武，心中就產生了挫敗的念頭。這樣如何完成武士一生的大業呢？

武藏又突然想到：

「還是感謝老天！」

他眞正感覺到神明的存在。更慶幸神明指引他在赴戰場之前能及時醒悟。

他雖然相信神明的存在，但「武士之路」是沒有神明保護的，並且也是超越神明的一條道路。武士信仰神明並不是要求神明保護，也不是要誇耀世人。雖然不能說沒有神明存在，但絕非是請求神明的保護。祂只是讓人類知道自己是最渺小、最可憐的東西。

「……」

武藏後退一步，雙手合掌——這雙手和剛才想拉鈴鐺的手已經迥然不同。

接著他立刻走出八大神社的寺院，跑下細長的坡道。過了這個山腰，就到下松的路口了。

5

這個坡道非常陡，整個人幾乎要向前趴倒。在豪雨的日子裏，這條路可能就猶如瀑布一般。路上布滿了碎石子和稀鬆的泥土。

武藏一口氣直奔坡下，小石子和泥巴隨著他的腳步滑落，劃破寂靜的山谷。

「啊！」

前面似乎有動靜，武藏像球一般趕緊滾到草叢中。

草上的朝露，一滴也沒掉地，全部沾在他的雙腳和胸部。武藏像隻戒備的野兎，匍匐在地上，凝這裏到下松的距離，用目測即可算出大概只有幾十步。下松路口比這山坡還低，所以樹梢看起來也比較低。

視著下松的樹梢。

武藏看到了。

他看到潛藏在樹上的人影。

而且那男子拿著武器。看起來不像弓箭，倒像是一把槍。

他憤慨罵道：

「眞卑鄙！」

「用這種手段對付一個人！」

雖然心裏暗罵著，但是武藏並不感到意外。他早已預料他們會如此張羅。吉岡門人一定認爲自己絕不會單槍匹馬應戰。當然要準備槍之類的武器。且不只準備一、兩隻而已。

從他的位置望過去，只能看到下松樹梢。如果就此判斷攜帶弓砲的人都躲在樹上，可能太過輕率且危險。短弓手也可能躲在岩石後或低地，槍砲手也許會從半山腰攻擊。

然而有件事對武藏是有利的。那就是不管是樹上的男人還是樹下的一羣人，都背對著武藏。他們只想在三岔路埋伏，卻忘了背後的山。

武藏慢慢地匍匐前進，頭比刀鞘末端還低。接著，他突然慢跑了起來。唰、唰、唰——他已跑到距松樹約三十五公尺的地方。

「啊！」

樹梢上的男子發現了武藏的身影。

「是武藏呀！」

武藏根本不管這響徹雲霄的叫聲，自顧自又前進了二十公尺左右。

他心中計算著：那男子在這麼短的時間內，絕不會發射槍砲。爲什麼呢？因爲樹上的人，橫跨在樹枝上，將砲口對著三岔路口，並且張望把守著。在樹上非先轉身不可。再加上樹枝的阻礙，槍口不可能馬上對準目標。

只有幾秒鐘是安全的。

「什麼？」

「在哪裏？」

樹下的十幾個門人異口同聲問道。

樹上的人回答：

「在後面。」

他們幾乎喊破了喉嚨。樹上的人慌慌張張地把槍口對準武藏的頭。

點燃導火線的亮光在松樹細密的枝葉間閃了一下。就在這時候，武藏的手肘畫了一個大圓，隨即將手裏握著的石頭丟向槍砲的導火線。

「嘎吱」一聲——突然傳來樹枝斷裂的聲音。接著又聽到一聲慘叫。晨霧中，一個龐然大物掉落地面。當然，那是一個人。

6

「喂！」

「是武藏。」

「武藏來了。」

除了不長眼睛的人之外，所有的人都嚇得目瞪口呆。

在三岔路上可說已經撒下了天羅地網。可是吉岡門徒做夢也沒想到會在這毫無預警的情況下讓武藏闖入了核心。吉岡門人的狼狽可想而知。

據守在這裏十名不到的人，一下子亂了陣腳，掛在腰間的刀鞘竟然互相碰撞。還有人甚至被槍柄絆倒。有的人爲了閃躲而跳到遠處，有的則驚魂未定胡亂大叫：

「小、小橋！」

「御池！」

有的人自己都沒定下心，卻警戒他人：

「不要疏忽！」

「什……什麼？」

「那、那……」

有的人使盡力氣卻說不出話來。最後大夥兒好不容易才拔出刀槍，面向武藏圍成一個半圓，準備進攻。此時，武藏望著他們凜然說道：

「我是美作鄉士宮本無二齋的兒子武藏，依照約定前來比武。名義上的掌門人源次郎來了嗎？不要跟先前的清十郎、傳七郎一樣又敗北了！看在他還年幼的分上，我也不反對他帶幾十個打手。然而我卻是獨自前來赴約。不管是一對一的比武，還是一對多，悉聽尊便。來吧！」

武藏彬彬有禮，令吉岡門人相當意外。對方這麼有禮貌，自己卻如此無理，反而覺得難堪。但是他這種禮貌與平常不同，若不是有充分的準備是無法如此從容的。岩岡門人已經口乾舌燥，只能吐出一、兩句話。

「武藏，你來遲了！」

「難道你怕了嗎？」

無論如何，他們確實聽清楚武藏是獨自一人前來赴約的。這使他們覺得又占了上風。但是像源左老人和御池十郎左衛門等人都認爲其中一定有詐，武藏一定會出奇招。他們懷疑武藏的幫手就躲在附近。因此，他們的眼睛忙著四處張望。

颼！

某處響起了弓弦的聲音。

一聽到這聲音，武藏猛然抽出大刀砍向飛來的那支弓箭。弓箭立刻一分爲二，落在武藏身後。

武藏不理會所有的眼光。有如一隻怒髮衝冠的獅子縱身跳到松樹下。

「啊！好可怕！」

依照吩咐一直站在那裏的源次郎大叫一聲，緊緊抱著樹幹不放。

他的父親源左老人聽到他的叫聲，也發出似乎自己被劈成兩半的叫聲跳了過來。只見武藏的大刀一閃，薄薄地削下二尺左右的松樹皮。和著樹皮一起砍下的少年人頭，滾落在血泊中。

霧風

1

武藏彷彿夜叉化身。

武藏不管其他人，一開始就盯住目標，一刀砍下源次郎的首級。

他既不感鼻酸，也不認爲殘忍。只要是敵人，不管人數多少，也不管對方只是個少年。

殺死那少年，並沒有削弱對方的氣勢。反而激怒全體門人勢如狂瀾的鬥志。

尤其是源左老人哭喪著臉，聲嘶力竭叫道：

「啊！你眞殺掉他！」

老人高舉著一把沈重的大刀，劈頭朝武藏砍去。

武藏右腳退了一尺左右，身體和兩手順勢向右傾斜。砍殺源次郎少年之後，折回來的刀鋒馬上又「颼」一聲揮向源左老人的手肘和臉頰。

有人呻吟：

「唔！唔！」

原來有一個持槍從武藏身後攻擊的人，也跟著搖搖晃晃地向前倒了下去，正好和源左老人疊在一起，血染滿身。一眨眼，第四個人從武藏的正前方猛撲過來——那人才踏出腳步，肋骨便被切成兩截。頭和手無力地垂了下來，雙腳支撐著沒有生命的身體，走了兩、三步……

「應戰！」

「在這邊！」

接下來，六、七個吉岡門人發出駭人的叫聲，企圖告知其他同伴。但是，埋伏在三岔路上的人，距離本營還有一段距離。因此本營發生的事情，一時間無法得知。結果，這些慘叫聲夾雜在松濤和竹林的搖晃聲裏，消失於天際。

從保元、平治時代以來，平家的逃亡者流落近江的時候，以及親鸞或叡山的民衆來往於都城的時候，這幾百年來，都會經過這個巨松的路口。沒想到，今天此處竟然會血染大地。也許是巨松吸吮到土中的血腥而歡呼，也許是樹心因此而哭泣，使得巨大的樹幹和樹梢也跟著顫慄。每當煙霧般的山風吹來，冰冷的水滴便灑向松樹下的刀光和劍影。

接下來，已經沒人再去注意一名死者和三名負傷的人了。在這緊張的氣氛中，雙方喘了一口氣，武藏已將背緊貼在樹幹上。粗大的樹幹，正好成了他的防禦。但武藏認爲長時間定在原地反而對自己不利。他如狼般的眼神，順著刀鋒橫掃過七名敵人的臉，並思考著下一個有利點。

樹枝聲——雲聲——竹聲——草聲——所有事物都在風中搖擺、打顫。此刻，有人大聲叫著：

「到下松去！」

聲音是從附近的小山丘傳來的。正是佐佐木小次郎，他原本挑了一個合適的位置坐在岩石上，現在站了起來，向躲在三岔路草叢中或樹蔭下的吉岡門人吼叫道：

「喂！喂——下松！到下松去應戰！」

2

此時，響起砲彈的聲音。由於聲音過大，大夥兒趕緊摀住耳朵。人羣當中，應該有人聽到小次郎的聲音。

哇！

大竹叢、樹蔭以及岩石後起了一陣騷動，所有埋伏在三岔路上的人蜂擁而出。

「啊？啊？」

「已經逃走了！」

「追呀！快追呀！」

「給他跑了！」

二十幾名門人從三岔路跳出，如一股狂流般直驅下松。

武藏聽到砲彈聲，靠著樹幹閃躲，砲彈從他臉頰飛過，射在旁邊的樹幹上。武藏接著與面前七名持刀槍的敵人對峙。那七個人也隨著武藏的移動圍著樹幹移動。

突然，武藏持劍衝向七人中最左邊的男子。那男子是吉岡十劍客之一的小橋藏人，小橋對這突如其來的攻擊覺得意外，不禁叫道：

「啊！呀！」

他單腳站立，閃開這一劍。武藏便趁這個空隙衝出重圍。

衆人看著武藏的背影，叫囂道：

「別逃！」

大夥兒緊追不捨，正要撲向敵人的那一剎那，整體的行動突然變得凌亂，每個人也失去原有的備戰狀況。

原來武藏像秤鎚一般，突然迴轉身，看準跑在最前面的御池十郎左衛門猛撲過去。然而十郎左衛門早有所警覺：

「這是他的詭計。」

所以在追趕武藏時，事先特別留意自己的腳步和速度。當武藏突然反身刺過來時，他立刻縱身一閃，躲過了大刀。

武藏的刀法不像一般武士，揮下一刀後，力量消失了重新舉刀，再砍第二刀，這樣的話速度太慢了。

武藏未拜師學藝，所以在練功上費了不少力氣。但是沒有師承也有它的好處。

好處在於不受任何流派的限制。他的劍法既無形，也無限制，更無秘訣，只是將天地四方與自己的想像、行動合而爲一，自創一種無名無形的劍法。

譬如在這種情況下——他在下松決鬥時——砍殺御池十郎左衛門的刀法就是如此。御池十郎左衛門不愧是吉岡的高足，當武藏故意逃跑，再出其不意回頭揮刀的時候，他確實是躲過了——無論京流、神陰流，任何既成的劍法，御池都能夠應付自如。

然而武藏自創的劍法卻不容易躲過。他的刀砍下去，一定反彈回來。向右砍的同時也蘊含著左彈的動力。因此，他的劍在空中比畫時，有如雙葉松有兩道光芒。刀一揮出，立刻反彈至敵人身上。

「啊！」御池十郎左衛門慘叫一聲，臉頰隨即被那有如燕尾的劍鋒掃過，像一盞殘破的鬼燈般染紅了鮮血。

3

以京流派劍法立足於世的吉岡十劍，首先是小橋藏人被殺死，現在連御池十郎左衛門這樣的人物也相繼倒地。

死傷的人數已經不在少數。但包括掌門人源次郎在內，光是這場決鬥的序幕就已經有一半的人死在武藏刀下了。血染大地，情況慘不忍睹。

當時，如果武藏利用殺十郎左衛門的刀鋒餘勁，趁其他人慌亂之際，乘虛砍殺，一定又可以砍落幾名項上人頭。

但是，他似乎想起什麼，往三岔路之一直奔而去。

武藏看似逃跑，卻又折回。看似準備與敵人應戰，卻又像燕子般輕輕滑行而過，失去蹤影。

「畜牲！」

剩下的半數人馬，咬牙切齒地痛罵。

「武藏！」

「膽小鬼！」

「眞是卑鄙的傢伙！」

「還沒分出勝負呢！」

大家一邊吼一邊追。

他們的眼睛像要噴出火似地。看著地面上血流成河，聞著隨風飄來的陣陣血腥味，大夥兒像著了魔般站在血泊中，勇敢的人更冷靜；而膽怯的人更心虛。這羣人看到武藏逃走而急忙追趕的表情，活像是地獄裏的鬼魂。

「在那邊！」

「別讓他逃了！」

武藏完全不理睬對方的喊叫聲。他放棄開啓戰端的丁字路口，選擇三岔路中最狹窄的一條，也就是是通往修學院的道路。

當然，這條路上也有吉岡門人駐守。他們知道下松出了問題，急急忙忙趕了過來。武藏跑不到三十五公尺，便迎頭碰上這批人。現在武藏前有敵人，後有追兵，看來要受兩隊人馬的夾攻了。

這兩路人馬在叢林道上相遇。這回人多勢衆個個都顯出英勇的神態。

「喂！武、武藏那小子呢？」

「沒見到！」

「怎麼可能？」

「但是——」

正在一問一答時。

「我在這裏！」

武藏從路旁的岩石後面跳出來，站在他們剛剛走過的道路中央。

他已準備好應戰，一副儘管放馬過來的樣子。追趕過來的吉岡門徒愕然了，因爲在狹小的路上，根本無法集中衆人的力量。

手腕加上刀劍的長度，以身體爲圓心畫圓的話，就可知道，在這麼狹窄的道路上，兩人並排是件危險的事。不僅如此，站在武藏面前的人，一步一步往後退，而在後面的人卻爭著想擠到前面。因此，人多反而造成混亂，只會自縛手腳罷了。

4

但是，衆人的力量，也不是這麼脆弱。

剛才衆人被武藏的敏捷與氣勢懾住而不敢前進。

有些人曾想逃跑。

「喂！不要退後！」

「他只不過一人而已啊！」

衆人此時才自覺到團結，而幾位仗著這股強勢力量的人，帶頭叫罵道：

「一起上啊！」

「讓我來解決他！」

叫囂的人挺身而出，後面的人見狀，也大喊「殺」，光是這聲勢就比武藏強多了。

武藏面對眼前一波波驚濤駭浪，被逼得直往後退。他心想：與其攻擊倒不如防身。

敵人衝到武藏身邊，且逼得他無法出手，只能節節後退。

在這種狀況之下，殺兩、三人，對整體而言，不但無關痛癢，而且稍有鬆弛，長矛就會刺過來。

敵人的刀尖較容易躲過，但是，衆多像稻穗末端那麼細長的槍尖卻是躲避不及。

吉岡的人乘勢追擊。

噠！噠！噠——對方看武藏節節敗退，更是緊追不捨。武藏臉色變得蒼白，幾乎要窒息了。假使現在武藏被樹根絆到，或是被繩子絆住，吉岡的人隨時會出手攻擊。但是誰也不敢靠近視死如歸的人，與他共赴黃泉。因此，大家口中雖然喊著「殺」、「殺」，卻沒有眞正逼近武藏，只是用槍矛對著武藏的胸部、手掌、膝蓋等處逼近兩、三寸而已。

「啊？」

一不留神，武藏再次從他們眼前消失。在這狹窄的道路上，竟然無法對付一個武藏，原因是人太多自亂了陣腳。

武藏既未乘風而跑，也未跳到樹上，只不過縱身跳到路旁的草叢中罷了。

那是一片土質鬆軟的孟宗竹林。武藏有如小鳥一般穿梭在綠色的竹林間。此時，林中突然閃出一道金色光芒，不知何時，朝陽已從叡山連峰的山頭露出紅通通的半邊臉來了。

「站住！武藏。」

「卑鄙的傢伙！」

「有人以背迎戰的嗎？」

衆人分頭在竹林中追趕武藏，此時，武藏已離開竹林，跳到小河的對岸，再跳上一丈高的山崖，喘了兩、三口氣，稍做休息。

山崖下是一片微傾的原野。他望著破曉的旭日昇起，天色已經大亮了。下松的岔路口就在他眼前，那裏大約聚集了四、五十名吉岡門人。當他們發現武藏站在山崖上時，一齊「哇」的大叫一聲，往這邊衝了過來。

此時的人數大概比先前多了三倍，黑壓壓地往山崖聚集過來。這是吉岡所有的人馬。以這樣的人數手牽著手的話，足以將這原野整個包圍起來。武藏的劍此時看起來像一根閃著光的小針，他擺好架勢，冷眼注視對方，遠遠的站在原地等候。

5

遠處傳來馱馬的嘶叫聲。這時無論是街頭或是山中，已是人來人往的時刻了。

尤其在這附近，早起的和尚有的從叡山下來，有的要上叡山。幾乎每天天剛亮，就可以看到穿著木屐，抬頭挺胸走在路上的僧侶們。

現在，路上的僧侶、樵夫以及老百姓們大喊：

「有人在打鬥呀！」

「在哪裏？」

「在哪裏？」

人羣一騷動，連牲畜也跟著雞飛狗跳。

八大神社也聚集了一羣看熱鬧的人。飄流不絕的霧氣，籠罩著山坡和人羣，一片霧濛濛。沒多久，雲消霧散，視線又清楚了。

才這麼一瞬間，武藏的樣子已經變了。繫在額頭上的白布，已經滲滿桃紅色的血汗。散亂的頭髮緊貼著鬢角。他的樣子看起來恐怖極了，像個地獄魔王。世間絕不會再有比這個樣子更淒厲的了。

「……」

他的呼吸已經恢復順暢。如銅牆鐵壁般的肋骨，因呼吸而上下鼓動著。褲子已破，膝蓋的關節處被砍了一刀。傷口隱約可見石榴子般白色的骨頭。

手臂上也有一處傷痕。雖然不是什麼大不了的傷口，但是滴下的血染紅了胸口到佩劍的腰帶。全身沾滿鮮血，眞像剛從墳墓爬出來的人，慘不忍睹。

不！還有比起這景象更令人鼻酸的。那些被武藏砍傷的人，摀著眼睛呻吟不止，有的在地上爬，有的受了傷，有的已經死了。當武藏跑到原野的台地時，大約有七十名敵人襲擊他。但是立刻就被他砍死了四、五名。

吉岡門人並非在同一地點受傷或斃命，而是七零八落，且相距甚遠。武藏不斷改變位置，在這廣大的原野占取有利的位置，與敵人打鬥，不讓他們有集結衆人力量的機會。

但是武藏的行動也有一定的原則，就是絕不站到敵人隊伍的側面，盡可能避開敵人橫隊的攻擊。他一直繞到衆人的一端，再施以閃電般的攻擊——也就是攻擊敵人隊伍的末端。

因此，從武藏的角度來看，敵人一直是呈縱隊，就是像剛才在狹窄的路上那樣。所以從縱隊的末端迎戰，即使敵人有七十人或是上百人，以他的戰法，只要對付隊伍末端的兩、三名就行了。

雖然有迅雷不及掩耳的速度，但也總有露出破綻的時候，而且敵人也不會一直被他牽著鼻子走。

有時候，數不清的人一起雲集而來，在他身前身後叫囂著。

這個時候，才是武藏最大的危機。

同時也是武藏達到忘我的境界，發揮高度熱力的時候。

武藏手上不知何時已拿著兩把刀。右手的大刀沾滿了血跡，劍柄的絲帶也染紅了；而左手的小劍，僅刀尖沾著一點油脂，仍閃著銳利的光芒，砍幾個人綽綽有餘。

雖然如此，武藏卻沒注意到自己正拿著兩把刀在打鬥。

6

這場打鬥有如燕子乘風破浪。

燕子撲向衝過來的浪頭上，然後一個翻身，迎接下一個浪頭。

雙方的打鬥幾乎沒有停止的一刻，刀刃一交鋒，旋即有人撲倒在地。每當吉岡衆人看到這種情形，都會倒吸一口氣。

「呀！」

回過神後，一起發出：

「哼！」

只聽到草鞋噠——噠的聲音，一羣人已將武藏團團圍住。

「……」

武藏趁這個時候，深深地吸了一口氣。

左手的劍瞄準敵人的眼睛，而右手的大刀則舉向旁邊，也就是從肩膀到手腕到刀尖都保持水平。以他炯炯有神的雙眸爲中心，大小二刀加上兩隻張開來的手臂長度，使得武藏的防守距離變得非常寬廣。

如果敵人不攻他正面。

而攻他右側時，他隨即將身體重心移向右邊以牽制敵人。

如果直覺敵人會向左襲擊，則立刻伸出左劍，將敵人鉗在兩把劍之間。

武藏向前刺的左劍，有磁鐵般的魔力。在劍端前的敵手，有如被黏在竹竿上的蜻蜓，進退兩難。一瞬間，長長的右劍揮了出去，立刻就有一個鮮血淋漓的人頭如火花迸出般地掉落地上。在好幾年以後，有人稱武藏這種戰法爲「以寡敵衆二刀流」。但是此時的武藏，完全不自覺的使用這種方法。因爲他已經達到忘我的境界。有時候人被逼急了，會發揮最大的潛力。平常不太使用的左手，在緊要關頭也能將潛力發揮到極致。

但是以一個劍法家的觀點來看，武藏還是稚嫩的階段。他的流派及劍法毫無章法、體系或理論根據。這也許是他的命運吧！堅信不疑的信念，都要實際去體驗。理論則等之後躺在牀上想也還不遲。

相對地，從吉岡十劍到末流之輩，都是以京八流派的理論爲依據。能達成一家之風的人，少之又少。武藏未拜師學藝，只是以荒山野地的險難和生死巷，做爲修行的搖籃。迷迷糊糊地也不知道劍爲何物，爲學習劍道經常徘徊於生死之間。兩者在心態上、鍛鍊上根本就不同。因此抱著這種常識的吉岡門人，看到武藏氣喘吁吁，臉上毫無血色，全身沾滿鮮血，手上卻還拿著兩把刀，一碰到人「唰」一聲地就鮮血四濺。吉岡門人看到武藏猶如羅漢一般，都覺得非常不可思議。大家屏氣凝神，汗水滲入眼中，看到同伴鮮血四濺，個個驚慌失措，且武藏的身影越來越難捉摸。到後來，大家都認爲好像在和一位全身血紅的妖怪打鬥，大家顯得精疲力竭，不知所措。

7

逃吧！

以一抵百的人吶！

逃吧！趕快逃吧！

山這麼說。

樹木也這麼說。

白雲也這麼說。

來往的行人以及附近的百姓，看到重圍中的武藏，也都感受到他的險境，才會忘我地向他呼叫。

然而即使天崩地裂、天打雷劈般的巨響，也傳不到武藏的耳中。

他的心力驅使身體轉動。他眼中的肉軀不過是一個假象罷了。

他可怕的精力，簡直要將身體和靈魂燒盡了。現在武藏已不是肉體之軀，而是一團燃燒熾熱的火燄。

突然──

「哇」地一聲喊叫在三十六峰間迴響。聲音之大有如天崩地裂。原來是遠處圍觀的人羣以及武藏面前的吉岡門人不約而同彈地而起所發出的聲音。

噠──噠──噠

因爲武藏出其不意地像頭野豬般從山腰跑往村莊去了。

當然七十名吉岡門人不可能袖手旁觀，坐視不管。

「在那裏！」

黑暗中，有五、六人趕緊追向武藏。

「殺！」

「就是現在！」

一羣人一齊撲上來，武藏低身，「鏗」一聲右刀已砍向他們的腳脛。

其中一名叫道：

「你這傢伙！」

武藏「鏗」一聲把撲過來的長矛撥向空中。他怒髮衝冠，奮力迎敵。

「鏗、鏗、鏗！」

右劍左劍、右劍左劍——劍劍交鋒如水火相交。武藏咬緊牙根苦戰，甚至想用牙齒攻擊敵人呢！

「啊！被他逃掉了！」

遠處衆人一陣嘩然，同時吉岡門人也一陣驚慌。此時，武藏已從原野的西端，下到青麥田地了。

有人立刻叫道：

「回來！」

「站住！」

噠——噠噠——又有幾個人跟著他下山。就在此時，出乎意料地響起了兩聲慘叫。原來是跟蹤武藏的吉岡門人，被埋伏在山崖下的武藏砍殺的哀號聲。

唰！

噗！

兩支長槍飛向麥田正中央，深深地刺入泥土，直立在地面上。那是吉岡門人由山腰往山下擲過來的。然而武藏的身影卻像個泥球跳過麥田，才一會兒功夫，已經和吉岡的人拉開約五十多公尺的距離了。

「他逃往村莊了。」

「他逃向街道了！」

大家七嘴八舌。武藏爬過田畦，從山上不時地回頭觀看分頭追趕他的人。

此時，朝陽一如往常映照在草原上。

菩提一刀

1

這裏位於大四明峰南嶺的高地。別說東塔、西塔，就連橫川、飯室的山谷都盡入眼簾。帶著三界混濁泥水的河流蜿蜒在霞霧當中。此時還是嚴寒時節，叡山上的法燈透著孤寂之氣，而樹上也才剛冒出芽苞，還聽不到鳥叫聲。

位於雲端的無動寺，山林泉水仍籠罩在一片寂靜當中——寂靜的無動寺林泉，在白雲之上。

……

與佛有因
與佛有緣
佛法僧緣
常樂我常

朝念觀世音
暮念觀世音
念念從心起
念念不離心

是誰？

無動寺後苑傳出十句觀音經。那聲音不像誦經，也不像清唱，倒像是自然發出的低語。獨自低語的聲音，時而高昂，時而低吟。

地板黑得發亮的迴廊上，有位穿白衣的小僧，雙手端著齋飯，朝傳出念佛聲的房間走去。

「施主！」

小僧將齋飯放到房間的角落。又叫了一聲：

「施主！」

小僧跪在地板上。那位施主彎腰背對著小僧，沒有注意到後面有人進來。

前幾天早上，有位滿身是血的修行者，拄著枴杖蹣跚地來到這裏。

想必已經可以猜到是什麼人了。

從南嶺往東下山，會到達穴太村白鳥坡；如果往西下山，就可直達修學院白河村——從這裏可以通往雲母坡和下松。

「施主，我把午餐送來了，就放在這裏。」

武藏終於聽到了。他伸伸懶腰，回頭看送來齋飯的小僧：

「非常謝謝你！」

他坐直身子，行了個謝禮。

他的脚邊散了一地的白木屑。更細的木屑則散落在草蓆上以及牀邊。空氣中似乎飄著梅檀木的香味。

「您馬上用膳嗎？」

「是的，我現在就用。」

「那麼，我來服侍您！」

「謝謝你！」

武藏接過飯碗，開始吃了起來。小僧直瞪著武藏身後閃閃發亮的小刀，還有他剛從膝上拿下來的一塊大約五寸長的木頭。

「施主，您在刻什麼啊？」

「佛像。」

「是阿彌陀像嗎？」

「不是，我想刻觀音。可是我從未雕刻過，所以不但刻不好，還一直戮到手指呢！」

他伸出手，讓小僧看他手指上的傷口。小僧看武藏的手指時，被他袖口下綁著繃帶的手肘吸引了。

小僧皺著眉頭。

「您脚上和手腕的傷恢復得怎樣了？」

「啊！託你們的福，這些傷已無大礙，請代我向住持說聲謝謝。」

「如果您想刻觀音，最好到中堂去。那裏有座名人雕刻的觀音像喔！您可以在飯後過去看看。」

「我很想去看一看，請問到中堂的路怎麼走？」

2

小僧回答道：

「從這裏到中堂，大約只有一公里。」

「這麼近啊？」

於是，武藏決定飯後隨小僧到東塔的根本中堂走一趟。他已經十幾天沒有踏到地面了。本來以為傷口已經完全好了，沒想到一踩到地面，左脚的刀痕還會疼痛。而手腕上的傷痕被山風一吹，也隱隱作痛。

眼見山風輕拂的枝葉間飛舞著山櫻花瓣，天空也呈現初夏的顏色，令武藏感到體內像萌芽的枝幹充滿向外伸展的本能，全身的細胞也跟著活躍起來了。

「施主！」

小僧看看他的臉：

「您是位兵法修行者吧！」

「沒錯！」

「爲什麼要雕觀音像呢？」

「……」

「爲什麼不把學雕佛像的時間拿來練劍呢！」

童真無邪的問話，有時聽來讓人格外椎心。

比起手腳上的刀傷，小僧的話更刺痛武藏的心。更何況問話的小僧才十三、四歲而已。

武藏在下松樹下大開殺戒，頭一個便砍死少年源次郎——他的年齡、體型都和眼前這個小僧差不多。

那天，他究竟殺傷了多少人？又殺死多少人？

武藏現在完全想不起來自己是怎麼殺敵的？又是如何從死亡的地獄谷逃脫出來？對這些只有片斷的記憶。

那天之後，他經常在睡夢中隱約聽到源次郎在下松的地方大叫：

「好可怕！」

隨著叫聲，源次郎的人頭連著松樹皮一起滾落地面，那屍體看來可憐極了。

「不容寬待，格殺勿論。」

武藏懷著此一念頭毫不留情地砍下去之後，存活下來的自己經常反問自己：

爲什麼我要殺死他呢？

武藏後悔莫及。

不致於非致他於死地不可啊！

他對一自己的行爲憎恨不已。

「自己做過的事，絕不後悔。」

他曾經在日記上寫下這樣的誓言。但是，只有殺死源次郎這件事，無論當時再怎麼有理，還是逃不過內心的折磨和悲哀。一想到劍的絕對性——還有必須排除修行路上的荊棘，就覺得自己下手太殘忍、太不人道。

武藏甚至想過：

「索性將劍折斷吧！」

尤其住在山上的這幾天，身處佛陀的世界，整個人從腥風血雨中清醒過來。想到自己的所做所爲，心中不禁產生菩提的慈悲念頭。

在他等待手腳傷勢痊癒的日子裏，他試著雕刻觀音像以供奉源次郎。然而最主要還是因爲他對自己的靈魂感到懺悔，爲了贖罪而有的菩提行。

3

「小師父！」

武藏終於開口了。

「在這山上爲什麼有那麼多源信僧都以及弘法大師所雕的佛像呢？」

小僧歪著頭說道：

「這個嘛！經您這麼一提，倒讓我想起很多出家人既會畫圖又會雕刻。」

雖然武藏一時不瞭解，但卻點頭表示同意。

「所以說舞劍的人雕刻佛像是爲了琢磨劍的眞意，而學佛的人持刀雕刻是因爲想從忘我境界接近彌陀的心。不管是繪畫或書法，每個人都仰望著同一輪明月。有的人經過許多迷惘才爬上高山，有的人則繞遠路而行。但不管怎樣，最後都能殊途同歸。這些都只是爲了讓自身更圓滿的手段而已。」

「……」

小僧聽了這番大道理覺得沒意思，於是快步向前走去，並指著草叢中的一塊石碑說道：

「施主，這塊石碑上的字是慈鎭和尚所寫的。」

他自告奮勇領著武藏走近石碑，念著石苔上的文字：

佛法　式微

想到末世　令人心寒

猶如比叡山　蕭颯的涼風

武藏一直站在石碑前面，覺得這座長滿苔蘚的石碑就像個偉大的預言家。織田信長先行破壞，再行建設，大刀闊斧整頓比叡山之後，其他五座名山上的佛堂寺廟便遠離政治和特權的糾葛，現在已恢復寧靜，回到往日一穗法燈的單純世界。但是，有些法師仍然不改以往的橫行霸道，而且經常爲了住持的寶座爭權奪利。

靈山本來是拯救衆生的地方，如此不但沒有拯救人類，反而被俗世之人利用，靠布施來維持下去。武藏默默地站在石碑前，對這個無聲的預言感慨萬千。

「我們走吧！」

小僧才往前走，就有人從後面揮手呼叫。

原來是無動寺的中間法師（編註：身分低微供差遣的僧人）。

法師快步走到兩人面前，對著小僧說道：

「清然，你打算帶這位施主到哪裏去？」

「我想帶他到中堂。」

「做什麼？」

「這位施主不是每天在刻觀音像嗎？我聽他說老是刻不好，便建議他到中堂去看看名師所雕的觀音像。」

「這麼說來今天不去也沒關係嘍！」

「這個我不敢說。」

小僧怕武藏生氣而含糊其詞。武藏向法師賠禮道歉：

「是我貿然請小師父作陪，實在抱歉。請您將小師父帶走吧！」

「不是的，我追過來並非要向你討人，而是想請您回去。」

「什麼？是找我？」

「是的，您難得出來走走，實在很抱歉。」

「有人找我嗎？」

「有位客人來找您，我推說您不在。但是那人方才看到您了，說是非見您不可，要我來請您過去。這個人非常固執，沒見到您是絕對不會離開的。」

到底是誰啊？武藏猜不著，只好跟著法師回去。

4

雖然山法師（編註：比叡山延歷寺的僧人，特別指僧兵而言）的猖狂勢力已被逐出政壇和武家社會，但是他們的餘蹤仍殘存在這山中。

他們的衣著不變，有的腳趿高木屐、橫背大刀，有的腋下挿著長柄刀。

一羣大約十人左右站在無動寺門前等待。

「來了！」

「就是他嗎？」

衆人交頭接耳。其中一名綁著茶色頭巾、身穿黑衣的人走向這裏，他直盯著武藏和小僧，以及前來尋找兩人的中間法師。

「到底有什麼事？」

傳話的法師不知道什麼事，武藏更不得而知。

途中只聽說對方是東塔山王院的堂衆，其他一概不知。但是這些堂衆之中，沒有一個是武藏認識的。

「辛苦了。現在，沒你們的事，請退到門內。」

其中一位大法師，揮著長刀，指著那位傳話的中間法師和小僧。

然後，又對著武藏問道：

「你就是宮本武藏嗎？」

對方並未行禮，因此武藏只是站在原地點頭回答：

「正是。」

老法師向前踏了一大步，以宣讀詔書的口氣說道：

「敝人是中堂延曆寺的衆判。」

「叡山是個既清淨又有靈氣的地方，絕不允許有人背負恩怨潛藏在此。應該說是不允許不法決鬥之輩潛伏到這裏。剛才，我也跟無動寺住持說過，請你即刻離開本山……如有違背，得照山門的法規嚴加處置，請你務必諒解。」

「？」

武藏啞然地瞧一眼對方嚴肅的神情。

爲什麼？一定有什麼可疑的原因。當初到無動寺請求寺裏照顧的時候，曾向中堂打過照面，中堂曾說：

「沒問題。」

徵得中堂許可之後，他才住進寺內。

然而現在卻突然把武藏當成罪人般驅逐出境，這裏頭一定大有文章。

「我瞭解您的意思。只是我完全沒有準備，天色也不早了，是否能讓我明早再出發呢？」

武藏完全順從，只是他還是忍不住又問道：

「這是執法師父的命令，還是各位的意思呢？我先前已經向無動寺提出申請，並獲得許可。現在突然對我下逐客令，實在令人無法理解。」

「喂！既然你問起，就說給你聽吧！當初我們只知道你是一位武士，單槍匹馬在下松和一大羣吉岡門人決鬥，才滿懷熱忱讓你住下來。誰知你的惡評不斷，我們不能再收容你了。這是我們衆人的決定。」

「惡評？」

武藏點了點頭。似乎早就料到是這麼回事。他不難想像比鬥之後，吉岡門人會如何中傷他。現在又何必和這些人爭執呢！

武藏冷冷地說道：

「我知道了。但事出突然，我明早一定離開此地。」

武藏正要轉身進門，背後立刻傳來其他法師的破口大罵：

「壞蛋！」

「魔鬼！」

「邪魔外道！」

5

「你們說什麼？」

武藏一定非常生氣。他停下腳步，對著嘲罵他的堂衆怒目而視。

「你聽到了啊！」

說這句話的人是剛才從武藏背後罵壞蛋的人。武藏遺憾地說道：

「因爲這是寺裏命令，我恭敬地接受。沒想到你們竟然口不擇言謾罵一通。難道你們故意要挑起事端？」

「祀奉佛祖的我們，絕無和你爭吵之意。只是不自覺地從喉嚨發出這些言語，這是沒辦法的啊！」

這時，其他的法師也都說道：

「是上天發出的聲音。」

人多勢衆，他們更加咆哮道：

「我們是代天行事，懲戒惡人。」

輕蔑的眼神、嘲笑怒罵的口沫一起對著武藏。武藏無法忍受這種恥辱。但是他極力地克制自己保持沈默，不讓對方挑釁成功。

這座山的法師，向來以饒舌著稱。而所謂堂衆，就是學寮的學生，盡是一些驕傲自大、炫耀學問的人。

「什麼嘛！鄉里間那麼大肆宣傳，我還以爲是什麼厲害的角色呢！看來，也只不過是個沒趣的傢伙罷了！不知道他是在生氣還是怎麼著，不吭一聲呢！」

武藏心想，再沈默下去反而招來更惡毒的話，因此，他稍稍變了臉色：

「你剛才說是代天懲罰，難道這次也是上天的聲音嗎？」

「沒錯！」

那人說話的態度非常傲慢。

「那是什麼意思？」

「你不懂嗎？山門的衆判已經說得很明白了，難道你還不懂嗎？」

「我不懂。」

「是嗎？你未免太遲鈍了，眞是可憐蟲！但是，將來你一定會瞭解什麼是輪迴。」

「……」

「武藏……世間對你的評語非常不好。你下山得小心喔！」

「我才不管世上的評論，就讓人們去說吧！」

「哼！你說得好像你是對的！」

「我沒有錯！那天的比武，我絲毫沒使卑鄙的手段……仰天俯地我無愧——」

「等等！」

「我哪裏使詐了？我哪裏膽小怯懦了？我對劍發誓，我的戰術一點也不邪惡。」

「你眞是大言不慚呀！」

「如果是別的事，我可以充耳不聞，聽聽就算了。但是我絕不允許別人誹謗我的劍道精神！」

「既然如此，我就直說吧！希望你能明明白白地回答我的問題。吉岡門的確是派了不少人馬，而你單槍匹馬竟然也敢赴約，這種勇氣，或者應該說是暴勇，還有你視死如歸的作爲，我們都能夠接受，甚至會讚揚你很厲害。但是，你爲何要殺死一名年僅十三、四歲的孩子？爲何殘酷地砍死叫源次郎的少年呢？」

「……」

武藏的臉像冰凍般，漸漸失去血色。

「第二代淸十郎斷了一隻手，遁世隱居，他的弟弟傳七郎，也遭你毒手。最後留下來的血脈……就只剩那個年幼的源次郎了。殺死源次郎，等於斷了吉岡家的香火。再怎麼合乎武道精神，這種作爲不是太過冷血、太過殘酷了嗎……你還算是個人嗎？在這開滿山櫻的國家中，你配稱一名武士嗎？」

6

武藏始終低著頭不發一語。那位法師又說道：

「山門知道事情的來龍去脈之後，才對你感到憎恨。我們可以體諒其他的事情，但卻無法原諒你殺了那個少年。這個國家的武士，豈能有如此殘暴的行爲。越是高強傑出的武士，應該更親切、更體貼、更悲天憫人才是……叡山要把你趕出去，這是刻不容緩的事。希望你快點從這座御山消失。」

對方的謾罵、嘲笑，武藏心中多少也同意。堂衆們說完之後，漸漸離去。

「……」

武藏終於甘心接受批評，直到最後他都未發一語。

但是，這並不表示他沒有理由回應批評。

「我沒有錯，我堅信我的信念！那種場合，只能那樣做才能貫徹自己的理念。」

在他心裏，絕沒有藉口。到現在仍然堅信不移。

可是，爲什麼要殺源次郎呢？

他的內心可以淸楚地解釋這件事。

「敵方名義上的掌門，就是敵方的大將，同時也是三軍旗幟的象徵。」

既然如此，殺他有何不對？另外，他還有一個理由——

敵方約有七十人，在這比鬥中，如果能在自己戰死之前便砍殺十人，也稱得上是善戰之士了。但是，即使殺掉二十個吉岡的嫡傳遺弟子，剩下的這五十人在打鬥之後仍然會高唱凱歌！因此，爲了取得勝利，得先奪取敵方大將的首級。如果能先擊垮全軍的首領，即使慘遭不測，事後也還能證明自己是勝利的。

如果還要再說下去的話，從劍的絕對法則和性質來說，還有幾個理由。

但是，武藏面對堂衆的謾罵，始終一句話也沒說。

爲什麼呢？縱使有這些堅信的理由，他仍逃不過良心的苛責——他感到傷心和慚愧——比堂衆們的責罵更令他感到椎心之痛

「啊！我就此放棄修行吧！」

武藏抬起無神的眼睛，一直站在門前。

白色的山櫻在傍晚的微風中飄散著。以往毫不紊亂的意志，現在也像那花瓣在空中飄零。

「然後和阿通共奔前程……」

他突然想起都市人的享樂，想起光悅、紹由等人所住的歡樂世界。

「不……」

他邁開大步，走進無動寺。

房間裏已經點起燈火。這裏只能待到今夜了。

「不管雕得好壞，只要自己的心意能傳達給菩薩就夠了。就趁今夜把它刻好，留在寺院裏吧！」

武藏坐在燈下。

他把觀音像放在兩膝之間，手握雕刻刀又開始專心地刻了起來。

無動寺夜不閉戶。這時有個人如貓般躡手躡腳地從走廊偷偷地爬到武藏的房門外。

7

燈光逐漸暗了下來……

武藏趕緊剪掉一段燈芯。

接著，又坐下來繼續雕刻。

天才一暗下來，山裏就一片寂靜。銳利的刀尖不斷削著木頭，掉落的木屑發出有如積雪般的聲響。

武藏整個人都沈浸在刀尖上了。他的個性就是如此，只要決定一件事，便會埋頭苦幹。現在他刻觀音像的樣子充滿了熱情，似乎永遠也不會疲累。

武藏邊刻，口中還邊誦觀音經。有時會忘我地大聲念出來，之後才又警覺地壓低聲音。然後再次剪去燈芯，開始雕刻。最後恭敬地凝視著觀音像。

「……」

「嗯！總算完成了。」

他伸了伸懶腰，此時東塔的大梵鐘敲了二更的時刻。

「對了，該去打聲招呼，而且今晚得將這尊雕像交給住持。」

雖然是一尊粗糙的雕像，但是對武藏來說，它卻是自己注入靈魂以及慚愧的眼淚爲一位死去的少年祈福而刻的雕像。他發願要將它留在寺內，伴著他的懺悔，一起憑弔源次郎的靈魂。

他帶著雕像走出房間。

他一走開，立刻有個小僧進來清掃地上的灰塵，並鋪好被子之後才扛著掃把回到廚房。

此刻應該沒有人的房間裏，紙門卻靜悄悄地開了一下又關上了。

不久——

毫不知情的武藏回到房間來，帶著住持所送的斗笠和草鞋等餞別的禮物，並放在枕邊，然後吹熄燭火，上牀睡覺。

武藏沒有關上門窗，所以風從四面吹了進來。紙門映著星光，呈灰白色，非常明亮。紙門上的樹影，令人想起海邊蕭瑟的景象。

武藏漸漸發出鼾聲，似乎已經熟睡了。

熟睡之後，呼吸也變得緩慢。這時候房角的小屏風動了一下。有個駝背的人影，跪著移向牀鋪。

武藏偶爾鼾聲一停，那個人影也立刻趴得比棉被還低。他一邊測量武藏的呼吸深度，一邊耐心地等待良機。

突然，那個人影像塊黑布騎坐到武藏身上。

「哼！給你顏色瞧！」

那人拿著短刀，正要使勁刺向武藏的喉嚨。

接著，刀尖突然「咚」一聲飛開，那個人也彈向紙門。

被拋過去的人，像個大包裹落地，只呻吟了一聲，便和紙門一起掉到黑暗的外面。

剛才武藏覺得那個人輕得跟貓一樣，內心一陣驚訝。那人雖然用布蒙著臉，卻可看到銀白的頭髮……

但是武藏看也不看，立刻拿起枕邊的大刀。

「等一等！」

他跳到走廊。

「你特地來訪，總要打個招呼吧！給我回來。」

武藏邁開大步，追趕黑暗中的腳步聲。

但是武藏並非眞心要追趕。他望著搖搖晃晃的白色刀影以及法師頭巾的影子，嗤笑了一下，立刻折回。

阿杉婆被這麼一拋，身體疼痛得緊，倒在地上呻吟。雖然知道武藏又折了回來，但是根本沒力氣逃跑。

8

「啊！妳不是阿婆嗎？」

武藏將她抱起。

趁自己睡覺時候來行刺的主謀，竟然不是吉岡的遺弟子，也不是這座山的堂衆，而是同鄉友人的老母，他覺得很意外。

「啊！我終於懂了。一定是阿婆向中堂說出我的本名以及我的事情，還說了我的壞話。堂衆不分青紅皀白就完全聽信阿婆的話。結果，就這樣決定把我趕下山，並趁黑夜到這裏援助阿婆啊……」

「唉喲！好痛啊！武藏！我已無計可施。本位田家的武運已經衰落。你來砍我的頭吧！」

阿杉婆痛得只能說出這些話。

阿婆雖然拚命地掙扎，但仍無法擺脫武藏。撞到的地方固然疼痛，但是從住在三年坡的旅館開始，阿杉一直因感冒發燒而四肢無力，已不再那麼健朗了。

此外，當她前往下松的途中，又遭到兒子又八的遺棄，不但傷了老人的心，也影響了健康。

「快殺我呀！快來取阿婆的首級呀！」

她掙扎，也是因爲心理和肉體俱已衰弱所致。但這並非弱者的呼叫，也非狂妄之詞。而是事到如今已無可救藥，一死百了。

但是，武藏卻說：

「阿婆，痛嗎……哪裏痛呢……我在這裏，請告訴我吧！」

他輕輕地將她抱到自己的牀上。然後坐在枕邊，看護她直到天明。

天一泛白，小和尚立刻送來武藏所託的便當。但也帶來了方丈的話。

「雖然你已經要離開了，但是昨天中堂說過要你今天早點下山。」

本來武藏就是這麼打算。可是生病的老太婆該麼辦呢？

武藏向寺裏提了這事。寺裏的人也覺得留下這種人會添麻煩，後來想到一個權宜之計。

「你看這個辦法怎麼樣？」

他們說寺裏剛好有一頭大津的商人載貨來的母牛。那個商人把母牛寄放在寺裏，人就到丹波路做生意去了。現在，可以用這條母牛載病人下山到大津。只要把牛放在大津的渡船頭或是附近的批發商就行了。

牛乳

1

順著四明岳的稜線，經過山中，再下山到滋賀，可以到達三井寺。

「唉喲……唉喲！」

阿婆趴在牛背上，因爲疼痛而不斷呻吟。

武藏拉著牛繩走在前面。

「阿婆！」

武藏回頭安慰道：

「如果妳很痛，我們就休息一會兒吧！反正我們兩人都不急著趕路。」

「……」

趴在牛背上的阿杉婆一句話也不說。她個性剛強，受到敵人的照顧，實在不是滋味。

武藏越是安慰，她越是憎恨、越是反感，心想：

什麼嘛！你以為憐憫我就會讓我忘記怨恨嗎？作夢！

然而武藏對這位嘴裏詛咒他的老太婆為何不恨也不氣呢？

因為比力氣，這個敵人太過於瘦弱，根本不是武藏的對手。事實上，武藏曾經中過這個手無縛雞之力的老太婆的奸計。受她陷害，吃了不少苦頭。可是不知為什麼，武藏就是無法從心底視這個老太婆為敵人。

雖然心中未將她視為敵人，眼中可不然。回想在故鄉時，受她多少為難；在清水寺衆人面前，也曾遭她唾罵。還有，過去武藏也常因為這個狡猾的老太婆多方的阻撓、扯後腿而壞了不少事。每次遇到這種情形，武藏總會想：

我該怎麼處置她呢？

他恨得牙癢癢的，即使把她碎屍萬段也不足以洩恨。甚至這次自己差點被砍頭，也只能在心中氣憤地罵她：

惡婆婆！

卻無法扭斷她滿是皺紋的脖子。

況且，阿杉婆身體欠安，又經昨晚一摔，至今呻吟不已，她已經無法再說任何惡毒、尖酸苛薄的話。武藏不自覺地憐憫她，一心盼望她盡快好轉康復。

「阿婆，趴在牛背上一定很辛苦吧！到大津之後，再想其他的法子。請再稍微忍耐一下。您從早上就一直沒吃飯，肚子一定餓了吧……想不想喝點水……什麼……不要啊！」

站在山頂環顧四周，遠處的北陸山巒，連琵琶湖，甚至伊吹以及附近的瀨田唐崎八景，都盡入眼簾。

「在這裏休息一會兒吧！阿婆妳也下來，躺在草地上稍做休息，怎麼樣？」

武藏將牛繩綁在樹幹上，抱阿婆下來。

2

「啊！好痛！好痛啊！」

阿杉婆皺著眉掙開武藏的手，躺在草地上。

她的皮膚泛黃，頭髮蓬鬆凌亂，如果沒人理睬，可能會就此斷氣了。

「阿婆，要不要喝口水……妳都不想吃東西嗎？」

武藏拍撫她的背，再三地詢問。她卻擺出一副好強姿態，頑固地將頭撇向一邊，還說不想喝水，也不要任何食物。

「這樣會更虛弱喔！」

武藏已無計可施。

「妳從昨夜就滴水未進。我很想給您吃藥，但是這一路上沒碰上人家。你這不是徒增疲憊而已嗎？阿婆，至少也得讓我分半個便當給你啊！」

「骯髒！」

「什麼？妳說骯髒？」

「即使我倒在原野，即將成爲鳥獸的食物，也不願吃敵人的米飯。你眞是個笨蛋。囉嗦！」

阿婆甩開武藏爲她撫背的手，又趴在地上。

「嗯。」

武藏並不生氣，而且他頗能瞭解阿婆的心情。如果要消除阿婆根深柢固的誤會，一定要讓阿婆瞭解他的心情和想法，但這並不是件容易的事，他只能空嘆息。

武藏將她當成自己的母親，不管她說什麼都逆來順受。因此，他一直耐心原諒病人的無理取鬧。

「但是，阿婆，就這樣死去不是很沒意義嗎？不能看到又八出人頭地——」

「你、你在胡說什麼？」

阿婆咬著牙：

「像這種事即使不受你照顧，又八也可以成材啊！」

「我也相信他能成材。所以說阿婆妳更要快點好起來，好去鼓勵他呀！」

「武藏！你別貓哭耗子假慈悲。我可不會被你的甜言蜜語給矇騙而忘了這些仇恨……這沒用的話眞刺耳。」

阿婆像隻刺猬，全身帶刺。武藏心想，即使是好意，再說下去反而更招惹阿婆不悅。一片好意反被她誤解爲計謀，只好默默站起來，留下阿婆和母牛，逕自走到阿婆看不到的地方，打開便當。

便當內裝著用柏樹葉包著的飯糰，飯糰裏面夾了黑味噌。對武藏而言，這已經是人間美味了。如果能把這麼美味的飯糰分一半給阿婆吃，那該有多好啊！他刻意留下一些，仍然用柏樹葉將它包起來，放入懷中。

這時候從阿婆身邊傳來了說話聲。

武藏從岩石後回過頭，看到一位過路的女人。她穿著鄉下的粗布衣裳，頭髮沒有抹油，隨意綁成一束，垂在肩上。

那女人聲音高亢說道：

「這位阿婆！前幾天有位病人住在我家，現在已經好得差不多了，如果喝了這隻母牛的奶，應該會好得更快。我正好帶著壺，可不可以讓我擠些牛奶？」

阿婆抬起頭來，閃著與面對武藏時不一樣的眼光問道：

「我聽說牛乳對病人不錯，但是，這隻牛擠得出奶嗎？」

山裏的女人又和阿婆交談了一會兒之後，隨即鑽到母牛的肚子下，拚命地擠出白色乳汁。

3

「謝謝您！阿婆。」

女人從母牛肚子下爬出來，珍惜地抱著牛奶瓶，道謝之後正要離開。

「啊！等一等！」

阿杉婆趕緊舉起手來叫住她。

她向四周張望。沒見到武藏的蹤影，這才放下心來。

「姑娘……能不能給我喝點牛奶？喝一口就行了。」

阿婆的喉嚨已經乾得聲音沙啞了。

女人將乳瓶拿給她，阿婆嘴巴靠到瓶口，邊眨眼邊喝著牛乳。她的嘴角流出白色的牛乳，滴到胸前，也滴到草地上。

她喝到胃滿爲止，身體抖了一下。皺皺眉，好像要反胃。

「啊！這味道有點奇怪！不過，喝了牛乳，說不定我也可以好起來。」

「阿婆，妳哪裏不舒服啊？」

「沒什麼！感冒之後，又跌了一大跤。」

阿婆說著，自己站了起來。一點也看不出剛才在牛背上呻吟時的病態。

「姑娘……」

她悄悄走近那女人身邊，並用銳利的眼睛環顧四周，防備著武藏。然後低聲問道：

「這條山路，可以通到哪裏？」

「大概通到三井寺吧！」

「三井寺？那不就是大津嗎？如果不走這條路，有沒有其他的捷徑？」

「也不能說沒有。阿婆，您到底要到哪裏？」

「到哪裏都沒關係，我只是要逃離壞人的手掌而已。」

「前面約四、五百公尺的地方，往北有條下山的小路，如果不在乎崎嶇難行，很快就可以到達大津和坂本了。」

「原來如此。」

阿婆有點慌張：

「如果有人從後面追過來問妳什麼的話，妳就說不知道。」

阿婆丟下這句話，便走在一臉不解的女人之前，一拐一拐地急著向前趕路。

「……」

武藏面露苦笑地看著阿婆離去。然後從岩石後起身走出來。

他看到手抱著壺的女人走在前面不遠的地方。武藏叫住她，那女人嚇得停下腳步，表情好像在說：不要問我，我什麼都不知道。

而武藏卻不提那件事。

「這位老闆娘，妳是這附近的農家還是樵家呢？」

「我家啊！我家就是前面山頂的那家茶店。」

「山頂上的茶店啊！」

「是的。」

「那正好，我想託妳到洛內走一趟，我會付妳路費的。」

「去是沒問題，但是，我家裏有個生病的客人。」

「我幫妳將這牛乳送到妳家，並在妳家等消息。妳若現在去，可以趕在太陽下山前回來。」

「可是我沒見過你……」

「別擔心，我不是什麼壞人。那位阿婆已經可以走路，不需要我照顧，我才放心讓她走的。我現在就寫信。請妳把這封信送到洛內的烏丸家。我會在妳家的茶店等消息。」

4

武藏拿出紙筆，立刻寫起信來。

信是寫給阿通的。

在無動寺那幾天，他一直很想寫信給阿通。

「拜託妳了！」

他把信交給那個女人。然後騎到牛背上，任由母牛漫步，悠哉地走了半里路。

他想起剛才匆忙之中所寫下的字句——心裏想著阿通收到那封信時的樣子。

「沒想到有見面的機會。」

武藏自言自語。

他微笑的臉龐上映著明亮的雲彩。

他的表情比等待夏日來臨的萬物更充滿朝氣，他的笑容比晚春美麗的雲彩更加燦爛。

「這段期間，阿通大概還躺在病牀上吧！但是，如果她接到我的信，一定會馬上起牀，和城太郎兩人一起趕到這裏吧！」

母牛有時會嗅嗅草地，走走停停。武藏心情愉悅，連草地上的小白花看來都像閃閃發光的星星。

一路上武藏只想著快樂的事情。現在突然想到：

「阿婆她呢？」

他看看山谷。

「她一個人獨行，而且又受了傷，一定很難過吧！」

有點擔心——也只有這個時候，武藏才有閒暇想這些事。

那封信如果讓別人看到，武藏可能會覺得不好意思呢！給阿通的信是這麼寫的：

花田橋上　讓妳久等

這次　換我等妳

我先走一步

牽牛到大津　在瀨田唐橋見面

餘言　見面再敘

他寫完之後，像念詩般地暗誦了幾次。他甚至開始想像跟阿通見了面要聊些什麼話題了。

這時他看到山頂上有一個插著旗的亭子。

他想：

「就是那裏吧！」

到達茶店，他從牛背上下來，手上拿著店老闆娘託他帶回來的牛乳瓶。

他坐到屋簷下的椅子上。在土灶邊燒柴的阿婆馬上端來溫茶。

「謝謝您！」

武藏告訴阿婆，自己遇見店老闆娘，並請她送信。說完之後，將裝牛奶的瓶子交給她。

「是！是！」

那個阿婆光是點頭。也許是重聽吧？她接過奶瓶之後，不明就裏問道：

「這是什麼？」

武藏回答說：這是從自己所騎的母牛身上擠出來的奶。老闆娘因爲家裏有位生病的客人，所以特地擠給那位客人喝。阿婆聽過之後說道：

「嗯！是牛奶啊！哦？」

她似乎仍不瞭解，兩手淨是拿著瓶子，不知如何是好。

「客官！後面房間的那位客官！請來一下，我不知道該怎麼辦才好。」

她覷了屋裏一眼，大聲叫著。

阿婆叫的那位客人，並不在屋裏。

5

「噢！」

後門傳來回答的聲音。不久，一個男人悄悄地從茶店旁探出頭來問道：

「阿婆，什麼事啊？」

阿婆立刻將手上的奶瓶遞給那男子。但是，那男子只是拿著奶瓶，既沒問阿婆，也沒看瓶中的牛奶。

那男子出神地看著武藏，武藏也凝視那男子。

「啊！」

分不出到底是哪個人先叫出聲來。兩人同時向前走了幾步。

他們互相注視對方。武藏叫道：

「你不是又八嗎？」

那男子是本位田又八。

又八聽到老朋友的聲音，也忘我地大叫：

「啊！是阿武啊！」

他大聲叫著昔日友人的小名。武藏伸出手來，又八不自覺地放開手上的牛乳瓶，伸手抱住武藏，瓶子摔落在地上。

瓶子碎了，白色的牛乳濺到兩人的衣角上。

「啊！已經幾年沒見了啊？」

「關原一戰，就沒見過面了。」

「這麼算來——」

「已經五年了。我今年都已經二十二歲了。」

「我也二十二了。」

「是啊！我們是同年啊！」

甜甜的牛奶香味飄在互相擁抱的友人身上。也許在他們的內心裏，正回憶著童年往事呢！此時，兩人赤心相待。

「阿武，你變得好厲害啊！現在我這麼叫你，自己也覺得怪怪的。我還是叫你武藏吧！你在下松的表現，還有之前的事情，我都聽說了。」

「啊！實在很慚愧！我還不成氣候，處世的經驗還不夠。話說回來，又八，這店裏的客人指的就是你嗎？」

「事實上，我打算到江戶去。但是有點事情，在這裏耽擱了十天左右。」

「病人是誰呢？」

「病人？」

又八闔上嘴，又說道：

「啊！病人是我一起帶來的人。」

「哦？總之，見到你平安無事，實在很高興。不久前，我在大和路往奈良的途中收到你叫城太郎交給我的信了。」

「……」

又八突然低下頭來。

當時在信上所寫的狂語，現在一件也沒達成。一想到這件事，又八在武藏面前簡直抬不起頭來。

武藏將手搭在又八肩上。

他非常懷念過去的時光。

他一點也沒想過這五年來，兩人之間所產生的差異。只是期盼能夠有機會和老友開懷暢談。

「又八，跟你一起的人是誰呢？」

「啊……沒什麼，不是什麼重要的朋友。只是……」

「那麼，可以到外面去一下嗎？在這裏講話不太方便？」

「好！走吧！」

又八也希望如此。於是兩人走出了茶店。

蝶與風

1

「又八，你現在靠什麼維生？」
「我的職業嗎？」
「嗯！」
「我與做官無緣，還沒有正式的職業。」
「這麼說來，你仍然無所事事囉！」
「你這麼一說，倒讓我想起一件事。爲了阿甲那女人，我錯過自己的大好前途。」
他們走到一處類似伊吹山麓的草原。
「坐下來吧！」
武藏坐在草地上。他不喜歡又八的自卑和懦弱。
「雖然是阿甲害的。但是，又八，男子漢不應該有這種想法。因爲只有自己，才能開創自己的生涯。」

「我知道我自己也不好……怎麼說才好呢？我老是無法掌握眼前的命運，總是被命運牽著走。」

「你這樣子要如何立足於這時代呢？你說要到江戶去闖看看，江戶現在是饑渴的人們急於開發的處女地。沒有過人的能力，如何能功成名就呢？」

「我要是及早練好劍就好了。」

「你在說什麼！你才二十二歲，做什麼都是前程似錦呀！又八，說實話，你不是練劍的料。所以我想你如果能好好求學，找個好君主，求個一官半職是最好的。」

「我會的……」

又八拔了一根草，放在口中咬著，心裏也覺得自己很可恥。

武藏和自己一樣成長於山中，一樣是鄉士的兒子，年齡也相同。然而僅僅走了五年不同的路，他和自己竟然有這麼大的差異。一想到這點，又八就有點受不了，後悔自己虛度光陰。

還沒碰到武藏之前，又八聽到有關他的傳言，總覺得不服氣，不承認他的能力。但是，五年不見，武藏卻以不同姿態出現。又八再怎麼虛張聲勢，仍會感受到武藏帶給他的壓力，因而不得不產生自卑心。現在，平日對武藏所持的反感已經消失。氣概和自尊心，也爲之瓦解。在他的內心只有無數的自責而已。

「你在想什麼？喂！振作點！」

武藏拍拍朋友的肩膀，看他如此軟弱才這麼斥責他。

「有什麼不好呢！你閒逛了五年，只要當做是晚五年出生不就行了！但是，換個角度想，這閒逛的五年，也是一種磨鍊修行呢！」

「我眞沒面子。」

「喂！剛才只顧著聊天，忘了告訴你一件事。又八，我剛剛才跟你母親分手。」

「啊？你碰到我母親了？」

「爲什麼你一點都沒遺傳到你母親的剛強和韌性呢？」

2

武藏一看到這不肖子，不禁可憐起那位不幸的母親——阿杉婆。

心想：多沒出息的傢伙啊！

看到又八如此消沈，武藏無法棄之不顧。

他心裏很想對又八說：

看看我，從小母親就過世。沒有母親的我是多麼寂寞啊！

大致來說——

阿杉婆一大把年紀還得飽受旅途風吹日曬雨淋的痛苦，並視武藏爲世世代代的仇敵，這都只源於一個根本的原因，那就是她老覺得：

又八很可愛。

這就是盲目的愛衍生出來的誤解，而又從誤解產生了固執的想法。

只能在幼年時的夢裏見到母親模糊的影像的武藏，深切地體認到這點。他很羨慕別人有母親，因此再怎麼被阿杉婆辱罵、陷害、算計時，都只是一時的氣憤。事過境遷後，心中反而有一種孤獨、憂愁感。這時，他就非常羨慕又八有個母親。

如何才能免去阿婆的詛咒呢？

武藏看著又八，在心中自問自答。

只要這個兒子出人頭地就行了。如果又八能夠比我更有出息、更爭氣的話，阿婆便能受到鄉民的誇獎。這比砍我的頭還能如阿婆的願吧！

想到這裏，他對又八的友情就像對劍所持的情感，又像刻觀音像的時候所抱持的激昂情緒一樣。

「又八，你不這麼認爲嗎？」

武藏的話裏充滿了誠摯的友情。他鄭重說道：

「你有這麼一位好母親，爲什麼你不能讓她高興呢？沒有母親的我覺得實在太可惜了。我不是指責你不尊敬母親，而是你擁有爲人子的最大幸福卻蹧蹋它。如果我現在有這樣的母親，我的人生不知道會有多溫暖呢！這對一個人的立身處世實在太重要了。爲什麼呢？因爲當孩子功成名就時，沒有人會比父母更直接、更坦白地表示歡欣了。有一個能夠和自己分享快樂的人是多麼令人鼓舞啊！有母親的人也許會認爲這是陳腔濫調，但是，漂泊在外的人看到美麗的景色，身邊沒卻有一個共同分享的人，不是很寂寞嗎？」

武藏看到又八一直專注地聽著，便一口氣說到這裏。然後握著朋友的手又說道：

「又八……這個道理你應該很清楚了。我以朋友的身分拜託你，看在同鄉長大的分上。嘿！讓我們拿出關原之戰時的毅力，用我們當時扛著槍走出村莊時的心情，互相勉勵，好嗎？現在已經沒有戰爭了。雖然關原之役的戰火已熄，但是在和平的背後，人生的修行和謀略的巷戰卻方興未艾呢！只有靠自己的鍛鍊才能通往勝利之路……又八再次拿出扛槍的精神與勇氣，你也能在這世上出人頭地啊！加油吧！當個了不起的人吧！如果你有這分意志，我也會幫你的。即使當你的奴僕，我也願意。如果你眞有心要奮鬥，願意對天地發誓的話——」

又八熱淚潸潸地滴落在兩人緊緊相握的手上。

3

這就是母親的想法，但又八一直充耳不聞、嗤之以鼻。沒想到由五年不見的朋友口中說出來，竟然如此強烈地震撼他的心，令他淚流不已。

「我懂了！知道了！謝謝你！」

又八如此重複說著，用手背掩住眼睛：

「今天是我重生的日子。我不是練劍的料子，所以才會想到江戶。在走遍各地後，期待能碰上一個良師，如此便可以好好追求學問了。」

「我也幫你找找看是不是有良師或良主。畢竟，追求學問並不是閒來無事才做的，一定得找個教師才行。」

「啊！我覺得已經走上康莊大道了。但是，有件事挺麻煩的……」

「什麼事？有什麼事儘管說。將來也是一樣，只要是對你有益，而我也做得到的，我一定盡力幫忙。這樣，至少可以補償我惹你母親生氣的罪過。」

「眞難以啓齒呀！」

「小小的隱藏，將鑄成一大片陰暗。說出來吧！即使是不好的事情，也只是一瞬間的不好意思，更何況朋友之間哪有什麼好害臊的。」

「那我就直說了。」

「嗯！」

「在茶店後面房間休息的，是與我同行的女人。」

「你帶著女人啊！」

「而且……唉！還是難以啓齒！」

「看你，一點男人氣概都沒有。」

「武藏，你不要生氣喔！因爲她是你也認識的女人。」

「啊……到底是誰？」

「是朱實。」

「……」

武藏內心震了一下。

在五條大橋碰面時，朱實已經不是以前純潔的小雛菊了。雖然她還沒像裝滿媚汁毒草的阿甲那樣放蕩，但是卻已像啣著危險之火而飛的鳥。武藏想起當時她緊靠在自己胸前哭泣，傾吐情感的時候，有個似乎與朱實有所關連、蓄著瀏海的年輕人站在橋邊，一直翻著白眼瞪著武藏呢！

現在武藏聽到又八和朱實在一起，著實嚇了一跳。因爲武藏幾乎可以想像得到這麼一位個性複雜的女人，與他這位儒弱的朋友在一起，兩人的人生旅途將要通往多麼黑暗的谷底，將是多麼的不幸呀！

而且這個男人選來選去，爲什麼會挑上阿甲和朱實這種危險的人當伴侶呢？武藏心想。

「……」

又八看到武藏沈默不語，又有他的一套說法：

「你生氣了嗎……我想隱瞞反而不好，所以就直說了。但是，這對你可不好受吧？」

武藏感到一陣憐憫，罵道：

「笨蛋！」

接著又恢復臉色。

「是運氣不好，還是你自作自受——我實在不瞭解。你已經吃過阿甲的苦頭了，怎麼還……」

武藏覺得遺憾，於是詢問原委。又八從在三年坡旅館遇到朱實，以及有一夜在瓜生山再相遇，突然心血來潮，商量前往江戶求發展，將母親丟下等經過，毫無隱藏地告訴武藏。

「話說回來，也許是母親對我的處罰吧！朱實那傢伙自從跌到瓜生山之後，便一直喊疼，到現在仍然整天躺在茶店。我雖然很後悔，但是已經來不及了。」

武藏聽到又八的嘆息，不忍再責怪他。誰叫眼前這個男人將慈母之珠換成啣火之鳥，自討苦吃呢？

4

這時，有一個人慢慢走了過來：

「啊！客官你在這裏啊！」

原來是勞碌的茶店老太婆。她雙手撐在腰上，望著天空，似乎在看天氣如何？

「跟你同行的病人，沒一起來啊！」

她又像在問話，又像在喃喃自語。

又八立刻問道：

「朱實？她怎麼了？」

他露出緊張的神色。

「她不在牀上。」

「不在牀上？」

「可是，剛才還躺在牀上呀？」

武藏直覺發生事情了，於是說道：

「又八，去看看！」

他跟在又八後面跑回茶店，查看她的房間。阿婆的話果然沒錯。

「啊！不好了！」

又八叫出聲：

「腰帶不見了，換洗衣物也不見了。連我的盤纏也不見了。」

「梳妝的東西呢？」

「梳子、頭釵都不曉得到哪裏去了！她竟然棄我而去。」

又八剛剛才發誓要奮發圖強，熱淚盈眶的臉上，現在卻布滿了怨恨。

阿婆在房門口向內看了一眼，自言自語道：

「到底是怎麼一回事啊！那個女孩眞是的！請恕我多言，那女孩其實是沒病裝病，整天躺在牀上。我這老太婆一眼就看穿了。」

這些話，又八一點也聽不進去。他跑出茶店，茫然地望著蜿蜒的山路。

有一頭母牛躺在一株已乾謝的桃樹下，懶懶地打了一個哈欠。

「……」

「又八！」

「你在發什麼呆啊？至少我們可以祈禱朱實有個安身的地方啊！」

「是啊！」

這時，一陣風吹到又八毫無生氣的面前，捲起一個小小的漩渦。一隻黃色的蝴蝶隨著無形的漩渦飛舞，然後飛下山崖去了。

「剛才你說了一些讓我很欣慰的話，那眞的是你的肺腑之言嗎？」

又八咬著嘴唇，顫抖的聲音，從雙唇間迸了出來：

「是眞的！不是眞的又怎麼樣？」

武藏用力拉著他的手，想將他從茫然的眼神喚醒。

「你的道路是寬廣的。朱實要走的方向，並不是你要去的路。你馬上穿上草鞋去尋找下山到坂本、大津一帶的母親。你可別失去這麼好的一位母親啊！立刻動身吧！」

他拿出又八的草鞋、腳絆以及旅行的用品。

又說道：

「你有盤纏嗎？這一點帶著吧！如果你立志要到江戶求發展，我也和你到江戶。而且，我也想和你母親說幾句心裏的話。我先將這頭牛帶到瀨田唐橋，隨後就來。聽好！一定要帶著你母親一起來。」

「喂！」

「哦？」

「……」

道聽塗説

1

武藏留下來等待黃昏的到來。不，應該説是等待送信的人回來。

現在才剛過晌午，整個下午會等得很無聊。離天黑還有一段很長的時間，他很想像麥芽糖般伸展一下身子。索性學躺在桃樹下睡覺的母牛，武藏也在茶店角落的牀几旁躺了下來。

今天起得早，而且昨晚也沒怎麼睡，躺下沒多久，就夢到兩隻蝴蝶。在夢中，他認爲其中一隻是阿通，牠正繞著連理的樹枝轉。

當他醒來睜開眼一看，西斜的太陽已經照到泥地房裏面了。在武藏睡著的這一段時間裏，這間山頂茶店已經人聲沸騰，好像換了一個世界一樣。

在這山谷下，有一個切石場。在那裏工作的採石工人，每到休息時間，就會到這茶店喝茶聊天。

「總而言之，實在是太差勁了。」

「你是說吉岡的人嗎？」

「當然嘍！」

「吉岡實在沒面子。那麼多弟子卻沒有一個有出息。」

「拳法師父太厲害了，世人才會如此高估吉岡的實力。可是再怎麼厲害，都只限於第一代，第二代就差多了；到了第三代，就開始沒落；傳到第四代，恐怕找不到像你跟墓石那麼相稱的人了。」

「我跟墓石很相稱呀！」

「那是因爲你家世世代代都是採石工人呀！我現在說的可是吉岡家的事。如果不相信，你可以看看太閤大人的後代。」

之後，大家的話題又轉到下松比鬥的那天清晨，那位採石工人正好就住在那附近，親眼目睹了打鬥的情形。

採石工人已經把自己目睹的情景在人們面前講過幾十遍，甚至上百遍了。可見他很會講故事。一百幾十個敵人，圍著那叫宮本武藏的男子，這樣殺來，那樣砍去的。他誇張的口吻，簡直將自己當成武藏了。

躺在角落的故事主角，還好在故事高潮的時候已經熟睡。要是那時他醒來了，可能會爲之噴飯，要不然就是羞愧得無地自容。

然而坐在屋簷下的另一羣人聽了那人的話，覺得無聊透頂。

這一羣人之中有數人是中堂寺的武士，以及讓他們送行的年輕人。

「那麼，我們就送到這裏了。」

英姿煥發的年輕人與這些武士坐了下來。

那名年輕武士身穿旅行用的窄袖便服，頭上的髮髻芳香無比，身上背著大刀。他的眼神、姿態與打扮，都很輝煌華麗。

採石工人被他的風采懾住，紛紛離開地板上的桌子，移到草蓆座上，免得無禮。而移到這邊後，下松的故事越談越起勁，大夥兒不斷哄堂大笑，且不時歌頌武藏的名字。

此刻，佐佐木小次郎已經聽不下去了，他對著採石工人大聲斥喝：

「喂！你們這些人。」

2

那幾個採石工人回頭看著小次郎，不知發生了什麼事，趕緊坐直身子。

他們剛才已經看到這名年輕武士由兩、三名武士護送到此，想必來頭不小。

「是。」

大家低著頭，必恭必敬地回答。

「喂，剛剛講話的那個男的，到前面來。」

小次郎拿著鐵扇招他們過來。

「其他的人也坐過來一點。不必害怕。」

「剛剛聽你們在稱讚宮本武藏。以後敢再胡說八道，可別怪我無情喔！」

「是，是。」

「武藏有什麼了不得？你們之中雖然有人目睹當時的情形，但是我佐佐木小次郎可是當日比鬥的見證人。我親臨比鬥現場，最瞭解雙方的情形了。實際上，比鬥之後，我到叡山的根本中堂的講堂，聚集了全山的學生，將有關這次比鬥的所見所聞以及感想做了說明。另外，還應許多寺院前輩的邀請，痛快地陳述了自己的意見。」

「是……是！」

「……」

「然而——也許你們連劍是什麼東西都不知道，只看到表面上的勝敗，就聽信蠱惑羣衆的謠言，說武藏是稀世人物，舉世無雙。這麼說來，我小次郎在叡山大講堂所說的，不就成了謊言了嗎？和無知的人相爭，一點也不足取。但是我希望在場的中堂武士也一起聽。尤其你們這種錯誤的看法，會害了世人！我要告訴你們事情的眞相，以及武藏究竟是個什麼樣的人物，你們洗耳恭聽吧！」

「啊……知道了！」

「到底武藏是怎麼樣的男人呢？我們從他設計那次比鬥的目的，就可看出那是他爲了沽名釣譽而挑起的比鬥。爲了提高自己的名聲而向洛內第一的吉岡家挑戰，並巧妙地引起衝突。吉岡因而落入他的圈套，成了他的踏腳石。」

「？」

「爲什麼這麼說呢？第一代拳法時代的風采已不復存，京流吉岡已經衰微不振，這件事誰都知道。整個吉岡就像一棵朽木，也像病入膏肓的病人。武藏只不過順勢推倒這個即將滅亡的門派罷了。但是，沒有人想要這麼做，主要是因爲今日的兵法家們，已經沒人將吉岡的勢力放在眼裏。還有一個原因就是懷念拳法先生的遺德，這是武士的情懷，不願讓這樣的門戶從此消失。而武藏卻刻意大聲嚷嚷，將事件擴大，在城市的大馬路上豎立布告，故意在街頭巷尾散播謠言，使大家中了他的圈套。」

「？」

「他這種卑鄙的居心和卑屈的手法，說也說不完。武藏與清十郎、傳七郎相約時，從不守時。而且，在下松的那次比鬥，他不從正面堂堂正正的打鬥，卻使詐出奇招，走旁門左道。」

「……」

「就人數來看，一邊是一大羣人，而他只有一個人。但是這其中卻隱藏著他的狡猾與沽名釣譽的手段。正如他所料，世人的同情都集中在他一人身上。在我的觀察中，那次的勝負簡直兒戲一般。武藏徹徹底底賣弄了他的小聰明，使出狡猾的技倆，並趁機逃走。就某些方面來看，他確實又野蠻又堅強。但是，卻不是世人所認同的高手。如果要說高手，可以說武藏是個『逃跑高手』。他逃跑的速度，的確堪稱爲名人。」

小次郎口若懸河，滔滔不絕。也許在叡山的講堂，也是如此。

「外行人會認爲幾十個人對付一個人是再容易不過了。但是，幾十個人的力量，並非幾十個力量的總和。」

小次郎用這套理論，加上專門知識，以三寸不爛之舌評論當日的勝負。

他說以旁觀者的立場來看，人們可以大大地指責武藏爲好戰之徒。

接著又痛罵武藏竟然連年幼的名義掌門人都殺了，他不只痛罵還斬釘截鐵地說，從人道立場以及武士道，還有劍術的精神來說，武藏都是個不可原諒的人。

並且提到他的成長以及在故鄉的行爲——至今，有位叫本位田某某的母親還視他如仇呢！

「如果有人懷疑我說的不是眞的，可以去問問那位本位田老母。我住在中堂的那幾天，碰到那位老母，是她告訴我的。一個六十歲的單純老太婆的仇敵，算偉大嗎？你們竟然稱讚到處樹敵的人，眞是世風日下，令人心寒呀！坦白說，我既不是吉岡的親戚，跟武藏也無寃無仇。我是一個愛劍且在武士道上鍛鍊修行的人，只是就事論事，做正確的批判而已。懂了嗎？你們這些人。」

說完這一番話之後，小次郎也口渴了。他端起茶杯，一口氣喝光。然後回頭對同行的人說道：

「啊！太陽已經西斜了。」

3

中堂的寺衆們也看看天色並說道：

「您再不走，恐怕天黑之前到不了三井寺呢！」

他們邊說邊抬起發麻的腳，離開了桌几。

那幾個切石工人一句話也不敢說地僵在那兒。現在逮到機會，每個人像是從法庭被解放出來一般，爭先恐後地下山工作。

整座山谷已籠罩在泛紫的餘暉中。山谷間迴響著鶫鳥尖銳的鳴叫聲。

「那麼，請多保重！」

「等你下次上京來再見面了。」

寺衆們在此地和小次郎告別，然後回中堂去了。

小次郎一個人留在店內。

「阿婆！」

他對著裏面呼叫。

「茶錢放在這裏。還有我擔心走到半路天就黑了，順便跟妳要兩、三根火繩。」

阿婆在準備晚餐，正蹲在土灶前添柴火，沒起身就說道：

「火繩嗎？火繩就掛在角落的牆上，要多少儘管拿。」

小次郎進到茶店內，從牆上整綑的火繩中抽出兩、三根來。

沒掛好的火繩，整束掉在牀几上。他正要伸手去撿，才注意到躺在牀几上的一雙腳。小次郎從那一雙腳開始往上看，一直看到那個人的臉時，心頭猛顫了一下，像是被人擊中心窩。

武藏以手當枕，正睜大眼睛凝視著小次郎的臉呢！

4

小次郎像彈簧般自動地向後快速彈開。

「哦？」

武藏出聲。

他露出白牙笑著，一副才剛睡醒的模樣，不慌不忙地起身。

他從牀几站起來，走向站在屋簷下的小次郎。

「……」

武藏帶著滿臉的笑容以及一雙能看透人心的眼睛站在小次郎面前。小次郎也很想以笑臉相迎，奈何臉部肌肉僵硬，根本笑不出來。

因爲他覺得武藏是在嗤笑自己剛剛無意識地快速跳開——以及沒有必要的慌張。而且武藏一定聽到自己剛才對切石工人所講的話了。小次郎才會如此狼狽不堪。

雖然小次郎的臉色和態度立刻恢復平日的傲慢，但是，剛才那一瞬間，他確實狼狽極了。

「啊！武藏先生……你在這裏啊！」

「前些日子……」

武藏這麼一說，小次郎馬上接著說道：

「啊！前些日子，你驚人的表現實非一般人所能及。而且，你看起來沒什麼大傷……實在值得慶賀啊！」

雖然小次郎心裏不服氣，但對武藏的能力又頗肯定，就在這種痛苦和矛盾之下，他說出這些話。說完，他眞恨自己。

武藏很想挖苦小次郎。不知爲什麼，面對小次郎的風采和態度就很想挖苦他。因此故意殷勤地說道：

「前些日子，你以見證人的身分爲我擔心了。而且很感謝你剛剛講了一大篇對我的忠言，我在一邊都聽到了。我眼中的世間和世人眼中的我，雖然相去甚遠，卻很難聽到眞正的聲音，而你卻在我睡午覺的時候，在夢裏告訴我眞正的聲音，實在不勝感激。我會謹記在心，永不忘懷的。」

「……」

謹記在心，永不忘懷——這一句話讓小次郎全身起了雞皮疙瘩。這句話雖然語氣溫和，但聽在小次郎耳裏，卻像是在遙遠的將來向他挑戰一般。

而且，言詞間似乎還蘊含著：

「在這裏不便明講。」

兩人都是武士，都是不允許虛僞的武士，更是無法將汚點置之不理的劍道修行者。而且，逞口舌之強只會落得抬死槓，卻不能解決問題。至少，就武藏而言，下松那件事是畢生的大事，而他也堅信那是邁向劍道之途的一大步。因此武藏一點也不覺得不道德或愧疚。

但是小次郎所看到的卻是如此，口中說出來的是這樣的結論。這麼一來，要解決這件事就只有按剛才武藏的言外之意了——「現在不便明講，但我會謹記在心的。」

話中蘊含著約在將來比鬥的意思。

即使佐佐木小次郎內心牽動了複雜的思緒，但也絕不是在毫無根據下隨意說出那些話。他只是就自己所見下了公正的判斷而已。何況武藏再怎麼強，小次郎仍然不認爲武藏的實力在自己之上。

「嗯！你這句『永不忘懷』，我也會謹記在心的。武藏，你可別忘記喔！」

「……」

武藏不作聲，只是微笑地點點頭。

連理枝

1

城太郎在竹籬笆門口大聲叫道：

「阿通姊！我回來了。」

然後坐在屋旁清澈的小河邊，嘩啦嘩啦地洗著腳上的污泥。

山月庵

人字形的茅草屋簷下，木匾額上刻著庵名。小燕子在上面拉了白色的糞便，啾啾地叫，並從上面看著洗腳的城太郎。

「喔！好冰！好冰呀！」

他蹙著眉頭，一雙小腳撥弄著水，沒有要擦乾腳的打算。

這條小河是從附近的銀閣寺苑內流出來的，比洞庭湖的水更清澈，比赤壁的月光更冷浚。

但是，這裏的地卻是暖和的。城太郎就坐在紫丁花叢上。他瞇起眼睛，獨自享受這世上的美景，陶醉在其中。

不久，他用雜草將腳擦乾，靜悄悄地沿著走廊走去。這裏是銀閣寺某和尙的閑宅，正好空著，經由烏丸家的關說，阿通自從和武藏在瓜生山分別之後的第二天起便暫時借住在此地。

阿通從那天以來，一直在這裏養病。

當然，下松決鬥的詳細結果也傳到這裏。

而且當天城太郎就像一隻傳信鴿，一有消息便立刻回來向阿通報告。因此，當天在下松戰場和這裏來來回回不下數十次。

城太郎相信，武藏平安無事的消息比藥更能治癒阿通目前的病。

從阿通日漸好轉並能倚桌而坐便可得到證明。城太郎曾經一度擔心不知該如何是好。如果武藏在下松戰死，想必阿通也會爲他殉死。

「啊！肚子好餓。阿通姊，妳剛才在做什麼啊？」

阿通望著氣色紅通的城太郎。

「我從早上就一直坐著。」

「妳怎麼坐不厭啊？」

「我的身體雖然無法四處走動，但心裏可是到處蹓躂著呢！城太，你今天一大早到哪裏去了？那邊的木盒裏有昨天人家送來的粽子，你快拿去吃吧！」

「粽子待會兒再吃，我有好消息告訴妳。」

「什麼事？」

「武藏師父——」

「哦！」

「聽說在叡山。」

「啊……到叡山去了？」

「昨天、前天，還有前幾天，我每天都到處打聽。今天終於探聽到武藏師父住在東塔的無動寺。」

「是嗎？這麼說來，他眞的平安無事囉！」

「既然已經知道這消息，我們就早點動身，否則他又不知道要到哪裏去了。我吃過粽子就準備動身。阿通姊，妳也準備一下。我們這就到無動寺去找他。」

2

阿通的眼睛無神地看著天空。她的心已穿過屋簷飄向遠方了。

城太郎吃了粽子之後，帶好衣物，再次催促道：

「走吧！」

但是，阿通絲毫沒有準備動身的樣子，一直坐在牀上。

「怎麼了？」

城太郎有點不高興，詰問道：

「城太，我們不要到無動寺去了。」

「啊？」

城太郎不明所以，嘟著嘴巴。

「為什麼？」

「不為什麼！」

「唉呀！女人就是這樣才叫人討厭。心裏明明想立刻飛過去，好不容易現在知道人在哪裏了，反而在這裏裝模做樣，不想動身。」

「就如城太所說的，我眞的很想飛到他身邊。」

「所以我才說快點飛過去呀！」

「可是……可是，城太，前些日子，我在瓜生山見到武藏時，以為那次是我這輩子最後一次見到他，所以已將心裏的話都說出來了。而武藏也說過：即使活著，也不再見面了。」

「可是，就因為他還活著，才要去見他。不是嗎？」

「不！」

「不能去嗎？」

「下松勝負雖然已經分曉，但是在武藏心中眞的認為自己已經勝利了嗎？我完全不瞭解他是在什麼樣的心態下退到叡山？再加上他也對我說了許多話，當我放開他的衣袖時，已經覺悟要切斷今生的恩愛。因此，即使我知道武藏的所在，但沒有獲得他的同意的話……」

「如果十年、二十年師父都沒說什麼，妳打算怎麼做？」

「那——就一直這樣！」

「妳要一直坐在這裏望著天空過日子嗎？」

「是啊！」

「阿通姊眞奇怪。」

「你大概無法法瞭解吧……但我卻能瞭解。」

「瞭解什麼？」

「武藏的心。在瓜生山和武藏分手之後，我比以前更能深入地瞭解武藏的心。那就是信任。以前，我很愛慕武藏，用我全部的生命愛他。即使在你面前，我也要坦承我眞的愛得好痛苦。然而那時候我卻不知道我是不是眞的信任他。現在卻不一樣了，無論是生是死，還是分離，我都堅信兩人的心就像比翼鳥和連理枝一樣，緊緊地纏連在一起。所以我一點也不寂寞……武藏所想的全都是修行鍛鍊的事情。」

城太郎原本靜靜地聽著，突然大叫道：

「騙人！女人只會騙人。好吧！妳可別再說妳想見師父喔！從今以後，妳再怎麼哭我也不理妳了。」

這幾天的努力都變成了泡影。城太郎生氣得直到晚上都不說一句話。

入夜不久，庵外有火把的紅光，並傳來敲門聲。

3

烏丸家的侍從交了一封信給城太郎。

「武藏先生以為阿通姑娘還住在官邸，所以差人把這封信送到官邸。我家大人一聽到是武藏寫的信，立刻派我送過來。而且，大人還要我轉達關切阿通姑娘病情之意。」

侍從說完就回去了。

城太郎將信拿在手上：

「啊！眞的是師父的字！如果師父死在下松，就不可能寫這封信了。收信人寫的是阿通姊呢！但是，沒有寫給城太郎的。」

阿通從屋後走出來：

「城太，剛才官邸的人送來的，是不是武藏的信呢？」

「是啊！」

城太郎故意將信放到身後：

「但是，這不關阿通姊的事吧？」

「給我看！」

「才不要。」

「你好壞！」

她一心急，眼淚又要落下來。城太郎只好將信遞給她：

「看看妳，明明這麼想他，我說一起去見他，妳又逞強裝作不在意。」

阿通已經聽不進去了。

她在矮燈下打開信。拿著信的雪白手指和燈芯的火焰一起顫抖著。

今天晚上她不知爲何，把燈挑點得特別明亮，內心也覺得舒暢無比。現在才知道原來這是個好預兆——

花田橋上　讓妳久等

這次　換我等妳

我先走一步

牽牛到大津　在瀨田唐橋見面

餘言　見面再敘

這是武藏寫來的信。確實是他的筆跡和墨香。

連墨汁看起來都像彩虹呢！阿通的睫毛閃著明亮的淚珠。

這是在做夢吧！

她因欣喜而腦中一片空白。阿通不敢相信這是事實。

安祿山叛亂，在兵慌馬亂中失去楊貴妃的明皇，因為太想念貴妃，命令道士尋她的亡魂。道士上窮碧落下黃泉仍遍尋不著，最後在海上蓬萊宮中找到花貌雪膚的仙子。然後向皇帝稟報此事。描述這個故事的〈長恨歌〉中，有貴妃的驚愕和欣喜。阿通覺得詩歌描寫的就是自己，她茫茫然反覆看著簡短的信，百看不厭。

「等人的時候，會覺得時間過得特別慢。對了，早點去見他吧！」

她本來是要如此告訴城太郎的，但是，她已經被歡欣沖昏了頭。自己心裏作了主張，便以為也告訴了城太郎。

她很快地打點好衣物，並且給庵主、銀閣寺的和尚以及照顧過他們的人各寫了一封感謝信。然後穿好鞋子先走到門外。

她對著坐在屋子裏鼓著臉的城太郎說道：

「城太，你剛才已經準備好了吧……快點出來，我還要鎖門呢！」

「我不知道！要去哪裏啊？」

現在連千斤頂也移不動他。城太郎這回可真的生氣了。

4

「城太，你生氣了啊？」

「當然生氣！」

「爲什麼？」

「因爲阿通姊太任性了！我好不容易才打聽到師父的消息，叫妳去，妳卻偏說不去。」

「我不是已經跟你說過不去的理由了嗎？而現在是因爲收到武藏的信啊！」

「那封信，妳只管自己看，也不讓我看！」

「啊！眞的很抱歉！城太，對不起！」

「算了！我已經不想看了。」

「別氣呼呼的嘛！你看看這封信。你說這是不是很稀奇呢！武藏竟然寫信給我，這可是頭一回啊！他還體貼地說要等我，這也是頭一回啊！對我來說，自出生以來沒有比這個更高興的事了……城太，請你不要生氣，帶我到瀨田去吧……好嗎？拜託你，不要這麼生氣嘛！」

「……」

「再說，城太，你不想見武藏嗎？」

「……」

城太郎默默地把木刀插在腰上，再把剛才包好的大包巾斜背在肩上，然後，飛快地跑到庵外，用劍朝阿通那兒指著：

「要去就走吧！快點出來！妳再拖拖拉拉的，我就從外面把妳鎖起來喔！」

「啊！好可怕的人啊！」

於是，兩人連夜走向志賀山。城太郎還在生氣，一路上不說一句話，顯得有點冷淸。他逕自走在前頭。有時順手摘下樹葉，吹吹葉笛；有時唱唱歌，踢踢石頭，一副無處發洩情緒的模樣。阿通見狀說道：

「城太，我帶了一樣不錯的東西，一直忘了拿出來。給你好嗎？」

「什麼啊？」

「竹葉糖！」

「嗯！」

「前天，烏丸大人不是叫人帶了一些糖果餅乾來嗎？還剩一些呢！」

「……」

城太郎也沒說要吃，也沒說不要，只是默默地往前走，害得阿通氣喘吁吁，緊追在他身後：

「城太不吃嗎？我想吃呢！」

這回城太郎稍微恢復了心情。

當他們登上志賀山的時候，北斗星已經泛白，天上的雲也染上破曉前的色彩。

「阿通姊，妳累了吧？」
「是啊！一直爬坡，很累人。」
「快要下坡了，待會兒就輕鬆了。啊！看到湖水了！」
「那是鳩湖。瀨田在哪邊呢？」
「那邊。」
他用手指著：
「師父說他會等，但是他會這麼早來嗎？」
「可是到瀨田，還得花上大半天吧！」
「是啊！從這裏看過去，好像近在咫尺呢！」
「休息一下好嗎？」
「好啊！」
城太郎鬆了一口氣，高高興興地尋找休息的地方。
「阿通姊！阿通姊！這棵樹下沒有露水，到這邊來吧！坐在這裏。」
那是兩棵巨大的合歡樹。

5

兩人在兩棵合歡樹下坐了下來。

城太郎說道：

「這是什麼樹啊？」

阿通抬頭看一眼，然後告訴他：

「這是合歡樹。」

接著又說：

「我和武藏小的時候，經常到一座叫做七寶寺的地方玩。那裏有這種樹，所以我認得。六月的時候會開淡紅色絲綢般的花。月亮出來的時候，它的葉子就會合起來睡覺呢！」

「所以才會叫它睡覺樹？」

「雖然發音一樣，但是，並不是同一個字。不能寫成『睡覺』，而要寫成『合歡』。」

「為什麼呢？」

「大概是有人用同音異字為它取名的吧……看看這兩棵樹，即使不叫這個名字，也是歡喜地合在一起啊！」

「樹木也有歡喜和悲哀嗎？」

「城太，樹木也有心啊！你仔細看看這整座山的樹木，有些樹木獨自享樂，有些樹木傷心地嘆息，也有些樹木像城太一樣唱著歌呢！然而大部分的樹木，都是憤世嫉俗的吧！如果你詢問某些人有關石頭的事情，他們也會告訴你許多呢！所以不能說樹木在這世上是沒有生命、沒有情感的。」

「經妳這麼一說，我也這麼覺得呢！那麼妳覺得這棵合歡樹怎麼樣？」

「我好羨慕它們喔！」

「爲什麼呢？」

「你知道〈長恨歌〉吧！是一位詩人白樂天所寫的詩。」

「哦！」

「〈長恨歌〉結尾的地方有一句：在天願作比翼鳥，在地願爲連理枝。詩中所說的連理枝，大概就是這種樹吧！剛才我就一直這麼認爲。」

「連理？是什麼意思啊？」

「兩棵樹的枝、幹和根，原本是分開的，但是它們卻長在一起豎立在天地之間，無論春夏秋冬都歡欣地結合在一起。」

「哎喲！妳這不是在指妳和武藏師父嗎？」

「城太，你怎麼這麼說呢！」

「算我隨便說的！」

「啊！天亮了！今早的雲多美啊！」

「鳥兒們開始啼叫了。我們從這裏下山之後，也該去吃早飯了吧！」

「城太，你不唱歌嗎？」

「什麼歌？」

「我突然想到李白。城太，你還記得烏丸大人的家僕教過你的詩嗎……」

「〈長干行〉？」

「對，就是那首詩。你念那首詩給我聽好嗎？像讀書一樣就行了。」

城太郎馬上朗朗地念著：

妾髮初覆額
折花門前戲
郎騎竹馬來
遶牀弄青梅

「這首詩嗎？」

「沒錯！再繼續念！」

同居長干里

兩小無嫌猜
十四爲君婦
羞顏未嘗開
低頭向暗壁
千喚不一回
十五始展眉
願同塵與灰
常存抱柱信
豈上望夫台
十六君遠行
……

念到這裏城太郎突然站起來，催促專心聽詩的阿通。

「不念了，我的肚子餓扁了。趕快到大津去吃早飯吧！」

送春譜

1

天地間仍籠罩著溼潤潤的霧氣。

家家戶戶的炊煙，從剛破曉的村子裏猶如戰火升起。在湖北與石山間的朝霞，和不斷升起的炊煙中，隱約可見大津驛站。

連夜趕路，已經令人有點厭煩，武藏索性任由牛隻緩步漫遊。黎明時分，正好走到有人煙的村子。牛背上的武藏不覺揉揉眼睛，眺望眼前景色。

「噢！」

阿通和城太郎在這個時刻一定也從志賀山眺望著大津，帶著希望、雀躍的腳步朝這湖畔走來吧！從山頂茶店下山的武藏，現在正沿三井寺後山來到八詠樓附近的尾藏寺坡。而阿通他們會從哪條路來呢？

也許不必到湖畔的瀨田，說不定半路上就會碰面了。巧的是，雙方到這裏所花的時間和路程都一樣。但是在武藏的視野內，還沒見到他們的身影。

雖然如此，武藏並未失望，也不覺得就要見面了。

送信到烏丸家的那位茶店女主人說，阿通不住在烏丸家，但是烏丸家會派人在今夜送到阿通養病的地方去。

這麼一來，寫給阿通的信，即使昨夜送到，以她的身體狀況加上女人的腳程，最快也得今早才會動身，可能傍晚會到達約定的地點吧！

武藏心中這麼想著。

加上現在也沒什麼急事，所以他一點也不覺得牛步太慢。

母牛龐大的身軀，被山上的夜露沾得溼溼的。牠不時低頭吃著路旁的青草，武藏也不以爲意，任由牠吃個夠。

武藏突然看到一所寺院與民家相對的十字路口上，種著一棵老櫻花樹。樹下有一座刻著和歌的石碑。

誰的作品呢？武藏並未特意去想。走了兩、三百公尺之後才想起來，他自言自語道：

「對了！是《太平記》。」

《太平記》是他少年時代喜歡看的一本書，有些地方他甚至還背得出來。

這首和歌，喚起了他少年時的記憶。牛背上的武藏，悠游自在，口中念起《太平記》中那首和歌的章節。

志賀寺的上人，手持八尺長枴杖，垂著白色八字長眉，他諦觀湖水波浪時，不意瞥見京都御息女所回志賀花園，心中頓生妄念，多年修行功虧一簣，一切娑婆執念也隨之……

「忘了！」

武藏想了想，隱約記得一些：

返回柴庵後，雖然繼續膜拜本尊佛，腦中仍然妄念叢生。在念佛聲中，仍然聽到煩惱的聲息。眼望暮山雲彩，心中卻想著妳的髮釵；望著窗外明月，彷佛妳迷人的笑顏。

我這一生已經無法捨棄妄念，來生的罪業也無法消除了。只盼能到御息女所和妳相會，傾訴我相思之情，那麼我死也瞑目了。於是，上人持著手杖來到御所，在松樹下站了一天一夜……

此時，有人從後面呼叫：

「喂！前面的，騎牛的武士！」

不知何時，牛隻已經走到鎮上了。

2

原來是批發場的夥計。

那人跑過來，撫摸著母牛的鼻子，抬頭看看武藏。

「武士，你是從無動寺來的吧？」

他猜測道。

「哦！你怎麼知道？」

「前些日子，我將這頭有斑點的母牛租給一位商人，載著行李到山裏的無動寺。武士，你付點租金吧！」

「原來你是飼主啊！」

「不是我養的，是一個牛販在批發場養的。這可不是免費的喔！」

「我知道，我會付飼料費。如果我付了租金，是不是可以騎到任何地方？」

「只要付錢，要騎到哪裏都可以。從這裏向前走大約三百里路的地方，請把牛隻交給驛站的批發商。過幾天下行的客人可以再租牠載行李，便又可回到大津的批發場來了。」

「那麼，我就付到江戶郊區的費用。」

「好。請順便到批發場寫下您的大名。」

武藏於是按那人的指示，順道走過去。

批發場接近打出濱的渡口，上下船隻的人絡繹不絕。這裏是出外人休息的地方，因此，附近也有草鞋店、理髮店。武藏慢慢地吃完早餐，雖然時間還早，他已經又騎上牛背，從批發場出發。

瀨田已經很近了。

騎著母牛慢慢欣賞湖畔風光也無妨。中午之前一定可以到達目的地。

武藏心裡想著：

阿通一定還沒來。

不知怎麼搞的，這次要和阿通見面，心裏倒是很平靜。

這是武藏對她的信賴。在跨越下松生死之地以前，武藏對女性總是砌著一面堅固的在心防。對阿通也是抱著謹慎的態度。

但是，那天看到阿通明確的態度以及聰明地處理自己的思緒，才改變對她的感受和愛意。以前，他一直用不信任女性的眼光看待阿通。對於自己的小心眼，他感到很抱歉。

就像男人接納女人一般，阿通從那次以後，內心深處也信賴這個男人。

武藏心裏已經完完全全認同她了。今日見面之後，不管任何事都會照阿通的期待去做。

只要不是歪曲劍道的事情，只要不荒廢修行。

他一直很擔心這兩點。他擔心自己會因沈迷於女人的鬢香而荒廢劍術、喪失劍道精神。但是，像阿通這樣有心理準備、通情達理、不會將理智和熱情混爲一談的人，一定不會癡情於男性，不會成爲男性的牽絆。只要自己不沈溺於女色，不自亂腳步就行了。

「對了，我們一起到江戶之後，阿通走她的路，學習女性該學的教養；自己則帶著城太郎走向更高的修行之路。然後，等時機成熟時……」

湖水的波光，映在武藏沈醉於幻想的臉上。搖晃的光影就像是投射在臉上的幸福之光。

3

中之島位於二十三間的小橋和九十六間的大橋之間，島上有古老的柳樹。

瀨田唐橋之所以會被稱爲青柳橋，是因爲出外人對這裏的柳樹印象特別深刻所致。

「啊！來了！」

城太郎從中之島的茶店跑出來，抓著小橋的欄杆，一隻手指著一個方向，一隻手向茶店內的人招手：

「是師父……阿通姊！阿通姊！師父騎著牛來了。」

來往的路人不明白這個少年爲什麼如此狂喜。大家好奇地看著他雀躍不已的舉動。

「啊！眞的是他。」

阿通趕緊奔過來，也和城太郎一樣的高興。

兩個人拚命地揮著草笠、揮著手。

「師父！」

「武藏！」

沒多久，臉上掛著笑容的武藏也走近了。

他把牛繫在柳樹下。阿通隔著河流見到他的時候，拚命地揮手叫武藏的名字。可是，等到武藏來到自己面前時，卻什麼話也說不出來，只是一味地微笑。而城太郎卻拉著武藏說個不停。

「師父，傷好了嗎？剛才看到師父騎著牛，我還以爲師父的傷還沒好，不能走路呢……什麼？您問我們爲什麼會這麼早到嗎……這件事問阿通姊吧！師父，阿通姊實在很任性。她一接到師父的信，病馬上就好了。」

「嗯！嗯……」

武藏也一直點著頭，但是茶店裏還有別的客人，老是提阿通的事情，害得武藏好像是前來提親的女婿一般，發窘害臊。

茶店後面有藤架圍著的小座席，三人坐在那裡。和以前一樣，阿通坐立不安，武藏也是默默不語。只有城太郎盡情歡笑、說個不停，盡情享受眼前時光的，只有城太郎一個人，以及繞著紫藤花忙個不停的牛虻和蜜蜂。

「啊！不好啦！這石山寺上空的天色變得那麼暗，一定是要下大雨了。請各位客人到裏面坐。」

茶店主人趕緊捲起葦簾，拉上擋雨窗。原本的江水已變成鉛灰色，微風中夾帶著雨氣。紫藤花好像垂死的楊貴妃的袖子，被風吹得香氣四溢。

由石山吹來的山風夾帶著小雨，打在這些小花上。

「啊！打雷了！這是今年的初雷呢！阿通姊，會淋溼的！師父也一起進去吧！啊！好舒服！這雨下得正是時候，正是時候！」

當然這並非眞的正是時候，或是有什麼深層含意。但是，城太郎這麼讚嘆，武藏更羞於進到茶店裏。阿通也羞紅著臉，與紫藤花一樣，在屋外淋著雨。

「喔！雨眞大！」

有一個披著蓑衣從霧濛濛的雨中飛奔而來的男子。

他跑到四宮明神的牌樓下，才鬆了一口氣，並撥了撥打溼的頭髮。

「冒失雨！」

他看著翻騰的烏雲，口中喃喃自語。

就在這一剎那，四明岳、湖水和伊吹一下子全變得水霧迷濛，滴滴答答的雨聲不斷地傳入耳際。

「啊？」

討厭雷聲的又八摀住耳朵，縮在牌樓下躲雨。

不久，烏雲散去，又是雨過天晴。雨一停，街上立刻出現行人。遠處傳來彈奏三味線的聲音。此刻，人羣中有位婀娜多姿的女人迎面而來，她對著又八笑，好像有什麼事。

4

又八不認識這個女人。

女人開口說道：

「你叫做又八嗎？」

又八很詫異，問明事情原委之後，她說：剛才店裡有一個客人，說是你的朋友。他從二樓看到你，所以吩咐我一定要請你過去一趟。

聽她說完，又八才注意到在這神社的周圍有幾家妓院。

「……事情談完之後，你想直接回去也行。」

前來傳話的女人，無視於又八的躊躇不前，逕自帶著他前往。一到妓院，其他的女人也出來幫又八洗脚，並換下淋溼的衣裳。

又八問她們：到底我的朋友是誰？她們卻回答：你到二樓就知道了。很明顯地大家都想看熱鬧才會賣關子。

又八心想反正衣服被雨淋溼了，只好暫時借妓院的衣服來穿。事實上，他今天和人約在瀨田唐橋碰面呢！他很想趕快過去。等衣服烘乾之後，希望妓院的人別強留自己。

「拜託了！可以嗎？」

又八一再要求。

女人們輕諾道：

「知道了！知道了！乾了之後，一定馬上跟你說。」

說著，將又八推上樓去。

「二樓的客人會是誰呢？」

又八怎麼也想不出答案。不過又八不但早已習慣這種場所，且一碰上這種氣氛，腦筋立刻變得清晰，行爲舉止更是落落大方。

「啊！犬神師父！」

突然，對方先叫了一聲。又八以爲對方認錯人了，停下腳步，看了一眼坐在席上的客人。他記得這個人。

「哦……你是？」

「你忘了嗎？我是佐佐木小次郎啊！」

「犬神師父又是誰呢？」

「就是你啊！」

「可是我叫做本位田又八啊！」

「這我知道。因爲我想起有一天晚上你在六條松原被狗羣包圍時所做的各種表情。我尊敬你是犬神，才叫你犬神師父。」

「得了吧!別開玩笑了。那時候我可被你害慘了。」

「相反地,今天可是想給你好處,才叫人去接你。歡迎駕臨,坐下來嘛!喂!你們這些女人快給這位客人倒酒啊!拿酒杯來!」

「有人在瀨田等我,所以我沒時間相陪。喂!不要倒酒,我今天不喝酒。」

「誰在瀨田等你呢?」

「一位姓宮本的人,是我小時候的朋友——」

話還沒說完,小次郎就搶著說:

「什麼?武藏……喔!原來如此!你們在山頂茶屋約好了?」

「你好清楚啊!」

「你的成長歷史以及武藏的經歷,我都詳詳細細地調查過了。你的母親——阿杉婆——我在叡山的中堂見過她呢!而且你母親也一五一十地把她以往的苦心全告訴我了。」

「哦?你見過我母親?我從昨天就一直在找她呀!」

「她實在是個偉大的老人,眞令人尊敬。中堂的衆人也都很同情她。我也在臨行之前答應助她一臂之力。」

他洗洗酒杯之後說道:

「又八,讓我們乾杯,忘掉舊恨吧!不是我說大話,有我佐佐木小次郎在,根本不必怕武藏這傢伙!」

小次郎臉頰紅通，把酒杯遞給又八。

但是，又八並沒有伸手去接酒杯。

5

虛榮的小次郎一喝醉，就忘了平常的態度和端莊。

「又八，爲什麼不喝？」

「我得走了。」

小次郎伸出左手，抓住又八的手腕：

「不行！」

「但是，我和武藏有約定啊！」

「笨蛋！你一個人去見武藏，恐怕還沒到就被他殺掉了。」

「我們之間已經盡釋前嫌。而且我要追隨這位好友，一起到江戶去。我要好好學習，才能功成名就。」

「什麼！要追隨武藏？」

「世人之所以批評武藏不好，那是因爲我母親說他不好的緣故，我母親錯怪武藏了。這次我才深深瞭解到這點。同時，我自己也覺悟了。我要向這位好友學習，雖然起步晚了一些，但卻是我今後的

「你眞好騙啊！你母親也說過，在這世上幾乎沒有像你這麼容易上當的人，你完全被武藏給騙了。」

小次郎拍手笑道：

「哈哈！哈哈哈！」

志向。」

「不！武藏——」

「閉嘴！不要說了！哪裡有背叛母親、袒護敵人的不孝子？連我這個外人佐佐木小次郎都替你母親打抱不平，而且也發誓將來一定要幫助她呢！」

「不管你怎麼說，我都要到瀨田。放開我——喂！女人，衣服乾了沒？把我的衣服拿過來！」

「不准拿！」

小次郎露出醉眼：

「不准拿過來。又八，如果你一定要依靠武藏，最好先見到你母親，讓她瞭解你的想法。也許你母親對這樣的屈辱無法釋懷呢！」

「我因爲找不到母親，才想和武藏先到江戶。等我能有所成就之後，我會自己解決所有的宿怨的。」

「這一定是武藏說的。明天我和你一起去找你母親。總之，先問問你母親的意見比較好。今晚我們先喝個痛快吧！也許你不喜歡，但還是陪陪小次郎吧！」

當然，妓女們也都加油添醋地幫著小次郎，一直不肯把衣服還給又八。

太陽下山之後，天更黑了。

又八若不藉著酒氣，就無法在小次郎面前抬起頭來。但他一喝醉，就會像隻老虎。他從入夜就開始喝，藉著酒意把心裏全部的鬱憤完全抖出，宣洩無遺。

兩人終於在天快亮的時候睡著了。一直睡到下午才醒來。

小次郎還在房中熟睡著。昨天的初雷使得今天的陽光看起來倍覺清澈。又八耳邊又響起武藏的話，很想吐出昨天的酒。

又八走到樓下，叫人拿出他的衣服。穿戴好之後，趕緊逃到屋外，來到瀨田橋。

混濁的瀨田川，飄流著石山寺的落花。紫藤茶屋的紫藤花也開始凋零，花瓣隨著山風到處飄散。

「武藏說過他會牽著牛。」

小橋邊和中之島，都沒看到牛的影子。

又八找過幾個地方。最後問了中之島茶店，才知道有位騎著牛的武士，昨天一直等到茶店打烊，才在入夜後住到其他的旅館。今天早上又來這裏，等了一陣子之後，才寫了一封信。那人交代如果有人問起，就將信交給他。說完，把信結在屋簷下的柳樹上就走了。

又八走到樹下，看到武藏的信，像一隻白蛾停在樹枝上。

又八解開白蛾的翅膀。

「實在抱歉！久候不到，只好先走一步。」

女瀑男瀑

1

這是一趟迎向初夏的旅程。武藏等人越過木曾路的一片新綠之後，仍然任由牛隻漫步在中山道上。

「我會等你，盡快趕來喔！」

又八看了武藏留在柳樹上的信之後，急忙出發趕路。在草津沒碰到武藏，到了神社牌樓也沒見到他的蹤影。

「呵！我該不會走過頭了吧？」

他在摺鉢嶺的山頭眺望來往行人，看了半天，還是一無所獲。

又八問路人是否看到騎牛的武士，結果是騎牛騎馬的旅人很多。再說，又八以爲只有武藏一人，不知道武藏還帶著阿通和城太郎。

到了美濃路也沒碰到武藏。因此，他想起小次郎的話：

「難道我眞的被他騙了嗎？」

他一開始懷疑就會沒完沒了。

就因爲他拿不定主意，一下子折回原路，一下子又繞彎路走，當然碰不到武藏。

但是，到了中津川的驛站，終於看到比他先走一步的武藏了。

數日來，又八一心一意地追趕著。然而當他看到武藏背影的同時，不但臉色全變，更開始懷疑武藏。

騎在牛背上的不是武藏，而是七寶寺的阿通。讓阿通騎在牛背上，武藏則牽著牛繩走在前面。

又八根本對跟在他們旁邊的城太郎視若無睹，也不當成一回事。讓又八感到猜疑和震驚的是：阿通和武藏看起來很要好。

不管以往多麼憎恨、嫉妒，也沒像現在這樣，視武藏如惡魔。

「啊！果然是我太好騙了。從他唆使我到關原作戰，直到今日，都一直在矇騙我。而我也一直陷入他的圈套，到何時我才會覺醒呀？武藏你這傢伙給我記著！」

「好熱，好熱啊！像這樣流汗走山路，還是生平第一次。師父，這是哪裏呀？」

「是木曾山最難走的馬籠頂。」

「昨天已經翻過兩座山頭了吧？」

「那是御坡和十曲。」

「我已經不想爬山了，好想早點到江戶那個熱鬧的地方啊！阿通姊，妳說是不是？」

阿通坐在牛背上：

「不，城太，我比較喜歡沒有人的地方。」

「哼！妳自己不必走路就說這種話。師父，那邊有瀑布，是瀑布吔！」

「休息一下吧！城太郎，把牛繫在那邊。」

循著瀑布聲，往小路走去，在瀑布潭的山崖上，有一棟無人小屋。四周開滿沾著水氣的花朵。

「武藏！」

阿通看到瀑布旁的牌子，又微笑著看著武藏。牌子上面寫著「女瀑男瀑」。

大小兩條瀑布，最後注入同一條溪流裏。一條比較秀氣，馬上就知道是女瀑。剛才走路的時候窮叫著「休息！休息！」的城太郎，現在卻一點也無法靜下來。看到狂瀾的瀑布、岩石間的奔流，就忘我地跳到水裏，跑到山崖下方去了。

「阿通姊，有魚喔！」

沒聽到她的回答，城太郎又說道：

「用石頭可以捉魚喔！用石頭一打，魚的肚子就會翻到水面上喔！」

過了一會兒。

「哇！哇！」

遠處傳來城太郎的回音，看樣子他好像沒有往回走的意思。

2

陽光從山頭透照了下來。花朵上方的一片水氣，出現無數條的小彩虹。

武藏和阿通兩人走向小屋，四周不斷傳來瀑布聲。

「到底哪裏去了呢？」

「城太郎嗎？」

「眞是拿他沒辦法。」

「不見得！跟我小時候比起來，他還算乖呢！」

「你啊！你比較例外。」

「相反地，又八小時候倒是挺文靜的。又八那小子結果還是沒來，他到底怎麼了？」

「他沒來倒讓我鬆了一口氣。如果又八來了，我可要躲起來了。」

「沒必要躲啊！世上沒有講不通的人。」

「本位田家母子的脾氣，和別人有點不一樣。」

「阿通……妳不再重新考慮嗎？」

「考慮什麼？」

「我問妳不重新考慮當本位田家的媳婦嗎？」

阿通臉上顯出驚訝的表情，然後斬釘截鐵地說道：

「不再考慮！」

阿通像紅色蘭花般的眼睛，一下子溢滿了淚水。

武藏後悔說了不該說的話。阿通的心意已經很明顯了，而武藏竟然還認爲她會猶豫不定，難怪阿通會難過。她用手遮著臉，肩膀輕輕顫抖著。

她的白衣領好像在跟武藏傾訴：

「我是你的人！」

周圍的楓樹長滿了淺綠色的葉子，幾乎將這個地方隱藏起來了。

武藏覺得震動地心的瀑布聲在他的的血液裏奔騰。望著狂瀾的奔流，武藏體內潛藏著比剛才城太郎狂奔的本能更爲強烈的性能幾乎快要爆發出來了。

而且這幾天，在驛站燈火下以及燦爛的陽光下，阿通的肉體不斷地散發出一股魅力。有時，芙蓉花般的皮膚，隨著汗水散發出香氣；晚上，隔著屏風飄來她秀髮的香味。這些在在都使武藏長年壓抑在磐石下的愛欲火苗不斷萌芽成長。一股鬱悶的感覺不由直衝心頭，有如夏天被炙熱的太陽曬得悶熱的青草。

「……」

突然，武藏轉身離開，應該說是逃開了。

把阿通留在原地，一個人往沒有路的草叢走去。因爲他感到一陣痛苦，過度膨脹的血液，得將它從身體拋掉一些，得從口中吐掉一些火焰。他很想像城太郎那樣發散出來。當他看到陽光靜悄悄地照著又高又密的枯萎冬草時，他叫了一聲：

「啊！」

他投身到草叢裏，坐了下來。

阿通心想他到底怎麼了？她馬上追過去，立刻偎在他的腳旁。臉部肌肉僵硬沈默不語的武藏，看起來更可怕。阿通看他似乎很不高興的樣子，更是不知所措。

「怎麼了？武藏……武藏……如果我惹你生氣，請你原諒！原諒我！」

「……」

「武藏，如果……」

他越是僵硬，臉部的表情便越恐怖，而阿通的心就更是緊緊地揪在一起。她如花般的體香不斷地飄向武藏，更讓他窒息難耐。

武藏突然叫了一聲：

「噢！」

接著，他巨大的手腕摟住阿通，將她撲倒在地。阿通伸長白皙的脖子，無法出聲，只是在他的懷裏拚命地掙扎。

3

榠樹上有一隻長尾縞鳥，正眺望著尚有積雪的伊那山脈。

紅色的山杜鵑盛開在山谷間，天空一片蔚藍。枯草下，飄散著紫丁花的香味。猿猴的啼叫聲不斷地傳來，松鼠在樹梢上跳躍著。這裏是一片原始的天地。其中有一片枯草被壓倒、折斷，阿通並沒有大叫，卻發出接近驚訝的聲音：

「不可以！武藏，不可以！」

她有如長滿刺棘的栗子毬果般緊縮著身子。

「這、這種事……連你也是這種人啊！」

她傷心地嗚咽著。武藏這才清醒過來，全身的火燄立即冷卻，他全身毛髮直豎。被阿通理智而冷淡的聲音責問。

「爲、爲什麼？」

武藏幾近呻吟的聲音就要哭出來。即使這是兩人間的秘密，對男人而言仍是種無法忍受的侮辱。他的憤怒與羞恥無處宣洩，才會如此怒吼。

當他放開手的時候，阿通立刻跑開了。有個小香包斷了，掉在地上。他眼神茫然地看著掉落的香包，不禁落下淚來。此時他已經冷靜下來，覺得自己很卑鄙。但是，他也不懂阿通的想法。阿通的眼眸、阿通的唇、阿通的話、阿通的全部——連毛髮都不斷誘惑著他，激起他的情欲。

女人將火把放在男人胸前燃燒，自己卻嚇得逃開。雖然她不是有意如此，但是，就結果而言，這不等於是欺騙了所愛的人，不但陷對方於痛苦之中，也羞辱了對方。

「啊！啊！」

武藏伏在草地上哭泣。

以往所做的切磋琢磨已經一敗塗地。所有的精進苦行也都付諸流水。他對此感到悲哀，這種悲哀的心情，就像孩童失去手中的糖果一般。

他唾棄自己、責備自己。他伏在地上飲泣。就像沒臉面對太陽般，一直低著頭。

「我沒有惡意！」

針對自己的行爲，他反覆在心中如此叫喊著。但是卻無法釋懷。

「女人眞難理解！」

此刻他無法認爲少女清純的心是可愛的。即使女人猶如一顆珍珠，怕受震動，多愁善感，怕有人去觸摸，這些現象在女性一輩子當中，應該只有在某些期間才會存在。現在武藏無法認同這是至高無上，維持女性自尊的行爲。

他伏在地面上，嗅著泥土的香氣。過了不久，情緒漸漸平穩下來。他驀地站了起來，眼神已不像剛才充滿了火焰，然而臉色卻變得異常蒼白。

他用力地踩著阿通的香袋，並低頭專注地聽著山谷間的聲音。

「對了！」

他直接往瀑布方向走去，緊鎖的濃眉又顯出置身於下松刀劍中的毅力。

小鳥帶著尖銳的叫聲，振翅而飛。瀑布轟隆的水聲，隨著風不斷地傳到耳邊。從雲縫裏照射下來的陽光，更顯得柔和。

阿通從武藏所在的地方，只逃離大約二十步遠的地方，便停下來。她緊緊靠著白樺樹幹，一直凝視著武藏。她看到武藏因爲剛才自己逃開而痛苦；現在卻很希望武藏能夠來到她身邊。她猶豫自己是不是該過去向他道歉。但是現在她猶如一隻驚弓之鳥，心中仍戰慄不已，連身體都不像是自己的。

4

阿通雖然沒有哭，但她的眼睛卻比哭的時候更充滿驚嚇、迷惘和悲傷。

因爲她發現眼前這個男人，自己所信賴的武藏，卻不是她心目中的男性。

阿通心中所幻想的男性，突然赤裸裸地出現在眼前，讓她驚愕得幾乎想要尋死，悲傷得無以名狀。

但是，在恐怖和痛哭中，她沒發現自己的行爲更是不可思議的矛盾。

如果剛才那強烈的迫力，不是來自武藏，而是別的男人的話，那她一定不僅只跑二、三十步而已。

爲什麼只跑二十餘步就停下來了？是被後面的力量所吸引嗎？並不只是這個原因。

「你生氣了嗎？不要生氣！我不是討厭你！……不要生氣！」

她覺得自己孤獨地站在暴風當中。她心中只是一味地道歉。武藏也是一直自責、痛恨自己的行爲。而阿通一點都不覺得他那強烈的舉動是醜陋的，她覺得他不像其他男性那樣卑鄙。當她從悸動中漸漸平靜下來時，內心甚至認爲這種人類醜陋的本能，在武藏來說，是有別於其他男性的。

她自問：

「爲什麼我……」

他對自己盲目的恐怖感到寂寞。剛才那一剎那，如狂瀾般的血液就像火花一般，現在回想起來，甚至令人眷戀。

「咦？到哪裏去了……武藏！」

阿通看不到武藏的身影，以爲他又棄她而去。

「一定是生氣了！沒錯，他在生氣……啊！怎麼辦？」

她提心吊膽地走回小屋。

小屋也找不到武藏的蹤影。雪白的水沫，從潭中變成霧氣，隨著山風飄起，使得滿山谷間的樹木也跟著搖擺。毫無間斷的瀑布傳來震耳的聲音，激起的水沫，冷冷地打在臉上。

此刻，高處傳來城太郎的叫喊聲：

「啊！不得了！師父跳到瀑布下面去了——阿通姊！」

城太郎站在溪流對面。他想眺望男瀑布，卻看到這副情景，他嚇得大聲喊叫。

但是瀑布的聲音太大了，根本聽不清楚他說什麼。阿通看到城太郎的動作，臉色大變。趕緊攀著又潮溼又滑溜的岩石爬下懸崖。

城太郎像隻猿猴，從對面的山崖抓著蔓藤，滑了下去。

5

阿通看到了。

城太郎也發現了。

武藏在瀑布潭中。

咆哮的飛沫，加上迷濛的白霧，使得他們一開始看不清楚那是岩石還是人。後來才看清那人裸著身體雙手交叉在胸前，垂著頭站在五丈多深的瀑布下。那並不是岩石，是武藏。

阿通在這邊的懸崖峭壁途中，城太郎則在深淵對面的懸崖上，兩人同時看到潭中的景象，立刻忘我地大叫：

「啊！師父！師父吶！」

「武藏——」

兩人聲嘶力竭，不斷地喊著。但是武藏的耳邊，除了瀑布怒吼的聲音之外，根本聽不到其他的聲音。

青綠的潭水已經浸到武藏的胸部。瀑布像千百條銀龍，咬向他的臉和肩膀。潭底如狂瀾般的旋渦，宛如千萬隻水魔的眼睛，將他的腳拉向死淵。

武藏的呼吸若稍有變弱或是精神稍有鬆懈，可能腳跟就會被滑溜的水苔滑倒，甚至被激流帶到冥途，永遠回不來了。

「……」

而且武藏的頭上必須承受好幾千斤重的壓力。他的心肺就像被大馬籠山壓住一般痛苦難當。即使在這種情況下，武藏仍然熱血奔騰，無法忘記剛才被自己拋在背後的阿通。

即使是志賀寺高僧也有過相同的熱血。法然弟子親鸞也有一樣的煩惱。自古以來，越能夠成大功立大業的人，越是擁有堅強存活能力的人，與生俱來就背負著較多的痛苦。

武藏十七歲的時候，扛著一把槍，奔向關原的風雲世界，憑的也是這分熱血。接受澤庵的教誨，感念佛法的慈悲爲懷而落淚，領悟人生的道理，立志重新做人，也是靠這分熱血的力量。靠一把孤劍超越柳生城的傳統，逼迫石舟齋時的氣概，也是發自這分熱血——還有，在下松勇敢抵擋敵人的白刃刀林的，也是全憑這分熱血。

但是這種強烈的熱血，在碰到自己喜歡的阿通時，則變成人類原始的欲望，使得這幾年來好不容易控制住的野性一下子狂亂地爆發出來，光靠修行的功夫以及理智的力量是無法控制的。

遇上這種敵人，任何武器都派不上用場。大部分的敵人都是外在的，都有形體；但是，這種情感上的敵人卻存在他的內心，無形無體，無法掌握。

武藏覺得很狼狽。他很清楚自己已陷入內心巨大的漩渦裏，因而感到驚慌失措。

每個人都有相同的激情。有它也煩惱，沒有它也痛苦，尤其是萬馬奔騰的熱血該如何處理是好？武藏自己也不清楚，才會瘋狂地跳進水裏，希望藉此澆熄心中的火焰，因此城太郎看到這副景象的一瞬間，對著阿通大喊的話並沒有錯。

城太郎哭了，一邊大聲叫喊著：

「師父啊……師父啊！」

武藏求生的模樣，在城太郎眼中，卻是赴死的行爲。

「師父，你不可以死！師父，你別死呀！」

城太郎雙手緊緊合掌，好像自己也在忍受瀑布打在身上的痛苦一樣。他大聲哭著，聲音交織在瀑布的轟隆聲中。城太郎突然抬頭望向對岸的峭壁，發現剛才站在那裏傷心欲絕的阿通不見了。

6

「哎呀！奇怪？阿通姊也不見了。」

城太郎看著白色泡沫的流水，悲傷不已。

他認爲——武藏不知爲何到瀑布潭中，寧死也不肯上來，而阿通或許是隨著武藏也投身於水流中了。

但是城太郎很快就注意到自己的悲傷是多餘的。因爲潭中的武藏依然承受五丈餘瀑布的強大衝擊。他全身充滿了力量，年輕的生命堅如礦石，絕不像佇立於草地上求死的志賀寺高僧。相反地，他是想藉由大自然的力量，洗滌心中的污垢，堅定自己的意志，重新開創美好的人生。城太郎慢慢地也開始瞭解了。

武藏的聲音，由潭中傳過來，聽不清楚他到底在喊叫什麼。看起來又像是誦經，又像是在怒罵自己。

夕陽從山頂照射下來，映在瀑布上。使得武藏的肩上出現了無數的小彩虹。其中一條較大的彩虹，橫跨在瀑布之上。

「阿通姊！」

城太郎像鮎魚般跳躍，沿著岩石越過激流，慢慢移到對面的峭壁。心想：

對了！如果阿通姊對師父能夠放心，我也不需要擔心了。只有阿通姊最瞭解師父的心情以及想法。他攀著峭壁，來到離小屋不遠的地方。解開繫牛的繩子，讓牛在那裏吃草。

他不經意地眺望小屋的方向，突然看到阿通背影的腰帶。她在做什麼呢？城太郎躡手躡腳地走過去。只見阿通抱著武藏脫下來的衣物和大小二刀，輕聲地哭著。

「……」

這裏又有一個無法理解的人。城太郎的手指抵著嘴唇，傻傻地站在原地。阿通緊緊地抱在胸前的，只不過是一些衣物，令城太郎覺得奇怪。且她獨自哭泣的樣子也和平時不太一樣。城太郎幼小的心靈已經感受到事情不太尋常，趕緊悄悄地回到母牛旁邊。

那頭母牛正躺在開滿白色小花的草地上，夕陽餘暉映在牠的眼睛裏。

「像這樣，要到什麼時候才能到江戶呢？」

城太郎無奈，只好躺在母牛身邊打盹。

本冊完